Katie Jay Adams
Strandgeflüster mit Herz

AF202237

Das Buch

Die erfolgreiche Scheidungsanwältin Belle hält nicht viel von der Liebe und noch viel weniger von dem gefühlsduseligen Podcast, der zurzeit in aller Munde ist. *Meer für Dich*. Was für ein Titel. Belle war noch nie am Meer. Seit dem Tod ihrer Mutter und der Trennung von ihrem Freund lebt sie alleine in München. Zum Glücklichsein genügen ihr ein guter Gerichtsfall und natürlich Mister Changs Chicken Deluxe. Bis sie an ihrem 33. Geburtstag einen mysteriösen Blumengruß erhält, der sie an die Ostsee lockt.

Inmitten von Reetdachhäusern und Fischerbooten macht sie sich auf die Suche nach dem Absender. Ausgerechnet der gut aussehende Standesbeamte Tobias kreuzt dabei immer wieder zaghaft ihren Weg, während Kneipenbesitzer Nick ihr als Insider den einen oder anderen Tipp liefert und ein kleines Flirtfeuerwerk entfacht. Doch welches unglaubliche Geheimnis verbindet diese beiden Männer?

Und kann Belle zwischen Meeresluft und Dünenzauber vielleicht doch noch die wahre Liebe finden?

Die Autorin

Katie Jay Adams ist Buchautorin, Wirtschaftswissenschaftlerin und Sozialpsychologin. Zusammen mit ihren Kindern und ihrem Mann genießt sie das Leben auf dem Land. Seit Jahren zieht sie mit ihren Büchern, in denen sie emotionale Geschichten mit Tiefe und Leichtigkeit erzählt, unzählige Leserinnen und Leser in ihren Bann. Sie ist BILD-#1- und Kindle-#1-Bestsellerautorin.

Die Ideen zu ihren Romanen findet sie meist in den kleinen Wundern des Alltags und auf ihren Reisen, am liebsten ans Meer. Sonne, Strand und eine Tasse Kaffee machen sie glücklich.

KATIE JAY ADAMS

Strand-
geflüster
mit Herz

MEER FÜR DICH

ROMAN

 Montlake

Deutsche Erstveröffentlichung bei
Montlake, Amazon Media EU S.à r.l.
38, avenue John F. Kennedy, L-1855 Luxembourg
Juni 2024
Copyright © der deutschsprachigen Ausgabe 2024
By Katie Jay Adams

Umschlaggestaltung: bürosüd⁰ München, www.buerosued.de
Umschlagmotiv: © Nora Hachio © MattanaT © maritime_m
© Darya Kozlovskikh © helgafo © bokmok / Shutterstock
Entwicklungslektorat: Marketa Görgen
Lektorat und Korrektorat: Media-Agentur Gaby Hoffmann,
www.profi-lektorat.com
Gedruckt durch:
Amazon Distribution GmbH, Amazonstraße 1, 04347 Leipzig /
Canon Deutschland Business Services GmbH, Ferdinand-Jühlke-Straße 7,
99095 Erfurt /
CPI books GmbH, Birkstraße 10, 25917 Leck

ISBN 978-2-49671-539-2
e-ISBN 978-2-49671-538-5

www.montlake.de

*Dieses Buch widme ich
meiner Tochter.
Danke, dass du so bist, wie
du bist.
Ich bin unglaublich stolz auf
dich
und liebe dich – bis zum
Mond und zurück.
Und noch viel weiter.*

An der Küste ist ein Schiff immer sicher,
aber dafür wurde es nicht gebaut.
(Einstein)

Prolog

MÜNCHEN, SOMMERANFANG

Liebe Mama,
wenn du noch da wärst, würde ich jetzt mit dir auf meinen Geburtstag anstoßen. Wir würden am Zweier-Esstisch in deiner Wohnung in Pasing sitzen, Cappuccino trinken und gemeinsam lachen. Du würdest mir, wie jedes Jahr, eine Geburtstagskarte inklusive alter Kinderfotos überreichen. Zum Beispiel, wie ich mit sechs Jahren versuche, im Hexenkostüm die Kerzen auf meinem Geburtstagskuchen wegzuhexen (würde ich immer noch gern können), oder wie wir beide in den seltenen Sommerurlauben bei Nonna auf Luftmatratzen den Gardasee unsicher machen (zum Glück war ich damals schon eine gute Schwimmerin).

Und obwohl viele um uns herum dachten,

ich müsste traurig sein, weil ich keinen Vater
hatte, mit dem ich Abenteuer erleben konnte,
war ich trotzdem ein glückliches Mädchen
und hatte eine schöne Kindheit – mit dir.
Leider ist nicht alles im Leben schön …

Ist das zu pathetisch für einen Tagebucheintrag am Geburtstag?

Ich stöhne und klappe das Büchlein zu, lege den Bleistift zur Seite und fahre mit den Fingern über die bunten Pappkarten im Schuhkarton neben mir. Es sind zweiunddreißig Stück. Ich habe sie eben noch mal nachgezählt, obwohl ich es auswendig weiß. Zweiunddreißig liebevoll gestaltete Geburtstagskarten von meiner Mutter, und es kommt keine mehr dazu. Ich schlucke die aufkommenden Tränen hinunter. Sie würde nicht wollen, dass ich an einem Tag wie heute weine. Behutsam schiebe ich den Karton ein Stück weg und nehme das Handy vom Nachttisch. Es ist Dienstagmittag und ich bin immer noch im Schlafanzug. Im Bett. Keine besonders großartige Leistung. So nachlässig kenne ich mich gar nicht. Das Gerät in meiner Hand vibriert, nicht zum ersten Mal an diesem Morgen, und zeigt mir eine neue Sprachnachricht von Florian an. Ohne zu überlegen, tippe ich auf das leuchtende Symbol, um sie abzuhören.

»Happy birthday to you, happy birthday to you, happy birthday, liebe Belle, happy birthday to you«, singen die Kolleginnen und Kollegen aus der Kanzlei mehr oder weniger synchron. »Hab einen schönen Taaag, Bellissima!« Die helle Stimme meines besten Freundes würde ich aus tausend anderen heraushören. Ich kenne Florian, seit ich denken kann. Und nenne ihn gern Flo(h), obwohl er keiner ist. Wir sind zusammen aufgewachsen, haben beide nach dem Abitur Jura in München studiert und sind dann in derselben Rechtsanwaltskanzlei gelandet. Bei *Prinzen und Partner – wir machen's Ihnen recht!* Meistens stimmt der Slogan sogar.

»Wo sollen wir heute Abend zum Feiern hinkommen?«, ruft Flo aufgeregt. »Schlag was vor, Bellissima.«

Puh. Um ehrlich zu sein, am liebsten nirgendwohin. Nein, das kann ich ihm nicht antworten.

»Man wird nicht jeden Tag dreiunddreißig«, fügt eine Kollegin lachend hinzu. Ich glaube, es ist Pauline, unsere neunzehnjährige Praktikantin. »Wir rocken deinen Geburtstag so richtig hart zusammen!«

Klar rocken wir den. Ich sehe mich in meinem Bett um. Neben mir liegt statt eines sexy Typen eine angebrochene Tüte Gummibärchen. Pauline hat gut reden – in ihrem Alter.

»Tschüss, tschüss, tschü-hüss!«, flöten alle. Dann ist die Nachricht zu Ende.

Mehrfach tippe ich einen viel zu komplizierten Text ins Telefon und lösche ihn wieder. Letztendlich schreibe ich nur: Danke, ihr Lieben! Bis morgen, fühle mich unwohl, weil ich so kurz angebunden bin, und schicke es trotzdem ab. Mir ist einfach nicht nach Party. Stattdessen bin ich froh, dass ich mir den heutigen Tag in weiser Voraussicht schon letzte Woche freigenommen habe. So muss ich nun nicht gezwungen hinter meinem Schreibtisch sitzen und lächeln – oder alternativ allen erklären, warum ich gerade dabei bin, den größten Fall, den unsere Kanzlei je hatte, in den Sand zu setzen. Den Althoff-Prozess.

Ich lasse mein Handy auf die Daunenbettdecke sinken, die für diesen extrem heißen Sommeranfang viel zu warm ist, und schließe die Augen. Irgendwie bin ich vor lauter Arbeit nicht dazu gekommen, von Winter auf Sommer umzuschalten. Oder von letztem Jahr auf dieses. Es läuft nicht bei mir: beruflich nicht und privat schon gar nicht, noch nicht einmal haushaltstechnisch. Ich schwitze unter der elenden Decke.

»Du hast keine Chance gegen mich, Belle«, hatte Richard, Anwalt der Gegenseite und tragischerweise mein Ex-Freund, mir am ersten Althoff-Prozesstag im Vorbeigehen zugeraunt. »Ich wusste, dass wir uns früher oder später im Gerichtssaal wiedersehen würden«, hatte er lautstark triumphiert. Dabei war er es, der mich vor gut vier Monaten verlassen hat. »Ich möchte abends nicht neben einer Gerichtsakte schlafen, sondern neben einer Frau mit Herz und Seele, Belle Herz-og. Der Nachname passt nicht zu dir.«

Wow! Das war nicht nett. »Herz-og.« Ich wispere meinen Namen in die Daunendecke, die ich bis zur Nasenspitze hochziehe, und kneife die Augen zusammen.

Genau deshalb hat Florian nie verstanden, was ich drei lange Jahre an Richard gefunden habe, der mich ständig gemaßregelt hat. Mein vorheriger Freund war leider ähnlich veranlagt. Beide älter als ich. »Ich bin kein Psychologe, Belle, aber hast du eventuell eine Art Vaterkomplex?«, hatte Flo meine Beziehungsfehlgriffe analysiert. Ja, vielleicht.

Abrupt schlage ich die Augenlider auf. Ist es normal, dass man an Schnapszahl-Geburtstagen anfängt, sein bisheriges Leben infrage zu stellen? Ich sollte mich zusammenreißen und auf die Gegenwart konzentrieren. Genau!

Ich werde gleich aus dem Bett springen und den Althoff-Fall unserer Kanzlei mindestens genauso sportlich nehmen. Florian hatte mir zwar gestern angeboten, Frau Althoff zu übernehmen, damit ich Richard nicht mehr begegnen muss, aber ich möchte das nicht.

Man muss im Leben damit umgehen können, dass man nicht immer nur die Rosinen haben kann! Mamas Mantra – und es stimmt. Ich werde einfach die Zähne zusammenbeißen und meinen Job erledigen, ohne zuckersüße Rosinen. Zu viel Zucker ist eh ungesund, genauso wie die Liebe. Nicht, dass ich jemals an den Schmetterlingszauber geglaubt hätte. Sonst hätte ich mich wohl kaum auf Scheidungsrecht spezialisiert.

Das erneute Vibrieren meines Handys reißt mich aus meinem inneren Motivationsmonolog. Mit dem Telefon in der Hand schäle ich mich aus der Bettdecke, um der Welt entgegenzutreten.

»Bellissima.« Florian ist in der Leitung, live und allein.

»Hey, Flo.« Ich gähne in den Hörer. Niemand hat schließlich etwas davon gesagt, dass man der Welt energiegeladen entgegentreten muss.

»Liegst du etwa noch in den Federn? Du hast uns eben gar nicht richtig geantwortet.«

»Doch«, erwidere ich. Ich liebe dieses kleine Wörtchen.

Er mag es gar nicht. Entsprechend grummelt er etwas Unverständliches ins Telefon, während ich ins Bad gehe und mir die Zahnbürste schnappe. Im Vorbeigehen betätige ich den Schalter im Flur, der die elektrischen Rollläden in der ganzen Wohnung automatisch hochfahren lässt. Dann weise ich die digitale Alexa an, überall das Licht auszuschalten. Es geht nichts über moderne Technik.

»Du hast uns nicht auf einen Champagner eingeladen und du hast vergessen zu erwähnen, wo wir heute Abend feiern werden. Oder hab ich was überhört?«, entgegnet mein bester Freund. Es entsteht eine bedeutungsschwere Pause. »Denkst du wieder über Richard nach oder hast du einen neuen Fang gemacht, von dem ich noch nichts weiß?« Plötzlich flüstert er. »O mein Gott! Ist er gerade da?«

»Flo, beruhige dich. Hier ist niemand. Und das mit Richard ist längst vorbei.« Entschlossen drücke ich auf die Zahnpastatube und schiebe mir den hellen Cremeberg auf der elektrischen Bürste in den Mund. Den Blick in den Spiegel spare ich mir.

»Ihr wart drei Jahre zusammen, Belle. So was geht nicht spurlos an einem vorüber. Hast du die letzte Folge von ›Meer für Dich‹ gehört? Da spricht McJulius darüber, dass Liebeskummer in unserem Alter schnell mal eine Lebenskrise auslösen kann.«

»Bei mir nicht«, nuschele ich. »Außerdem höre ich diesen komischen Podcast immer noch nicht. Wer nennt sich schon freiwillig ›McJulius‹. Bescheuerter Name.«

»Der Podcast ist toll, nicht umsonst hat er vor Kurzem so viele Preise eingeheimst. Ist doch egal, wie der Moderator heißt.« Bei Florian hat tatsächlich fast jedes Beziehungsende eine Krise epischen Ausmaßes entfacht. Kein Wunder, dass er sich ständig diese Liebestipps anhört. Mit seinem letzten Freund war er nur drei Monate zusammen, hat ihn aber als die »Liebe seines Lebens« bezeichnet. Allerdings nicht nur ihn. »McJulius hat jedenfalls gesagt, dass man sich bei einer Trennung fragen soll, ob man den anderen als Mensch vermisst oder nur das Gefühl, das er einem gegeben hat. Außerdem, wenn Richard der Richtige gewesen wäre, wäre er noch da, oder nicht? Und zwar egal, was passiert. In guten wie in schlechten … du weißt schon.«

»Wahr.« Ich spucke ins Waschbecken und fühle mich dank des Pfefferminzgeschmacks wie neu. »Richard ist Geschichte.«

»Würd ich so nicht sagen. Ihr steht nächste Woche wieder vor Gericht. Das würde ich eher als nahe Zukunft bezeichnen«, korrigiert er mich. »Ihr habt finale Althoff-Runde.«

Wie könnte ich die vergessen! Ich schlafe seit Wochen schlecht wegen des Falls: Franz Althoff, hochrangiger Politiker und bekannter Sponsor des hiesigen Fußballvereins, lässt sich scheiden. Nichts Weltbewegendes, kann ja nicht ewig Valentinstag sein. Im Grunde wäre uns das egal, denn normalerweise nehmen wir Fälle, die von medialem Interesse sind, nicht an. Eine von Dr. Prinz' goldenen Regeln.

Doch als Marlene Althoff verzweifelt und weinend in meinem Büro gesessen hat, habe ich Dr. Prinz dazu überredet. Die Frau hat nie gearbeitet, sondern jahrzehntelang ihrem Mann den Rücken freigehalten, den Haushalt erledigt, vier Kinder großgezogen. Franz Althoff hingegen hat – in gegenseitigem Einvernehmen mit seiner Frau – neben dem lukrativen Job zahlreiche Affären gehabt. Aus einer ist ein weiteres Kind entstanden. Zum Nachteil von Marlene Althoff existiert ein recht komplexer Ehevertrag. Da allein schon die Tatsache, dass die Althoffs sich auf eine offene Ehe geeinigt haben, nicht der Norm entspricht, stürzte sich die Presse auf den Fall. Die meisten Aussagen werden medienwirksam verzerrt, was uns die Arbeit nicht gerade erleichtert.

Außerdem hatte ich nicht mit Richard als Gegenanwalt gerechnet. Jeden Tag zaubert er neue angebliche Argumente aus der Anwaltsrobe, um Marlene Althoffs Ansprüche zu schmälern. Man kann schließlich alles aus dem Zusammenhang reißen, falsche Zeugen befragen, Textnachrichten verdrehen und relevante Hintergründe ignorieren.

Recht haben und sein Recht bekommen sind leider zweierlei Paar Schuhe. Kurzum: Wir sind dabei, vor Gericht unterzugehen. Es sei denn, es passiert ein Wunder.

»Mir wird übel, wenn ich darüber nachdenke, Flo.« Ich lasse mich auf den Klodeckel sinken.

»Es gibt für alles eine Lösung, Bellissima. Noch mal: Soll ich den Fall übernehmen?«, schlägt er selbstlos vor. »Ich mag nicht länger dabei zusehen, wie Richard es genießt, dich auseinanderzunehmen. Dieser aufgeblasene …« Er ringt nach Luft. »… Pinguin«, stößt er hervor. »Er hat ziemlich zugelegt, findest du nicht?« Ich sehe Flo förmlich vor mir, wie er die Backen dramatisch aufbläst.

Ein Lächeln stiehlt sich auf mein Gesicht. Ich glaube, das ist der Grund, warum ich ihn so gern habe. Florian ist so loyal wie ein Bruder. »Du bist lieb, aber erstens sieht Richard aus wie immer und zweitens muss ich da selbst durch.« Ich streiche über meinen Pyjama, als würde er sich dadurch in ein schickes Businesskostüm verwandeln. »Wenn nur die hässliche Presse nicht wäre.« Ich stöhne. »Früher habe ich mich mit Mama beratschlagt, wenn ich in einer Sackgasse gelandet bin, obwohl sie keine Juristin war. Sie fehlt mir so.« Es ist das erste Mal, dass ich das laut ausspreche.

»Ich weiß.«

Wir schweigen einen Moment.

»Weißt du noch bei dem Fall Hoffweiler gegen Hoffweiler? Wie sie gesagt hat, dass die beiden mal durchatmen sollten? Man müsste sich nicht wegen jeder Kleinigkeit scheiden lassen und sie wären eigentlich ein tolles Paar.« Ich lächle und bin froh, unauffällig das Thema gewechselt zu haben. Ich rede nicht gern über den Tod meiner Mutter, der mich vor knapp einem Jahr – circa einen Monat nach meinem zweiunddreißigsten Geburtstag – mit einer derart rasanten Geschwindigkeit überrollt hat, dass meine Hände noch Stunden danach gezittert haben. Ich wusste, dass sie krank war, habe den Verlauf lange begleitet. Trotzdem kam ihr Tod überraschend und mit dreiundsechzig Jahren zu früh.

»Sie hat immer gemeint, das Leben sei zu kurz zum Streiten.«

»Yep. Daran sollte man sich viel häufiger halten.« Florian spricht, als ob er gerade selbst in Erinnerungen an sie schwelgt. »Giulia war cool.«

»War sie.« Meine Mutter wollte immer, dass jeder sie beim Vornamen nennt. Am liebsten sogar damals meine Lehrer in der Schule. Eine seltsame und doch liebenswerte Marotte. Als Kind italienischer Auswanderer in Deutschland aufgewachsen, war sie im Herzen Vollblutitalienerin bis zum Schluss.

Ich reiße ein Stück Klopapier von der Rolle und zerknülle es in meiner Hand. Plötzlich ertrage ich den Rückblick in die Vergangenheit nicht mehr. Ich will unbedingt über etwas anderes reden. »Denkst du, ich hätte den A-Fall besser nicht annehmen sollen?«

»Das fragst du mich?« Er klingt überrascht und ich kann es ihm nicht verübeln, weil es nicht gewohnt ist, dass ich Zweifel an meiner Arbeit hege. Ich auch nicht. »Belle, man kann nicht immer gewinnen. So sehr man kämpft«, antwortet er, und mir läuft ein kleiner Schauer über den Rücken.

Ich fasse mir an die Schläfe, als hätte ich Migräne, obwohl das Florians Schwachstelle ist und nicht meine. »Die Kinder …«

»… sind meistens die Leidtragenden. Wissen wir. Du kannst dich jetzt verkriechen und mies gelaunt sein oder wir stoßen auf deinen Dreiunddreißigsten an.«

»Ich bin mies gelaunt und verkrieche mich.«

»Falsche Antwort. Stell den Champagner kalt, Baby.«

Ich muss lachen. Wir reden eine Weile über Cocktails und Canapés, bis es an der Haustür klingelt. Widerwillig erhebe ich mich vom Klodeckel. Als ich in den Spiegel über dem Waschbecken schaue, entdecke ich weiße Zahnpastaflecke auf meinem Schlafanzugoberteil. Ich versuche, das Zopfband aus meinen schulterlangen dunklen Haaren zu ziehen, das sich über Nacht darin verselbstständigt hat. Es gelingt mir nicht. Mein Spiegelbild ist weit entfernt von der Top-Anwältin, von der Marlene Althoff unbedingt vertreten werden wollte. Ich ähnele eher einem Spatzenschreck auf Urlaub, der das Wort Jura noch nie gehört hat.

Es klingelt erneut. Hoffentlich legt der Postbote das Päckchen wie üblich im Flur ab und lässt mich mit seinem Geklingel in Ruhe.

»Bekommst du Besuch?«, fragt Florian leicht pikiert. »Gibt's Kuchen?«

»Nicht, dass ich wüsste.« Ich verdrehe die Augen, als es zum dritten Mal klingelt. Meine Güte, ist die Post heute hartnäckig. So leise wie möglich öffne ich die Badezimmertür und schleiche durch den Flur zurück ins Schlafzimmer. Ich werde in meinem Zustand auf gar keinen Fall die Wohnungstür aufmachen.

Als ich mich beim vierten Klingeln ruckartig umdrehe, bleibe ich mit dem Ärmel am Garderobenständer hängen. Ich konnte das Ding mit den vielen Ästen noch nie leiden, Richard hat es besorgt. Energisch ziehe ich meinen Arm zurück, weshalb das baumartige Gebilde in meine Richtung kippt. Mist.

»Sorry, Florian«, wispere ich und befreie mich von dem Jackending. »Der Kleiderständer ist …«

»Frau Herzog? Sind Sie da?«, dringt eine männliche Stimme von draußen durch die Tür. Nicht mein Tag heute.

»Was ist denn da los bei dir, Bellissima?« Als ich nicht antworte, gibt Florian ein vielsagendes Räuspern von sich. »Na gut, ruf mich an, wenn es dir wieder besser geht. Ciao.«

»Ciao.« Ich lege schnell auf.

»Frau Herzog?!« Der Mann vor der Tür stellt von Klingeln auf Klopfen um. Durch den Türspion erkenne ich, dass er Mitte fünfzig ist, einen Oberlippenbart und einen grünen Overall trägt. Die Hände hält er hinter dem Rücken versteckt.

Neugierig drücke ich nun doch die Klinke herunter, öffne aber nur einen Spalt breit. »Hallo.«

»*Heute kann es regnen, stürmen oder schneien, denn du strahlst ja selber wie der Sonnenschein. Heut ist dein Geburtstag, darum feiern wir …*«, schmettert der Mann in Grün Rolf Zuckowskis Kindergeburtstagslied dermaßen laut, dass ich Angst habe, die vorwitzige Frau Schmidt aus dem Erdgeschoss könnte ihn hören. Oder wahlweise in Ohnmacht fallen, was auch nicht besser wäre. »*Alle deine Freunde …*«

»Okay, okay, ich kenne den Text«, gehe ich fix dazwischen und öffne die Tür ganz. Es nutzt ja nichts.

»Alles Gute zum Ehrentag!« Er zieht die Nase kraus, als er mein weiß gesprenkeltes Schlafanzugoberteil bemerkt. In der Hand halte ich das zerknüllte Klopapier. Glücklicherweise ist er professionell genug, sich davon nicht beirren zu lassen. Er fährt fort: »Ich freue mich sehr, Sie zu sehen, Frau Herzog.«

»Ehrlich?« Ich entnehme dem Anstecker an seinem Overall, dass er augenscheinlich von einer Firma namens »Blumen und Meer« geschickt wurde. Das kann dann wohl nur eine Verwechslung sein. Hier gibt es kein Meer, ich habe keine Beziehung und Richard wird mir ganz sicher nichts zum Geburtstag schicken. Erst recht keinen Minnesänger.

Der Mann zieht trotzdem einen Blumenstrauß hinter dem Rücken hervor. »Überraschung!«, ruft er freudig. Irgendjemand sollte ihm dringend sagen, dass sein Anstecker und die Farbe Grün den Überraschungseffekt der Blumen vereiteln. Er lächelt aufgesetzt und nimmt eine bunte Grußkarte aus dem Blütenmeer. »Meine liebe Belle«, beginnt er vorzulesen.

»Danke, wirklich. Ich kann selbst lesen«, unterbreche ich ihn erneut. Wir müssen es ja nicht noch merkwürdiger machen, als es ohnehin schon ist. »Danke.« Ich strecke die Arme nach den Blumen aus.

»Mo-ment«, sagt er gedehnt und dreht sich zur Seite, weshalb ich nicht an den Strauß herankomme. »Das ist ein Gesangs-und-Vorlese-Geburtstagsgruß. Wurde so gebucht und ist wichtig. Also, bitte. Wenn Sie mich dann meinen Job machen lassen würden.«

Ich klemme die Zunge kurz zwischen Ober- und Unterkiefer ein, damit ich nichts entgegne. »Meinetwegen«, nuschele ich und gebe mich geschlagen.

Zufrieden reicht er mir den Strauß, der aus einer etwas eigenwilligen Pflanzenkombination besteht: Rosenblätter in Rosa und Rot lugen aus einem dicken Büschel Seegras hervor. Dazwischen stecken ein paar Stiele weißes Schleierkraut. Der Blumen-und-Meer-Mann schnalzt mir zu, als würden wir uns schon ewig kennen, stellt sich ganz aufrecht hin und beginnt noch einmal von vorn im Text.

»Meine liebe Belle, happy birthday aus Büdnitz. Alles Liebe und Gute zu deinem dreiunddreißigsten Geburtstag. Ich hoffe, du bist okay und feierst heute schön. Vielleicht hast du ja diesen Sommer Lust auf eine kleine Auszeit am Meer. Du kannst mich jederzeit hier oben besuchen kommen. Ich würde mich wahnsinnig darüber freuen, dich endlich wiederzusehen. Ich habe zwar jede Menge Kinderfotos von dir, aber leider kein aktuelles Bild. Warte nicht zu lange und melde dich ganz bald. Herzlichst, dein Onkel Hein.«

Kinderfotos? Ich studiere die Vorderseite der Karte, auf der verschiedene Sehenswürdigkeiten abgebildet sind, die nach Nord- oder Ostsee aussehen. »Wer hat das geschickt?«

Der Blumenbote macht ein Gesicht, als hätte er in eine saure Gurke gebissen. »Onkel Hein«, wiederholt er und fächert sich mit der Karte Luft zu.

»Das ist der Bruder meines Vaters. Wir haben keinen Kontakt«, erkläre ich ihm.

Ein Schulterzucken. Es scheint ihn nicht sonderlich zu interessieren, wer mit wem in Verbindung steht. »Wir haben keinen Einblick in die familiären Verhältnisse unserer Kunden. Aber …« – skeptisch tritt er einen Schritt vor und schaut zuerst in die Blumen, dann in mein Gesicht – »sind Sie überhaupt Frau Herzog?« Er schürzt die Lippen. Anscheinend überlegt er, mir das Gebinde wieder wegzunehmen.

Das werde ich nicht zulassen. Die Blumen gefallen mir, ich presse sie wie einen Schutzschild gegen meine Brust. »Ich bin Belle Herzog und ich werde heute dreiunddreißig.«

»Hm.« Er legt den Kopf schief, dann schiebt er die Postkarte zurück in die Blüten. »Na gut«, murmelt er und tippt sich zum Abschied mit dem Zeigefinger gegen die Stirn.

Als er durch das Treppenhaus nach unten verschwindet, überfällt mich ein leeres Gefühl. Ich weiß nicht genau, wo es herkommt. Aber es sitzt ganz tief in meiner Brust.

Nachdenklich schließe ich die Wohnungstür hinter mir und gehe ins Esszimmer, um eine Vase aus der Vitrine zu nehmen. Die bunten Blumen fallen in dem Raum richtig auf. Als hätte jemand einen Regenbogen hineingetupft und als wäre meine Wohnung für eine einzelne Person viel zu groß und zu steril. Ich habe sie damals gekauft, weil ich davon ausgegangen bin, dass Richard und ich irgendwann gemeinsam hier einziehen. Keine Ahnung, warum ich das gedacht habe. So ist das mit der Liebe: zuerst himmelhoch jauchzend und dann zu Tode betrübt. Ich setze mich auf einen stylishen Plastikstuhl am Esstisch und spiele mit dem Seegras, dessen Spitzen über der Tischplatte baumeln. Es fühlt sich seidig an und kitzelt auf meiner Haut.

Warum schickt Onkel Hein mir nach all der Zeit Blumen? Er hat mir noch nie etwas geschickt. Oder doch? Vielleicht eine Weihnachtskarte, als ich klein war? Ich weiß es nicht. Hat er erfahren, dass Mama gestorben ist? Würde es ihn interessieren? Sie hat nie von ihm erzählt. Ich versuche, mich an ihn zu erinnern, aber ich habe kein Bild vor Augen. Da er der Bruder meines Vaters ist und mein Vater bei uns zu Hause ein Tabuthema war, existiert dieser Teil der Familie für mich nicht. Mama und ich kamen allein klar. Im Notfall hat uns Nonna geholfen, obwohl das von Italien aus oft schwierig war. Apropos Oma, sie hat mir noch nicht gratuliert. Wenn sie sich meldet, werde ich sie auf jeden Fall dazu befragen. Vielleicht hat sie eine Idee, was es mit diesen mysteriösen Geburtstagswünschen auf sich haben könnte.

Ich nehme die Postkarte aus den Blüten.

Hein Wesseling, Möwenweg 7, Büdnitz

Unter der Adresse steht eine Festnetznummer. Ich drehe die Karte in meiner Hand. Auf der Vorderseite sind die Örtlichkeiten eines Fischerdorfs zusammengestellt. Ein Bild zeigt ein Gebäude, das wie eine dieser gotischen Kirchen mit spitzem Dach aussieht. Auf dem Foto daneben liegt ein altes Boot am Strand in der untergehenden Sonne. Romantisch. Darunter ist eine Kneipe mit roter Leuchtschrift abgebildet, vermutlich die einzige Lokalität in dem Örtchen. Alles wirkt wie in diesen amerikanischen Filmen, die in den Wäldern Kaliforniens oder in den Tiefen Alabamas spielen. Ein Ort, wo es nichts gibt außer einer Handvoll Menschen, ein paar Geschäften und ganz viel Natur. Ich träume mich dorthin. Die Leuchtbuchstaben bilden das Wort »Ahoi-Klause«, bestimmt so ein oller Seemannsschuppen.

Mein Schädel brummt und meine Ohren sausen. Das habe ich öfter in letzter Zeit. Florian meint, ich hätte einen Stresstinnitus. Dass ich nicht gestresst bin, will er mir nicht glauben. Für ihn stehen Tod und Trennung auf der Stresslevelskala ganz oben und gehören zu den Dingen, die einen aus der Bahn werfen können. Ist das passiert? Funktioniere ich nicht mehr richtig? Ich fasse mir an den Hals und berühre die Kette mit dem goldenen Anhänger, die ich seit Mamas Tod fast täglich trage. Sie hat das Meer geliebt, weshalb das Schmuckstück wie eine Welle geformt ist. *Sie gehört zu dir, mein Schatz!* Mit dem Handrücken reibe ich mir über die Augen. Dann lege ich die Postkarte vor der Vase ab und ziehe das Handy aus der Tasche der Pyjamahose, um zu wählen.

»Ja, Bellissima?«

Plötzlich fällt mir der Pappkarton mit Mamas Geburtstagskarten ein, der nach wie vor auf meinem Bett steht. »Stell dir vor, Flo: Ich habe eine dreiunddreißigste Karte zu meinem Geburtstag bekommen!«

»Wie bitte?!«

»Lass uns feiern, wie du gesagt hast. Champagner und Kaviar, es ist Partyzeit! Ich mache mich schnell fertig und bringe alles mit ins Büro.«

»Jawoll. Das ist meine beste Freundin!«, freut er sich.

Irgendwie geht das Leben weiter.

Es geht immer weiter.

Kapitel 1

Und das tat es. Das Leben ging weiter. Es sah sogar so aus, als würde ich es wieder super wuppen. Durch nächtelange harte Arbeit und mit der Unterstützung von Florian hatte ich Richard in die Schranken gewiesen und das Gericht hatte pro Marlene Althoff entschieden. Ich war eine knallharte Anwältin, eine Jura-Prinzessin! Wir feierten und der Champagner floss in Strömen. Wieder und wieder.

Doch es machte mich nicht glücklich. Stattdessen war ich erschöpft und kraftlos, obwohl ich mich hätte phänomenal fühlen müssen. Ich schlief kaum und träumte schlecht. Aber das Allerschlimmste war das Krankenhaus, an dem ich täglich mit der Straßenbahn vorbeifuhr. Der Ort, an dem ich zuletzt Mamas Hand gehalten, geweint und sie schließlich hatte gehen lassen müssen. Ich hasse diesen Ort.

Jeden Abend war mein Blick an dem inzwischen vertrockneten Seegras-Strauß meines Onkels hängen geblieben. Ich hatte mir immer wieder vorgestellt, an der Ostsee im Urlaub zu sein, neben dem Fischerboot von Heins Postkarte am Strand zu sitzen und den Möwen zuzusehen. Mit Heins Familie im Garten Croissants (liebe ich) zu frühstücken, zu reden und zu lachen. Dieses Büdnitz musste ein einziges traumhaftes Urlaubsidyll sein.

Als *Prinzen und Partner* mir erneut die angefragten Urlaubstage verweigerte, konnte ich nicht mehr anders und kündigte kurzerhand meinen Job. Genauer gesagt bestand Dr. Prinz auf einem sofortigen Auflösungsvertrag, um mir meine Fälle entziehen zu können, bevor ich so etwas wie Schaden anrichten würde. Im Gegensatz zu Flo, der mich darin bestärkt hatte, endlich eine Auszeit – am besten am Meer – zu nehmen, traute Nonna am Telefon ihren Ohren nicht. Arbeitslos und auf Reisen oder besser gesagt: auf der Flucht …

… und das vor mir selbst.

Aber ich habe es durchgezogen. Und jetzt bin ich hier.

In Büdnitz, einer Halbinsel in der Ostsee, an dem vielleicht einzigen Ort, der mich wieder zur Ruhe kommen lässt. Oder auch nicht.

Ein weißer Transporter rauscht an mir vorbei und sandiges Matschwasser spritzt gegen meine nackten Beine. Es scheint, als hätte es über Nacht in Büdnitz geregnet. Trotz des strahlend blauen Himmels liegt Feuchtigkeit in der Luft. Ich schaue die Straße rauf und runter, als würde ich auf jemanden warten, der mich abholt – obwohl ich Onkel Hein nicht Bescheid gegeben habe, dass ich komme. Ich möchte ihn überraschen, so wie er mich mit den Blumen überrascht hat. Außerdem würde ich mir gern zuerst einen neutralen Eindruck von dem Ort verschaffen. Ich war noch nie an der See.

Eine Tropfenschicht überzieht kondenswasserartig die Motorhaube des dunklen Kastenwagens, der vor dem Bahnhof parkt und laut Aufschrift einer Goldschmiedin gehört: Helene

Martens. Hm. Ich kenne auf Fischland-Darß-Zingst niemanden und bin komplett allein. Auch das ist eine Premiere. Zum Glück habe ich Florian am Ohr, der mich auf den ersten Metern per Handy begleiten wollte, wofür ich ihm sehr dankbar bin.

»Bellissima, ich sag's dir ungern, aber du hast jetzt ganz offiziell eine Krise. Du schmeißt deinen Topjob hin und verlässt mir nichts, dir nichts die schönste Stadt Bayerns. Das geht ja noch an und ich verstehe das«, wiederholt er zum ungefähr dritten Mal. »Du bist überarbeitet und brauchst Ruhe, was total okay ist. Die meisten Kollegen haben deinen Austritt allerdings nicht besonders ernst genommen.«

»Ist ja reizend, dass man mich nicht ernst nimmt.« Frische Seeluft weht mir um die Nase. Es riecht nach Algen, Strand und der Sonnencreme, die ich mir in aller Früh aufgetragen habe. Ich könnte mir nicht weniger Gedanken um die Kanzlei machen als genau in diesem Moment. »Lästert ihr hinter meinem Rücken etwa über mich?«, frage ich trotzdem.

»Ach was! Du weißt doch, wie ich das meine«, beschwichtigt mich Flo. »Aber ehrlich, was willst du in dem Dorf ohne mich und deine Freunde? Stell dir mal vor, dein Onkel ist gar nicht da. Das haben wir vorher gar nicht so richtig bedacht, als wir darüber geredet haben. Was machst du dann?«

»Quatsch, natürlich ist er da. Außerdem ist das hier eine Kleinstadt, Florian. Sie haben in den Achtzigerjahren die Stadtrechte verliehen bekommen. Und ich erkunde einfach erst mal alles.« Bisher habe ich nur die Bahnhofshaltestelle erkundet: kein Kiosk, kein Bäcker, noch nicht einmal ein Zeitungsladen. Außerdem war ich die Einzige, die hier aus dem Zug gestiegen ist. Mir schwant, warum. »Im Internet sah Büdnitz malerisch aus«, ergänze ich noch.

»Jaja, virtuell und auf Distanz sieht immer alles toll aus. Denk nur mal an mein Date mit diesem Typen von Instagram. Der hatte jede Menge Bilder im Netz, auf denen er aussah wie ein Hollywoodstar. Und was kam dabei heraus? Ein kleiner Kerl mit Bierbauch und drei Haaren auf dem Kopf. Alles Fake. Filter sind unsere wahren Feinde, sag ich dir.«

Ich unterdrücke ein Glucksen und lasse ihn weiterreden.

»Büdnitz ist womöglich nur ein totes Sechstausend-Seelen-Kaff, Bellissima.«

»Eine Kleinstadt«, korrigiere ich ihn erneut. Vergebens.

»Und wovon willst du leben? Von Krebsen, Muscheln und Schnecken? Du bist Anwältin und hast viel dafür getan.«

»Das nimmt mir doch keiner weg. Es ist lieb, dass du dir Sorgen machst, aber das brauchst du nicht.« Er tut ja so, als würde ich auf einmal für immer fortbleiben. Dabei habe ich nicht einmal meine Wohnung in München untervermietet. »Ich nehme mir doch nur diese Auszeit von drei Wochen, dann suche ich mir einen neuen Job. Und wer weiß, ob Onkel Hein sich überhaupt freut, wenn ich plötzlich vor ihm stehe.« Oder ob ich ihn mag. Ich beobachte den einzigen Fußgänger dabei, wie er einen Zigarettenstummel in ein Blumenbeet flitscht. »Vielleicht bin ich schneller zurück, als du denkst.«

»Aus drei Wochen werden ruckzuck drei Jahre.«

Klar, dass Flo wieder übertreiben muss. »Also, irgendwie verstehe ich dich nicht: Zuerst fandest du es spannend, als ich diese Einladung erhalten habe. Du hast mich sogar mehr oder weniger dazu überredet hierherzufahren, obwohl ich wegen der Arbeit zuerst gar nicht wegwollte. Und jetzt bist du dagegen?« Die Räder meines Trolleys klappern über die Pflastersteine. Ich erspähe das spitze Rathausdach, das ich von der Postkarte kenne. Zum Vergleich ziehe ich sie aus meiner Umhängetasche und bleibe stehen. »Ui, ich habe das Rathaus gefunden«, jubele ich.

»Ach.« Flo klingt wenig begeistert. »Ist das so eine Art Suchspiel für Anfänger, was du da treibst, Bellissima?«

»Wenn ja, wäre es zumindest nicht schwierig. Es wimmelt hier nicht gerade von Menschen.« Was mich zugegebenermaßen stutzig macht.

»Wir haben Dienstagmorgen. Die Leute arbeiten.«

»Schon klar.« Keine Ahnung, warum, aber ich hatte mir Frauen in wehenden Sommerkleidern vorgestellt, die schwatzend mit Picknickkörben in der Hand über die Straße flanieren. Ich schaue zu viel fern. Vielleicht finde ich ja noch ein anderes Motiv, das auf der Postkarte abgebildet ist. Ich versuche, einen Schritt zur Seite zu tun, doch mein Fuß will nicht. Stattdessen steckt der Blockabsatz zwischen zwei Pflastersteinen fest. Mist! Es kracht, als ich ihn mit Mühe befreie. »Flo?« Ich keuche. »Mein Absatz ist abgebrochen. Halt. Nicht ganz, ein Zipfel hängt noch am Schuh«, diagnostiziere ich.

»Das ist kein gutes Omen, Belle!«

Ich stütze mich auf den Trolley und atme tief durch. Dann humpele ich weiter und nehme mir fest vor, positiv zu bleiben. Nichts kann mich aufhalten. »Es wird hier sicher einen Schuhladen geben.« Automatisch schalte ich den Lautsprecher des Mobiltelefons ein, damit ich Flo hören kann, während ich das Internet aufrufe und »Schuhe« und »Büdnitz« in die Suchmaschine eingebe. »Vielleicht ist das mit dem Absatz ein Zeichen dafür, dass ich mein Leben neu gestalten soll.«

»Ist. Es. Nicht«, widerspricht Florian gedehnt. »Du bist zu abergläubisch.«

»Besser abergläubisch als pessimistisch.« Laut Google gibt es in meiner Umgebung eine Eisdiele, einen Floristen, einen Arzt und ein italienisches Restaurant – kein Bekleidungs- oder Schuhgeschäft. Ferner sind es noch achthundert Meter bis zu der Adresse auf der Postkarte. Ich schalte den Lautsprecher aus und ziehe am Griff des Trolleys. Den Weg schaffe ich, egal wie. »Sag schon, warum bist du auf einmal so dagegen, dass ich meinen Onkel kennenlerne?«

»Wenn du es unbedingt wissen willst: Dein Vater hat deine Mutter sitzen gelassen, als du ein Baby warst.« Jetzt wirkt er aufgebracht. »Vielleicht ist dieser Hein Wesseling genauso schräg drauf wie sein Bruder. Ich weiß es einfach nicht, und ich will nicht, dass du traurig bist.«

»Und das fällt dir jetzt erst ein? Aber ja, kann sein. Mama wollte ein Kennenlernen auch immer vermeiden. Deshalb hat sie damals die Verbindung zur Familie meines Vaters abgebrochen«, überlege ich laut und biege auf einen hellen Kiesweg ein.

»Siehst du!«

»Gut, aber ich bin erwachsen und Onkel Hein ist nicht derjenige, der meine Mutter und mich verlassen hat. Vielleicht hat er eine Chance verdient. Ansonsten reise ich eben wieder ab. Versprochen.« Laut Navigationsdienst bin ich hier richtig, obwohl es nicht danach aussieht. Am Wegrand stehen nur wenige Häuser. Im Geiste danke ich den Entwicklern von Google Maps für ihre Erfindung. Mit meinem unterirdischen Orientierungssinn hätte ich mich sonst gnadenlos verlaufen. »Außerdem brauche ich Ruhe vor dem Prinzen.«

»Falls du damit Richard meinst, der hat sich ja als Frosch entpuppt. Du solltest dir wirklich mal diesen ›Meer für Dich‹-Podcast anhören. McJulius' Tipps sind Weltklasse. Ich wüsste zu gern, welcher kluge Kopf dahintersteckt. Der Typ gibt seinen wahren Namen ja leider nicht preis.« Tastaturgeklapper. Zum Glück hat Flo als angehender Juniorpartner ein Einzelbüro, weshalb uns keiner unserer Kollegen oder besser gesagt meiner Ex-Kollegen zuhören kann. Außerdem bekommt so niemand mit, dass er auf ein kitschiges Audioformat steht, dessen Macher sich anhört wie der Ableger einer amerikanischen Fast-Food-Kette. »Pass einfach auf dich auf, Bellissima. Und sei nicht allzu enttäuscht, wenn es anders läuft, als du dir vorgestellt hast.«

»Geh nicht immer vom Schlechtesten aus, Flo. Allein die Reise hierher hat sich schon gelohnt. Es ist irre. Wenn du das bloß sehen könntest.« Ich bleibe stehen und nehme den puren Sauerstoff in mich auf, von Vogelgezwitscher und Grillenzirpen begleitet. Keine Abgase, keine Motorengeräusche. »Es ist unbeschreiblich«, rutscht es mir heraus. Riesige Laubbäume und feines Seegras säumen die Kiessstrecke, auf der ich stehe. Dass mein Schuhwerk und der Trolley für die Kieselsteine auf dem Boden reichlich ungeeignet sind, erscheint mir angesichts der majestätischen Natur vollkommen unwichtig. Ich horche in die Stille. Ganz in der Nähe höre ich die See rauschen. Möwen kreischen. Meine Mundwinkel heben sich wie von selbst und ich freue mich total. »Florian, ich bin am Meer! Hörst du? Flo?« Er hat schon länger nichts mehr gesagt, was mich wundert. Ich überprüfe die Anzeige meines Mobiltelefons. Kein Empfang. Prima. Dass es so was noch gibt. Nicht ein einziger Balken wird mir angezeigt. Ich halte das Gerät in die Luft und wedele damit herum, als würde das etwas nutzen. Lustig, wie man sich benimmt, wenn das Handy nicht funktioniert. Büdnitz scheint ein Funkloch zu sein, was ich nicht so richtig cool finde und außerdem schade, denn ich hätte die ersten Eindrücke gern weiter mit meinem besten Freund geteilt.

Ernüchtert stecke ich das Telefon weg und entdecke unweit vor mir einen kleinen Buchladen mit reetgedecktem Dach. Davor befindet sich, eingebettet in eine Reihe Kiefern, eine braune Holzbank. Gott sei Dank, eine Sitzgelegenheit. Als ich näher komme, fallen mir die Bücher im Schaufenster auf, die letzten Sommer oder in dem davor angesagt waren. Interessiert mustere ich die bunt bemalte Eingangstür und die hellblauen Rahmen der Giebelfenster. Die Buchhandlung wirkt wie ein verwunschener Zauberladen aus einer anderen Zeit. Mächtig biegen sich die Äste der Bäume links neben der Bank zur Seite, als hätte sich ihre Wuchsrichtung über die Jahre dem Wind angepasst.

Ich stelle meinen Trolley ab und setze mich, um die Mischung aus Seeluft und Wald zu genießen. So muss Freiheit riechen. Ich halte einen weiteren Augenblick inne, dann kümmere ich mich um meine Schuhe. Zum Glück sind sie nicht allzu hoch. Ich werde den Rest der Strecke also weiterlaufen können – wenn ich den Absatz erst einmal vollständig abgebrochen habe. Obwohl er nur noch am seidenen Faden hängt, muss ich kräftig rütteln und ziehen, bis er endlich kapituliert. Mannomann. Ich ächze.

»Hey, alles okay bei dir? Kann ich helfen?«

Ich hebe den Blick, um den Kerl anzuschauen, der aus dem Buchladen aufgetaucht sein muss und dessen tiefe Stimme mir bis in die Haarspitzen fährt. Wie lange steht er schon da? Er trägt ein kariertes Holzfällerhemd zur abgeschnittenen Jeanshose. Statt eines Schmökers hält er einen Kochtopf in den Händen. Skurril. Seine türkisblauen Augen mustern mich und eine ausgeblichene blonde Strähne fällt ihm in die Stirn. Mit einer Kopfbewegung verweist er sie zurück an ihren Platz. Auf seinen Wangen bilden sich allerdings ziemlich süße Grübchen, während er mich noch einmal freundlich anlächelt. Er steht inzwischen so dicht vor mir, dass ich das Chili con Carne, das er offensichtlich im Topf trägt, riechen kann. Ich schätze, er ist minimal jünger als ich.

»Hilfe? Ja oder nein?«, fragt er noch einmal, als könnte ich ihn schlecht verstehen.

»Entschuldigung.« Ich lege den Absatz neben mir auf der Bank ab. »Nein, danke, ich komme allein klar.« Wie immer. »Alles tipptopp«, versichere ich ihm, doch mein Magen verrät mit einem Knurren, dass das nicht stimmt.

»Gut. Ich bin Nick«, stellt der Mann sich vor und macht keine Anstalten zu gehen. Sein Blick wandert über meinen Trolley zu den Schuhen, weiter über meinen kurzen Rock bis zu meinem Gesicht. »Wen besuchst du in Büdnitz?«

Er duzt mich, ohne dass ich ihn dazu eingeladen hätte. Meinen Namen habe ich auch noch nicht preisgegeben. Ein ziemlich aufdringlicher Zeitgenosse. »Ich mache Urlaub und möchte zu Hein Wesseling.« Und am liebsten würde ich vorher duschen, um einen perfekten Eindruck auf meinen Onkel zu machen, füge ich in Gedanken hinzu. Florian würde glatt ausflippen, wenn er mich so sehen könnte: Ich bin verschwitzt von den vielen Stunden im Zug, das Oberteil klebt an meinem Rücken und über das Schuhwerk brauchen wir gar nicht erst reden.

»Sicher, dass du zu Hein willst?« Nachdenklich legt Nick den Kopf schief und beißt sich auf die Unterlippe. »Und wo willst du während deines Aufenthalts wohnen?«

Darüber habe ich mir noch keine Gedanken gemacht. Ich war so euphorisiert von meiner eigenen Spontaneität, dass ich davon ausgegangen bin, problemlos bei meinem Onkel unterkommen zu können. »Bei ihm?«

»In seinem winzigen Fischerhaus ist kein Platz.« Nick lacht und gestikuliert abwehrend mit dem Kochtopf. »Er hat auch nie Gäste. Erst recht keine Mädchen aus der Stadt.« Jetzt grinst er ein bisschen frech und dennoch charmant. »Wo genau kommst du her?«

Mein Luftschloss zerfällt in seine Einzelteile. Ich hatte die Wesselings mit ihren Kindern und Freunden im blumenreichen Garten ihres großen Hauses picknicken gesehen – so wie die glücklichen Familien in der Werbung für vegane Wurstwaren. »Erstens bin ich eine Frau und kein Mädchen! Und zweitens bin ich aus München.« Resigniert lege ich die Hände ineinander, wie ich es jedes Mal tue, wenn ich angestrengt nachdenke. Florian hatte mir geraten, keine großen Erwartungen zu haben, und ich habe seine Bedenken ignoriert. Betroffen hüstele ich. »Gibt es hier denn wenigstens ein Hotel?«, erkundige ich mich heiser. »Die Ostsee ist ja ein Touristengebiet.«

»Nein und nein.« Holzfäller-Nick zuckt mit den Schultern. »Wir sind ein Naturschutzgebiet, kein Touristenort.«

Mir fällt die kleine Narbe auf, die sich von seinem linken Mundwinkel aus wie ein blasser Strich über seine Wange zieht, sobald er lächelt. Eine ungewöhnliche Stelle. »Wie meinst du das?«

»Hier gibt's nicht viel. Genau genommen gar nichts.« Seine Augen sind so unergründlich türkisblau wie ein Bergsee. Seine Stimme hat etwas von Reibeisen und sanftem Bass und arbeitet sich als feine Vibration direkt in meine Brust vor. Ich mag das Gefühl, obwohl ich ihn nach wie vor seltsam finde. »Es gibt nichts außer der Ahoi-Klause«, ergänzt er.

»Die Kneipe?« Ich erinnere mich an das Bild auf der Postkarte.

Statt einer Antwort bedeutet er mir, aufzustehen und ihn zu begleiten. »Sorry, aber ich muss das Chili abliefern.« Demonstrativ hebt er den Kochtopf in die Höhe, als hätte ich den Pott nicht längst bemerkt.

Da er der einzige Mensch ist, mit dem ich bisher in Büdnitz gesprochen habe, und ich ihn erst mal als relativ ungefährlich einstufe, greife ich nach meinem Köfferchen und erhebe mich. »Fein, dann los.«

Nach wenigen Schritten stehen wir wieder auf einer geteerten Straße und ich habe sogar einen Balken Empfang. Mein Navi hat nichts gegen die Planänderung einzuwenden und rechnet eine neue Route aus, die ebenso lang ist wie die bisherige. Bei genauem Hinsehen kann sich im auf der Postkarte angegebenen Möwenweg 7 allerdings kein strandnahes Fischerhäuschen befinden. Ich zoome mein Ziel heran. Das Haus liegt mitten im Ort. Sieht eher nach einem Wohngebiet aus.

»Wie lange hast du vor zu bleiben?«

»Drei …« – *Wochen* würde sich schräg anhören – »… Tage?«

»Ist das eine Aussage?« Er sieht mich schief von der Seite an. Zwei Frauen mit Hund spazieren an uns vorbei und grüßen ihn. Die Blonde strahlt ihn an, als wäre sie sein Fan. »Für eine so kurze Zeit sollte es kein Problem sein, dich irgendwo unterzubringen.«

Ein Mopedfahrer düst an uns vorbei, der schrille Motorsound klingt ungesund. Als er lässig das Peace-Zeichen zum Gruß macht, habe ich Bedenken, er könnte einhändig gegen den Bordstein rasen. Stattdessen umrundet er geschickt die losen Gräser, die vom gegenüberliegenden Blumenladen auf die Straße wehen. Auf der langen Schiefertafel, die am Geschäftseingang lehnt, steht in schnörkeliger Kreideschrift »Blumen und Meer«. Frische Schnittblumen sind vor halbhohen Regalen in hübschen Vasen angeordnet. Auf den Regalböden liegen bunte Trockenblumen und bündelweise Seegras. Genau hier muss Onkel Hein an mich gedacht haben. Ich freue mich immer noch wie ein Kind darüber, dass er mir zum Geburtstag gratuliert hat. »Gibt es im Nachbarort Hotels?«

Nick zieht eine Augenbraue hoch. »Du meinst mit ausladender Wellnesslandschaft, speziellen Feinschmeckerrestaurants und diversen Pools?«

Ich nicke begeistert. »Ja, genau.«

»Nein.« Seine Zähne sind so weiß wie aus einem Lehrbuch für Zahnmedizin. Oder sie sehen nur so aus, weil seine Haut sonnengebräunt ist. »Aber achtzig Kilometer weiter gibt's die.«

Mir fehlen die Worte.

»War 'n Spaß! Komm mit zur Ahoi-Klause. Da gibt es ein paar Zimmer. Blick aufs Meer, Frühstück, Mittagessen und Kneipenabende inklusive – wenn das für dich okay ist.«

Am liebsten hätte ich auf der Stelle gegoogelt, wie die Ahoi-Klause bewertet ist. Doch ich will meinen winzigen Balken Empfang nicht ausreizen. Stattdessen ergebe ich mich in mein Schicksal, denn ich habe sowieso keine andere Wahl. »Ist okay.«

»Prima.« Wir schweigen.

Verdammt, ich habe mich einfach zu wenig über Büdnitz informiert. Es hatte sich so unbeschwert angefühlt, mal keine

33

Reiseberichte vorab zu lesen oder Sehenswürdigkeiten zu recherchieren. Nicht, dass es hier viel zu sehen gäbe. »Und du denkst, in dieser Klause ist was frei?« Warum sollte ich diesen Nick nicht ebenfalls duzen? Er macht ja schließlich auch, was er will.

»Für jemanden wie dich immer.« Ehe ich michs versehe, knufft er mich in die Seite, wobei fast der Deckel von seinem blöden Topf rutscht.

Blitzschnell greife ich danach und presse ihn fest auf die Umrandung. »Toll!«, höre ich mich ausrufen – nicht, ohne mich zu fragen, ob diese hohe Piepsstimme tatsächlich zu mir gehört. Aber ich brauche nun einmal eine Bleibe.

Vor einem Häuschen mit schiefem Dach, schäbigem Gartenzwerg im Vorgarten und einem Fenster, dessen Glas notdürftig mit Folie und Klebeband ausgebessert ist, bleibt Nick stehen. Er stellt den Kochtopf vor der Tür ab, klopft zweimal an und geht weiter.

Irritiert folge ich ihm. Warum hinterlässt er fremden Leuten sein Essen?

»Werden bestimmt wieder dreißig Grad heute«, meint er, als wäre nichts Bemerkenswertes passiert. Mit dem Handrücken fährt er sich über die Stirn.

Was das Wetter betrifft, gebe ich ihm recht. Der Tau auf den Autos ist verdunstet und die Sonne strahlt kräftig. »Hoffen wir, jemand holt das Chili ins Haus, bevor es kalt wird, oder?«

»Wird es nicht. Aber ja, alles ist irgendwie besser zu heiß als zu kalt. Richtig?« Er zwinkert mir zu.

Will er damit etwa andeuten, dass ich Eisblock neben so einem ultraheißen Typen wie ihm längst hätte wegschmelzen müssen? Ist klar. Ich zupfe an meinem Röckchen. »Na ja, ich persönlich bekomme Kreislaufprobleme, wenn es viel zu heiß ist.« Den Zusatz »Blödmann« schlucke ich hinunter. »Was hatte das eben mit dem Topf auf sich?«, will ich wissen. »Und mit diesem Hexenhäuschen?« Zugegeben, ich bin neugierig.

»Ach, das Chili ist für den alten Jannis. Der mag mexikanisches Essen gern und hat sich bei einem Sturz vor drei Wochen beide Handgelenke gebrochen. Er trägt Kunststoffbandagen statt Gips, kann aber trotzdem nicht viel machen«, erklärt Nick leichthin, als würden dem alten Jannis ständig derart gravierende Unfälle passieren. »Unterschätze außerdem nie den Wert eines Hexenhäuschens, wie du es nennst, oder eines Grundstücks«, fügt er überflüssigerweise hinzu.

»Das mit den Händen tut mir leid.« Mir wird bei der Vorstellung, nichts heben oder arbeiten zu können, ganz anders. »Das muss hart sein.«

»Ja, und der alte Jannis lebt allein. Hat seine Frau verloren. Deshalb … na ja.«

»O nein.« Bis heute weiß ich nicht, wie man den Verlust eines geliebten Menschen jemals verkraften kann. Ich schlucke und kann nicht antworten, erst recht nichts Kluges sagen. Dazu ist der alte Mann auch noch gesundheitlich angeschlagen.

»Magda von der Buchhandlung hat mir ausgeholfen, ich hatte keine Kidneybohnen mehr. Bitte hier entlang.« Nick weist mit dem Arm zur Seite und biegt in eine Art Privatweg ein. »Wir sind gleich da.« Er knöpft sein Hemd auf, danach streift er es wie selbstverständlich von seinem Körper.

»Ähm … entschuldige. Was hast du vor?« Wir reden über ein tiefsinniges Thema und der Kerl zieht sich aus? Ja, es ist Sommer. Aber wir sind doch nicht am FKK-Strand! Ich schaue weg – obwohl sein bloßer Oberkörper aus dem Augenwinkel betrachtet nicht übel ist.

»Ich spare Zeit. Ehrlich.« Er lacht verschmitzt und stopft einen Teil des Hemdes in seinen Hosenbund, damit er die Hände frei hat, um sich die langen Stirnsträhnen in Form zu streichen. Die Muskeln an seinen Unterarmen treten zum Vorschein, was ich registriere, obwohl ich versuche wegzuschauen. »Alles gut?«, fragt er.

Mir war klar, dass der Typ eine Macke hat, aber damit ist es amtlich. Ich zähle innerlich bis zehn und konzentriere mich auf die üppige Bepflanzung am Wegesrand, während mein Begleiter ein- und ausatmet, als befänden wir uns in einem Geburtsvorbereitungskurs.

»Bestens.«

»Entspann dich doch auch ein bisschen. Hilft enorm vor der Arbeit. Und die Seeluft tut gut bei Stress.«

Wie kommt er denn darauf, dass ich gestresst bin? Wir laufen an einem Plakat vorbei, auf dem ein dunkelhaariger Anzugträger den Daumen nach oben hält und in die Kamera strahlt.

»Das ist Tobias Sanddorn, unser amtierender Bürgermeister«, erklärt Nick amüsiert, als er bemerkt, dass ich aus Verlegenheit länger auf das Poster starre als nötig. »Bald ist die Wahl und Tobi kandidiert wieder. So, und jetzt noch mal richtig.« Er streift seine Finger an der Jeanshose ab und hält mir die Hand hin. Es ist die raue Handfläche eines Mannes, der es gewohnt ist, hart zu arbeiten. Ich reiche ihm meine, die klein und zierlich in seiner liegt. Fröhlich deutet er einen Diener an und zwingt mich quasi dazu, ihm direkt in die Augen zu schauen. Sie leuchten türkisfarben. »Ich bin Nick Bühler.«

»Und ich Belle … Herzog.«

»Belle«, wiederholt er langsam, und wir verweilen einen Moment zu lange in dieser Haltung. »Freut mich, dich kennenzulernen.«

Dann umrunden wir eine Reihe hoher Bambussträucher und stehen kurz darauf auf einem nicht geteerten Platz direkt vor einem Gebäude, das man bei uns in Bayern höflich als Bauernhof mit Kuhstall bezeichnen würde. Der einzige Unterschied sind die typisch norddeutschen roten Steinmauern in Kombination mit dem Reetdach. Auf dem Platz oder besser Innenhof befinden sich vier Tische, die mit karierten Tischdecken eingedeckt sind.

Über der Eingangstür erkenne ich eine Leuchtreklame, die am helllichten Tag natürlich nicht leuchtet. Bei Nacht kann man die Bezeichnung »Ahoi-Klause« sicher besser lesen.

»Das ist meine Kneipe«, verkündet Nick.

Ich bin verblüfft. »Warum hast du nicht gleich gesagt, dass du der Besitzer bist?«

»Ich wollte es so prickelnd wie möglich für ein Großstadtmädchen wie dich machen.« Nick streicht sich über den Bauch. Entweder geht er jeden Tag ins Fitnessstudio oder es gehört zu seinen täglichen Aufgaben, schwere Kisten und Bierfässer zu stemmen. Vermutlich Letzteres. »Nein, ernsthaft. Ich hab's vergessen.« Nebenbei kontrolliert er die Standfestigkeit der Sitzbank vor dem Treppenaufgang. »Die muss ich dringend erneuern«, tadelt er sich und meint damit wohl reparieren, nicht neu kaufen.

Ich bemerke eine weitere recht lange Narbe, die sich über seinen Rücken zieht. Augenblicklich denke ich an Richards unversehrten Körper und daran, dass er sogar für das Wechseln einer Glühbirne einen Handwerker bestellt. Kein Wunder, dass er sich noch nie verletzt hat. »Die Ahoi-Klause sieht nett aus«, ringe ich mir ab, während wir die durchgewetzten Stufen zum Eingang hochgehen. Das Holz knarzt unter meinen Füßen.

»Danke. Aber seit wann ist ›nett‹ ein Kompliment?« Er grinst.

Bereits auf den ersten Metern hinter der Fliegengittertür schlägt mir eine Mischung aus Bier- und Kaffeegeruch entgegen. Ich hätte es einladender gefunden, wenn es nach Pancakes und Käse-Panini geduftet hätte. Von mir aus auch nach einem guten Rotwein. Sei's drum.

Die Kneipe ist dürftig besetzt, hinter der Bar steht eine Frau mit einem gepunkteten Haarband in den Locken, schätzungsweise Anfang dreißig, so wie ich. Als sie um die Theke läuft, um einem Gast ein opulentes Frühstückstablett zu bringen, gibt sie

37

den Blick auf ihr rotes Petticoatkleid frei, das ihre Rundungen vorteilhaft umschmeichelt. »Moin, Chef«, begrüßt sie Nick, der halb bekleidet durch sein Gasthaus eilt. Ich fühle mich an einen Ort versetzt, dessen Existenz ich bis eben nicht für möglich gehalten hätte: irgendetwas zwischen dem Amerika der Fünfzigerjahre und einer modernen norddeutschen Surferkajüte.

»Sorry, Tine, bin 'n Tacken zu spät dran.« Nick sprintet hinter den Tresen und zieht ein schwarzes T-Shirt hervor, das er sich hastig überstreift. Zu meiner Überraschung ist es gebügelt und trägt in Rot die Aufschrift »Ahoi-Klause«. Er ist gar kein Exhibitionist? Und hat unterwegs begonnen, sich umzuziehen, um Zeit zu sparen, wie er erzählt hat? Ich hebe wortlos die Brauen, was er mit einem »Gib's zu, Großstadtmädchen. Du findest es schade, dass ich diesen Astralkörper jetzt in Stoff hülle«-Grinsen quittiert.

Geräuschvoll stelle ich mein Gepäck neben dem Barhocker ab, während er sich durch einen dicken Kalender blättert. Kurz darauf fasst er sich stöhnend an die Stirn. »Mist, verdammter. Ausgebucht. Es tut mir leid, Belle, ich hatte den Gast im Eckzimmer nicht im Blick. Der bleibt länger.«

»Ach so.« Ich zucke mit den Schultern und bin enttäuschter, als ich gedacht hätte. »Kann man nicht ändern.« Insofern werde ich wohl doch in den Nachbarort pilgern müssen.

»Halt!« Er legt den Zeigefinger an die Unterlippe. »Der Abstellraum neben meinem Schlafzimmer ist frei. Den vermiete ich nicht oft. Du kannst ihn haben. Ist ja nicht für lange. Mein Bad ist groß genug, wir können es uns gern teilen.«

»Du meinst, wie in einer Wohngemeinschaft?«

»Exakt.«

Ich schweige kurz. Ich habe mein Jurastudium in Rekordgeschwindigkeit hingelegt, um als Anwältin erfolgreich zu sein. Und jetzt werde ich zurück in meine Studentenzeit katapultiert? Da kann was nicht stimmen. »Wenn ich ehrlich bin, ist das nicht so mein Ding.«

»Gut.« Er dreht sich zur Espressomaschine, um den Kaffeesatzbehälter zu leeren, als wäre er sowieso nicht davon ausgegangen, dass ich sein Zimmerangebot annehme.

Ich lasse mich auf einem Barhocker nieder, während Nick die Maschine wieder zusammensetzt und eine Tasse unter den Ausguss stellt. »Ich hätte mich gefreut, dich hier zu haben. Du bist echt sympathisch und hübsch.«

»Danke schön.« Es kommt selten vor, dass mir jemand so offen Komplimente macht.

»Und ich mag den kurzen Rock, wenn ich das so sagen darf.« Wieder diese kleinen Grübchen.

»Darfst du, solange es nicht anzüglich gemeint ist«, spricht die Juristin aus mir.

»Und wenn es ist, weil ich dich einfach gut finde?« Er grinst und legt eine Speisekarte vor mir auf der Theke ab. »Bestell dir gern ein Frühstück aufs Haus und noch mal sorry, weil die Zimmer belegt sind.« Dann geht er zu den Jungs an den hinteren Tischen, um deren Order aufzunehmen.

Ich versuche, seiner Schmeichelei keine große Bedeutung beizumessen. Richard hat mir anfangs auch Komplimente gemacht und bereits nach ein paar Wochen konnte er sich offenbar nicht mehr daran erinnern. Stattdessen studiere ich die Karte: Rührei mit Speck, Omeletts mit frischem Obst, Croissants mit Marmelade, herzhafte Pfannkuchen an Rohkost – zwölf verschiedene Frühstücksvarianten, die sich alle himmlisch anhören. Das findet auch mein Magen, der mich wieder daran erinnert, dass es heute außer einem Müsliriegel bisher nichts für ihn gab.

»Ich empfehle dir das Seemannsbrett, wenn du viel Hunger hast. Und deine Schuhgröße ist …?«, fragt Nick, als er zurück in den Barbereich kommt.

Er ist der erste Mann, der mir ein Brett empfiehlt und sich nach meinen Füßen erkundigt. »Warum fragst du? Achtunddreißig. Und ich nehme das Seemannsding.«

»Alles klar. Ich geb's weiter.« Er deutet mit dem Kopf in Richtung seiner Mitarbeiterin. »Wie viel Paar Schuhe hast du dabei? Zur Info: Der nächste Schuhladen ist nur mit dem Auto erreichbar und du hast keins.«

»Taxi?«

»Negativ«, erwidert er. »Hast du Turnschuhe mit?«

»Negativ. Du hast mich durchschaut.« Für eine, die normalerweise alles drei Mal durchdenkt, habe ich beim Packen vor lauter Aufregung zu wenig nachgedacht. Ich habe die Schuhe vergessen.

Er schüttelt den Kopf und lacht. »Wenn du magst, kannst du morgen mit mir in den Nachbarort zum Einkaufen fahren. Vorausgesetzt, du bist dann noch da. Ich muss zum Großhandel und der Schuhladen ist direkt um die Ecke. Bloß ein Vorschlag.«

»Danke.«

Pfeifend verschwindet Nick in der Küche, weshalb ich den Ostsee-Reiseführer und das Handy aus meiner Umhängetasche ziehe. Ob die Ahoi-Klause WLAN hat? Egal, entschieden packe ich das Gerät wieder weg. Digital Detox. Jetzt freue ich mich erst mal darauf, meinen Onkel kennenzulernen.

Gedankenverloren blättere ich durch das Buch, in dem bekannte Ostseeorte wie Grömitz und Heiligenhafen abgebildet sind. Letzterer soll seit Neuestem mit einer Schaukel im Meer ausgestattet sein. Auch mein Gedankenkarussell beginnt, sich zu bewegen. Warum hat Hein nach mir gesucht? Und woher hatte er meine Adresse? Nonna hatte keinen Kontakt zu ihm, sagte sie neulich am Telefon. Sie lebt seit Ewigkeiten am Gardasee und kommt nur selten nach Deutschland.

Wird sich hoffentlich alles finden, wenn ich Hein sehe und wir uns in den Armen liegen. Soll ich ihn überhaupt umarmen?

Vielleicht hätte ich doch vorher anrufen sollen. Vielleicht ist das Ganze aber auch eine Schnapsidee und ich hätte nur mal ausgiebig mit Flo shoppen gehen müssen, um zur Ruhe zu kommen, statt direkt meine komplette Existenz infrage zu stellen.

Das wäre einfacher gewesen – aber nicht das Gleiche. Und vor allem nicht das, was ich brauche. Ich wünsche mir Geborgenheit, Zugehörigkeit, ganz viele Glücksgefühle …

… und eine Familie.

Kapitel 2

»Wow, das ist richtig gut!«, bemerke ich leise in Richtung meines Seemannsbretts. Nick hat es trotzdem gehört. Er trocknet ein Bierglas ab und visiert mich über den Tresen seiner Bar an, als wollte er von meinem Gesicht ablesen, ob ich das ernst meine oder es nur aus Höflichkeit gesagt habe. »Ich brate halt in München keine Rühreier oder schneide Möhrchenschnitze«, gebe ich zu, »obwohl ich beides gern esse.«

»Ist ja nicht schlimm«, kommentiert er lächelnd. »Dafür verkaufe ich Alkohol, obwohl ich keinen trinke.« Er hängt sich das Küchenhandtuch über die Schulter. Anschließend geht er zu einem der besetzten Tische.

Gemüse und kein Alkohol also. Er scheint so eine Art Fitness- und Gesundheitsapostel zu sein. Mit beidem beschäftige ich mich eindeutig zu wenig. Ein gesunder Start in den Tag gehört bei mir einfach nicht zur Morgenroutine, da bin ich ehrlich. Meistens besteht mein Tagesbeginn aus einem schwarzen Kaffee (weil ich mal wieder keine Milch im Haus habe) und einem trockenen Müsli (aus dem gleichen Grund). Aber wenn Frühstück immer so lecker wäre wie hier und heute, würde ich das viel häufiger tun. Ich verteile die restliche Himbeermarmelade auf dem warmen Croissant und beiße genüsslich hinein. So gut wie selbst gemacht – ist es wahrscheinlich sogar. Genießerisch lecke ich mir über die Lippen. Ich hätte weder Zeit noch Muße, so etwas wie Marmelade einzukochen. Abgesehen davon, dass ich keinen Garten habe und meinen Herd nur zum Aufkochen von Nudelwasser nutze. Ich denke an Mister Chang, dem der kleine thailändische Imbiss neben meiner Münchner Wohnung gehört. In den letzten Jahren habe ich oft abends dort gesessen (mal mit, mal ohne Richard), um nicht selbst kochen zu müssen. Vielleicht zu oft. Aber das Chicken Deluxe ist der Hammer, und wenn ich mal drei Tage hintereinander nicht da war, hat Mister Chang bei mir geklingelt, um sich zu erkundigen, ob alles okay ist. Dabei weiß er gar nichts über mich – nur, dass ich sein Hühnchen mag.

»Du bist sicher Belle. Ich bin Tine«, stellt sich die Bedienung im Petticoatkleid mir jetzt vor. »Nick sagt, du hast ein Schuhproblem?« Ihre Wangen leuchten rosa und sie strahlt so viel Lebendigkeit aus, dass man sie einfach mögen muss. Es klimpert hell, als sie meine leere Milchkaffeetasse aufs Tablett hebt. Sie trägt eine stattliche Menge Ringe an den Fingern. »Ich habe vielleicht eine Lösung für dich.«

»Das wäre großartig. Mein Absatz ist blöderweise abgebrochen.« Ich deute auf den lädierten Schuh. »Und ich habe leider nur ein Paar Hausschuhe im Koffer.«

»Pinke Birkenstocks mit Barbie-Schriftzug?« Sie lacht.

»So ähnlich.« Verlegen schiebe ich das letzte Stück Croissant in meinen Mund.

»Ich habe weiße Ersatz-Turnschuhe für die Arbeit im Auto liegen, die kann ich dir gern leihen«, beruhigt Tine mich und dreht sich munter zum Eingang um, um die Menschentraube zu begutachten, die im Nullkommanichts die Kneipe füllt. »Die Schuhe sind neununddreißig, so wie ich.«

»Echt? Ich hätte dich nicht auf Ende dreißig geschätzt.« Tine hat keine einzige Falte im Gesicht. »Größe neununddreißig passt auf jeden Fall. Danke, dass du mir hilfst.«

»Ich danke dir. Nächstes Mal, wenn mich jemand fragt, wie alt ich bin, sage ich neunundzwanzig«, entgegnet sie beschwingt und lädt sich zusätzlich das Frühstückstablett auf die Armbeuge, während Nick geschäftig an uns vorbeirauscht.

»Der Chef stellt die Marmelade übrigens selbst her.« Tine legt mir verschwörerisch die beringte Hand auf den Oberarm, mit der anderen balanciert sie nach wie vor den Geschirrberg. »Noch besser sind nur seine Nackenmassagen. Er sollte ein Massagestudio eröffnen, statt dieses Holzdingsda zu bauen. Abwehrkräfte sind wichtig, aber Entspannung bringt mehr Geld.«

Ich bin mir nicht sicher, ob ich wissen wollte, wie wenig Berührungsängste dieser Nick hat oder was sein nächstes Geschäftsprojekt ist. Er steht gerade wieder hinter der Theke und registriert sowohl, dass ich ihn mustere, als auch, dass ich alles aufgegessen habe – inklusive der Rose aus Radieschen und dem Deko-Salatblatt. Seine Mundwinkel heben sich zu einem Grinsen. Blödmann.

»Deine Turnschuhe retten meinen Tag«, sage ich an Tine gewandt, »ich hab nämlich noch einiges vor heute.«

»Kein Ding. Ich bräuchte sie nur irgendwann zurück. Ich besitze nicht so viele.«

»Natürlich.« Mit schlechtem Gewissen denke ich an mein Ankleidezimmer, das eine komplette Wandseite nur für Schuhe umfasst. »Klar«, wiederhole ich, obwohl Tine mich schon nicht mehr hören kann. Sie stößt mit der Hüfte die Schwingtür zur Küche auf, bevor der hell gefliese Raum sie mitsamt Petticoatkleid und schmutzigem Geschirr verschluckt. Es ist mir total unangenehm, wie nachlässig ich gepackt habe. Und es ist leider nicht das Einzige, bei dem ich fehlgeplant habe.

»Sag mal, Nick. Was kostet der Abstellraum eigentlich?«, spreche ich ihn an, als er an mir vorbeieilen will. Verwundert bleibt er stehen. »Nicht, dass ich ihn haben wollen würde«, füge ich schnell hinzu.

»Selbstverständlich nicht«, entgegnet er nüchtern. »Aber wenn doch, macht das hundert Euro.«

»Für drei Tage?«

»Pro Nacht.«

Ich falle fast vom Stuhl, und das nicht, weil ich so viel gegessen habe. »Ich rede von dem Abstellraum.« So hat er ihn doch bezeichnet, oder nicht?

»Ich auch.«

Ahoi-Nick weiß offenbar, wie man Geschäfte macht. Andererseits sehen der marode Boden, der poröse Anstrich und die angegriffene Holzdecke nicht so aus, als ob hier die Einnahmen in Strömen flössen. Aber bei mir fließt zurzeit genauso wenig. Ich bin arbeitslos und habe eine Wohnung in München abzuzahlen, Erspartes hin oder her. »Ich meine den Abstellraum, bei dem wir uns ein Bad teilen?«, erinnere ich ihn.

»Stimmt, genau. Der Ausblick aus dem Zimmer ist einzigartig«, schwärmt mein potenzieller WG-Mitbewohner ungerührt und wischt mit einem Lappen die Krümel von dem Tresen vor mir.

Ich bin müde und will mir keine andere Unterkunft mehr suchen. Ich möchte mich auf ein Bett legen, meine Kleidung von mir werfen, duschen, atmen und kurz allein sein. »Welcher Ausblick?«

»Welcher wohl?« Gespielt übertrieben hebt Nick die Hände in die Luft.

Sogar die beiden älteren Herren nebenan am Spielautomaten lachen über seine Geste.

Er lässt die Arme sinken, um weiterzuarbeiten. »Entscheide dich einfach, Belle aus München, bevor jemand anderes das Zimmer haben möchte.«

Witzbold. In der letzten Stunde war niemand da, der sich nach einer Unterkunft erkundigt hätte, das Handy am Ohr hatte Nick auch nicht – zumindest habe ich es nicht mitbekommen. Oder verwaltet er seine Gästeanfragen in der Küche? »Herrgott, ich nehme die Abstellkammer«, presse ich zwischen zusammengebissenen Zähnen hervor, weil es mir letztendlich doch zu heikel ist, ohne Dach über dem Kopf dazustehen.

»Sehr gern.« Er wirft einen Seitenblick zur Fliegengittertür, die unwirsch aufgestoßen wird.

Weitere Gäste entern das Lokal, es ist mittlerweile richtig voll und vor allem laut. Ich schaue auf meine Armbanduhr – ein Geschenk von Richard zum Einjährigen. Die Uhr ist edel und die Marke teuer, weshalb ich sie nach wie vor trage. Es fühlt sich falsch an.

»Sorry, es ist Mittagszeit. Die Arbeit ruft.« Nick wirft mir ohne Ankündigung einen Schlüssel zu, den ich problemlos auffange. Überrascht zieht er eine Braue hoch. »Du hast keine Turnschuhe dabei, aber sportlich bist du.«

»Ich war früher im Kunstturnverein.« Eine wohlige Erinnerung an mein Hobby während der Schulzeit überkommt mich. Wie lange habe ich keine Übungen auf der Turnmatte mehr gemacht oder mit meinen Freundinnen von damals Turnvideos angeschaut und die neuesten Tricks besprochen? Das Studium, die Arbeit, die ersten Freundinnen sind weggezogen, haben geheiratet, Kinder gekriegt und dann haben wir den Kontakt verloren. Ich erhebe mich und greife nach meinem Gepäck. »Das ist allerdings ziemlich lange her. Heute bin ich nicht mehr so sportlich.«

»Vieles geht irgendwann vorbei. Aber man kann jederzeit neu beginnen. Zum Glück.« Nick zuckt mit den Schultern und deutet auf den schmalen Treppenaufgang neben der Küche. »Da entlang, Treppe rauf, linksherum, gleich das erste Zimmer.«

»Echt jetzt?« Ich kneife ein Auge zu. Irgendwie war ich davon ausgegangen, dass die Übernachtungsgäste im Nebengebäude wohnen, und nicht, dass ich direkt über dem Lokal schlafen soll.

»Mein Zimmer liegt neben deinem«, fährt er ungerührt fort. »Aufzug haben wir nicht. Am Ende des Gangs ist das Bad. Handtücher findest du in dem Schränkchen unter dem Waschbecken. Wenn du Fragen hast, wende dich vertrauensvoll an Tine oder mich. Viel Spaß!«

Ich will mich bedanken, obwohl der Preis Wucher ist und es sich um eine WG handelt, aber er ist bereits unterwegs zu einer Dreiergruppe Frauen in geblümten Sommerkleidern.

»Hey, hey, Doc Martens, Sie sind früh heute«, grüßt er im Vorbeigehen einen älteren Herrn, der den Teelichthalter auf einem Zweiertisch zurechtrückt. Das ist dann wohl der Landarzt von Büdnitz.

Ich stöhne und komme mir vor wie im falschen Film. An der Treppe schiebe ich den Griff in den Trolley und hieve ihn nach oben. Glückwunsch, Belle! Du ziehst bei einem Typen ein, den du kaum kennst (gut gebaut, aber seltsam), und wohnst über einer Dorfkneipe (nicht so gut gebaut und ebenfalls seltsam).

Oder, um es mit Flos Worten zu sagen: Ich habe jetzt ganz offiziell eine Krise.

Die Zimmertür quietscht beim Öffnen und es ist düster in dem Räumchen. Trotzdem bin ich positiv beeindruckt – entweder hat Nick Geschmack oder Tine ihm bei der Einrichtung geholfen. Das Zimmer ist zweckmäßig möbliert: ein Kleiderschrank, ein Schreibtisch und ein Einzelbett – gebrauchte Möbelstücke, die liebevoll restauriert und angestrichen wurden. Dass sie alle hellblau sind, stört mich nicht. In einer Zimmerecke stapeln sich zerfledderte Pappkartons bis zur Decke und die herumstehenden leeren Weinflaschen geben einen säuerlichen Geruch ab. Ich werde Nick bei Gelegenheit bitten, sie zum Glascontainer zu bringen. Immerhin zahle ich hierfür. Erschlagen sinke ich in die weiche Matratze. Wenigstens die Blümchen-Bettwäsche duftet nach Weichspüler. Ich fühle mich, als wäre ich einen Marathon gelaufen. *Krönchen richten und weitermachen*, würde Mama jetzt sagen. Ich erinnere mich daran, wie sie Überstunden im Discounter gemacht und einen zweiten Job angenommen hat, um mir den Schulausflug, einen neuen Turnanzug oder ein Buch zu ermöglichen. Mama war nie zu müde – oder besser gesagt, sie hat es mir nie gezeigt. Doch die dunklen Ringe unter ihren Augen sprachen oft Bände.

Mit einem Ruck setze ich mich aufrecht hin und streife die Schuhe von meinen Füßen, um barfuß ans Fenster zu treten. In einer fließenden Bewegung schiebe ich die Vorhänge zur Seite. Die Sonne strahlt so hell durch die Scheiben, dass ich blinzeln muss.

Und dann sehe ich es! Oh. Mein. Gott! In der Ferne vor mir liegt das Meer.

Mit diesem sogenannten Ausblick habe ich beim besten Willen nicht gerechnet. Strand, Möwen, Wellen – alles, worauf ich mich so sehr gefreut hatte, liegt vor mir. Eine Reihe Strandkörbe lädt in Wassernähe zum Verweilen ein, während das Dunkelblau des Meeres in das helle Blau des Horizonts übergeht. Feine Schäfchenwolken ziehen am Himmel vorbei und eine Gänsehaut zieht über meine Arme. In diesem Moment bin ich ganz bei mir. Ich öffne das Fenster, atme tief ein und lehne mich hinaus in die Seeluft.

Ich befinde mich auf der Rückseite der Ahoi-Klause und blicke von hier oben aus direkt in einen großen, lebendigen Garten. Eine Steinmauer grenzt die ausladenden Apfel- und Zwetschgenbäume von einem Feld mit Möhren, Salat, oder was immer da angepflanzt ist, ab. Außerdem blühen überall rote und weiße Rosen um die Wette. In einem aus Holzpaletten gebauten Hochbeet wachsen diverse Kräuterarten und ich kann ein Kartoffelfeld sowie unterschiedliche Beerensträucher ausmachen. Jetzt weiß ich, warum das Essen so unvergleichlich gut geschmeckt hat. Ich spähe die Hauswand entlang und entdecke an deren Ende eine Art Holzverschlag. Möchte Nick Hühner halten, damit er die Eier fürs morgendliche Frühstück nicht mehr einkaufen muss? Soll ich eigentlich gleich direkt zu Onkel Hein gehen oder lieber bis morgen nach dem Frühstück warten?

Es gibt keine richtige Zeit für irgendetwas, höre ich meine Mutter in Gedanken sagen. *Wenn du ihn schon unbedingt kennenlernen willst, dann geh*. Selbst über ihren Tod hinaus erinnere ich mich an die Bestimmtheit, die sie ihren Worten verleihen konnte.

Dementsprechend stehe ich eine Stunde später frisch geduscht in Rock, Bluse und Tines Turnschuhen auf der Veranda der Ahoi-Klause. Meine Hände schwitzen und mein Herz rast. Ich bin so gespannt, wie alt Onkel Hein ist und wie er aussieht – ob er ausflippen wird, wenn er auf mich trifft.

»Na, Belle.« Tine kommt aus dem Lokal und zündet sich eine Zigarette an. Befreit bläst sie den Rauch in die Luft. Der Ansturm drinnen scheint gebannt.

»War richtig viel los eben. Das ist gut, oder?«, beginne ich ein Gespräch.

»Ja, aber das ist leider bloß dienstags so.« Sie wischt sich die Hand an der Schürze ab und setzt sich in den alten Strandkorb, der auf der linken Verandaseite steht. »An den restlichen Wochentagen gehen die Leute woandershin oder essen zu Hause. Uns bleiben ein paar Stammgäste, aber es sind zu wenige. Wir müssen uns dringend etwas überlegen, wenn wir die Klause halten wollen. Nick hat einen Koch eingestellt, weil er die Bewirtschaftung des Gartens, die Kneipe und die Gästezimmer nicht mehr allein schafft. Eine zusätzliche Arbeitskraft bedeutet aber auch Kosten, obwohl der neue Koch anscheinend nicht so viel nimmt, wie er könnte. Es gibt außerdem unendlichen Renovierungsbedarf, die Decke und die Balken krachen bald ein, wenn wir nichts tun.«

»Das ist ja sehr beruhigend.« Mir wird ein wenig flau.

»Habt ihr alles durchkalkuliert?« Ich würde Nick gern helfen, doch dazu bräuchte ich länger als drei Tage in Büdnitz, mehr Informationen und er müsste es wollen. »Manchmal gibt es Möglichkeiten, die man nicht sofort identifizieren kann.«

Tine zieht an ihrem Glimmstängel und bläst einen Rauchring in die Luft. »Nick sagt, wir brauchen eine neue Geschäftsidee oder Tourismus, den wir eigentlich nicht in Büdnitz wollen, sonst können wir bald dichtmachen.«

»Ist das euer gemeinsames Geschäft?« Ich will nicht neugierig erscheinen, aber für eine eventuelle Kalkulation wäre es gut zu wissen.

»Nein, es ist Nicks Laden. Er hat mich Vollzeit angestellt!«

Sie sagt es so, als wäre ihre Anstellung eine große Sache, was ich nicht ganz nachvollziehen kann. Noch nicht.

»Hallo, Mama.« Ein Mädchen, vielleicht fünfte Klasse, kommt über den Kies auf uns zu. Sie hat die blonden Haare zu einem hüftlangen Zopf gebunden. Schnell löscht Tine die Zigarette im Aschenbecher zu ihren Füßen.

»Mensch, Mama, hast du schon wieder geraucht?«, tadelt das Mädel und sprintet die Treppen hoch, um den Schulrucksack vorwurfsvoll neben ihrer Mutter auf das Holz plumpsen zu lassen. »Im MfD-Podcast hat McJulius heute darüber gesprochen, wie viel man mit der Kraft der eigenen Gedanken bewegen kann. Du musst nur endlich mal dran glauben, dass du das Rauchen nicht brauchst.«

Steht MfD für den »Meer für Dich«-Podcast? Ich befürchte es. McJulius verfolgt mich.

»Es ist nicht so leicht, das Rauchen sein zu lassen, Schatz. Und warum hörst du überhaupt so eine komische Sendung, wenn du eigentlich in der Schule sein solltest?« Tine wirft mir einen entschuldigenden Blick zu. »Leni, das ist Belle. Sie wohnt jetzt bei uns in der Klause.«

Leni zieht wortlos die Nase kraus, entweder wegen der Zigarette oder weil sie keine Lust hat, sich mit mir zu unterhalten. Letztendlich hebt sie notgedrungen die Hand, bevor sie sich wieder ihrer Mutter zuwendet. »Ich höre immer etwas im Bus über meine Kopfhörer und ich möchte am Wochenende nicht zu Papa. Damit du es weißt. Ich hab ihn wieder ewig nicht gesehen und bin ihm sowieso egal«, sagt sie. »Außerdem hältst du dich auch nicht an unsere Abmachungen, wie man sieht.«

Ganz schön pfiffig. Tine rollt genervt mit den Augen, steht auf und schiebt Leni samt Rucksack in Richtung Fliegengittertür. »Wir diskutieren in der Küche weiter.« Es scheint ihr peinlich zu sein, dass ihre Tochter in meinem Beisein einen Disput anzetteln will.

»Nick stellt am Samstag die Sauna fertig und ich möchte ihm dabei helfen, Mama.«

»Eine Sauna ist nichts für Kinder.« Leni kann Tine offenbar schneller aus der Ruhe bringen als dreißig Gäste gleichzeitig. »Sorry, Belle. Bis später.«

»Ja, bis dann.«

Hektisch verschwindet sie hinter ihrer Tochter in der Kneipe.

Bei der Kreuzung mit den vielen Wegweisern gebe ich den Straßennamen von der Postkarte bei Google Maps auf meinem Handy ein. Vertrauensvoll lasse ich mich daraufhin an bunten Katenhäusern und einer Fischbude vorbeinavigieren und bin hocherfreut festzustellen, dass Leben in das kleine Büdnitz gekommen ist: Menschen laufen vom Bäcker zum

Tante-Emma-Laden, zum Blumenladen und zurück. Im Schaufenster von *Blumen und Meer* reihen sich Porzellan-Leuchttürme an bunte Glitzertassen und Duftkerzen. Vor dem Rathaus bleibe ich stehen und betrachte das eindrucksvolle Gebäude dieses Mal genauer. Möwen fliegen kreischend um die Spitze des Turms. Ich kann meinen Blick kaum von dem hellblauen Himmel abwenden. Es sieht aus wie gemalt.

Mit dem Kopf im Nacken werde ich unsanft nach vorn katapultiert. Autsch!

»Entschuldigung, ich wollte Sie nicht anrempeln. Sie sind so abrupt stehen geblieben. Hoffentlich haben Sie jetzt kein Schleudertrauma.«

Angestrengt fahre ich herum, doch als ich einen zerknirschten Blick aus karamellbraunen Augen auffange, schlucke ich die Worte der Empörung hinunter, die mir auf der Zunge lagen. Der Mann im schicken Anzug kommt mir bekannt vor und ist anscheinend in Eile. Er späht zuerst auf die Rathausuhr und nippt dann hastig an seinem Coffee to go. »Tut Ihnen etwas weh?«

»Alles gut.« Ich reibe mir prüfend den Nacken. »Wo haben Sie denn den Kaffee zum Mitnehmen her?«

»Von Elkes Kaffeebude am Strand. Das ist ein Vanilla Latte, schwer zu bekommen hier. Aber Elke hat alles«, antwortet er schnell und fragt dann noch einmal: »Sicher, dass alles gut ist?«

»Ja, wirklich.« So heftig war der Zusammenstoß nun auch wieder nicht.

Er linst erneut zur Rathausuhr. »Die Hochzeit! Entschuldigung. Ich bin spät dran.«

Er heiratet? Jetzt? Ist ja krass. »Ich wollte mir sowieso nur das Rathaus ansehen«, winke ich verständnisvoll ab. »Alles Gute für Sie und die gemeinsame Zukunft.«

Er zögert einen Moment und beißt sich dann auf die Unterlippe. »Sie scheinen neu hier zu sein. Genau genommen ist dieses Rathaus Bürger- und Standesamt in einem. Das Standesamt ist aber der schönste Raum und erst renoviert worden.« Er stellt sich aufrechter hin und ich finde, der Anzug steht ihm. Außerdem finde ich es echt lässig von ihm, dass er sich kurz vor seiner Hochzeit trotz Zeitdruck einen Kaffee gönnt und mit mir plaudert. Bestimmt hat er Lampenfieber wegen der Eheschließung.

Ich kann ihn verstehen. »Fast jede dritte Ehe wird in Deutschland geschieden«, gebe ich mein Wissen preis. Nicht der beste Moment, das anzumerken – aber es ist eine Art Berufskrankheit bei uns Scheidungsanwälten. »Irgendwas ist immer: Der Partner dreht die Zahnpastatube nicht richtig zu, er schnarcht, sie gibt zu viel Geld aus, es fehlt an gegenseitiger Wertschätzung – das ist der häufigste Grund – oder er schwängert eine andere.« Ich lächle, bis mir meine Aussage bewusst wird. »Also, irgendwer schwängert irgendwen – ich meine damit nicht Sie.«

Der Mann starrt mich mit offenem Mund an.

»Jemand anderes als Sie. Wie gesagt.« Ich rede mich hier um Kopf und Kragen, dabei sollte ich ihm besser den Glauben an die Liebe lassen. Noch weiß er ja nicht, was auf ihn zukommt. Ich deute auf das rote Backsteingebäude. »Na dann, die Braut wartet sicher schon.«

»Die Bräute warten immer.« Er nippt ein letztes Mal an seinem Kaffeebecher. Ziemlich abgeklärt. Seine finalen Sekunden als Single. Eigentlich schade um ihn. »Machen Sie es gut.« Zwei Stufen auf einmal nehmend, hastet er schließlich die Steintreppe zum Eingang hoch. Ein Bräutigam in Eile.

»Sie auch«, rufe ich ihm hinterher und überlege einen Augenblick. Onkel Hein ist bestimmt ebenfalls verheiratet. Ich sollte seiner Frau wenigstens eine Kleinigkeit mitbringen und nicht mit leeren Händen bei ihm auflaufen. Ich wende mein Gesicht der Sonne zu und spüre, wie die wärmenden

Strahlen meine Haut verwöhnen. Sommer ist meiner Meinung nach mit Abstand die allerbeste Jahreszeit, und ein Strauß mit Sommerblumen geht immer. Ich schlendere zurück zum Blumenladen und entscheide mich für ein paar Margeriten im Tontopf. Gelb ist fröhlich – und das bin ich gerade auch.

Zwei Kieswege, einen Schotter- und einen Trampelpfad weiter danke ich Tine im Stillen von Herzen für die Turnschuhe. Allerdings gibt es hier im Möwenweg kein Fischerhäuschen oder etwas Ähnliches, wovon Nick geredet haben könnte. In diesem Viertel stehen nur normale Mehrfamilienhäuser, wahrscheinlich war das Gebiet vor zwanzig Jahren sogar ein reines Neubaugebiet. Vor der Nummer sieben halte ich an. Das Gebäude ist im gleichen Stil wie die anderen Häuser errichtet, ist jedoch eher ein Bürogebäude. »Kanzlei W&S« steht unter der Firma »Tripack und Co. KG« auf einem Messingschild an der Hauswand. W wie Wesseling. Eine Kanzlei. Das bedeutet, dass mein Onkel auch Anwalt ist. Vielleicht sind wir uns ähnlicher, als ich angenommen hatte. Aber warum hat er diese Adresse und nicht sein Zuhause auf der Karte angegeben?

Ich will alle meine Fragen klären und gerade auf die Klingel drücken, als eine Dame mit roten Haaren die Haustür öffnet und an mir vorbeistürmt, ohne zu grüßen. Aufgeregt presst sie ihre Handtasche an sich. Ich fühle mich prompt an meinen Arbeitsplatz nach München zurückversetzt: In einer Anwaltskanzlei hat man es oft mit Empörung, Schuldzuweisungen und Provokation zu tun. Viele Mandanten können nicht glauben, was ihnen passiert ist, oder wünschen sich eine andere Lösung für ihre Streitigkeiten. Nur ein einziges Mal hatte Florian einen Fall, bei dem das Ehepaar es sich anders überlegt und den Antrag auf Scheidung zurückgezogen hat.

Die Frau von eben stapft um die Straßenecke. Ich setze nervös meinen Fuß in den kühlen Hausflur. Es riecht modrig, aber das haben Briefe, Aktenberge und Papier nun einmal so an sich.

Welches Fachgebiet Hein wohl vertritt? Auf dem Messingschild steht keine Spezifikation. Die Tür zur Kanzlei im Erdgeschoss ist nur angelehnt, die Dame von eben hat sie wahrscheinlich nicht richtig ins Schloss gezogen.

Mutig trete ich ein. Gleich treffe ich meinen Onkel – zum ersten Mal in meinem Leben. Mit schwitzenden Fingern halte ich den Pflanzentopf vor meinen Oberkörper. Meine Hände zittern und mein Herz pocht gegen meinen Brustkorb. Ich will unbedingt, dass dieser Mann, der mit mir verwandt ist, mich mag. Dass ich ihn mag.

Doch im Vorraum der Kanzlei herrscht gähnende Leere. Der Schreibtisch, an dem eine Sekretärin sitzen könnte, ist verwaist. »Hallo? Ist hier jemand?«, rufe ich und drehe mich um meine eigene Achse. Als ich keine Antwort erhalte, beuge ich mich über den Computerbildschirm und spähe auf die Arbeitsplatte, die von Schriftstücken übersät ist. Auf einem Stapel ungeöffneter Briefe steht ein gefüllter Plätzchenteller, wie man ihn von Meetings um die Weihnachtszeit kennt. Wir haben Juli.

Jemand räuspert sich. »Kennen wir uns?«

Ich zucke zusammen und entdecke ihn im Türrahmen des Büros auf der rechten Seite. »Haben Sie sich verlaufen, Fräulein?«

»Guten Tag. Nein, ich bin auf der Suche nach …«, fange ich an, mich zu erklären, doch er unterbricht mich.

»Und für wen ist das Pflanzending?«

Die rauchige und dennoch vorwitzige Stimme gehört zu einem älteren Herrn, den ich spontan als Anwalt S. identifizieren würde. Keine Ahnung, warum, aber ich denke, das ist definitiv nicht mein Onkel. Er verhält sich einfach nicht wie jemand, der seiner Nichte Blumen und eine süße Karte zukommen lässt. Der Mann trägt eine dunkelgrüne Wollweste über einem beigen Baumwollhemd und eine in die Jahre gekommene Anzughose – was natürlich nichts über ihn aussagt. Aber in Kombination mit der braunen Hornbrille vor den buschigen Augenbrauen wirkt er mürrisch. Freude, mich zu sehen, kann ich nicht wahrnehmen. Er scheint sich von meiner Anwesenheit eher gestört zu fühlen.

»Die Margeriten sind für die Wesselings.« Ich ziehe scharf die Luft ein. »Oder sind Sie … Hein Wesseling?«

»Gott bewahre!« Er fasst sich in den Nacken und ich glaube, ein leicht ironisches Lächeln auf seinem Gesicht aufblitzen zu sehen. »Ach, jetzt verstehe ich, warum Sie hier sind!«

»Ja, ich …«

»Wegen Heins Job«, schlussfolgert er. Ist wohl eine Angewohnheit von ihm, Menschen nicht unbedingt viel zu Wort kommen zu lassen. »Wir stellen leider niemanden ein.« Er schüttelt so vehement den Kopf, dass seine Brille leicht nach vorn rutscht. »Mein Sohn hat die Anzeige versehentlich geschaltet. Nichts für ungut. Auf Wiedersehen.« Er schiebt das Brillengestell zurück an seinen Platz und will in seinem Büro verschwinden.

Ich weiß nicht, wovon er redet, aber ein Job ist das Letzte, was ich suche. »Wo kann ich Hein Wesseling denn finden?«, frage ich stattdessen schnell.

Abrupt dreht er sich um und mustert mich unter zusammengezogenen Brauen. »Gar nicht.«

Will er mich verschaukeln? »Arbeitet Herr Wesseling nicht in diesem Gebäude? Sitzt er nicht sogar hier drin?« Ich deute auf die gegenüberliegende zweite Bürotür, weil das logisch wäre. Ich werde jedenfalls nicht gehen, ohne meinen Onkel gesehen zu haben. So viel steht fest. Der Mann schweigt. »Ich klopfe mal«, ergänze ich entschlossen und poche gegen die Tür.

»Da können Sie lange klopfen. Ich sagte doch schon, dass Hein nicht da ist«, grummelt der alte Anwalt gelangweilt und verschränkt die Arme. »Er hat sich vor ein paar Tagen für längere Zeit verabschiedet und mich quasi mit allem sitzen gelassen.«

»Er ist weg?« Ein hysterischer Laut entschlüpft meiner Kehle. »Aber er hat mich doch eingeladen und diese Adresse auf der Karte hinterlassen.« Vorsichtig ziehe ich die Postkarte aus meiner Tasche. Seit ich sie bekommen habe, achte ich darauf, dass sie kein Eselsohr oder sonst irgendwelche Ecken kriegt.

Aus sicherer Entfernung wirft der Mann einen flüchtigen Blick drauf – ohne den Text richtig zu lesen. Es scheint ihn nicht sonderlich zu interessieren, was sein Kompagnon mir geschrieben hat. »Hein ist ja noch verrückter, als ich dachte. Jetzt schickt er schon wahllos Büdnitz-Postkarten durch die Gegend. Aber das hier ist nicht das, was Sie suchen, Fräulein, glauben Sie mir. Tsss.« Er klingt resigniert, und ich bin es auch.

Wahllos? Hein scheint ihm nichts von mir, seiner Nichte, erzählt zu haben. Ein schales Bauchgefühl, das ich allzu gut kenne, stellt sich ein. Es ist das Gefühl des Verlassenwerdens. Das innerliche Fragen, ob man es nicht wert ist, dass jemand Zeit für einen aufbringt. Ich möchte Onkel Hein nicht mit meinem Vater in einen Topf werfen, aber der Vergleich drängt sich förmlich auf.

Enttäuscht stelle ich die Topfpflanze zwischen den ganzen Papieren auf dem Schreibtisch ab.

»Das kann da nicht stehen bleiben«, mosert der Alte sofort.

»Ich brauche die Blumen nicht mehr.«

Er atmet genervt aus. »Wenn ich gewusst hätte, dass Hein für vier Monate durch die Weltgeschichte tingelt, hätte ich dem auch nicht so leichtfertig zugestimmt. Nun denn, er ist weg, und Sie nehmen das da bitte wieder mit. Ich bin allergisch gegen Grünzeug, es würde nur verwelken.«

»Vier Mo-na-te?« Mein Mund bleibt offen stehen. Den Rest seiner Rede habe ich kaum wahrgenommen. »Hein Wesseling ist für ganze vier Monate weg?«

»Ja. Eine Katastrophe! Ich muss nun allein sehen, wie ich den Kram hier am Laufen halte. So ein junges Ding wie Sie kann ich dabei nicht gebrauchen.«

Ich schnalze mit der Zunge. Immerhin bin ich Volljuristin und keine Praktikantin. Bis dato galt ich sogar als emanzipierte, ziemlich erfolgreiche Anwältin. Dennoch wird mir im selben Moment immer klarer, dass mein Onkel gegenüber seinem Kollegen wohl nie von mir gesprochen hat. Ich merke, wie mir die Schamesröte ins Gesicht steigt. Wie kann man bloß so naiv sein wie ich? Warum fahre ich wegen einer dummen Karte von jemandem, der nie für mich da war, quer durchs Land? Es ist unsinnig, auch nur einen weiteren Gedanken daran zu verschwenden. Trotzdem klammere ich mich an den letzten Strohhalm: »Ist seine Frau mit ihm verreist oder ist sie noch in Büdnitz?«

Stille.

»Finden Sie es doch heraus. Immerhin hat er Ihnen als aufstrebender Jura-Absolventin eine Postkarte geschickt – vermutlich wegen eines Angebots.« Er zieht eine Taschenuhr aus der Westentasche und spielt damit herum. Ich bin ihm wohl nicht geheuer, was auf Gegenseitigkeit beruht. Er quatscht ziemlich wirres Zeug. Was meint er mit Jura und Angebot? »Wo haben Sie denn studiert, Fräulein?«

»München.« Ich weiß nicht, warum ich eine Pause mache und meine Antwort dann nur unnütz wiederhole. »Ich habe in München studiert.«

Er zieht die Brauen hoch, als ich die Margeriten an einer anderen Stelle auf dem Schreibtisch platziere, wo sie mehr Licht haben. »Botanik?«

»Jura natürlich.«

»Ja, wie ich mir gedacht habe. Zu Ihrer Frage: Hein hat keine Familie, er ist ewiger Junggeselle.« Zufrieden steckt er die Uhr weg. »Lassen Sie sich künftig bitte nicht mehr so leicht ablenken

58

wie eben, wenn Sie was erreichen wollen. Im Gerichtssaal gehen Sie sonst unter. Kleiner Tipp vom Profi«, sagt er und stößt sich nun endgültig vom Türrahmen ab. »Alles Gute.«

»Hey, Dad. Stopp, Kaffeepause!« Aus dem Nichts raschelt der Rathaus-Mann neben mir mit einer Bäckertüte. »Du hast sicher noch nicht zu Mittag gegessen.« Erst jetzt registriert er mich. »Ach, hallo! Sie wieder. Schön, Sie so schnell wiederzusehen. Was tun Sie hier?«

»Die gleiche Frage könnte ich Ihnen stellen.« Ob er eine Blitzhochzeit hingelegt hat?

Er blinzelt und scheint sich ehrlich über unser erneutes Aufeinandertreffen zu freuen. Fehlt nur noch, dass er den Daumen hebt. Den Daumen … »Moment mal, Sie sind doch …« Ich überlege, dann fällt es mir ein. »Natürlich! Ich weiß jetzt, warum Sie mir so bekannt vorkommen. Sie sind der Daumen-nach-oben-Typ vom Plakat bei der Ahoi-Klause.«

»Ich würde mich zwar nicht so bezeichnen, aber ja. Gestatten, Tobias Sanddorn, der hiesige Bürgermeister.«

Sanddorn – dafür steht also das S bei der Kanzlei W&S. »Ich bin Belle Herzog.« Wir verzichten darauf, uns die Hand hinzuhalten. Es fühlt sich einfach nicht an wie ein erstes Kennenlernen.

»Hätten wir die Formalitäten ja geklärt«, platzt sein Vater dazwischen, der folglich Sanddorn senior sein muss. »Frau Herzog wollte sich für die Stelle, die du sicher zusammen mit Hein ohne mein Einverständnis ausgeschrieben hast, bewerben. Sie ist umsonst gekommen und jetzt geht sie wieder. Auf Nimmerwiedersehen.« Er deutet mit dem Kopf zur Tür.

So kann man meine Geschichte natürlich auch zusammenfassen. Ich rümpfe die Nase und setze an, mich zu verteidigen, doch sein Sohn übernimmt das Gespräch an meiner statt.

»Du brauchst aber dringend jemanden, der dir hilft, Dad. Sei bitte nicht so stur. Das haben wir tausendmal besprochen, so geht es nicht mehr weiter.« Tobias Sanddorn faltet die Hände, als wollte er ein Stoßgebet in Richtung Zimmerdecke senden. »Heins Fälle können nicht ewig liegen bleiben, das weißt du genauso gut wie ich. Außerdem könnte sie frischen Wind in diese verstaubten Wände bringen.« Er wirft mir ein freundliches Lächeln zu, ungefähr so wie auf dem Plakat.

»Nein, das will ich nicht! Was soll ich mit einem Münchner Küken?« Sein Vater hebt abwehrend die Hände, während Tobias sich demonstrativ neben mir und dem Aktenschrank aufbaut und über die Oberfläche pustet. Feine Staubwolken wirbeln empor.

»Sieh dir an, wie es hier ausschaut. Nicht, dass Sie hier wischen sollen«, wendet er sich freundlich an mich, bevor er lautstark in die dritte Person zurückfällt. »Sie könnte Heins Arbeiten übernehmen. Ich bin überzeugt davon, dass sie sehr kompetent ist.« Fingerzeig auf mich.

Sie ist mit im Raum, denke ich, sage aber nichts. Der wahre Grund, weshalb ich hier bin, interessiert ja sowieso niemanden.

»Jetzt geht das Theater wieder los!« Sanddorn senior fasst sich an die Stirn, als hätte er einen Kater. »Ich brauche keine Hilfe! Was ich brauche, ist ein Spaziergang an der See und vielleicht ein Haustier, aber eins ohne Federn«, schimpft er. »Schönen Tag allerseits.« Er knallt die Bürotür hinter sich zu und ich fühle mich unwohl, obwohl ich diesen komischen Job, von dem sie dauernd reden, gar nicht haben will.

Es ist vielmehr so, dass mein Onkel, auf den ich mich gefreut hatte, nicht da ist und es keine Aussicht auf ein Treffen gibt. Und nebenbei bemerkt, er arbeitet mit einem ziemlich unfreundlichen Kauz zusammen. Ich seufze. Am besten buche ich mir gleich ein Zugticket zurück und reise morgen früh wieder ab. Nach Hause zu Florian, Mister Changs Hühnchen und meiner – wenn auch sterilen – Wohnung in der City gegenüber von Anis' Goldankauf.

»Er ist nicht immer so«, wiegelt Tobias Sanddorn ab und reicht mir nun doch die Hand. »Ich freue mich jedenfalls darüber, dass Sie hier sind.«

Diesen Satz hatte ich mir zwar von jemand anderem erhofft, sage aber trotzdem brav Danke. Tobias Sanddorn hat eine weiche, sehr gepflegte Haut. Er ist ganz klar ein Handcrematyp, wie Flo es auf den Punkt bringen würde. »Hochzeiten sind ja immer ein Familienereignis«, schneide ich ein neues Thema an und lasse ihn los. Kein Wunder, dass er seinen schlecht gelaunten Vater heute Morgen nicht dabei haben wollte. »Wie war denn Ihre Trauung?«

»Welche meinen Sie?«

Ich muss trotz des miserabel verlaufenden Tages schmunzeln. »Sie sind ja ein Spitzen-Ehemann, wenn Sie sich jetzt schon nicht mehr an Ihre eigene Hochzeit erinnern können.«

»Sie liefen beide schnell und reibungslos. Ich bin der Standesbeamte.« Er lacht.

Mein Gesicht friert ein, obwohl es draußen locker dreißig und hier drinnen mindestens fünfundzwanzig Grad sind. Sein Job ist also das Gegenteil von meinem. »Als Scheidungsanwältin muss ich Ihnen sagen, dass Ihre Arbeit sehr romantisch, aber auch sehr bedeutungslos ist. Jede dritte Ehe wird geschieden, wie ich bereits erwähnte.«

»Ich weiß. Und weil Sie und die Statistik etwas gegen die Liebe haben, soll ab sofort niemand mehr heiraten?« Er grinst. »Wissen Sie, mein Vater ist auf Arbeitsrecht spezialisiert, Hein war der Mann für Familienrecht und alles andere. Sie würden gut hierher passen. Die Mandanten vermissen ihn.«

Ich würde gern etwas Schlagfertiges antworten oder die Wahrheit sagen, aber mein Mund ist staubtrocken, weshalb ich lediglich hüstele.

»Ich habe eine Idee.« Er schnipst mit den Fingern und ich glaube, dieses Geräusch habe ich zuletzt in der Grundschule gehört. »Ich finde es prima, dass Sie sich für den Job beworben haben, und ich mag Ihren sportlichen Stil zu dem klassischen Outfit.« Er deutet auf die Turnschuhe. »Aber ich will ehrlich zu Ihnen sein, Sie sind die einzige Bewerberin für die Stelle.«

Warum wundert mich das nicht? Abgesehen davon, dass ich mich gar nicht für irgendetwas beworben habe, aber lassen wir das.

Tobias Sanddorn tritt von einem Bein aufs andere. »Mein Vater ist sechsundsechzig Jahre alt, Hein Wesseling siebenundsechzig. Die beiden betreuen ein großes Einzugsgebiet. An Rente ist nicht zu denken, es gibt kaum Anwälte rund um Büdnitz und die zwei brauchen dringend Unterstützung – auch wenn sie es nicht einsehen –, und zwar langfristig. Eine Festanstellung ist nach der angesetzten Sechsmonatsbefristung auf jeden Fall drin.« Er klatscht in die Hände, als hätte er mir das Angebot des Jahres gemacht. »Lange Rede, kurzer Sinn: Wenn Sie den Job wollen, dann haben Sie ihn.«

Ich freue mich, dass er mir unbewusst so viele Informationen zu meinem Onkel geliefert hat, aber weder möchte ich längerfristig an diesem Ort leben noch hier arbeiten. »Nein, ich … möchte lieber nicht«, stammele ich deshalb.

»Er hat Sie vergrault, oder?« Kopfschüttelnd nimmt Tobias Sanddorn den Blumentopf vom Schreibtisch, um eine freie Stelle dafür auf dem Aktenschrank – weiter weg vom Büro seines Vaters – zu finden. Die Bäckertüte legt er daneben ab. »Darf ich Ihnen trotzdem noch etwas zeigen?« Er wandert zu der bislang verschlossenen Tür. »Nur, damit Sie's gesehen haben.«

Ich vergesse beinahe zu atmen, als er den Blick in einen lichtdurchfluteten Raum freigibt. »Das ist Hein Wesselings Büro. Hätte Ihres sein können.« Galant zieht er den hohen Stuhl hinter dem Mahagonischreibtisch hervor, damit ich mich setzen kann. Ich streiche über das von der Sonne aufgewärmte dunkle Holz der Tischplatte. Sie ist aufgeräumt, alles hat seinen festen Platz. Bunte

Fineliner liegen nach Farben sortiert in einer Holzablage – genauso, wie ich es selbst anordnen würde. Ich lasse die Finger darübergleiten. Den Parkettboden ziert ein bordeauxroter Orientteppich, der dem Raum eine wohlige Gemütlichkeit verleiht. Ich greife nach dem Bilderrahmen, der neben dem Computerbildschirm steht, und betrachte das gerahmte Foto. Es ist eine Aufnahme, die Sanddorn senior und schätzungsweise meinen Onkel zeigt. Hein war damals groß und schmal, hatte volles dunkles Haar – ein bisschen wie ich – und trägt einen karierten Anzug. Sie sind in ein Gespräch vertieft und sehen glücklich aus. Das Bild könnte bei der Kanzleieröffnung entstanden sein. Der Mann, der mein Onkel ist, wirkt trotz seiner lausbübischen Gesichtszüge wie ein Gentleman der alten Schule.

Ich möchte so gern mehr über ihn erfahren. Vielleicht ist das hier meine Chance dazu. »Sind Ihr Vater und Hein Wesseling Freunde?«

»Waren sie. Aktuell weiß ich nicht, was los ist.« Tobias Sanddorn setzt sich auf eine Ecke des Schreibtischs und faltet die Hände wie ein Geistlicher – eine Geste, die mir eben schon an ihm aufgefallen ist.

Ich stelle das Bild zurück und schaue durch das bodentiefe Fenster hinaus in einen kleinen Innenhof, in dem sich eine Katze unter einem uralten Ahornbaum aalt. Es ist so friedlich. Genauso hatte ich mir mein eigenes Anwaltsbüro immer erträumt. Bei *Prinzen und Partner* hingegen ist es modern wie in den meisten Kanzleien: Hellgrauer Stahl, viel Glas, die Klimaanlage läuft durchgehend auf achtzehn Grad und auf dem Fußboden liegt mausgraues Vinyl. Mir wird schlagartig bewusst, dass ich nicht dorthin zurückmöchte und hier eine Herzensangelegenheit zu erledigen habe.

Die Katze im Innenhof streckt alle viere von sich, bevor sie sich erhebt. Ich drehe mich auf dem Stuhl so, dass ich Tobias

Sanddorn direkt in die Augen sehen kann, und hoffe, ich mache jetzt keinen riesengroßen Fehler.

»Ich bleibe.« Ich räuspere mich. »Ich meine, ich nehme den Job gern an, befristet. Vielleicht nicht für ganze sechs Monate, das ist ein bisschen lange.« Meine Oberlippe zuckt und meine Stimme zittert.

»Yes!« Er bemerkt nichts von beidem. »Kein Problem. Hauptsache, Sie wollen es versuchen. Sie werden es nicht bereuen, ehrlich«, stößt er gelöst aus. Kurz darauf wird er nachdenklich. »Weil ich Ihre Unterlagen noch nicht gesehen habe, nur eine reine Formsache: Wo haben Sie zuletzt gearbeitet?«

»Bei *Prinzen und Partner*«, antworte ich wahrheitsgetreu.

»Eine Sekunde bitte.« Er nimmt sein Handy aus der Hosentasche und googelt. Dr. Prinz hat es zum Glück noch nicht geschafft, die Website zu aktualisieren. Sicher zu viel zu tun, wie immer. Entsprechend verrät mein Antlitz auf der Prinzen-Seite postwendend, wer ich bin. »Belle Herzog«, liest mein Gegenüber langsam vor. Er sieht von seinem Handy in mein Gesicht, dann wieder aufs Display. Vermutlich geht er meine Vita durch, die Dr. Prinz von jedem seiner Anwälte online hochgeladen hat. »Interessant. Sie haben in Oxford studiert?«

Ich berühre die Papierakten auf der Tischplatte vor mir. Die Digitalisierung ist noch nicht bis zu diesem Ort vorgedrungen. »In Oxford war ich nur ein Jahr.«

»Hach! Das erinnert mich an meine Zeit in London, wir haben Verwandte dort. England ist zauberhaft«, plaudert Sanddorn junior. »Ich bin tief beeindruckt von Ihrem Lebenslauf, Frau Herzog. Wann können Sie anfangen?«

Kapitel 3

Mein gestriger (Urlaubs-)Start in Büdnitz hatte es in sich.

Ich sitze auf den Stufen der Veranda vor der Ahoi-Klause und zupfe den weiten Plisseerock in meinen Schoß, damit der Stoff nicht an den herausstehenden Holzsplittern hängen bleibt. So heftig wie gestern haben sich die Ereignisse bei mir noch nie überschlagen. Einen Job habe ich auch noch nie so schnell bekommen. Bei *Prinzen und Partner* gab es seinerzeit ein Assessment-Center und ich musste mehrere Tests durchlaufen. Ich gähne und halte mir dabei die Hand vor den Mund.

Trotz Florians Kritik wegen meines neuen Jobs in der dubiosen Kanzlei meines Onkels und trotz des wackeligen Bettgestells habe ich überraschend gut geschlafen. Nur das mit der Wohngemeinschaft habe ich schon während des Studiums als Zumutung empfunden – und jetzt ist es wieder so. Entsprechend habe ich heute Morgen versucht, Nick in unserem gemeinsamen Bad nicht über den Weg zu laufen. Schließlich wollte ich ihm nicht unbedingt mein elf Jahre altes Snoopy-Nachthemd präsentieren. Leider musste ich irgendwann superdringend aufs Klo, und als ich anklopfen wollte, habe ich ihn unter der Dusche singen gehört. Er hat tatsächlich beim Song »Whiskey in the Jar« jeden einzelnen Ton getroffen – mit einer derart krassen

Stimme, dass ich Gänsehaut gekriegt habe. Seiner ohnehin tiefen Tonlage ist beim Singen ein heiserer Bass untergemischt, der sich so anhört, als hätte er die Nacht mit einer Flasche Whiskey und elf Schachteln Zigaretten verbracht. Letztendlich habe ich vor der Badezimmertür zehn Minuten lang eingehalten, um ihm zuzuhören. Keine Ahnung, was das über mich aussagt.

Unsere Wohnsituation ist speziell, aber ein klitzekleines bisschen genieße ich es, nicht ganz allein zu sein, und ich freue mich darauf, gleich mit Nick einkaufen zu fahren. Gestern Abend in der Kneipe war er sehr beschäftigt, weshalb er mir nur schnell die Uhrzeit für unseren Ausflug zugerufen hat. Am liebsten hätte ich ihm in dem Moment schon alles von meinem W&S-Erlebnis erzählt. Und ich glaube, es hätte ihn interessiert.

Ich lehne mich zurück, traue mich aber nicht, die Handflächen auf dem Verandaholz abzustützen – aus Angst, mir einen Splitter einzufangen. Man merkt, dass hier an allen Ecken und Enden gespart wird. Als ein Cabrio dröhnend um die Kurve biegt, halte ich mich vor Schreck dann doch an der Stufe fest. Es ist Nick. Der Typ ist ein wandelndes Männerklischee.

»Na, Großstadtmädchen. Was beschäftigt dich heute?« Er stellt den Motor ab und hat wieder diesen Ausdruck im Gesicht, als wäre das Leben locker-flockig und unkompliziert. Außerdem sieht er aus, als hätte er schon eine Stunde im Fitnessstudio trainiert, dabei hat er lediglich in der Kneipe Tische und Stühle gerückt. Er trägt ein enges Ahoi-Klause-Shirt über dem breiten Kreuz und lächelt. Gäbe es eine Berufsbezeichnung für diese Art von Persönlichkeit, dann wäre er Berufsoptimist. Ich bin echt froh, dass ich nicht auf diese Art Mann stehe – viel zu kindisch. Nebenbei bemerkt klingelt morgens um fünf bereits sein Handy, vielleicht verabredet er sich dann zum Surfen. Das ist echt zu viel. Ich meine, wer telefoniert um diese Uhrzeit schon freiwillig?

»Guten Morgen«, rufe ich ihm zu. »Ich möchte Tine gern die Schuhe zurückgeben. Ein Schuhgeschäft wäre daher super.«

»Nichts leichter als das.«

Der Farbton des Oldtimers erinnert mich an das Schlumpf-Eis aus der italienischen Eisdiele auf dem Marienplatz. Ich fahre mit den Fingerspitzen über den glatten Lack, als würde ich ihn auf Echtheit prüfen. Die Karosserie des Wagens verläuft in einer eleganten Kurve von der Motorhaube bis zum Heck.

Nick steigt aus und umarmt mich kurz und sanft. Seine warme Berührung ist so angenehm, dass ich gern länger darin verweilen würde, was mich ein wenig verwirrt. Aber das ist nicht das Einzige. Er hat einen Daumennagel in Dunkelblau lackiert. War das gestern schon so? Auf Anhieb kommt mir keiner meiner Freunde oder Kollegen in den Sinn, der sich die Nägel lackieren würde.

»Bedeutet der Nagellack etwas?«, frage ich frei heraus.

»Für diejenigen, die kein anderes Gesprächsthema finden, wahrscheinlich ja.« Er grinst.

»Es ist auffällig.«

»Und zeigt, dass du auch gerade in die typische Klischeefalle unserer Gesellschaft getappt bist.« Er hat recht, und er weiß anscheinend ganz genau, wie er wirkt. »Ich bin kein Fan davon, dass Männer so und Frauen so sein ›müssen‹.« Er malt Anführungszeichen in die Luft. »Ja, ich arbeite körperlich hart, repariere Dinge, surfe und fahre einen Oldtimer, von dem ich nebenbei bemerkt keine Ahnung habe. Aber Tine arbeitet genauso hart und hat zusätzlich ein Kind zu versorgen.« Mit der Hand fährt er sich über den Dreitagebart.

Da ist was dran.

»Abgesehen davon ist Blau cool, und wir hatten das schon früher in der Band als Markenzeichen. Steig ein.« Beinahe sorglos greift er nach einer Tüte auf dem Rücksitz und reicht sie mir.

»Mmh, warme Croissants. Die lieb ich.«

»Ja, hab ich gestern an deinem Lächeln gesehen, als du hineingebissen hast. Deshalb dachte ich, das passt.«

»Wie aufmerksam von dir. Danke.« Wir stehen uns gegenüber und sehen uns in die Augen.

»Jetzt erzähl mal, wie war dein Besuch bei Hein Wesseling?« Er macht sich daran, mir die Beifahrertür zu öffnen, während ich nach den richtigen Worten suche, um das Desaster zu beschreiben. Letztendlich fange ich mit dem Einfachsten an und schiebe mir vorher zur Beruhigung ein Croissantstückchen in den Mund.

»Ich habe einen neuen Job«, nuschele ich und beiße mir fast auf die Zunge. *Was hast du jetzt wieder gemacht, Belle?* Diese Frage hat mir Florian am Telefon in Dauerschleife gestellt. »Morgen fange ich an.«

Nick verweilt untätig mit der Hand am Griff der Beifahrertür. »Du reist heute Nachmittag wieder ab?«

Ich huste, ein Croissantkrümel hat sich statt in die Speiseröhre in die Luftröhre verirrt. »Nein, nicht direkt. Meine neue Arbeitsstelle ist hier in Büdnitz.«

Er öffnet leicht den Mund, dann schließt er ihn wieder. Eine unangenehme Stille entsteht, bis er neu ansetzt. »Eine feste Stelle? Hier bei uns? Warum das?« Es klingt, als wäre es ihm nicht recht. Wie bei einem One-Night-Stand, bei dem man nicht möchte, dass der andere länger bleibt als nötig. »Hier gibt's nichts Aufregendes zu erleben«, bekräftigt er seinen Standpunkt sogar noch. »Es ist grottenlangweilig.«

Ich versuche, seine Aussage nicht als Affront zu werten, was sie zweifelsohne ist. »Ich übernehme vorübergehend Hein Wesselings Klienten. Es hat sich spontan ergeben.« Demonstrativ lasse ich mich, nachdem er die Tür geöffnet hat, in den weißen Ledersitz fallen und schlage die Beine übereinander. »Es ist nur befristet.« Nicht, dass er denkt, ich würde für immer in diesem Kaff vor mich hin vegetieren wollen.

»Heißt das, dass du dich künftig darum kümmerst, seine liegen gebliebenen Fälle schnellstmöglich abzuschließen? Du bist Anwältin? Okay. Das ist nicht gut«, schließt er.

Es klingt, als würde er mir meinen Beruf geradezu vorwerfen. Daher gehe ich ebenfalls in die Offensive. »Kneipenbesitzer ist natürlich besser, ist klar.«

»Das hab ich so nicht gesagt.« Er schmeißt die Beifahrertür zu und geht ums Auto herum. »Gehört es zu deinem Job, einem das Wort im Mund zu verdrehen?«

»Gegenfrage: Hast du gewusst, dass mein Onkel gerade gar nicht in seiner Kanzlei in Büdnitz anzutreffen ist?«

»Hein Wesseling ist dein Onkel? Ach, deshalb warst du so euphorisch und wolltest ihn unbedingt kennenlernen. O Mann. Hein hat viele hier ziemlich in der Tinte sitzen lassen und ein paar sind echt sauer.«

»Klingt ja vielversprechend.«

»Jedem das Seine.«

»Freundlich, dass du mich, obwohl du das alles wusstest, bei dem grimmigen Sanddorn ins offene Messer hast laufen lassen.«

»Ich wusste nicht, dass du in die Kanzlei gehst. Ich dachte, du wolltest zum Fischerhaus. Und ich kannte dich kaum. Keine Ahnung, warum ich nichts gesagt habe. Es tut mir leid.« Er setzt sich neben mich und dreht den Schlüssel im Zündschloss. »Der Offene-Messer-Vergleich gefällt mir trotzdem nicht. Ich würde nichts bewusst tun, was dich verletzt, Belle. So bin ich nicht.« Der Motor heult auf und der düstere Schatten, der über Nicks Gesicht huscht, passt nicht zu ihm.

»Warum ist mein Onkel weggegangen?«, kämpfe ich gegen den Motorlärm an. Ein Oldtimer ist deutlich lauter als ein normaler Wagen.

»Das wüsste ich auch gern.« Nichtssagendes Schulterzucken.

Er verheimlicht mir etwas, hundert Prozent. Ich habe zwei Möglichkeiten: Entweder ich springe aus dem rollenden Auto, packe meine Sachen und fahre nach Hause. Oder ich lasse mich auf ein Abenteuer ein. PS: Ich war noch nie der Abenteuertyp.

»Es tut mir leid, wie das abgelaufen ist, okay?« Nick tritt aufs Gas, der Wagen braust aus der Einfahrt. Definitiv zu spät, um rauszuspringen. »Aber du hast jetzt eine neue Arbeitsstelle. So hat das Ganze doch auch irgendwie was Gutes für dich. Herzlichen Glückwunsch zum neuen Job«, sagt er und sieht mich an, als hoffe er, dass ich seine Gratulation annehme. Der spinnt ja wohl.

Allerdings wohne ich bei ihm und sollte seine Aussagen daher lieber nicht überbewerten. Außerdem brauche ich bestimmt noch seine Hilfe. »Dein teures Zimmer kann ich mir wahrscheinlich trotzdem nicht mehr leisten. Bei dreißig Tagen macht das eine Monatsmiete von dreitausend Euro. Dagegen sind die Mieten in München ein echtes Schnäppchen!«, versuche ich, die Stimmung halbwegs wieder geradezurücken. Niemand hat in einem Auto etwas von schlechter Laune.

Nick grinst verhalten. »Dreitausend Euro ist nichts für das, was du bekommst. Vergiss die Aussicht nicht. Und du teilst dir das Bad mit mir, das kostet extra«, witzelt er.

Ich gebe mich geschlagen, zumindest für den Moment, und lache mit. »Behalte die Sache mit meinem Onkel bitte erst mal für dich«, sage ich dann. »Ich möchte nicht, dass die Leute voreingenommen sind, wenn sie zu mir in die Kanzlei kommen.«

Er nickt verständnisvoll. »Klar.«

Kurz darauf wirbelt der Fahrtwind meine Haare durcheinander, während neben uns die flache Halbinselkulisse vorbeizieht. Salzige Meeresluft kitzelt an meinen Nasenflügeln. Ich verliere mich im Anblick der im Sonnenlicht glitzernden Ostsee. Der Sandstrand erstreckt sich schier endlos entlang der Küste. Weiche Wellen rollen sachte am Rand aus, während am Horizont Segelboote auf dem hellen Blau schweben. Als ich in der Ferne einen Leuchtturm erspähe, macht mein Herz einen Hüpfer. Es ist so idyllisch hier. Wir passieren den Ortseingang eines Fischerdorfs, dessen Landausläufer sich an die See schmiegt. Begeistert schaue ich zu Nick, der konzentriert die Straße im Auge behält. Vielleicht wird doch noch alles gut.

Seine Hände liegen fest auf dem Lenkrad, als der Wagen ein ersticktes Gurgeln von sich gibt. Beinahe so, als würde er allmählich den Geist aufgeben. »Keine Sorge. Der Mustang ist in Ordnung, mein Opa hat ihn mir vermacht, und der war Mechaniker«, erklärt Nick mit Seitenblick zu mir. »Er hat damals in Hamburg ein Unternehmen für spezielle Airbag-Bauteile gegründet. Die Firma ist mittlerweile verkauft.« Er beißt sich auf die Unterlippe, als hätte er zu viel über seinen Großvater preisgegeben.

»Das Auto ist toll!«, entfährt es mir. Ich genieße die Fahrt und gleichzeitig erscheint es mir unangemessen, weil der Wagen ein Erbstück ist. »Mein Beileid wegen deines Großvaters. Ihr hattet sicher ein enges Verhältnis, wenn er dir seinen Oldtimer vermacht hat.«

»Eher geschenkt als vermacht«, entgegnet er belustigt. »Mein Opa lebt noch. Er fährt nur seit Jahren kein Auto mehr.«

»Ach, gut. Dann bin ich beruhigt.« Ich lehne mich im Sitz zurück.

Der Wagen wird langsamer, als wir in eine Seitenstraße einbiegen. »So, wir sind in Schöndorf. Ich muss auf dem Großmarkt Käse und Wurst für die Frühstücksplatten besorgen und in die Gärtnerei. Ich möchte ein paar Gräser pflanzen, um die Lücken zum Nachbargarten zu schließen.«

»Du hast viel zu tun«, bemerke ich. »Hast du schon immer in der Ahoi-Klause gearbeitet?« Vielleicht ist die Frage zu intim, aber wir teilen uns schließlich ein Bad. Außerdem hat Tine von finanziellen Problemen gesprochen. »Ich könnte dir bei den

Büroarbeiten helfen. Vier Augen sehen mehr als zwei.« Ich bin ja sowieso da, warum also nicht.

»Du hast einen neuen Job. Vergessen? Und wenn du nur wissen willst, ob ich nach der Schule etwas Ordentliches gelernt habe: Ja, habe ich.« Die Narbe an seiner Wange erscheint mir heute schärfer umrissen als gestern. Oder seine Gesichtszüge sind markanter geworden. »Ich komme gut über die Runden«, versichert er noch einmal, »und jetzt lass uns einkaufen gehen.«

Er parkt den Wagen vor dem Schuhcenter, einer glänzenden Halle zwischen einer Reihe bunter Lagerstätten. Der Motor ist aus, womit unser Gespräch für Nick offenbar ebenfalls beendet ist.

Für mich nicht, denn ich würde die neue, ernsthafte Seite meines Mitbewohners gern besser kennenlernen. »Was genau hast du vorher gemacht?«

»Kein Jura und kein BWL studiert, so viel kann ich dir verraten.« Er steigt aus. »Können wir endlich los, Frau Anwältin? Ich hab nicht den ganzen Tag Zeit.«

Ich steige ebenfalls aus, fühle mich aber wie vor den Kopf gestoßen – genau wie vorhin, als ihm nicht gepasst hat, dass ich länger in Büdnitz bleibe als geplant. »Ich dachte, wir könnten so was wie Freunde werden«, murmele ich, weil ich es so meine.

Nick legt den Arm um mich und lotst mich statt zum Schuhgeschäft in Richtung der gegenüberliegenden Gärtnerei. »Wenn wir eins ganz sicher nie sein werden, Belle aus München, dann Freunde.« Ich verstehe nicht recht, was er mir damit sagen will. Beim Anblick des Flieders im Eingangsbereich leuchten seine Augen auf. »Der ist hübsch, oder?«

Das Türkis seiner Iris ist es auf jeden Fall. »Das ist Sommerflieder.« Wenigstens kenne ich den Pflanzennamen, ohne dass er ihn mir vorsagen musste. Mein sonstiges Naturwissen beschränkt sich leider auf die »Löwenzahn«-Sendungen, die ich als Kind im Fernsehen gesehen habe. Aber diesen Flieder hatte meine Mutter in einem großen Pflanztopf auf dem Balkon ihrer Wohnung in Pasing stehen, weil sie den Duft so sehr geliebt hat. Ich werde nie vergessen, wie die Blüten aussahen: Weiß, Lila und Rosa – drei verschiedene Farben.

»Hey, du bist ja gar kein echter Pflanzen-Neuling.« Nick zieht einen Schmollmund. Die automatischen Eingangstüren des Gartencenters öffnen sich. »Gib's zu, in Wahrheit hast du bei dir zu Hause einen eigenen Naturpark.«

»Da muss ich dich leider enttäuschen. Ich hab weder eine Terrasse noch Topfblumen in meiner Wohnung. Die würden bei mir gnadenlos eingehen. Fürs Gärtnern bin ich zu ungeduldig.«

»Du hältst ja nicht gerade viel von dir selbst.«

Es liegt mir auf der Zunge, ihn daran zu erinnern, dass ich Jura studiert habe, aber eigentlich weiß ich, dass man den eigenen Wert nicht am Erfolg oder einem Studium messen darf. Es schien mir nur eine Zeit lang entfallen zu sein …

Wir passieren eine Reihe Gräser, und Nick entscheidet sich für das Lampenputzergras, dessen Namen ich im wahrsten Sinne des Wortes putzig finde. Er stellt drei davon in den Einkaufswagen. »Probier's doch mal mit was Grünem in deinem neuen Büro. Es ist angenehm, sich zwischendurch mal auf Dinge zu konzentrieren, die nicht zu ändern sind. Akzeptanz. Für einen Kontrollfreak wie dich ist das sicher eine Herausforderung.«

»Ich bin kein Kontrollfreak.«

»Dafür sieht mein Bad aber ziemlich akkurat geordnet aus, seit du drin warst.« Seine Mundwinkel heben sich sanft.

Blödmann! Ich strecke mich erst einmal, meine Wirbelsäule knackt. Ich muss mich in letzter Zeit ziemlich verkrampft gehalten haben. Mir tut alles weh. Das Grün um mich herum verleitet mich dazu, mit den Händen über Kreuz auf dem Rücken weiterzuwandern, wie ein alter Mann auf einer Bergtour. »Das da ist Minze.« Noch etwas, was ich auf Anhieb erkenne.

»Richtig geraten. Aber die ist schon ziemlich ausgewachsen. Hey, du kannst eine Ecke in meinem Hochbeet bepflanzen, wenn du willst. Was magst du mitnehmen?« Er krempelt die Ärmel seines Hemdes hoch und ist ganz in seinem Element. »Pflanzen machen glücklich. Warum soll man sich ständig mit dem Wetter, Beziehungen oder der Karriere fertigmachen? Das bringt auf Dauer nichts.«

Ich weiß nicht, was ich antworten soll. Wahrscheinlich, weil ich mich sehr wohl dauernd mit ziemlich genau diesen Themen fertigmache: Beziehungen, Karriere und Wetter, allerdings in dieser Reihenfolge. »Radieschen«, sage ich nach einer Weile. Die esse ich wenigstens gern.

»Mag ich.« Er wirft eine Packung Samen zu den Gräsern in den Einkaufswagen und deutet dann auf das Schild mit der Aufschrift »Beetbepflanzung«. Nick prüft, ob er Tomaten- oder Paprikapflänzchen einpacken soll. Entscheidungen, mit denen ich mich noch nie im Leben auseinandergesetzt habe. Er ist schweigsam und ich unterdrücke den Reflex, auf die Armbanduhr zu schauen, die ich seit Neuestem nicht mehr trage. Das Handy habe ich versehentlich in der Ahoi-Klause liegen lassen. Beides nicht bei mir zu haben, gibt mir einerseits das Gefühl einer nie da gewesenen Freiheit, andererseits vermisse ich etwas.

»Entschuldige kurz.« Vorsichtig packt Nick mich um die Hüfte und schiebt mich zur Seite, um an das hintere Regal zu gelangen. Er riecht nach Duschgel und Meersalz, als er mir näher kommt, und sein Griff ist fest. Meine Ohren werden heiß, weshalb ich schnell mit den Fingern die langen Haare davor ziehe, bevor er das Glühen bemerken kann. Was ist bloß los mit mir?

»Die sind klasse.« Stolz hält er eine Tomatenpflanze in einem Plastikbecher gegen das Licht.

Als wir zurück in die Ahoi-Klause kommen, trage ich drei Einkaufstüten inklusive neuen Turnschuhen in der einen und eine Zimmerpflanze in der anderen Hand. Es ist das erste Mal, dass ich mir etwas Lebendes fürs Büro gekauft habe. Ich muss das sofort mit Florian teilen und knipse mit dem Handy ein Foto von meinem neuen Pflanzenfreund: auf dem Fensterbrett bei offenem Fenster, mit Meereshintergrund und wolkenlosem Himmel. Ich drücke auf »Senden«.

Keine zwei Sekunden später klingelt das Gerät. »Ernsthaft, Bellissima? Du bist den ganzen Morgen nicht erreichbar und nun schickst du mir ein Bild von einem Salat?«

»Das ist ein Drachenbaum. Hallo, Flo!«

»Wo bist du gelandet? In einem Gemüsehandel?«

»Ich war Schuhe kaufen und habe dabei vielleicht meine naturverbundene Seite entdeckt«, gebe ich zurück.

»Ein Green-Life-Coaching kannst du auch bei Tyra im ›Easy Shape‹-Fitnesscenter belegen. Ist der letzte Schrei auf Tiktok. Benutzt du dein Handy überhaupt noch?«

Tatsächlich habe ich schon länger nichts mehr angeschaut, nicht einmal meine Mails. Ich klicke auf die Inbox und registriere zwei Nachrichten von einer Anwaltskollegin, eine von meiner Nonna und eine von Mister Chang. Ich hatte ihm mal meine Mail-Adresse gegeben – für alle Fälle, versteht sich. Außerdem eine E-Mail von meinem ehemaligen Chef, Dr. Prinz. Was will der denn?

»Ich bin im Urlaub, Flo.«

»Von Ferien kann keine Rede mehr sein. Du arbeitest ab morgen in diesem Schattenland aus Drachenbäumen und Algenschlamm. Mensch, Bellissima, es ist komisch, wenn ich dich nicht erreiche. Du bist normalerweise immer erreichbar.«

»Ja, ich weiß.« Ich überlege, ob ich Nick schon einmal mit einem Handy in der Hand gesehen habe. Ich denke, nein.

»Dein iPad scheint auch aus zu sein. Na ja. Wie war denn dein Vormittag? Hat der Prinz dich so aus dem Konzept gebracht?«

Ich bin unfähig, ordentlich zu antworten, weil ich rätsele, wen er meint. »Welcher?«

»Noch nicht gesehen? Doktor Prinz hat dir den Zeitungsartikel weitergeleitet, in dem darüber berichtet wird, wie grandios du Althoff auseinandergenommen hast. Die Medien haben es endlich kapiert.«

»Der Fall ist doch Schnee von gestern.« Ich rieche an der Grünpflanze, obwohl sie nicht duftet, und träume mich an den Strand, den ich durch das offene Fenster sehen kann.

»Au contraire, meine Liebe. Das ist dein Comeback! Ein paar Tage weg und schon will Doktor Prinz dich zurück. Dringend und unter allen Umständen. Er ist bereit, dir mehr zu zahlen. Einzelbüro. Tankgutscheine. Tophandy. Exklusiver Schreibtischstuhl und du sitzt in der Cafeteria am selben Tisch wie er.«

Ich höre es in meinen Ohren klingeln, weil er so schnell redet.

»Und das ist noch lange nicht alles, was er dir anbietet«, fährt Florian fort. »Pro Monat eine exklusive Schokoladenration aus Belgien und ...«

Ich schließe das Fenster und stelle den Drachenbaum auf dem Fußboden ab. »Flo, ich hab dir doch gesagt, dass ich erst einmal hierbleibe. Es geht um mehr als die Arbeit.«

»Ja, ich verstehe dich«, seufzt er. »Strandkorb, Sonnencreme, coole Surfer. Aber dein Onkel ist nicht da und du willst doch nicht für immer in dieser kleinen Anwaltsklitsche versauern! Nach allem, was du hinter dir hast. Komm nach Hause, Belle.«

»Mir geht's gut, Florian«, betone ich mit fester Stimme, obwohl ich noch nicht einmal weiß, wo ich in den nächsten Monaten wohnen werde.

»Dann komme ich zu dir. Ich habe sowieso zurzeit kein Date und könnte Urlaub gebrauchen«, antwortet er. Ich sehe ihn vor mir, wie er grazil im Anzug oder alternativ im Hawaiihemd über den Ostseestrand wandert. Wir hätten sicher eine Menge Spaß. »Zwar gehe ich davon aus, dass ich nicht freibekomme. Aber ich versuch's.«

»Mach das. Wäre schön!«

Fünf Minuten nach unserem Telefonat erreicht mich eine Nachricht von Florian, dass er natürlich keinen Urlaub einreichen darf. Der Prinz hat es nicht erlaubt, wie wir uns vorher schon gedacht haben. Mein Ex-Chef ist ein Tyrann, weshalb ich seine Mail vorerst ignoriere.

Stattdessen mache ich mich auf die Suche nach Tine, um ihr die Schuhe zurückzugeben. Mit den Sneakern in der Hand stromere ich durch die Kneipe, kann sie jedoch nicht finden. Ich gehe raus und laufe um das Gebäude herum. Im Garten erkenne ich Lenis blonden Pferdeschwanz, der im Takt ihrer schwungvollen Bewegungen hin und her wippt. Sie hat Kopfhörer in den Ohren und hört wohl heute Musik statt Podcast. Als sie sich aufrichtet, winkt sie kurz. Sie muss direkt nach der Schule hierhergekommen sein. Ich stelle Tines Schuhe auf der Bank unter dem Apfelbaum ab, bevor ich mich zu Leni geselle. Beim letzten Mal hatte sie sich nicht unbedingt gefreut, mich kennenzulernen, weshalb ich es heute besser machen möchte. Sie musterte mich skeptisch von Kopf bis Fuß, entscheidet sich dann offensichtlich dafür, mit mir ein Gespräch führen zu wollen, und nimmt erst den einen, dann den anderen Stöpsel aus dem Ohr. Geschickt lässt sie beide in ihrer Jeanstasche verschwinden. »Ich schneide Minze für den Feta-Melonen-Salat«, erzählt sie unaufgefordert.

Ich freue mich, dass sie so bereitwillig mit mir plaudert. »Klingt lecker.« *Eigenwillig* wäre das Wort gewesen, das mir zuerst in den Sinn gekommen ist, aber ich möchte sie nicht verärgern und die Kombination eventuell später noch kosten, falls Nick daraus ein Gericht zaubert. »Hilfst du hier aus?«

»Ne, ich darf nicht. Ich bin erst dreizehn Jahre alt, siebte Klasse«, gibt sie akribisch genau preis. »Ich war ein Frühchen.«

Ich habe gedacht, sie wäre maximal in der fünften. Ihr Körper ist zierlich, beinahe zerbrechlich. Auch wenn ihre Persönlichkeit alles andere als das zu sein scheint. »Und was machst du dann hier?«

»Wir dürfen Nicks Garten mitbenutzen.« Erst in diesem Moment fällt mir auf, dass sie einen Korb neben sich stehen hat, in dem ein Kopfsalat, drei Tomaten und zwei Zucchini liegen. »Das da gehört dir, hat Nick gesagt und es auf die Umrandung vom Hochbeet gelegt. Auf der linken Seite ist noch Platz.« Sie deutet mit dem Ellenbogen auf das Päckchen mit den Radieschensamen.

»Die hatte ich ganz vergessen.« Etwas beschämt nehme ich die Packung, reiße sie auf und will das Pflanzgut eifrig links auf die Blumenerde kippen.

»Warte, warte! Am besten machst du kleine Rillen und legst sie mit Abstand rein«, sagt Leni schnell, »danach schiebst du eine Erdschicht drüber und gießt sie.« Sie klingt wie eine Expertin.

Ich ziehe mit dem Zeigefinger eine Linie und drücke die Saat hinein. »Ist das richtig so?« Ich brauche ihre Zustimmung, um weiterzumachen, und sie nickt erfreut. Wir unterhalten uns über Radieschen und Blumenerde und es macht richtig Spaß. »Ist deine Mama auch da?«, frage ich schließlich. Etwas unbeholfen zupfe ich an der Minze und rieche daran. Sie riecht nach Kaugummi und Sommercocktails.

»Ne, die hat heute frei. Aber wir haben eh Stress wegen der Praktikumsgeschichte. Wir müssen in der letzten Schulwoche vor den Ferien ein Praktikum machen. Ich hab mich noch nicht entschieden, wo.« Ihr Handy gibt einen hohen Mikrowellenton von sich, während sie mit mir redet. Schnell zückt sie das Gerät und schießt ein Foto von den Blumen im Beet nebenan.

»Was war das denn?«

»Du stellst genauso schräge Fragen wie Mama.« Sie kichert und zeigt mir den Handy-Bildschirm. »Das ist die App, womit man auf Knopfdruck ein Bild mit der hinteren und vorderen Handykamera gleichzeitig macht. Du bekommst eine Erinnerung und hast zwei Minuten Zeit dafür. Das Foto geht dann an alle deine Freunde und zeigt ihnen, was du so treibst. Ohne Filter. Für mehr Realität und so.«

»Aha! Das kenne ich gar nicht.« Ich schaue auf das Display, das Leni mir hinhält. Auf dem großen Foto sind die Blumen zu sehen, dazu gibt es ein kleineres Bild mit ihrem Gesicht. Es trifft mich, dass ich mit meinen dreiunddreißig Jahren einige technische Entwicklungen bereits versäumt habe. Allerdings habe ich außer Flo keine weiteren Freunde, die ständig sehen wollen würden, was ich tue.

Leni zeigt mir ihre Kontakte. Ein Junge sitzt am Meer, ein Mädchen lernt in ihrem Jugendzimmer.

»Das ist nicht schlecht. Ich probier's nachher mal aus«, verspreche ich. Lustig, wenn man sich so altbacken wie die eigene Nonna anhört. Meine Nonna mag Technik aber nicht besonders, weshalb sie erst gar kein Handy besitzt. Da auch das Festnetztelefon bei ihr mehr der Dekoration dient, ist sie insgesamt nur schwer erreichbar. Sie beteuert jedoch jedes Mal, sich zu bessern, was ihre Zuverlässigkeit betrifft.

»Ich schick dir später einen Link. Mama vergisst meistens, in den vorgegebenen zwei Minuten ein Bild zu machen. Typisch. Sie interessiert sich halt nicht dafür.«

Ich kann nachvollziehen, wie enttäuscht Leni ist, weil ihre Mutter augenscheinlich keine Zeit hat. Allerdings kann ich heute auch verstehen, wie es Tine ergehen muss, die sich zwischen einem anstrengenden Job und der Kindererziehung aufreibt. »Deine Mama hat viel um die Ohren, aber sie liebt dich unendlich, das hab ich gesehen.«

»Geht so. ›Tu dies nicht, tu das nicht! Pass auf dich auf!‹ Ich bin froh, dass Nick und Hein da sind. Hein ist ein absoluter Technikfreak und Nick ist wenigstens nicht so streng wie Mama. Nick hat sich auch die App runtergeladen.«

»Das ist ja cool. Und du kennst Hein? Schon lange?«

»Ja, klar, er ist unser Nachbar. Wir wohnen bei den Fischerhäusern.« Sie zieht das Shirt aus und legt ein regenbogenfarbenes Häkeltop frei. Ich habe so einen Schnitt noch nirgendwo gesehen und möchte sie vorerst nicht weiter zu meinem Onkel ausfragen.

»Wo hast du das Top gekauft?«, erkundige ich mich deshalb, weil mir nicht nur die Form, sondern auch die strahlenden Farben gefallen.

»Mama findet es zu knapp.«

»Das war zwar keine Antwort auf meine Frage, aber ich erinnere mich an einen Streit, den ich mal mit meiner Mutter hatte. Ihr waren meine Röcke für ihren Geschmack zu kurz. Ist noch gar nicht so unglaublich lange her.« Und irgendwie doch. Ich schmunzele, weil ich die Erinnerung mag, so wie ich jede Erinnerung an unsere gemeinsame Zeit mag und heute mehr schätze denn je. »Deshalb kann ich dir sagen: Das Oberteil ist genau richtig so.«

»Ich habe es selbst gehäkelt«, ergänzt Leni so zaghaft, als traute sie sich erstmalig, ihre Leistung zuzugeben.

»Das ist ja toll! Vielleicht wirst du mal Designerin. Und Model. Es sieht top an dir aus.«

»Ne, wenn man als Modedesignerin nicht krass erfolgreich ist, verdient man nichts. Anwältin wäre besser, so wie du, und in einer Kanzlei arbeiten. Das ist schick.«

Es wundert mich nicht, dass sich in dem Örtchen innerhalb von wenigen Stunden herumgesprochen hat, dass ich ab morgen in der Kanzlei W&S zu finden bin. Beim Gedanken daran beschleunigt sich mein Puls. Flo hat recht, viel Urlaub habe ich mir nicht gegönnt. »Ich weiß nicht, ob Paragrafen zu büffeln so erstrebenswert ist.« Die Krisen, die ich zuletzt wegen des nervenaufreibenden Althoff-Falls hatte, möchte ich Leni nicht zumuten. Ich kenne sie nicht gut genug, aber sie scheint ein kreativer Kopf zu sein, und ich wünsche mir für sie, dass sie glücklich wird.

»Meine Mutter möchte, dass ich Lehrerin werde. Das soll ein sicherer Beruf sein.« Leni widmet sich dem Johannisbeerstrauch. »Weil man nicht gekündigt werden kann und sich nicht kaputt-arbeitet, meint sie. Die haben ständig Ferien und so.« Sie steckt sich eine Beere in den Mund und rückt ein bisschen näher an mich heran. »Aber ehrlich gesagt, die meisten Lehrer sind komisch. Unser Englischlehrer zum Beispiel ist seit über einem Jahr krankgeschrieben.«

Mittlerweile habe ich ein ganzes Büschel Minzblätter gezupft. »Wenn man verbeamtet wird, hat das sicher seine Vorteile«, pflichte ich Lenis Mutter bei. »Aber man sollte vor allem zufrieden sein mit dem, was man tut, und es mögen.«

Obwohl ich meine Mandanten nicht immer verstehe, liebe ich an der Juristerei, dass alles einer bestimmten Ordnung folgt. Ähnlich wie in der Mathematik. Es gibt Regeln und Vorschriften. Außerdem habe ich meistens das Gefühl, etwas zu bewegen und Menschen helfen zu können. Gerechtigkeit ist mir wichtig.

»Ich will nicht jeden Tag denselben Vögeln im Lehrerzimmer begegnen, nur um mich sicher zu fühlen. Pffft.« Leni stößt Luft aus. »Ich muss mich aber bald für einen Praktikumsplatz ent-scheiden, und das ist so schwierig. Ich hasse Entscheidungen.«

Das ging mir früher ähnlich. Ich habe auch dauernd alles hinterfragt und hundertmal abgewogen, um die perfekteste aller perfekten Entscheidungen zu treffen. Das ist oft heute noch so. »Manchmal ist es besser, den Kopf für ein paar Minuten auszuschalten und aus dem Bauch heraus zu bestimmen.« So wie mit Büdnitz. »Ich glaube, es gibt kein Richtig oder Falsch. Wo liegen denn deine Interessen?«

»Ich häkele gern, habe Nicks Abstellkammer umgeräumt, die Möbel abgeschliffen und neu lackiert. Das war genial. Außerdem mag ich Auswendiglernen und ich möchte mal Babys«, überlegt sie laut und wird rot. »Mama meint, dass Frauen mit Kindern finanzielle Probleme bekommen, oft auch, wenn sie sich trennen.«

Ich halte die Luft an. »Das ist ziemlich harter Stoff«, gebe ich zu. Komplett falsch ist die These allerdings nicht, aber wie soll ich einer Dreizehnjährigen erklären, was in unserer Gesellschaft alles schiefläuft? Zum Beispiel, dass manche Frauen im gleichen Job schlechter bezahlt werden als Männer. Oder dass Frauen wegen der Kindererziehung länger im Berufsleben ausfallen und dadurch weniger in die Rentenkasse einzahlen können. Dass es mancherorts nicht genug Kinderbetreuung gibt und man sich frühzeitig kümmern muss. Und so weiter. Die meisten meiner Mandantinnen haben immer wieder das Gleiche berichtet. Was soll ich ihr sagen?

Sicherheitshalber lasse ich erst einmal die Minze in Lenis Bastkorb fallen. Dann sehe ich sie an. »Du kannst alles werden, was du willst«, meine ich diplomatisch. »Dabei ist es egal, ob du Juristin oder Mutter wirst oder Mutter und Designerin oder gar keine Mutter und Lehrerin. Es gibt so viele Möglichkeiten, und es kommt, wie es kommt. Du kannst nichts falsch machen, versprochen.«

Ich beobachte, wie Leni sich mit dem Handrücken über die Stirn streicht, die Beerenrispe sinken lässt und die Schultern ebenfalls. Auf irgendeine Art scheine ich sie zu erreichen – und sie mich. Ich kann es nicht besser beschreiben.

»Ich weiß nicht, ob man Dinge, die im Leben ungünstig verlaufen, unbedingt als Fehler bezeichnen sollte. Ich würde sie eher als Erfahrungen ansehen, aus denen man lernen kann. Nicht immer, aber ab und zu kann man für falsche Entscheidungen sogar dankbar sein, weil man vieles sonst nicht erlebt hätte«, ende ich.

Leni schaut mich mit großen Augen an. Ihr Gesicht erhellt sich, und erst in diesem Augenblick fallen mir die langen dunklen Wimpern und die kleinen Sommersprossen auf ihrem Nasenrücken auf. War das ein verstecktes Lächeln? »Das hat der Moderator von ›Meer für Dich‹ auch gemeint. Aber wenn du das sagst, verstehe ich es besser, Belle.«

War ja klar, dass dieser Podcastmacher sich wieder einmischt.

»Ich weiß jetzt, was ich machen will«, sagt sie mehr zu sich selbst.

»Natürlich weißt du das. Jede Entscheidung, die von dir getroffen wird, ist gut«, bestärke ich sie. »Kannst du bitte deiner Mama die Schuhe von mir geben?« Ich deute auf den Apfelbaum und die Holzbank. »Ich muss noch was erledigen.« Just habe ich beschlossen, Tine eine Kleinigkeit als Dank zu besorgen – Geld wird sie nicht annehmen wollen, das ist mir klar geworden. »Und sag ihr, ich habe eine Idee wegen der Kneipe.«

»Okay.« Leni nimmt die Kopfhörer aus ihrer Jeanstasche und schiebt sie sich wieder in die Ohren. Sie kommt mir dennoch ein bisschen weniger abwesend vor als zu Anfang.

Als ich um den Mauervorsprung eile, rassele ich prompt mit Nick zusammen, genauer gesagt mit Nicks Oberkörper.

»Hey, du bist ja schneller unterwegs als mein Mustang«, stellt er fest. »Ist alles in Ordnung?« Er beäugt mich kritisch.

»Ja, ich wollte rüber ins *Blumen und Meer*, etwas für Tine besorgen.«

»Sind das nicht ein bisschen zu viele Pflanzen an einem Tag für dich? Könnte ungesund sein, so von null auf hundert.«

»Witzig, Herr Bühler.«

Er grinst, bevor er wieder ernst wird. »Ich hab durchs Küchenfenster gehört, wie du mit Leni gesprochen hast. Das war echt gut«, bemerkt er anerkennend.

Sein Lob trifft mich mitten ins Herz. Ich habe im Alltag keinen Umgang mit Kindern und keine Erfahrung mit Erziehung – deshalb bin ich beruhigt, dass ich das Gespräch vorhin nicht komplett versemmelt habe. »Ich hab Leni gern. Sie ist ein liebes Mädchen.«

»Das stimmt. Sag mal …«, er kratzt sich verlegen im Nacken, »hättest du Lust, nicht diesen, sondern den Samstag darauf mit mir zum Strand zu gehen? Da ist ein Grillfest – Party ist zu viel gesagt. Du hast dich so aufs Meer gefreut und warst noch gar nicht dort. Und ich vermute mal, so wild, wie du aufs Arbeiten bist, wird das in der kommenden Woche auch nichts bei dir.«

Vielleicht will er seine kleine Stimmungsschwankung von heute Morgen wiedergutmachen. Oder ist das eine Einladung zu einem Date? »Keine Ahnung«, antworte ich.

Er sieht mich irritiert an.

»Also ja, ich meine, klar.« Es ist sicher nur so ein gewöhnliches Verabredungsding zwischen zwei Menschen, die in einer Wohngemeinschaft leben und zusammen einkaufen fahren.

»Und ich brauch dich nicht mal abzuholen.« Er zwinkert mir zu, deutet auf die Klause und schlendert in Richtung Erdbeerfeld davon. Ich kenne den Song nicht, den er dabei summt, aber es ist sicher wieder irgendeine alte Rockballade.

Obwohl ich nicht mehr für die Kanzlei zuständig bin, rutscht mir das Herz in die Hose, als mir auf dem Weg zum Blumenladen einfällt, dass ich die Mail von Dr. Prinz noch nicht gelesen habe. Das zeigt vermutlich, wie gewissenhaft ich bin oder wie vergiftet mein früheres Arbeitsumfeld war. Ich höre ihn in meinem Kopf schimpfen, warum ich mich erst so spät zurückmelde und überhaupt. Pünktlichkeit und Zuverlässigkeit sind zentrale Werte für ihn. Schnell ziehe ich das Handy aus der Rocktasche und klicke auf die Nachricht.

Liebe Frau Herzog, leider kann ich Sie telefonisch nicht erreichen. Lassen Sie uns noch einmal über unseren Auflösungsvertrag sprechen, den ich – und da nehme ich nicht zu viel vorweg – gern ungeschehen machen würde. Ich habe einen kleinen Benefit-Katalog für Sie zusammengestellt, in dem ich Ihnen die Annehmlichkeiten auflisten, die wir Ihnen anbieten würden, wenn Sie zurückkommen. Dauerhaft, versteht sich. Abgesehen von der Einstufung in eine höhere Gehaltsklasse, einem Firmenwagen und der Aussicht auf eine eventuelle Partnerschaft finden Sie noch einige weitere Bonuspunkte. Ich freue mich auf Ihre Rückmeldung. MfG, Dr. Prinz

Ich bin geplättet, weil die Nachricht so freundlich ist – kein Vorwurf, kein Schimpfen. Vor ungefähr einem Jahr hätte ich diese Mail als riesengroße Ehre empfunden. Ich stehe vor dem *Blumen und Meer* und horche in mich hinein, doch das erwartete Hochgefühl wegen seines Angebots überkommt mich nicht. Trotzdem sollte ich es nicht ohne gründliches Abwägen in den Wind schlagen. Was soll ich ihm antworten?

Danke, das ist lieb, aber aktuell bin ich nicht interessiert. Ich melde mich aber noch mal.

Oder besser:

Hallo, Herr Dr. Prinz, momentan befinde ich mich in einer extremen Ausnahmesituation … Ich lebe mit einem gut aussehenden Kerl, der etwas schräg ist, in einer Kneipe zusammen … er singt unter der Dusche …

Ich tippe, lösche, tippe wieder und versuche, meine Empfindungen in Worte zu fassen, als das Handy klingelt. Eigentlich gehe ich bei unbekannten Nummern per se nicht ran, aber vielleicht ist es mein Onkel. Vor Aufregung flutscht mir beinahe das Smartphone aus der Hand, ich kann es gerade noch abfangen. Gesendet!

Mist! Ich habe Dr. Prinz geantwortet, dass ich mich in einer extremen Ausnahmesituation befinde, irgendwas mit gesundem Essen für die Nerven, grünen Pflanzen und das mit dem singenden Kneipen-Nick.

Ich schlage mir mit der flachen Hand gegen die Stirn und nehme den Anruf trotzdem hastig an. »Hallo? Hier ist Belle, Belle Herzog.« Für den Fall, dass Onkel Hein nicht weiß, ob er die richtige Nummer gewählt hat.

»Hallöchen zurück. Hier ist Tobias. Sanddorn. Oder nur Tobias, wie Sie möchten. Es kommt mir etwas unterkühlt vor, so mit Vor- und Zunamen, finden Sie nicht? Ich vermute zwar, ich bin älter, aber bestimmt nur ein paar Jahre.« Der Bürgermeister redet schnell und ziemlich viel.

»Hallo, Tobias«, hauche ich schwach. Ich kann die Enttäuschung, dass er nicht mein Onkel ist, nur schwer verbergen und hoffe, er hört es nicht heraus. Er ist immer so nett, ein bisschen steif vielleicht, aber ich arbeite bald mit seinem Vater zusammen und kann so mehr über meine Familie herausfinden.

Ein Radfahrer fährt klingelnd an mir vorbei, zwei Frauen grüßen sich gegenseitig. Ich stehe mittlerweile neben dem

Blumengeschäft. »Sie … also, du hast recht«, stimme ich zu. »Lassen wir die Förmlichkeiten.« Es ist Zeit, sich hier einzuleben.

»Klasse! Ich bereite gerade den Arbeitsvertrag für meinen Dad vor, da du ja morgen in der Kanzlei anfängst, und mir fehlt eine Angabe von dir. Wir haben zwar über die meisten Einzelheiten gesprochen, aber du hast mir noch nicht verraten, wo du wohnst.« Ich höre einen Stift über Papier ziehen. »Ich bräuchte bitte einmal deine vollständige Adresse, es soll ja alles korrekt sein.«

Tatsächlich hatte ich ihm lediglich meine Handynummer auf einem Post-it hinterlassen. »Ich wohne bei Nick Bühler, die Straße müsste ich googeln.«

»Das ist ein Witz, oder?!«

Hoppla. Warum reagiert er denn plötzlich so gereizt? »Die Ahoi-Klause ist kein Fünf-Sterne-Luxushotel, aber es ist echt okay. Und Nick ist sehr bemüht.«

»Selbstverständlich ist er das. Sorry, Belle, ich wollte dir nicht zu nahe treten.« Er schweigt einen Moment. »Ich habe nur nicht damit gerechnet, dass der Bühler so schnell …«, fügt er vorsichtig hinzu, bricht ab und redet dann doch weiter, »… wieder zu seiner alten Form aufläuft. Aber das ist für unseren Vertrag vollkommen irrelevant. Entschuldige noch einmal.«

Ich kann bei dem Wort »Form« imaginäre Gänsefüßchen hören und wie sich seine Stimme überschlägt. »Was genau meinst du damit?«

»Ich fürchte, ich bin nicht befugt, über Nicks private Angelegenheiten zu sprechen, geschweige denn zu urteilen.« Er verhält sich, als bräuchte er für alles im Leben eine Handlungserlaubnis. »Es ist schwierig, und ich rede nicht gern über andere.« Das wiederum finde ich sympathisch, nimmt mir allerdings den Wind aus den Segeln, um nachzuhaken. Mit einem unbeholfenen Lacher versucht er zu überspielen, wie unangenehm es ihm ist, dass er sich eben anscheinend verplappert hat. »Du bist also bei Nick eingezogen«, fasst er zusammen. »Dann nehme ich seine Adresse in den Vertrag auf. Es ist ja gar nicht so schlecht, wenn er jemanden hat, der ihm hilft. Vielleicht ändert er sich dadurch ein wenig.«

So langsam fällt bei mir der Groschen. Geht Tobias Sanddorn etwa davon aus, dass Nick und ich ein Paar sind?

»Ich wohne in seiner Abstellkammer«, stelle ich schnell klar, und es klingt frustrierter, als es sollte. »Es ist sogar ziemlich teuer.« Ich wünschte, Letzteres wäre ein Witz, ist es aber nicht.

»Ach sooo, du bist Gast in der Ahoi-Klause.« Er sagt es wie jemand, der bei einem schwierigen Puzzle endlich das fehlende Teil gefunden hat. »Das ist natürlich etwas anderes. Wenn du Hilfe bei der Wohnungssuche brauchst, sag Bescheid. Wir helfen dir gern.«

Stimmt, da war ja was. Das Dreitausend-Euro-im-Monat-für-Nicks-Abstellkammer-Problem hatte ich bis eben erfolgreich verdrängt. Meint Tobias mit »wir« sich und seinen Vater? Ich denke nicht, dass der alte Sanddorn erbaut darüber wäre, wenn ich mich in Form einer festen Wohnung in Büdnitz niederlasse.

»Und wenn du eine Führung durch die Stadt brauchst, kannst du dich auch jederzeit bei mir melden«, schließt Tobias, und das Puzzle scheint sich für ihn zusammengesetzt zu haben.

Meins ist dagegen noch ein einziges Chaos. »Danke, aber ich bin auf eigene Faust unterwegs. Ich stehe gerade vor dem *Blumen und Meer*, weil ich ein Geschenk brauche.«

»Da wirst du auf jeden Fall fündig, die haben außergewöhnliche Einfälle.«

»Mhm«, stimme ich zu. Immerhin habe ich es am eigenen Leib erfahren, es war mein erster Sing-und-Vorlese-Geburtstagsgruß im Leben.

»Na gut, wir sehen uns morgen früh, Belle. Ich werde bei deinem Start in der Kanzlei dabei sein. Bis dahin. Mach's gut.«

Ich kämpfe mit meinem Rock, der sich gegen den Wind aufbäumt, als wollte er mir ein stilles Zeichen des Widerstandes geben – was ich übergehe und lieber den Blumenladen betrete. In dem kleinen Altbau duftet es so betörend wie in einer Parfümerie, nur viel natürlicher. Alles ist noch hübscher dekoriert als bei meinem letzten Besuch, und die Frau, die mich bedient, heißt laut Anstecker an ihrem Overall Merle. Der Name passt zu ihrer porzellanhellen Haut, der schlanken Taille und den sonnengebleichten Haaren, die in sanften Wellen über ihre Schultern fallen. Sie sieht ungelogen aus wie ein Engel. Dazu hat sie diese glockenhelle Stimme und tiefe Wangengrübchen, die verraten, dass sie oft lacht. Ich würde sie gern über meinen Onkel und die von hier versandten Blumengrüße ausfragen, bin aber in Zeitdruck, weil ich Leni Tines Geschenk mitgeben möchte. Unter Merles fachmännischer Beratung wähle ich einen Glücksklee im Topf, in dessen vierblättrigem Strauß eine Pappkarte mit einem Armband steckt. Es ist ein rotes Stoffband mit einem winzigen Kleeblatt-Anhänger.

»Meine Mutter ist zwar Goldschmiedin, aber diese Accessoires beziehen wir ehrlicherweise wegen des Preises in größerer Menge aus China. Auf Wunsch fertigen wir natürlich gern individuelle Echtschmuck-Stücke an: zum Beispiel zur Verlobung, zur Hochzeit, zum Muttertag oder als Freundschaftsschmuck. Wir kreieren, was gefragt wird. Das ist etwas teurer, aber wenn Bedarf besteht, einfach vorbeikommen und nach mir fragen.«

Diese Merle ist eine erstklassige Verkäuferin und vielleicht komme ich wirklich irgendwann auf sie zurück.

Kapitel 4

Tine hat mich heute Morgen wegen meines kleinen Geschenks für verrückt erklärt, aber ich habe in ihrem Gesicht gesehen, wie sehr sie sich darüber gefreut hat. Sie trug das Armband schon am Handgelenk und im Gegensatz zu Nick hatte sie die sonnigste Laune. Bei ihm dagegen herrschte Gewitterstimmung. Ich weiß nicht genau, warum, aber in dem Moment, als er die Post aus dem Briefkasten geholt hat, ist der Vorhang gefallen. Entweder waren es Rechnungen oder andere unerfreuliche Nachrichten. Er hat etwas gemurmelt, was sich wie »Die spinnt ja wohl!« angehört hat. Die Dreitausend-Euro-Zimmer-Sache bespreche ich deshalb lieber erst später mit ihm.

Es ist fast sieben Uhr dreißig und ich bin auf dem Weg zur Kanzlei W&S. Eigentlich sehe ich aus wie immer, wenn ich zur Arbeit gehe: hoher dunkler Dutt, knielanger Rock und eine Bluse, die ich mir gestern neben weiteren Kleidungsstücken in Schöndorf gegönnt habe. Und doch ist heute alles anders als an einem normalen Arbeitstag. In München laufe ich morgens nicht durch eine muffige Kneipe, Schrägstrich Bistro, bevor ich auf der Straße stehe. Dafür werde ich auf dem Weg zum Büro allerdings auch nicht mit einem strahlend blauen Himmel und salziger Meeresluft belohnt. Alles hat seine Vor- und Nachteile.

Ich summe den Song, den Nick eben – bevor die Post kam – im Bad zum Besten gegeben hat. Es war »Eyes closed« von Ed Sheeran und es hat mich überrascht, dass er ebenso mühelos hoch wie tief singen kann. Absolutes Gänsehautfeeling. Ich habe außerdem gesehen, dass er in dem Verschlag unter der Treppe einen Musikerkoffer, Mikrofone und Lautsprecherboxen aufbewahrt. Wenn ich es nicht besser wüsste, würde ich meinen, er wäre nebenberuflich Sänger oder Synchronsprecher.

»Jetzt wird's mir aber langsam zu bunt mit Ihnen. Haben Sie kein Zuhause?«, fährt mich Anwalt Sanddorn vor dem Bürogebäude im Möwenweg 7 an. Ich zucke zusammen. Er trägt wieder Föhnwelle im lichten Haar.

»Guten Morgen, Herr Sanddorn.«

»Wäre mir neu, dass der gut ist.« Mit dem Zeigefinger schiebt er die Brille auf seinem Nasenrücken höher in Richtung Brauen.

Ich würde gern die Augen verdrehen, tue es aber nicht. Das wäre zu unprofessionell. Was Nick (auf den ersten Blick) an Optimismus zu viel hat, hat dieser Sanddorn definitiv zu wenig – durchgehend. Wenigstens fühle ich mich heute in meiner Arbeitskleidung kompetenter und selbstbewusster als vorgestern.

Ihn juckt mein Kompetenzgefühl allerdings so gar nicht. Sein Blick lässt vielmehr vermuten, dass er keine Ahnung hat, wie viel und wie nah wir in nächster Zeit zusammenarbeiten werden. »Wissen Sie eigentlich, dass ich wegen unseres kleinen Geplänkels am Dienstag beinahe ein wichtiges Mandantengespräch versäumt hätte, Frau Herzog? Ich kam zu spät!« Er steckt den Schlüssel ins Schloss und stößt die Haustür auf.

Was für ein herzliches Willkommen! »Herr Sanddorn, es ist Ihre Sache, wie Sie Ihren Job angehen.« Ich werde mich nicht mit ihm streiten, mich aber auch nicht kleinhalten lassen. Ich bin ebenso Anwältin wie er, und das werde ich ihm beweisen. Für den Moment bleibe ich ihm jedoch lediglich auf den Fersen, denn ich habe keinen Schlüssel.

Grimmig stapft er in den Flur. Ich hinterher. »Verfolgen Sie mich? Das ist strafbar.«

»Nichts läge mir ferner.«

»Das hier ist meine Kanzlei!«

»Und ich arbeite hier.«

»Wie bitte?!«

Ich hatte mir den Ablauf meines ersten Tages in etwa so vorgestellt: Ich verschwinde nach einem kurzen Hallo in Heins Büro und komme nur im äußersten Notfall (Feuer oder Hochwasser) wieder heraus. Einen verbalen Blitzkrieg mit meinem neuen Boss hatte ich nicht eingeplant. Ich wünschte, mein Onkel wäre da. Er stünde hinter mir und wäre einfühlsamer. Garantiert.

»Toll, dass ihr so nett plaudert«, höre ich Tobias sagen. »Na, Dad, jetzt bist du doch froh, dass sie da ist, oder nicht?«

Dad verzieht keine Miene. »Ich dachte, das wäre ein Witz«, kommentiert er trocken.

»Wenn Belle Heins Fälle übernimmt und du siehst, welch ungeheure Arbeitserleichterung sie für dich ist, wirst du dankbar sein. Ich habe den Arbeitsvertrag bereits für dich aufgesetzt. Du musst nur unterschreiben.«

»Ich unterschreibe gar nichts!«

Das läuft ja hervorragend. Ich lehne mich gegen den Aktenschrank im Vorraum.

»Merle und ich können dir nicht ewig unter die Arme greifen.«

Merle ist wohl die Sekretärin. Gibt anscheinend viele Frauen hier, die so heißen. Wir stehen vor dem Sekretariatsschreibtisch mit den Weihnachtskeksen und Tobias legt den Vertrag darauf ab, genau zwischen mich und seinen Vater. Dann reicht er ihm einen Kugelschreiber und mir einen Schlüssel. Er setzt einen

Blick auf, der keinen Widerspruch duldet und den ich ihm in Gegenwart seines Dads nicht zugetraut hätte.

»Um Himmels willen, Tobias, sei's halt drum. Aber nur, weil ich Merle nicht noch mehr belasten will. Nicht, weil ich wirklich Hilfe brauche ... oder alt bin. Wo muss ich unterschreiben?« Sanddorn senior beugt sich trotz Brille dicht ans Papier. »Kommen Sie bloß nicht auf das schmale Brett, mich zu duzen, Frau Herzog.«

»Dad, du musst noch mal zum Optiker oder besser gleich zum Augenarzt. Du siehst schlecht.«

»Papperlapapp. Ich sehe bestens.« Er unterschreibt. Ich ebenfalls, nachdem ich den Vertrag durchgelesen habe und obwohl das Gehalt bei Weitem nicht so üppig ausfällt wie bei *Prinzen und Partner*. Ich mache es trotzdem, weil es um meinen Onkel geht, nicht um Geld.

Alfred Percival Sanddorn entnehme ich der anderen Unterschrift auf dem Vertrag und beiße mir auf die Lippen. Nein, ich verspüre kein Bedürfnis, diesen Mann mit seinem ersten oder zweiten Vornamen anzusprechen.

»Tobias, wann kommt denn diese Merle? Es sieht wüst aus hier«, sage ich stattdessen und greife nach einem Keks, lege ihn bei genauerer Betrachtung aber hastig zurück. »Wie alt sind die?«

»Nun fängt sie auch noch an, sich über unser Essen zu beschweren. Die Kekse sind in Ordnung. Und Tobias' Verlobte übernimmt die Schreibarbeiten bloß stundenweise«, grummelt Sanddorn in seinen nicht vorhandenen Bart. »Als hätte Merle nicht genug um die Ohren mit dem Blumenladen. Mein Sohn hat großes Glück mit so einer Frau.«

Tobias Sanddorn ist also mit der engelsgleichen Glücksklee-Merle verlobt. Es versetzt mir einen seltsamen Dämpfer – bestimmt, weil er einer der wenigen Menschen ist, die ich hier kenne, und weil ich selbst nicht gerade im Liebesglück bade. Tobias scheint bodenständig und er ist attraktiv – ein Mann zum

Heiraten, wenn man das wollen würde, und Merle will offenbar. Die beiden geben ein echtes Traumpaar ab, das muss ich neidlos anerkennen. Ich nicke stumm.

»Merle hat den Laden von ihrer Tante übernommen und hat viele Stammkunden«, plaudert Tobias drauflos, als müsste er sich rechtfertigen. »Deswegen weiß ich nie genau, wann sie Zeit für uns hat. Wir kennen uns schon seit der Kindheit. Ihre Mutter hilft ihr öfter im Blumenladen und sie hat eine Teilzeit-Mitarbeiterin.«

Es ist schwer einzuschätzen, ob er so viel über sie redet, weil er so stolz ist, oder weil er glaubt, dass ich mich mit mehr Informationen in dieser Kanzlei sicherer fühle.

»Soll ich den beiden Herrschaften noch Kuchen zum Kaffeekränzchen servieren?« Auf seine gewohnt dezente Art bringt Tobias' Vater sich in Erinnerung. Garantiert hat er alle anderen bisherigen Assistentinnen vergrault – keine Frage.

Tobias formt mit den Lippen ein lautloses »Er ist nicht immer so«, was er mir bereits vorgestern weismachen wollte.

Aber darauf falle ich nicht mehr rein. »Kuchen wäre nett, Herr Sanddorn.« Ich ernte einen giftigen Blick unter buschigen Augenbrauen.

Nachdem wir alle Formalitäten erledigt haben und ich endlich allein im Büro meines Onkels sitze, genieße ich die Stille. Zuerst öffne ich die bodentiefe Terrassentür und lasse die Sonnenstrahlen hereinströmen. Die kleine Katze ist leider nirgends zu sehen. Als Nächstes verschiebe ich den Orientteppich so, dass er parallel zum Aktenschrank liegt. Behutsam setze ich mich auf den Schreibtischstuhl und schaue mich um. Ich komme mir vor wie in einem Traum. Mein Onkel ist zwar nicht da, aber ich befinde mich an dem Ort, an dem er bis vor Kurzem die meiste Zeit seines Lebens verbracht hat. Ich bilde mir sogar ein, seine Präsenz in dem antik eingerichteten Raum spüren zu können. Mein Blick wandert zu dem Bilderrahmen, den ich schon kenne. Ich nehme ihn in die Hand und drehe ihn hin und her. Wo bist du nur, Onkel Hein, und vor allem warum? Hinten ist mit feinen, beinahe kaum lesbaren Bleistiftstrichen ein Datum notiert: Juni, vor ziemlich genau dreißig Jahren. Da mein Onkel auf dem Bild circa Ende dreißig ist, muss er summa summarum heute Ende sechzig sein, genau wie Tobias gesagt hat. Ich stelle das Foto wieder weg und fächere mir mit einer Akte, die ich vom Stapel nehme, Luft zu. Morgen muss ich mir einen Ventilator besorgen. Eine Lüftungsanlage mit integriertem Kühlsystem wie bei dem Prinzen gibt es hier nicht.

Ich kaue auf der Wangeninnenseite herum und linse zu meiner geschlossenen Bürotür. Im Allgemeinen setzt man sich in einer Anwaltskanzlei zu Beginn des Tages mit seinen Kollegen zusammen und geht die dringendsten Fälle durch. Sieht nicht so aus, als ob wir das heute tun werden. Ich ziehe den Aktenstapel auf dem Tisch näher an mich heran. Gleich die erste Mappe, die ich aufschlage, behandelt einen Fall, dessen letzter Eintrag zwei Monate zurückliegt. Hat Hein das unbearbeitet liegen gelassen? So gewissenlos wird er nicht sein – oder doch? Aufmerksam beginne ich zu lesen und bin nach wenigen Minuten dermaßen vertieft, dass ich nichts mehr um mich herum mitbekomme. Die Frau hat die Scheidung eingereicht, das Paar hat keine Kinder, dafür zahlreiche Häuser, Wohnungen, einen Hund und …

Meine Tür wird mit einem dumpfen Ruck aufgerissen und eine Dame mit kirschrot gefärbter Dauerwelle poltert in den Raum. Beinahe stolpert sie in ihrer Hast über den Perserteppich, den ich eben erst ordentlich ausgelegt habe. Sie schlägt sich die Hand vor den Mund. »Meine Güte. Wat is denn hier los?«, gibt sie mit leichtem, schätzungsweise rheinischem Dialekt von sich und entlockt mir trotz ihres gewaltigen Auftritts ein Schmunzeln.

»Ich bin neu hier.«

»Ja, dat seh ich. Und dat der Hein nich da is, hab ich schon lang gehört. Aber dat 'ne Frau übernimmt« – sie kneift die Augen zusammen, um mich zu begutachten –, »dat find ich klasse.«

»Dann bin ich ja beruhigt. Wie kann ich Ihnen helfen, Frau …?«

»Resi Heuser. Der Alfred hat gesagt, ich soll zu Ihnen gehn. Ich hab doch die Klage am Laufen – wegen meim Schaufenster.« Sie setzt sich unaufgefordert auf einen der ledernen Mandantenstühle, schräg gegenüber von mir. »Der is mir mit Karacho ins Fensterglas geflogen und ich hab immer noch kein Geld gesehn. Dat geht doch nich! Man munkelt, er hätt diesen Podcast von McJulius auf de Kopfhörer gehabt. ›Meer für Dich.‹ Soll angeblich hier oben bei uns aufgenommen werden. Aber meiner Scheibe is dat ziemlich egal!«

»Ich höre das Format nicht.« Wieder dieser gefühlsduselige Mac irgendwas. Für so was habe ich keinen Kopf, obwohl mich doch ein klitzeklein wenig interessieren würde, wo es aufgezeichnet wird. Fieberhaft suche ich während Frau Heusers Redeschwall in dem Stapel nach H wie Heuser und finde die rosa Mappe schnell. Die Akten sind alphabetisch sortiert. Mein Onkel ist ähnlich ordentlich veranlagt wie ich. Ich denke an den Vorraum und bete, dass Merle bald kommt, denn das unübersichtliche Chaos – auch wenn es einige Meter von mir entfernt tobt – verursacht mir Magengrummeln. Ich möchte nicht, dass wir irgendetwas nicht unter Kontrolle haben. Damit kann ich nicht gut umgehen.

Während Frau Heuser sich in Rage redet und wild gestikulierend nachspielt, wie ein offenbar unter Alkoholeinfluss stehender Mann mit dem Fahrrad in das Fenster ihrer Konditorei gefahren ist, überfliege ich die Papiere. Der Mann trägt den Nachnamen Bühler, wie ich der Beschreibung zum Unfallhergang entnehme. Wie Nick. Das macht mich stutzig. Ich muss zwei Mal nachlesen, bevor ich etwas sage. »Jannis Bühler«, lese ich ab. »Ist das der alte Jannis, der in dem kleinen Häuschen mit dem Gartenzwerg im Vorgarten wohnt, und hat er zufällig beide Handgelenke gebrochen?«

»Ja, seitdem hat der dat. Sie können sich gar nich vorstellen, wie viele Scherben überall in meinen Zuckertörtchen lagen, Frau Anwalt. Und der Jannis mittendrin. Keine Ahnung, wie viel der auf dem Tacho seines Drahtesels hatte«, gibt sie halbwegs hochdeutsch wieder. Die Darstellung ihrer Sicht der Dinge scheint Frau Heuser so wichtig, dass sie kein Detail im Dialekt verlieren möchte. »Ich musste den ganzen Laden renovieren. Den ganzen!« Die Frau gibt einen übertrieben erstickten Laut von sich und fasst sich an die Kehle. »Wir sind immer noch dabei, der Rolf und ich. Wer zahlt mir das? Der alte Jannis hat keine Versicherung, sagt er. Ob dat ma stimmt …«

»Eigentlich ist das nicht mein Fachgebiet«, erwidere ich zögerlich und würde sie am liebsten samt ihrer Zuckertörtchen ablehnen, weil ich nicht in einen persönlichen Konflikt geraten möchte, wenn Nick und dieser Jannis verwandt sind. Außerdem muss ich mich noch einarbeiten, ich bin gefühlt erst seit ein paar Minuten hier. Andererseits kann man sich in so einer kleinen Stadt die Fälle wohl nicht aussuchen.

»Der Hein hat dat schon angefangen. Sie müssen dat machen!«, nimmt Frau Heuser mir die Entscheidung ab. »Und kommen Sie mir nich mit Meditation wie der Hein. Ich halte nichts von dem fernöstlichen Entspannungskram. Ich bin entspannt genug.«

»Medi-ation, Frau Heuser. Das ist etwas anderes.« Und könnte funktionieren, wenn ich so darüber nachdenke und wenn der alte Jannis tatsächlich keine Haftpflichtversicherung hat. »Wir könnten das in Ruhe besprechen und zusammen einen Weg finden.«

»Wat gibt et da noch zu reden, Frau Anwalt? Kaputt is kaputt. Dat hab ich dem Hein auch gesagt. Genug geredet.«

»Herzog, Belle Herzog.«

»Auch gut. Jedenfalls hat er bis heut nix bezahlt.« Sie kippelt gefährlich auf dem Stuhl herum.

»Soll ich Herrn Bühler für nächste Woche zu einem gemeinsamen Gespräch in die Kanzlei einladen?«

»Jetzt kriegt der auch noch 'ne Einladung?« Sie springt vom Mandantensessel. Mittlerweile hat sie einen recht geröteten Kopf. »Bei allem, was vorgefallen ist?«

Ich kann ihren Frust verstehen, obwohl ich das Gefühl habe, nicht den ganzen Hintergrund zu kennen. »Es ist manchmal besser, wenn man sich außergerichtlich einigt. Denken Sie, er könnte die Zahlung leisten?«

»Wat weiß ich.« Frau Heuser ist wenig begeistert von der Aussicht auf ein Sondierungsgespräch und vermutet wohl einen Nachteil für sich. Sie kreuzt die Arme vor der Brust. »Dat wird so oder so nix mit dem.«

Dem Zustand des Hauses nach zu urteilen, vor dem Nick das Chili abgestellt hat, kann ich mir zugegebenermaßen auch nicht vorstellen, dass Jannis Bühler sich eine Konditoreirenovierung leisten kann. »Wir haben den Schaden schätzen lassen. Fünfzehntausend Euro.« Frau Heuser streicht sich den Faltenrock glatt und setzt sich wieder. »Dat is ein Sümmchen, Frau Anw… Herzog.«

Es steht mir in meiner Position nicht zu, sie über die Beziehung zwischen Nick und Jannis Bühler auszufragen. Deshalb versuche ich es anders. »Gibt es jemanden, der vermitteln könnte? Jemanden, der Herrn Bühler nahesteht vielleicht?«, taste ich mich an das Naheliegende heran.

»Nur den Nick. Aber der Jung hat genug Ärger.« Sie hebt resigniert die Hände. »Schwierige Sache. Tut mir auch irgendwie leid für ihn.«

Tausend Gedanken wirbeln durch mein Gehirn. Geht es Nick vielleicht nicht gut? Ich schlucke.

Frau Heuser nutzt meine Sprachlosigkeit, um ihr Anliegen erneut in den Fokus zu rücken. »Wat machen ma denn nun mit meinen Törtchen?«, drängelt sie.

Dieses Mal erhebe ich mich, um sie aus meinem Büro zu komplementieren. »Ich melde mich bei Ihnen, in Ordnung? Es ist mein erster Tag heute. Aber Ihr Fall steht ganz oben auf meiner Liste, versprochen.« Ich habe gelernt, Mandanten zu beruhigen, um Zeit zu gewinnen.

Frau Heuser sieht mich zweifelnd an, verlässt jedoch widerwillig ihren Platz. »Na gut«, lenkt sie ein, »aber kommen Se doch bei mir im Laden vorbei und sehn sich dat an.«

Als reine Scheidungsanwältin bin ich selten irgendwohin gegangen, um irgendwen zu treffen oder mir Sachverhalte anzuschauen. Die Mandanten kamen meistens zu mir, wenn sie etwas wissen wollten: Unterhaltsrecht, Trennungsgeld etc. Ich ahne, dass sich das ab heute ändern wird. »Vielleicht morgen.«

»Sicher dat.« Sie geht hinaus.

Nachdenklich lasse ich Heins Kugelschreiber mit der Aufschrift der hiesigen Goldschmiedin zwischen meinen Fingern hin und her wandern. So langsam wird mir bewusst, dass sich Belle Herzog mit dem Superabschluss und der feinen Anwaltsrobe aus dem renommierten Prinzen-und-Partner-Syndikat in eine Frau verwandelt hat, die irgendwann mal irgendwas mit Paragrafen studiert hat.

Den Rest des Tages verbringe ich damit, mich durch Nachbarschaftsstreitigkeiten, Körperverletzungen, Versicherungsbeschwerden und den einzigen Scheidungsfall der Stadt zu wühlen. Wie ich mir vorgenommen hatte, vermeide ich es, Sanddorn senior unnötig oft zu begegnen. Tobias' Verlobte Merle ist leider immer noch nicht aufgetaucht. Zwei Mal mache ich einen Ausflug in den Innenhof, um meine Augen und meinen Geist zu entspannen. Mister

Chang hat mal zu mir gesagt, ich solle ab und zu vom Bildschirm abrücken und ins Grüne schauen. Aus dem Bürofenster in München habe ich auf die gegenüberliegende Hauswand geguckt. Die war eher grau als grün. Dafür hat zu meiner Linken mal eine Zeit lang Florian gesessen, meistens in Bunt. Ich vermisse ihn.

Die Katze von vorgestern schleicht über die Pflastersteine und rollt sich vor mir auf dem Boden. Ich beuge mich zu ihr hinunter und streichle sie, was sie sich schnurrend gefallen lässt. Wir hatten früher keine Tiere zu Hause, aber ich habe mir immer eins gewünscht. Ihr Fell ist weich und warm, und so verrückt es klingt, die Katze schenkt mir ein Gefühl von Geborgenheit – ein völlig unerwarteter kleiner Glücksmoment. Genauso unerwartet wie Merles abruptes Auftauchen.

»Hi, das ist ja mega, dich so schnell wiederzusehen«, freut sie sich. »Dann sind wir jetzt Kolleginnen.« Ich schaue auf und blicke in ein hellgrünes Augenpaar. Im Blumenladen hat dieses klare Grün glatt dem Seegras Konkurrenz gemacht. Merle hält mir ihre zarte Hand hin. Das Kristall des Rings an ihrem Finger funkelt hell in der orangefarbenen Abendsonne. Sicher ihr Verlobungsring von Tobias. Geschmeidig richtet sich die Katze auf und stolziert davon.

»Merle, ich bin so erleichtert, dass du da bist und noch jemand hier arbeitet – außer mir und …«, stammele ich.

Sie lacht verständnisvoll. »Alfred? Ich kann mir gut vorstellen, wie euer erstes Aufeinandertreffen gelaufen ist. Aber er ist in Ordnung, wenn man ihn näher kennt. Und damit du nicht glaubst, in Büdnitz sind alle so wie er, hab ich dir einen Seegrasstrauß aus meinem Laden mitgebracht. Er steht auf deinem Schreibtisch in einer Vase. Tobias hat mir schon so viel von dir vorgeschwärmt. Ich freue mich total darauf, mit dir zu arbeiten.« Der Rock ihres gelben Sommerkleides schwingt um ihre Hüften, als sie sich umdreht. »Gehen wir rein?«, fragt sie über die Schulter hinweg.

»Auf jeden Fall.« Sie ist größer, eleganter und schlanker als ich, was wohl der Grund dafür ist, dass ich mich neben ihr wie der angeschlagene Gartenzwerg aus dem Vorgarten des alten Jannis fühle. Schnell verdränge ich den wenig hilfreichen Gedanken.

»Ich entsorge nun endlich die alten Weihnachtskekse«, verkündet Merle feierlich. »Alfred ist in den Feierabend gegangen, als ich kam. Er sieht es also nicht. Mein zukünftiger Schwiegervater schmeißt nicht gern was weg, musst du wissen. Schon gar keine Lebensmittel, egal, wie alt sie sind.« Mit einem zufriedenen Grinsen auf dem Gesicht lässt sie die Kekse in den Abfalleimer rutschen.

»Hätten wir ihn in dem Fall dann nicht besser fragen sollen?« Rein psychologisch gesehen – nicht, weil ich ihn mag. Aber ich bin nicht seine Therapeutin und Merle wird schon wissen, was sie tut.

»Die steinharten Dinger kann keiner mehr essen.« Sie greift nach den beiden Pappbechern, die auf ihrem Schreibtisch stehen, und reicht mir einen. »Ich hab uns Vanilla Latte mitgebracht. Ich hoffe, du magst den. Auf dich!«

Ein kleiner Jauchzer entschlüpft mir. »Danke, das ist toll. Tobias sagte schon, dass es den bei Elke an der Kaffeebude gibt. Lecker!«

»Ach. Sagte er das?« Merle lächelt fein.

Im Geiste sende ich ein stilles Dankgebet gen Himmel. Manchmal rede ich vor dem Einschlafen gedanklich mit meiner Mutter, und gestern habe ich sie darum gebeten, mir wenigstens eine einzige vernünftige Person nach Büdnitz zu schicken. Jemanden, mit dem ich mich anfreunden kann. Nicht, dass ich an so was wie »Wünsche ans Universum« glaube, aber es hat funktioniert.

Zusammen mit meiner neuen Kollegin lasse ich den Tag ausklingen. Wir arbeiten Hand in Hand und es fällt uns kaum auf, dass es plötzlich halb zehn ist. Draußen dämmert es sommerlich vor dem Fenster. Merle hat zu jedem unserer Mandanten eine lustige Anekdote parat. Die liebe Frau Heuser zum Beispiel soll bis vor fünfzehn Jahren in wilder Ehe mit dem einstigen Pfarrer gelebt haben. Aus dieser Liaison ist ein Kind entstanden, vermuten die Büdnitzer. Ob dieses Kind nun wirklich der leibliche Sohn des Pfarrers ist, weiß bis dato niemand. Heute ist der Junge groß und Resi mit Rolf Heuser verheiratet, der wiederum aus der Kirche ausgetreten ist, weil er keine Steuern dafür zahlen will, dass der Papst sich neue Gucci-Schuhe kaufen kann – O-Ton Rolf Heuser, erzählt man sich in Büdnitz. Merle gluckst vor Lachen und ich auch.

»So, wie ich Frau Heuser heute erlebt habe, hätte ich nicht gedacht, dass sie sich schon jemals versündigt hat. Außer an ihren Zuckertörtchen.« Ich bekreuzige mich und Merle fällt vor Lachen fast vom Stuhl.

Merle und ich teilen nicht nur denselben Humor, wir haben auch denselben Geschmack. Wir mögen beide Vanilla Latte, diese kleinen Lakritz-Fledermäuse, die niemand gern isst, und Pizza Hawaii (PS: Meine Nonna hat immer gesagt, dass auf eine italienische Pizza kein Obst gehört).

»Meine Mutter ist gelernte Goldschmiedin, heißt Helene Martens und hilft mir auch manchmal im Blumenladen. Und mein Vater ist Arzt«, berichtet Merle weiter, während sie die letzten Schriftstücke in den großen Aktenschrank einsortiert. »Ihn hast du bestimmt schon gesehen, er geht fast täglich in die Ahoi-Klause zum Mittagessen.«

»Ja, ich glaube, ich weiß, wen du meinst.« War das nicht der Mann mit den Teelichtern am Zweiertisch? »Warum isst er immer allein?«

»Er sagt, er hat den ganzen Tag genug Leute um sich. Da genießt er seine freie Zeit. Ich glaube, er hofft insgeheim, dass meine Mutter dazukommt. Aber sie ist ein Workaholic, so wie ich. Wenn sie nicht im Blumenladen steht, kreiert sie Schmuckstücke. Das hört wohl nie auf.«

»Viele Kreative arbeiten bis ins hohe Alter. Hat sie auch deinen Verlobungsring entworfen?«

»Ja, zusammen mit Tobi. Süß, oder? Er ist immer noch so romantisch verliebt. Obwohl wir seit der Schulzeit ein Paar sind.«

»Ich bin beeindruckt. Das ist echt lang. Leider hat keine meiner Beziehungen so viele Jahre gehalten.«

»Auch nicht die, die zu diesem Andenken gehört?« Sie deutet mit dem Finger auf den Muschelanhänger meiner Mutter, den ich heute – wie jeden Tag – trage. »Das sieht aus, als hätte es meine Ma angefertigt«, fügt sie hinzu.

»Das kann nicht sein, ich war noch nie vorher in Büdnitz.« Irgendwie bringe ich es nicht fertig, ihr vom Tod meiner Mutter zu erzählen. Das alte Problem – ich kann einfach nicht darüber sprechen. »Tobias und du, ihr seid wie füreinander geschaffen.«

»Ja, das sagt jeder. Tobi hat zwischendurch ein Jahr in London verbracht, das war hart für uns. Er hat damals Jura an der Uni Hamburg studiert, nach dem Ersten Staatsexamen aber aufgehört und die Anstellung in der Verwaltung durchgezogen. Jetzt ist er Standesbeamter und ab und zu arbeitet er unterstützend als Tutor an der Uni. Der Abschluss des Jurastudiums reizt ihn immer noch. Alfred würde sich freuen, wenn er Volljurist wäre.«

»Vielleicht beendet er das Studium genau deshalb nicht. Vielleicht müsste er dann in die Kanzlei einsteigen.«

»Kann sein. Huch, wir haben ja schon halb elf, Belle. Ich muss los.«

»Und dank dir haben wir alles weggeschafft.« Ich linse auf die Uhr an der Wand, während ich schnell die Stifte in die Stiftebox sortiere. Anschließend fahre ich mit der Handfläche über den leeren Sekretariatsschreibtisch. »Glückwunsch, wir sind ein Spitzenteam!« Wir klatschen uns ab. Nur bei mir im Büro liegen noch drei unbearbeitete Akten, die ich mir aber in den kommenden Tagen vorknöpfen werde. »Bist du morgen wieder hier?«

»Leider nein, wir haben einen Termin wegen des Hochzeitskuchens.« Sie lächelt matt. »Du glaubst gar nicht, wie anstrengend es ist, eine Hochzeit mit hundertfünfzig Gästen zu organisieren.«

»Findet Tobias das auch?«

»Er organisiert nicht gern Events.« Sie überlegt und wird rot. »Ich mache das allein. Obwohl er schon seit Jahren vom Heiraten und Kinderkriegen redet. Eine eigene Familie liegt ihm am Herzen.«

Ich drehe an meinem Muschelanhänger. »Kann ich verstehen. Das mit der Familie, nicht das mit der Organisation. Da sollte Tobias dich wirklich mehr unterstützen.« Dabei fällt mir etwas ein. »Kennst du eigentlich Hein Wesseling gut?« Obwohl ich glaube, dass ich ihr vertrauen kann, sage ich ihr nicht, wer ich bin. Noch nicht. Immerhin ist bisher nicht klar, warum mein Onkel fort ist. »Ich habe ja seinen Job übernommen.«

»Wie man sich so kennt. Zuletzt hat Hein Blumen zur Auslieferung bei uns bestellt. Nach Hamburg oder München, ich weiß nicht mehr genau. Meine Mutter hat das betreut. Wir haben es über ein Subunternehmen abgewickelt und es war echt nicht leicht, jemanden zu finden, der bei der Auslieferung singt. Irgendwann war Hein dann weg, keine Ahnung wohin. Ist ein netter Mann, der im Ort von den meisten geschätzt wurde, bis er seine Fälle hat liegen lassen. Aber vielleicht hat er eine Freundin gefunden, die woanders lebt.« Sie kichert. Seit fünf Minuten steht sie mit ihrer Jeansjacke über dem Arm im Vorraum, ich halte sie nur auf. »Lass uns übernächstes Wochenende was zusammen machen, ja?«, schlägt sie vor. »Am Strand findet an dem Samstagabend ein Fest statt. Es hängen schon überall Plakate. Kommst du mit?«

»Nick hat es auch erwähnt. Ja, gern, ich bin dabei.«

»Nick Bühler kommt auch?« Merle zieht sich die Jeansjacke über und sieht mich fragend an. »Er geht doch sonst nie auf offizielle Veranstaltungen. Du musst ihm ja ganz schön den Kopf verdreht haben, Belle, wenn er sich freiwillig darauf einlässt.« Sie zwinkert mir zu. »Vielleicht tritt er irgendwann sogar wieder auf«, überlegt sie. »Ciao-ciao.«

Ihre Worte hallen noch Minuten später in meinem Kopf nach, während ich die Lichter in den Räumen der Kanzlei lösche. Warum geht Nick nie aus? Ich habe ihn bisher nicht gerade als depressiven Menschen kennengelernt, der sich nicht unter Leute traut. Wenn er mal nicht arbeitet, ist er mit seinen Surferfreunden auf dem Wasser oder er pflanzt beziehungsweise repariert etwas rund um die Ahoi-Klause.

Gedankenverloren ziehe ich die Haustür hinter mir zu und erschrecke, als ich an der gegenüberliegenden Wand einen Schatten wahrnehme. Nach der ersten Schrecksekunde erkenne ich einen Mann, der in einem Schlafsack auf dem Bordstein kampiert. Um sich herum hat er verschiedene Gegenstände aufgebaut, unter anderem einen Gaskocher und einen Teller. Just kippt er eine Dose Erbsensuppe in den kleinen Campingkochtopf. Da es nicht unbedingt legal ist, auf offener Straße zu kochen, gehe ich zu ihm. Wegen seines langen Barts ist es selbst beim Näherkommen noch schwierig einzuschätzen, wie alt er ist.

»Keine Sorge, ick bleib hier nich«, beantwortet er mir gleich im Voraus meine Frage. »Wollt nur schaun, ob Tobias da ist.«

Ist das jetzt Berlinerisch? Ich weiß es nicht. »Wir haben fast elf Uhr nachts.«

»Heut früh habe ick ihn aber hier jetroffen.«

»Das war eine Ausnahme. Normalerweise ist er auf dem Standesamt.«

»Ick weiß. Dann geh ick lieber ma rüber, um ihn morgen dort zu erwischen«, sagt er und entblößt beim Lachen eine Zahnreihe mit zwei fehlenden Eckzähnen.

Ich habe selten Panik, und ich würde es auch nicht als solche bezeichnen, aber es ist ein beklemmendes Gefühl, so spät allein mit einem Mann auf der Straße zu stehen, der sich Bohnensuppe kocht und unseren Bürgermeister verfolgt. Habe ich gerade *unseren* Bürgermeister gedacht? »Sie können ihn bestimmt morgen in der Sprechstunde treffen, wenn Sie ihn brauchen«, schlage ich vor und ziehe sicherheitshalber mein Handy aus der Tasche.

»I wo.« Der Mann richtet sich auf. Er ist so hoch wie eine Felswand und schlaksig. Seine Stirn zieren unzählige von der Sonne gegerbte Falten unter einer dünnen Stoffkappe. »Entweder hat der Tobias sich vertan oder ick bin verkehrt.«

Der Geruch der Suppe steigt mir in die Nase und ich muss niesen.

»Allergisch gegen Bohnen?«, fragt der Mann und kramt in seiner Hosentasche. »Gab es bei uns früher in der Kantine, einmal die Woche. Mit Bockwurst.« Er fischt einen Hunderteuroschein hervor und zeigt ihn mir. »Von Tobias, für Kaffe'.« Er spricht das Wort Kaffee kurz aus und reibt sich über die Augen. »Davon kann ick fünfzig Kaffe' bei Elke koofen. Ick dachte, das wär ein Fünfer und kein Hunni.«

Ich bemerke, dass ich ihm mit offenem Mund zuhöre. »Ist doch großzügig von Tobias«, stelle ich fest.

»Ja.« Der Mann steckt den Schein weg und geht in die Hocke, um die Suppe durchzurühren. »Ick bin nich oft in Büdnitz. Ma hier, ma dort, ma an einem anderen Ort«, reimt er und blinzelt zu mir hoch. »Menschen meiden Menschen, die nicht so sind wie sie. Tobias nich.«

Seltsam, denn die beiden männlichen Sanddorns sind für mich eigentlich der Inbegriff des Konservativen: Tobias ist ewig mit seiner Freundin zusammen, pflichtbewusst, stets im Anzug, nach der Uhrzeit getaktet und bestimmt mit jeder möglichen Versicherung dieses Planeten ausgestattet. Das Auftreten unseres Bürgermeisters ist lupenrein und man kann ihn sich fast nur mit anderen ebenso lupenreinen Freunden vorstellen.

»Ick hatte ma einen Hund«, erklärt der Mann unvermittelt. »Wohnung und Hund is nich gern gesehen. Rausgeschmissen ham sie mich. Tobias hat mir bei der Vermittlung geholfen, der vom Collie.« Er setzt sich auf seinen Schlafsack neben den Campingkocher und pustet über die köchelnde Suppe. »Ick wollte ihm ma wieder danken.«

»Verständlich. Ich richte es ihm gern aus. Schönen Abend.« Damit mache ich mich auf den Weg.

»Danke!«, wiederholt er mit Nachdruck. »Ick heiße übrigens Paul«, ruft er mir noch hinterher und winkt mit seinem Löffel. Wahrscheinlich der einzige, den er hat und seit Jahren in Ehren hält. »Danke noch mal!«

Kapitel 5

Dass Dankbarkeit nicht immer so einfach ist, wird mir in der darauffolgenden Woche bewusst. Die Tage vergehen wie im Flug und als Anwältin in einer Kleinstadt lerne ich schnell eine Menge Menschen kennen. Mittlerweile werde ich überall mehrfach täglich gegrüßt. Von Nick bekomme ich fast jeden Morgen in der Klause ein leckeres Croissant mit Marmelade, weil ich das so gern mag. Und ich habe mir die App heruntergeladen, die Leni mir empfohlen hat, habe aber nur drei Freunde in dem Programm: Tine, Leni und Nick, bei denen es für mich okay ist, wenn sie sehen, was ich so treibe. Bisher habe ich es geschafft, fast täglich etwas zu posten (einen Baum oder meine Kaffeetasse), und bin durchaus dankbar, wenn ich Lenis Fotos sehe, die oft neue Häkelinspirationen oder Kochtipps zeigen. Bei Nick war es gestern ein Bild von einem aufgebauten Mikrofon. Eventuell plant er doch, irgendwann wieder zu singen. Auf meine Nachfrage hin hat er nur gemeint, dass er nicht mehr gern in der Öffentlichkeit auftritt. Da ist die Dusche ja der perfekte Ort für ihn.

Nachdem ich von Tine Mitte der Woche weitere Details zur nicht zum Besten stehenden Finanzlage der Ahoi-Klause gehört habe, habe ich Flo gebeten, einen Freund zu kontaktieren, der beim Onlinemagazin »StarTravel« arbeitet. Ob das eine gute Idee war, wird sich noch herausstellen. Ich habe mir fest vorgenommen, mehr auf mein Bauchgefühl zu hören und nicht ständig jeden Schritt zu hinterfragen. Mein Bauch hat mir gesagt, es sei okay. Schließlich hat Nick mir an meinem ersten Tag hier auch geholfen, ohne dass ich ihn darum gebeten habe.

Wo Nick finanzielle Probleme hat, scheint bei Tobias das Geld lockerer zu sitzen. Auf die Geschichte mit dem Hunderter und dem Bohnensuppenmann hat er reagiert, als wäre diese Großzügigkeit selbstredend. »Jeder kann durch einen Schicksalsschlag in eine verfahrene Situation geraten. Geld allein macht nicht glücklich.« Merle scheint das ähnlich zu sehen. Aber vielleicht ist man auch einfach nicht so versessen auf Geld, wenn man genug davon hat. Sie legt jedenfalls keinen besonderen Wert auf teure Markenklamotten und ist im Laufe dieser Woche zu einer echten Freundin für mich geworden.

Alfred beziehungsweise Herr Sanddorn, wie ich ihn nenne, kostet mich dagegen nach wie vor den letzten Nerv. Zum einen, weil er auf all meine Fragen vorgibt, keine Ahnung zu haben. Zum anderen hege ich den Verdacht, dass er mir absichtlich die schwierigsten Mandanten zuschustert und sich insgeheim ins Fäustchen lacht, wenn ich daran verzweifle.

Daher bin ich nach einer weiteren Woche in Büdnitz insgesamt vor allem dankbar dafür, dass sie vorüber ist.

Und ich bin dankbar für Frau Heusers Zuckertörtchen an diesem Samstagmorgen.

Selig beiße ich in eins der Probierstück-Törtchen mit rosa Zuckerguss, die zur Verkostung auf einem Teller auf der Theke der Konditorei ausgelegt sind – bis Frau Heuser mich bemerkt. Schnell kassiert sie die vorherige Kundin ab und umrundet den Thekenbereich, um mich willkommen zu heißen. »Dat hätt ich nich gedacht, dat Sie vorbeikommen. Rolf?«, ruft sie aufgeregt nach hinten Richtung Backstube. »Der Rolf backt grad frische Brötchen«, informiert sie mich, bevor sie zum dritten Mal versucht, ihren Mann mittels Lautstärke herbeizuzitieren. »Rolf, nu komm doch ma!«

In der Konditorei sieht es erstaunlich sauber aus. Keine Spur von dem Scherbenhaufen, von dem sie geredet hat. Auch das große Fenster ist ersetzt. So wie ich die emsige Frau Heuser einschätze, hat sie schnellstmöglich – gemeinsam mit Rolf – alle Schäden beseitigt, und es sind höchstens noch kleinere Schönheitsreparaturen umzusetzen. Sie bindet sich die roten Locken mit dem Samthaargummi hoch, das sie bis eben ums Handgelenk getragen hat.

Es riecht nach warmem Brot, Zucker, Butter und Vanille. »Ich fühle mich wie in einer Patisserie in der Provence«, bemerke ich mit Blick auf die Lavendelbilder an den Wänden, das schmucke Porzellan in der Auslage und die pastellrosa Wandfarbe. Es gibt einen Stehtisch aus weißem Metall und zwei helle, samtüberzogene Barhocker. Alle Törtchen sehen zum Anbeißen aus. »Sie haben hier ganze Arbeit geleistet, wenn der Unfall, wie Sie sagten, erst drei Wochen her ist.«

»Muss«, erwidert sie. »Aber wir haben alles auf Video festgehalten, wie dat hier aussah, und dann war auch noch der Hein verschwunden und wir hatten keinen Anwalt mehr. Nun denn, wir liefern Hochzeitstorten aus, da kann ma nich wochenlang dichtmachen oder direkt dat ganze Geschäft für 'n Appel und 'n Ei verkaufen, wie der alte Jannis dat damals gemacht hat.«

»Hat er? Woher wissen Sie, dass er nicht viel für sein Unternehmen bekommen hat, Frau Heuser?«

»Man muss immer sehn, dat ma wieder auf die Beine kommt, egal wat passiert.« Sie hat meinen Einwand überhört und ich bin mir nicht mehr sicher, ob es wirklich ein rheinischer Akzent ist, der ihren Worten diesen leidenschaftlichen Ausdruck verleiht. Es ist eher eine Mischung aus Dialekt und vor allem Stimmung.

»Der Bürgermeister und die Merle haben eine Doppelstöckige zur Hochzeit bei uns bestellt«, verkündet sie. »Dat muss laufen«, betont sie noch einmal, während sie hinter die Theke geht und zwei von den köstlichen Törtchen, die ich eben probiert habe, auf ein kleines Papptablett setzt und anschließend in Folie packt. »Für Sie.« Sie reicht mir das Päckchen.

Ob es nun an dem rosaroten Zuckerkuchen oder an der liebevollen Geste liegt, es ist mir irgendwie ein Anliegen, den alten Jannis nicht zu verklagen. »Lassen Sie uns einen Gesprächstermin für nächste Woche mit Jannis Bühler vereinbaren. Ich könnte mit Nick Bühler reden und ihn bitten dazuzukommen. Sie sagten, die beiden stehen sich nahe. Wäre das eine Option für Sie?«

Missmutig kräuselt sie die Lippen. »Sicher dat.«

Mittlerweile weiß ich, dass das ihr persönliches Ja ist, und ich sehe ihr an, dass ihr eine schnelle außergerichtliche Einigung ohnehin lieber wäre. Das heißt, ich muss nur Nick dafür gewinnen, mir zu helfen. In der vergangenen Woche habe ich ihn außer morgens kurz kaum gesehen. Mit Tobias, der mehrfach jeden Tag in der Kanzlei aufgekreuzt ist, um sich nach meinem Befinden zu erkundigen, habe ich irgendwie mehr Zeit verbracht. Das mit den Zimmerkosten in der Ahoi-Klause konnte ich daher auch noch nicht regeln. Aber Tobias hat mir angeboten, mir beim Wohnungsinserat zu helfen, falls nötig. Ich habe so viel gearbeitet, dass ich abends meistens nur kurz mit Flo geschrieben habe und danach erschöpft ins Bett gefallen bin.

Ich werde nachher bei dem Grillfest am Strand mit Nick über alles reden. Dann kann ich ihm auch endlich von StarTravel erzählen. Ich bin schon total gespannt auf seine Reaktion. »Wir bekommen Ihr Anliegen hin, Frau Heuser. Ganz sicher«, verspreche ich.

»Belle, bist du fertig?«, grummelt Nick ein paar Stunden später vor der Badezimmertür, als hätte ich mich nicht an unsere vereinbarte Zeit gehalten. Dabei ist er derjenige, der dreißig Minuten zu früh dran ist, und ich bin sowieso eher der Typ, der sich in letzter Sekunde fertig macht. Es macht mir Druck, dass er vor der Tür steht und wartet. Schnell schwinge ich mit dem Bürstchen über meine Wimpern und öffne ihm nebenbei die Tür.

»Es ist nur eine Art Dorftreffen«, fügt er hinzu, ohne mich anzusehen. Er lehnt sich gegen den Türrahmen und ist voll und ganz mit seinem Handy beschäftigt. Es ist das erste Mal, dass ich ihn damit sehe. »Es gibt auch keine exklusive Cocktailbar oder so was.«

Ich habe mich daran gewöhnt, dass er versucht, mich mit meinem Großstadtstatus aufzuziehen. Es gelingt ihm aber nicht mehr so leicht, meistens finde ich es sogar ganz witzig.

»Ich trinke eh lieber Champagner als Cocktails«, kontere ich.

»Es gibt Mineralwasser. Das sprudelt genauso.« Seine hellen Strähnen sind noch feucht, weil er sich nie die Haare föhnt. Sie fallen ihm in die erstaunlich dunklen Wimpern.

»Fertig!«, verkünde ich.

Gelangweilt schaut er vom Telefon auf und schnappt nach Luft. Anerkennend pfeift er durch die Zähne. »Verdammt, du bist echt heiß, Belle.«

Dass er aber auch immer aussprechen muss, was er denkt. Ich laufe rot an. »Danke, das war sehr direkt, Herr Bühler.«

Er mustert mich. »Heiß im Sinne von heiß für eine WG-Mitbewohnerin, Frau Anwältin. Nicht, dass du mich wegen meiner Bemerkung verklagst.« Grinsend drückt er sich an mir vorbei ans Waschbecken und verteilt Zahnpasta auf seiner Zahnbürste.

Ich lege derweil die Creolen an, die ich sonst nie trage, und streife mir einen schmalen goldenen Ring über. Für gewöhnlich ist mein einziger Schmuck die Halskette meiner Mutter.

»Ist es okay, wenn ich mich am Strand mit jemandem treffe?«, nuschelt er mit der Zahnbürste im Mund.

Nicht besonders kavaliersmäßig, aber das hier wird ja auch kein Date. Oder doch? Er spuckt die Zahnpasta ins Becken. Nein, eher nicht.

»Klar, du kannst machen, was du willst.«

»Sicher?« Er hebt eine Augenbraue und putzt sich mit einem Handtuch den Mund ab. Das Ganze wäre weniger anstrengend für mich, wenn er dabei ein Hemd tragen würde. Stattdessen registriere ich, wie sich seine Oberarmmuskulatur anspannt, als er sich durch die Haare fährt. Zwei Sekunden, danach greift er nach dem Leinenhemd auf dem Hocker und streift es über.

»Mia, eine alte Freundin von mir, ist zu Besuch bei ihrer Familie in Büdnitz, hat ihre Gitarre mit und wird ein bisschen live spielen. Ansonsten gibt es nur Bratwürstchen, Marshmallows und Dosenbier. Nicht, dass du zu hohe Erwartungen an das Fest hast.«

Die Wünsche und Hoffnungen, die ich noch vor einer Woche an irgendetwas hier hatte, habe ich sowieso schon korrigiert, und Bratwurst inklusive Livemusik am Ostseestrand ist für mich etwas Besonderes. Allein schon wegen der Tatsache, dass ich bisher nie einen Grill besessen habe, und Flo auch nicht.

»Ich kenne Bratwurst im Brötchen nur zur Weihnachtszeit vom Christkindlmarkt.«

»Streich das Brötchen und stell dir das Ganze an einem Stock vor, den du übers Feuer hältst.« Nick zwinkert mir zu.

Ganz so mittelalterlich ist es dann doch nicht. Es gibt zwei große Gasgrills und ein kleines Lagerfeuer in der Mitte der Menge. Weil es schon dämmert, haben die Organisatoren eine Reihe solarbetriebener Strandfackeln aufgestellt. Neben dem beleuchteten Pavillon, der mit Lichterketten geschmückt wurde, genügt das. Darüber hinaus entdecke ich eine Lichtanlage, die für später bereitgestellt wurde. Das Fest ist definitiv nicht so klein, wie Nick und Merle es beschrieben haben. Am Strand ist richtig viel los. Ich schätze, es stehen ungefähr hundert Leute an diesem Strandabschnitt in Grüppchen zusammen. Obwohl Nick und ich nach wie vor kein Date haben, ist das hier echt romantisch. Ich genieße das leise Wellenrauschen, den salzigen Meeresduft und den Sand unter meinen Füßen. Unsere Schuhe haben Nick und ich bereits am Strandaufgang ausgezogen.

»Ich bin früher immer mit meinen Eltern hierhergekommen. Meine Mutter hat Salate vorbereitet oder Kuchen. Das Fest findet seit mindestens dreißig Jahren einmal im Sommer statt, wenn es vom Wetter her passt.« Mir fällt auf, dass wir noch nie zuvor richtig über Nicks Vergangenheit gesprochen haben. »Meine Eltern leben mittlerweile in Spanien, unserem früheren Urlaubsland – das war der größte Wunsch meiner Mutter. Sie sind wie Nomaden und nur wegen mir so lange in Büdnitz geblieben.« Er lacht. »Ich musste ja irgendwo zur Schule gehen. Als sie hier waren, haben sie mit meiner Oma viel Herzblut in die alte Kneipe gesteckt. Deshalb bin ich überwiegend mit und bei meinen Großeltern aufgewachsen. Damals hieß die Ahoi-Klause noch ›Dünennest‹.«

Ich bin beeindruckt von seiner Familiengeschichte, das bin ich wirklich. Und ich finde es schade, dass ich ihm von mir nichts dergleichen erzählen kann. Insgeheim hoffe ich sogar, dass er nicht konkret nachfragt.

Was er dann natürlich doch tut. Er reicht mir ein Dosenbier und weist auf eine der auf dem Sand ausgebreiteten Picknickdecken. »Wohin seid ihr früher in Urlaub gefahren? Auch Spanien?«, erkundigt er sich, als wir uns gesetzt haben.

Ich würde ihm gern ehrlich antworten, dass ich keinen Vater hatte, der mit mir zu Grillfesten gegangen oder mit uns in die Ferien gefahren ist. Mama und ich haben, wenn überhaupt, übers Wochenende einen Ausflug an die bayrischen Seen unternommen. Bei meiner Nonna am Gardasee waren wir selten. »Italien, schätze ich.« Meine Stimme bebt ein wenig, und ich sehe ihm nicht in die Augen – aus Sorge, er könnte mich entlarven. Stattdessen inspiziere ich das Grillgut auf dem Gasgrill neben uns.

Der Grillmeister winkt Nick mit der Zange zu und zieht eine Augenbraue hoch, die so viel besagt wie »Du? Hier?«. Mir läuft das Wasser im Mund zusammen, als ich den langen Tisch erspähe, auf dem Salate, Muffins und Mozzarella-Tomaten-Sticks angerichtet sind. Wenn ich das gewusst hätte, hätte ich gern auch etwas beigesteuert – obwohl ich derzeit keine Küche besitze.

»Hey, das ist schon alles in Ordnung so«, sagt Nick beruhigend, als würde er meine Gedanken erraten. »Ich habe ein Paprikasteak, eine Bratwurst und eine Rindswurst aus der Kühlung mitgenommen. Du kannst dir etwas aussuchen. Jeder bringt sein Grillgut selbst mit und Grillkäse ist immer vorhanden, wenn du das lieber magst.« Er steht auf und reicht die kleine Kühltasche nach einem kurzen Handschlag an den Grillmeister weiter. Ich hatte mich schon gefragt, was darin ist. Fast hätte ich vergessen, dass Nick Bühler ein Gasthaus führt. Ich beobachte, wie er mit dem anderen Mann fachsimpelt. Ein Pärchen fragt unterdessen, ob sie sich zu mir auf die Decke setzen können. Ich bejahe und richte mein Augenmerk auf die Umgebung. Viele der Gäste sind hell gekleidet, auch das hatte mir niemand vorher verraten. Mein orangefarbenes Spaghettiträgerkleid sticht heraus. Eine Dame in Schneeweiß legt derweil drei Baguettebrote auf dem Tisch mit der ebenfalls weißen Tischdecke ab.

Nick ist eins weiter gewandert und winkt mich jetzt zu sich und einer ungefähr gleichaltrigen Frau mit Dreadlocks, die auf einem runden Meditationskissen sitzt und Gitarre spielt. »Belle, darf ich vorstellen? Das ist die großartige Sängerin Mia, von der ich dir erzählt habe. Wir kennen uns vom Surfen.«

Mia hört einen Moment auf, Akkorde zu zupfen, und schaut zu uns hoch. »Bühler, Bühler, du hast dich nicht verändert. Siehst gut aus – immer dem Sturm über dem Ozean trotzen, richtig? Hi, Belle.« Sie legt den Kopf schief und kramt in einer Jutetasche. »Ich habe ein Mikro mit, falls du es dir anders überlegst, Nick.«

»Wird nicht passieren«, winkt er ab. »Warst du heute schon draußen?« Sein Blick gleitet über das ruhige Wasser.

»Leider nein. Ich bin eben erst angereist und hab versprochen, zuerst für Hintergrundstimmung auf dem Fest zu sorgen. Aber vielleicht lasse ich euch nachher Karaoke singen und gönn mir eine Pause auf dem Brett. Wenigstens fünfzehn Minuten auf dem Wasser treiben würde mir für heute vollkommen reichen.«

»Lass es lieber, es wird bald dunkel«, mahnt Nick außergewöhnlich streng, »aber wenn du morgen noch da bist, können wir zusammen raus.«

»Okay, das möchte ich natürlich nicht versäumen. Jetzt erst mal viel Spaß euch.« Mia schickt sich an weiterzuspielen und sendet uns einen kleinen Luftkuss.

Wir gehen weiter und Nick deutet auf zwei Liegestühle, die das Werbelogo einer Gin-Marke tragen. »Alles okay?«, fragt er, als wir uns setzen. Sanft legt er seine Hand auf meinen Arm. »Ohne dich wäre ich wahrscheinlich heute nicht hergekommen. Es scheint, dass mir unsere WG guttut. Die letzten drei Jahre waren bei mir ziemlich holprig.«

Sicher ist es nur dem warmen Licht um uns herum, dem Lagerfeuer und dem Wellenrauschen geschuldet, dass mein Herz so laut pocht. Oder aber Nicks Hand, die weiter auf meinem

Arm verweilt. Ich mag die Berührung und was sie in mir auslöst, auch wenn ich mich gedanklich dagegen sträube.

»Du wolltest etwas mit mir besprechen?« Nick zieht seine Finger zurück und die Haut an meinem Unterarm kühlt augenblicklich ab.

»Ja, genau. Also, weil ich ja nun länger als geplant in Büdnitz sein werde und in der Kanzlei arbeite, muss ich mich nach einer bezahlbaren Unterkunft umschauen«, beginne ich vage. Ich möchte eigentlich nicht mit leerem Magen eine Diskussion anzetteln. Ich weiß ja, dass Nick dringend Geld benötigt. »Könntest du mir mit dem Zimmerpreis eventuell entgegenkommen? Ich bin sonst gezwungen, mir eine Wohnung zu suchen.« Hastig nippe ich am Dosenbier, was auf einmal gar nicht mehr so schlecht schmeckt. »Ich habe auch schon versucht, einen Ausgleich für dich und die Klause zu schaffen, und wenn das funktioniert, so wie ich und Florian uns das vorstellen, dann ...«

»Redest du von deinem besten Freund aus München?«

»Ja, genau. Flo hat da jemanden kontaktiert und ihm von der Ahoi-Klause erzählt, von deinem Garten, der Sauna und den Biogerichten, die du anbietest. Es ist ja quasi alles in einem ganz ursprünglichen Zustand bei dir ...« Er runzelt die Augenbrauen. Wie erkläre ich ihm das mit StarTravel am besten, ohne dass er es falsch versteht? »Wir Großstädter stehen auf so was«, versuche ich, einen kleinen Witz zu machen, um seine Finanzsituation in den Hintergrund treten zu lassen. »Deshalb dachte ich ...«

»Ich fürchte, ich kann dir nicht entgegenkommen, Belle«, unterbricht er meine Bemühungen und nimmt einen großen Schluck aus der Dose. Erst in diesem Moment bemerke ich, dass wir beide alkoholfreies Bier trinken. An der improvisierten Bar neben uns bewegen sich lustige Bastwedel im Wind, die Wellen sehen mit einem Mal ziemlich hoch aus, finde ich. Passend zu unserem Gespräch.

»Aber, Nick, ich habe alles durchgerechnet. Wenn ich nur vierzig Euro die Nacht zahlen würde, wäre es für mich trotz der Wohnung in München tragbar. Sonst muss ich dort untervermieten, damit ich mir hier etwas anderes leisten kann.«

»Wir reden gleich weiter, okay? Unser Essen ist fertig, ich gehe es holen. Bleib ruhig sitzen.« Nick steht auf und geht zuerst zum Bierstand, um die leeren Dosen zurückzugeben, dann zum Grillmeister. Es dauert eine Weile, bis er zurückkehrt, weil er sich dort verquatscht. Als er mit zwei Papptellern und Besteck in der Hand auf mich zusteuert, habe ich einen meiner Füße komplett im Sand eingebuddelt.

»Dir gefällt es hier, was? Welchen magst du?« Belustigt hält er die beiden Teller hoch.

Ich nehme den linken mit der Wurst und dem Brot, das er dazugelegt hat. »Danke. Der Sand ist so fein, dass er mir beim Versuch, ihn festzuhalten, sofort durch die Finger rinnt«, schwärme ich. »Ich liebe das!«

»Mir ist das Salzwasser trotzdem lieber.« Nick schenkt mir einen Seitenblick. »Noch mal wegen dem Zimmer, Belle, es geht einfach nicht. Ist nicht böse gemeint. Aber ich bekomme es vielleicht an jemand anderen für mehr als vierzig Euro vermietet. Ich brauche das Geld.« Er setzt sich hin, stellt den Teller auf seinen Knien ab und fährt sich mit dem Handrücken über die Stirn. »Und vielleicht ist es sowieso besser, wenn du … wenn du woanders wohnst.«

»Was?« Hat er mich gerade dezent rausgeschmissen? »Warum?«

»Weil's ein Abstellraum ist.«

»Das stimmt nicht. Du würdest ihn auch an jemand anderen vermieten, egal, was es für ein Raum ist. Das ist nicht der Grund«, entgegne ich aufgebracht und würde ihm am liebsten den blöden Essensteller an den Kopf werfen. »Gib es zu, du magst mich nicht. Weil ich aus München komme, Anwältin bin oder weil du anscheinend Probleme mit Frauen hast. Du magst mich einfach nicht.« Ich merke, dass ich lauter werde. Unwirsch stelle ich den Teller in den Sand. Mir ist der Appetit vergangen. Nick ist die Situation zwar augenscheinlich unangenehm, doch er versucht nicht, dem Gesagten etwas entgegenzusetzen, was mir wehtut. Ich muss nun Flo fragen, ob er meine Münchner Wohnung vermieten kann, solange ich nicht da bin, und ich muss Tobias' Angebot annehmen, mir bei der Suche nach einer neuen Bleibe zu helfen.

Zwischen all den Menschen entdecke ich tatsächlich Merle und Tobias. Die zwei haben mich ebenfalls gesichtet, doch nur Merle kommt zu uns rüber. »Hi, Belle, hast du schon meine leichten Flammkuchenecken gekostet? Ich habe das Rezept online gefunden. Ist mega und supereinfach zu machen. Kann man auch kalt essen. Der Orangenkuchen von Frau Heuser ist auch ein Gedicht«, sprudelt sie in ihrer gewohnt aufgekratzten Art hervor. Wie diese Frau es schafft, neben Kuchenbacken und Salatmachen auch noch hinreißend auszusehen, ist mir ein Rätsel. »Hallo, Nick«, grüßt sie kurz.

Ich beobachte, wie sich seine Kiefermuskulatur unnatürlich anspannt. »Merle, wie immer ohne Punkt und Komma.« Er setzt sich breitbeiniger hin als eben und gibt das Bild eines Machos ab, der er weder in seinem Garten noch in seinem Badezimmer ist. »Ich nehme an, Tobias spricht nach wie vor nicht mit mir? Es ist nicht allein meine Schuld gewesen, Merle«, fügt er hinzu. »Zu so was gehören immer zwei.«

»Wie man's nimmt. Frag doch Belle mal nach ihrer Meinung dazu«, gibt Merle schnippisch zurück.

Irgendwie entwickelt sich der Abend anders als gedacht. Parallel zum Wetter, das stetig stürmischer wird, hat sich die Stimmung geändert. Die von Mia angekündigte Karaokesession ist in vollem Gange. Gerade ist der ziemlich schräge Gesang der Bedienung des Bierpavillons zu hören. Toll!

Merle zieht eine ihrer perfekt geschwungenen Brauen nach oben und Nick rollt mit den Augen. »Es wäre alles viel leichter, wenn du es auf sich beruhen lässt«, sagt sie zu ihm.

Ich wüsste zu gern, worum es geht, möchte den Schlagabtausch aber nicht mit indiskreten Fragen unterbrechen.

»Du weißt, dass ich das nicht kann«, antwortet er knapp und wendet sich dann wieder mir zu. »Belle, ich mag dich wirklich sehr, aber ich muss dir unbedingt etwas Wichtiges erklären. Merle hat es schon angeschnitten …«

Ein durchdringender Schrei schrillt durch den Nachthimmel. Ich greife mir reflexartig an die Kehle, der Hilferuf geht durch Mark und Bein.

»Mia!«, schreit jemand beim Pavillon panisch.

»Sie ist vom Brett gefallen! O mein Gott, Leute, sie ist weg!«, höre ich die lauten Stimmen der Jugendlichen, die sich in einem Grüppchen auf dem Steinvorsprung oberhalb des Strandabschnittes eingerichtet haben.

Mir wird gleichzeitig heiß und kalt. Es ist so dunkel, dass man gerade noch die Umrisse der Feiernden ausmachen kann. Merle ist kreidebleich und starrt Nick geschockt an, der in die Dämmerung über dem Ozean stiert, um etwas zu erkennen.

Dann geht alles ganz schnell. Er springt auf und läuft los, während Merle sich die Hände auf die Augenlider presst und »Wie schrecklich!« wispert.

»Schmeiß das Licht an, Tobi!«, brüllt Nick Tobias im Vorbeilaufen zu und der reagiert sofort. Ich sehe, wie Tobias hektisch alle möglichen Schalter an einem schwarzen Kasten bedient.

Auf Knopfdruck wird es taghell. Kurz drauf fummelt er am Handy herum, wahrscheinlich ruft er den Rettungsdienst. Mir stockt der Atem.

»Verdammt, Nick! Pass auf, wenn du das machst!«, schreit einer der Jugendlichen von eben, als Nick die Klippe erklimmt. »Im Wasser ist alles voller Felsen und Geröll, Mann.«

»Nick ist Profi«, murmelt Merle. Ihre Hände hängen schlaff neben ihrem Körper. »Und Mia auch. Es muss etwas anderes bei ihr passiert sein.«

Ich sehe Nicks Schatten den Vorsprung nach oben klettern, registriere, wie er die Schuhe von sich wirft und vollständig bekleidet in die Wellen springt. Das ist doch alles nicht wahr! Meine Knie schlottern, obwohl ich nicht von dem Unglück betroffen bin und Mia gar nicht kenne.

»Scheiße!«, drückt jemand neben mir das aus, was ich denke. Ich kann ihn als einen von Nicks Surferfreunden identifizieren. Er war mal in der Ahoi-Klause. Ich weiß aber nicht, wie er heißt. Die beiden haben sich über Kitesurfen in Tarifa am südlichsten Zipfel Spaniens unterhalten.

»Nick ist komplett irre. Keiner wäre da reingesprungen, die Wellen sind viel zu hoch. Er spinnt«, sagt der Typ angespannt zu seiner Begleiterin. »Die zwei Narben, die er von seinen waghalsigen Aktionen hat, reichen ihm wohl nicht.«

»Er wird Mia ganz sicher nicht ertrinken lassen, du Idiot!«, fährt Tobias ihn an. Er ist ebenfalls zu uns gekommen und beobachtet das Geschehen von hier aus. »Wenn ich nur wüsste, wie ich ihm helfen kann. Ich habe die Scheinwerfer so gedreht, dass er Licht hat, ich habe den Notdienst gerufen, die Küstenwache …«, zählt er fassungslos auf. Angespannt legt er einen Arm um Merle, als bräuchte er Halt. »Nick ist gut. Er ist so gut. Er schafft das!«, wiederholt er mehrfach, als müsste er sich selbst davon überzeugen.

Ich kriege Angst. Was, wenn er es nicht schafft? Was, wenn beide ertrinken?

Sirenen nähern sich und ein Fahrzeug rauscht über den Sand. Drei Männer und eine Frau springen heraus, ehe es zum

Stehen kommt. Sie rennen zum Ufer. Noch bevor sie unten angelangt sind, kann ich einen Kopf in den Wellen erkennen. Ist das Nick? Gott, bitte mach, dass er es ist! Jemand applaudiert verhalten hinter uns.

Die drei vom Rettungsteam gehen ins Wasser und ziehen eine Person heraus. Nein, es sind zwei, die rausgezogen werden. Ich glaube ja normalerweise nicht an Gott, aber in diesem Moment bin ich ihm unfassbar dankbar.

Keiner der Geretteten kann stehen, wir sehen sie im Sand liegen und haben alle den Impuls loszulaufen, an den Ort des Geschehens. Es ist eine irrwitzige Situation.

Doch Tobias und der Surferkollege von eben halten die Menge zurück. »Das Fest ist beendet«, ruft Tobias, so laut er kann. Er greift zum Mikro, das unbeachtet neben dem Pavillon auf dem Boden liegt. »Geht nach Hause!«, spricht er hinein. Es ist mit Abstand das Sinnvollste, was man in dieser Situation tun kann.

Trotzdem will ich nicht weg. »Ich bin seine Mitbewohnerin, seine Freundin«, erwidere ich und klinge erbärmlich. »Ich will zu ihm.«

»Belle, ich weiß nicht, ob das gut für dich ist«, meint Tobias und baut sich vor mir auf.

»Lass sie zu ihm«, schaltet sich Merle von der Seite ein, und ich drängele mich durch.

»Tu nicht immer so lieb, Merle!«, höre ich Tobias hinter mir zu seiner Verlobten sagen. Habe ich mich verhört? Die Nerven liegen wohl bei allen blank.

Als ich bei den fünf Personen am Meeresufer ankomme, habe ich kurz Probleme einzuordnen, wer von ihnen wer ist. Mia liegt im Sand, hustet und spuckt, während ein Sanitäter auf sie einredet. Nick kniet gebückt neben ihr, die Hände auf den nassen Strand gestützt. Aus seinen Haaren tropft es, seine Kleidung klebt an seinem Körper und ich weiß nicht, ob ich weinen oder versuchen soll, mit ihm zu sprechen.

Er dreht den Kopf zur Seite und sieht mir ins Gesicht. In seinen Augen liegt ein derart harter Schmerz, wie ich ihn noch nie zuvor bei jemandem wahrgenommen habe. Ich sage nichts, gehe neben ihm auf die Knie und streichele seinen Rücken. Er atmet schwer.

»Wir fahren nach Hause«, sagt er nach einer Weile zu mir.

»In Ordnung«, stimme ich zu und helfe ihm aufzustehen.

Doch die Ärztin hält uns zurück. »Ungern, Nick, ehrlich, ganz ungern. Du bist nicht mehr auf Station, du hast alles hingeschmissen. Willst du dich jetzt auch noch selbst behandeln? Mit Kräutern aus deinem Garten und japanischem Heiltee? Lass mich dich bitte vernünftig untersuchen.«

Die beiden kennen sich.

»Ich stelle mich morgen bei Doc Martens vor, Merles Vater, okay?« Nicks Augen sind trüb und ich bezweifle ebenfalls, dass es gesund ist, ihn ohne medizinische Begleitung mitzunehmen.

»Andernfalls werde ich mich auf eigene Verantwortung sofort wieder entlassen«, trotzt er der Ärztin und mir, bevor wir ihm widersprechen können. Keine Chance, ihn zu überreden. »Wie geht es Mia?«, lenkt er ab.

»Sie wird das packen. Und das Baby auch. Sie muss vorsichtiger werden, jetzt, wo sie nicht mehr allein ist«, beantwortet sie seine Frage. »Der Vater des Kindes ist unterwegs. Passen Sie bitte auf Nick auf. Das ist eine ärztliche Anordnung«, gibt sie mir mit auf den Weg.

»Das tue ich.« Ich hatte nicht bemerkt, dass Mia schwanger ist. Sie muss noch ziemlich am Anfang sein. Vielleicht ist ihr auf dem Board übel geworden. »Ich passe auf ihn auf«, wiederhole ich.

Es war eine Herausforderung, Nick ins Auto zu bugsieren. Sein muskulöser Körper lastete schwer auf meinen Schultern, seine Beine waren schwach. Ein Sanitäter musste uns helfen. Der reinste Wahnsinn.

Als wir in der Ahoi-Klause eintrafen, habe ich ihm ein wohltuendes Bad eingelassen, ihm Tee aufgegossen und eine Wärmflasche bereitgelegt. Er selbst hat sich Medikamente aus dem Arzneischrank in der Küche genommen und sie geschluckt. Ich glaube, es waren Ibuprofen-Tabletten und irgendetwas anderes. Auf sein Geheiß habe ich eine Wunde an seiner Wade desinfiziert und verbunden. Eine Aufgabe, die ich noch nie zuvor übernommen habe. Schließlich bin ich keine Krankenschwester. Er hingegen wirkt so versiert wie ein Arzt. Er hat sich auch selbst mit einem Gerät den Blutdruck gemessen. Ich hatte den Eindruck, er könnte sich ebenso gut vor dem Spiegel eine Platzwunde nähen, wenn es sein müsste.

Jetzt betrachte ich ihn, wie er still auf dem Bett liegt und am Kamillentee nippt. Es geht ihm besser, er erholt sich schnell. »Was hat die Ärztin gemeint, als sie sagte, dass du nicht mehr auf Station bist? Hast du im Krankenhaus gearbeitet?«

Ächzend stellt er die Tasse auf dem Nachttisch ab und zuckt mit den Schultern, als hätte er nicht die geringste Ahnung oder mich nicht verstanden. Ich setze mich neben ihn aufs Bett, viel zu nah. Mit dem Zeigefinger streicht er sich eine rebellische Strähne aus der Stirn und unsere Blicke treffen sich. »Ich kann mehr bewirken, wenn ich eine Kneipe führe, siehst du ja.« Er legt die Hand auf meinen Arm, aber dieses Mal geht das warme Gefühl tiefer und breitet sich in mir aus. »Danke, dass du mich hergebracht hast, Belle.«

Ich erwidere sein blasses Lächeln. Er sieht verletzlich aus. »Warum bist du nur so kopflos ins Wasser gesprungen? Das war gefährlich, Nick. Und warum hat ausgerechnet Tobias dir die

Rettung zugetraut, obwohl er dich zwei Minuten vorher noch nicht einmal ansehen wollte? Ich verstehe euch nicht.«

»Aus alter Freundschaft?«, antwortet er mit einem Hauch Melancholie.

Ich spüre, dass mehr dahintersteckt, als er zugeben möchte.

»Antworte doch bitte ernsthaft auf meine Fragen«, dränge ich ihn behutsam.

»Okay, du lässt ja nicht locker, Großstadtmädchen.« Er lächelt wieder schwach. »Ich habe in der Schulzeit als Sanitäter gejobbt, mich durch Weiterbildungen geschlagen und nach dem Abi Medizin studiert. Dann hatten meine Großeltern diesen schweren Autounfall.«

»Fährt dein Opa deshalb nicht mehr selbst?«

»Unter anderem, ja. Er hatte ein Bier getrunken an dem Abend, ist gefahren und macht sich seitdem für die Folgen des Unfalls verantwortlich.« Nick schüttelt den Kopf und reibt sich den Nacken. »Aua.«

Behutsam platziere ich die Wärmflasche neu, an der Stelle, wo es ihn schmerzt.

»Meine Oma ist im Krankenhaus in meinen Armen gestorben.« Er macht eine Pause. »Aber nicht nur sie. Belle ... Menschen sterben sehen ... das kann ich nicht.«

Ich auch nicht, denke ich.

Er lässt einen Arm über seine Augen gleiten, als würde er sich dafür schämen, oder er versucht verzweifelt, die quälenden Erinnerungen loszuwerden.

»Ich kann das auch nicht«, sage ich endlich und es fühlt sich an wie eine Erlösung. Als würde ein schwerer Stein von meiner Brust gehoben. »Meine Mutter ist vor einem Jahr gestorben. Es war so schlimm, Nick.« Meine Augen füllen sich mit Tränen. »Schön und schrecklich, beides irgendwie. Schön, weil ich bei ihr sein konnte, und schrecklich wegen den Geräuschen, den

Maschinen, dem Geruch, dem Krankenhauszimmer, einfach allem.«

Ich fühle, wie er mir über die Wange streichelt und eine Träne mit dem Daumen auffängt. »Tut mir leid«, flüstert er und hebt den Arm, öffnet mir einen Zugang zu sich, sodass ich mich an ihn lehnen kann.

»Es wird«, murmele ich, und vielleicht finde ich allmählich meinen Frieden. »Als du mit Merle gesprochen hast und ihr beide so aufgebracht wart, ging es da um den Unfall?«

»Nicht mal annähernd.« Er schluckt betroffen und schließt die Augen. »Aber das willst du nicht wissen.«

»Und ob ich das wissen will.« Vorsichtig streiche ich über sein feuchtes Haar. Als ich meine Hand zurückziehen will, hält er sie sanft fest und sieht mir in die Augen.

»Ich habe leider nicht nur *eine* Baustelle in meinem Leben. Du kannst mich alles fragen, aber bitte glaub mir, dass es für dieses Thema gerade nicht der richtige Zeitpunkt ist.«

Nach dem, was heute Abend passiert ist, der unmöglichen Rettungsaktion und seiner angeschlagenen Gesundheit will ich keine Antwort aus ihm herausquetschen, die er mir nicht zu geben bereit ist. »Warum haben die anderen dich nicht davor bewahrt, ins Wasser zu springen? Du hättest draufgehen können.« Am liebsten würde ich ihn für seine selbstlose Art schütteln – doch er hat damit Mia und ihrem Baby das Leben gerettet.

»Ich kenne diese Küste wie kein anderer. Surfen ist meine Leidenschaft, seit ich drei Jahre alt bin, behaupte ich mal. Und ich habe auch einen Augenblick gezögert.«

Von diesem vermeintlichen Augenblick habe ich nichts mitbekommen. »Hast du nicht.«

»Ich konnte das Risiko abschätzen.«

»Erzähl mir doch nicht solchen Blödsinn«, fahre ich ihn an und frage mich selbst, warum ich so überreagiere. Ich mag gar nicht daran denken, wie es wäre, wenn er nicht mehr da wäre. Wenn wir jetzt nicht eng umschlungen hier liegen könnten.

Er zieht mich näher an sich heran, blinzelt gegen die spärliche Deckenleuchte, obwohl die alte Stucklampe lediglich gedämpftes Licht spendet. »Hast du dir Sorgen um mich gemacht?«

»Das war kein Spiel, Nick.« Ich verstehe nicht, wie er diese Tatsache so leichtfertig übergehen kann.

Er verzieht ein bisschen den Mund, als er sich zu mir dreht. Vielleicht hat er Schmerzen, von denen er mir nichts gesagt hat, oder eine gebrochene Rippe. Mein Herz schlägt schneller, weil er mir so unverwandt in die Augen sieht. Unsere Körper sind eng und warm aneinandergeschmiegt. Wir sind allein, ganz allein. Die Ahoi-Klause ist geschlossen, die wenigen Übernachtungsgäste befinden sich im Nebengebäude.

»Ich weiß immer, was ich tue, Belle.«

»Nick Bühler, du bist so …«, flüstere ich. Von dir überzeugt? »Und ein riesengroßer …«

»Idiot? Sprich es ruhig aus, Belle Herzog.«

Ich spüre seine Hand in meinem Nacken und wie sie mich sanft zu seinem Gesicht führt. Fühle seine Wange an meiner, nehme den Duft des Eukalyptusbades von vorhin wahr, der an ihm haften geblieben ist.

»Hattest du Angst«, wiederholt er und hält den tiefen Blickkontakt zwischen uns aufrecht, »um mich?«

Verdammt, und wie! Aber das gebe ich nicht zu. Weil ich kein Fangirl eines Surfers sein will und weil ich eigentlich nur seine Mitbewohnerin bin. Ich versuche, das prickelnde Gefühl zu verbannen. Schließlich bin ich nicht mehr die Achtzehnjährige, die sich kopflos in einen Sommerflirt stürzt. Doch die Schmetterlinge in meinem Bauch geben keine Ruhe, sondern schlagen heftiger mit den Flügeln. Bin ich gerade dabei, mich zu verlieben?

»Das hättest du wohl gern«, raune ich ihm zu.

»Richtig, das hätte ich gern«, haucht er zärtlich. Mein Gesicht ist seinem so nah, dass ein Flüstern zwischen uns vollkommen ausreicht.

Er bewegt sich, nur ein Stück, und unsere Lippen finden sich ganz natürlich. Als sollte es so sein. Wir küssen uns. Ich schließe die Augen und gebe mich dem Gefühl hin: seinen Händen, die sachte mein Gesicht erkunden, dem Geschmack seiner blauen Pfefferminzzahnpasta, die ich manchmal heimlich benutze. Ich bin so dankbar dafür, dass er am Leben ist! Ich möchte mehr von ihm fühlen, ihn in mir verankern. Das Verlangen nach Liebe und Geborgenheit, das in mir erwacht, ist so groß, dass es mich beinahe ängstigt.

Wir lösen uns voneinander.

»Du bist besonders für mich, Belle.« Das Türkisblau seiner Iris ist nicht mehr so trüb wie kurz nach der Rettung, das Strahlen ist zurück. Sein sehnsuchtsvoller Blick erreicht mein Herz und trifft dort auf ein Echo. Ich will es ebenso, genau das, mit ihm. Ich möchte ihn spüren, aber auch endlich wieder mich selbst fühlen.

Er lässt seine Finger unter mein Shirt gleiten und ich helfe ihm dabei, es auszuziehen, damit wir Haut an Haut liegen können. Ich wünsche mir so viel mehr von diesen wundervollen Glücksmomenten, die mich alles andere vergessen lassen.

»Ich liebe es, mit dir zusammen zu sein«, gesteht er zwischen zwei Küssen. »Als ich dir das erste Mal vor der Buchhandlung begegnet bin, wusste ich es. Du bist besonders für mich, Belle. Meinetwegen kannst du umsonst hier wohnen, aber geh bitte nicht mehr weg.«

»Ich möchte nicht weggehen.«

»Nur … auf Dauer … da bin ich nicht der Richtige für dich. Ich bin nicht so wie deine Freunde in München, und ich kann dir nicht geben, was du brauchst.«

»Das ist süß, aber ich bin nicht wild darauf zu heiraten, falls du das meinst«, entgegne ich amüsiert, weil wir uns noch nicht lange kennen und ich es niedlich finde, dass er bereits über die Zukunft nachdenkt.

Er lächelt nicht mehr. »Nein, ich meine damit, dass ich dir nichts versprechen kann. Zurzeit.« Er küsst mich auf die Nasenspitze.

»Das ist mir zurzeit so was von egal.« Irgendwie will ich nicht hören oder verstehen, was er sagt. Flo hat mal gemeint, dass die meisten Männer die Wahrheit sagen, wenn sie über sich selbst reden. Keine Ahnung, warum mir das ausgerechnet in diesem Augenblick in den Sinn kommt, aber Richard hat immer im Scherz behauptet, dass er ein Arschloch sei. Egal, Nick ist anders. Ich küsse ihn. Seine Worte sind zu dramatisch für diesen innigen Augenblick und es ist zu schön zwischen uns, um aufzuhören. Ich kuschele mich an seinen bloßen Oberkörper und er umschließt mich mit seinen Armen – bis er sich irgendwann aufrichtet und sich über mich beugt, die Handflächen rechts und links von meinem Kopf.

»Nicht bewegen«, raunt er mir zu und streicht mit dem Zeigefinger über meine Wange, um kurz darauf eine Wimper auf der Fingerkuppe hochzuhalten. »Du darfst dir was wünschen, süße Belle.« Er grinst und haucht einen Kuss auf meinen Oberarm.

Es kitzelt und ich muss lächeln. »Das mit den Wimpern hat bei mir noch nie geklappt.«

»Als ich in Biarritz surfen war, hat mir ein Franzose das wahre Ritual erklärt.« Nick platziert die Wimper auf meinem Handrücken. »Man wirft sie nämlich über die Schulter. Wenn sie dabei von der Hand rutscht, geht der Wunsch in Erfüllung. Andernfalls nicht. Magst du es versuchen? Vielleicht funktioniert es ja heute.«

»Okay.« Ich setze mich aufrecht hin.

Ich wünsche mir, dass mein Onkel zurückkommt.

Ich spüre dem Satz nach und mit einem Ruck bewege ich meine Hand nach hinten.

Die Wimper ist verschwunden.

Nick und ich versinken in einem leidenschaftlichen, nie enden wollenden Kuss.

***

Als es am nächsten Morgen Sturm klingelt, bin ich zu erschöpft, um sofort aufzustehen. Außerdem muss ich kurz überlegen, wo ich bin. Das ist nicht meine Blümchen-Bettwäsche. Ich kneife die Augen zusammen, weil mich das Morgenlicht durchs Fenster blendet. Im Gegensatz zu meinem Zimmer gibt es bei Nick keine Vorhänge. Und dann ist alles wieder da: das Dosenbier, die Rettung von Mia, die Ärztin, Nicks Worte, seine Stimme, sein Körper über meinem, unser Stöhnen. Wir waren wie im Rausch. Ich taste mit den Fingern neben mich und berühre Nicks durchtrainierten Bauch, über dem das Bettlaken leichte Falten wirft. Er schläft friedlich und atmet leise. Richard hat immer geschnarcht wie ein Bär, wodurch ich in den gemeinsamen Nächten kaum ein Auge zutun konnte. Letzte Nacht habe ich auch keins zugetan, allerdings aus anderen Gründen. Ein kindliches Kichern entfährt mir.

Wie gern würde ich Nick noch ewig beim Schlafen beobachten. Vor wenigen Stunden hat er die Muttermale auf meiner Haut gezählt, und es hat gekitzelt, als seine Fingerspitzen über meinen Körper gewandert sind. Anschließend hat er meinen Bauch mit Küssen bedeckt und obwohl ich ihn ständig ermahnt habe, sich wegen seiner Gesundheit nicht zu sehr anzustrengen, hat er mein Bitten ignoriert. Zum Glück.

Leider kann ich die kostbaren Einzelheiten nicht länger gedanklich durchleben, weil nach wie vor jemand an der Tür ist. Ich ziehe wild klingelnde Menschen anscheinend magisch an. Dabei hat die Ahoi-Klause am Sonntagvormittag geschlossen und jeder in Büdnitz weiß das. Es sind nur diese wenigen Stunden Auszeit, die Nick sich in der Woche gönnt.

Ich streife die Bettwäsche von meinem Körper und schlüpfe in das orangefarbene Sommerkleid, das gestern Nacht im Überschwang der Gefühle in einer Ecke des Zimmers gelandet ist. In Büdnitz trage ich viel häufiger Kleider als in München.

Barfuß und auf leisen Sohlen tapse ich durch den Flur, die Treppe hinunter und quer durch die Kneipe, wobei ich hoffe, nicht in irgendetwas Ekliges zu treten. Ich habe gehört, dass Nick manchmal einen Peanuts-Abend veranstaltet, bei dem jeder die Erdnussschalen auf den Boden wirft. Natürlich wird hier ständig gewischt, aber hätte ich mehr Zeit gehabt, hätte ich Hausschuhe angezogen. Bevor es erneut klingeln kann, öffne ich die Fliegengittertür und schiebe die hölzerne Haupttür auf. Vor mir steht ein älterer Herr, der an beiden Händen eine graue Plastikbandage trägt. Es ist offensichtlich, dass es sich um den alten Jannis handeln muss. Er schwankt erst nach links, dann nach rechts, und ich mache mir Sorgen, dass er umfallen könnte. Allerdings scheint er nicht betrunken zu sein, da ich keinen Alkoholgeruch wahrnehmen kann. Er sieht auch nicht so verlottert aus, wie sein Haus vermuten ließe.

»Ist alles in Ordnung mit Ihnen?«, erkundige ich mich besorgt und möchte ihn stützen, doch er wimmelt mich ab.

Bevor ich ihn aufhalten kann, stolpert er über die Türschwelle ins Lokal. In harschem Ton verlangt er nach Nick. »Wo ist der Bengel?«, ruft er die Treppenstufen hinauf.

So hatte ich mir den Start in den Tag mit Nick nicht vorgestellt. Ich ärgere mich darüber, dass ich nicht schneller und entschiedener reagiert habe. Ich hätte den Mann wegschicken müssen – nach dem, was ich von Frau Heuser über ihn erfahren habe, ist er kein einfacher Zeitgenosse. Es dämmert mir, warum sie sich nicht mit ihm an einen Tisch setzen wollte, um weitere Verhandlungen zu führen.

»Sie sollten heute Nachmittag wiederkommen, Herr Bühler!«, erkläre ich bestimmt. »Es scheint Ihnen nicht gut zu gehen. Ich werde Nick Bescheid geben, dass Sie da waren.«

Doch es ist zu spät. Im oberen Stockwerk öffnet sich die Zimmertür. Mist! Nick hätte noch schlafen sollen, sich von gestern erholen. Nach der anstrengenden Rettungsaktion kann er in unserer leidenschaftlichen Nacht keine neue Kraft gesammelt haben. Er ist so einfühlsam und weiß genau, wie er seinen Körper und seine Berührungen einsetzen muss. Ich kann nicht verhindern, dass sich meine Mundwinkel bei der Erinnerung daran leicht nach oben bewegen.

Der alte Jannis beobachtet mich verächtlich dabei. Er wischt sich mit der Bandage über die Nase. »Sind Sie der Grund, warum er sich nicht bemüht, seine Ehe zu retten?«, fragt er vorwurfsvoll. »Sanddorns Tochter ist und bleibt eine gute Partie. Er kann sich glücklich schätzen, mit ihr verheiratet zu sein. Warum konnte er nicht wenigstens einmal etwas richtig machen?«

Meine Gesichtszüge entgleisen und meine Beine drohen nachzugeben. Ehe, verheiratet? Und wer ist Sanddorns Tochter? Ich kenne nur seinen Sohn Tobias. Hektisch durchsuche ich gedanklich die vergangenen Tage nach Hinweisen. Hat Nick etwas Derartiges erwähnt? Das wüsste ich. Ich versuche, das Wort Ehe und Nick in Zusammenhang zu bringen, was mir partout nicht gelingen will. Nick ist ein Freigeist. Gestern hat er noch gesagt, dass jemand wie er auf Dauer nicht der Richtige ist. Für mich. Was hat er damit eigentlich gemeint? »Reden Sie von Anwalt Sanddorn?«, schaffe ich nachzufragen.

»Wie viele Sanddorns kennen Sie?« Sein abschätziger Blick gleitet von mir zu Nick, der nur mit Jeans bekleidet langsam die

Stufen herunterkommt. Er hat alles gehört und sich offenbar schnell etwas übergezogen.

Der Mann versucht, sich vor dem Treppenabsatz aufzubauen, schwankt jedoch erneut, weshalb ich ihm einen Stuhl vom Tisch nebenan rüberschiebe, damit er sich setzen kann.

Nick bleibt auf der untersten Stufe stehen. Es erweckt nicht den Anschein, als würde er sich über den Besuch freuen. »Du sollst nicht einfach so in meine Kneipe platzen.«

»Und du, Junge, hättest mir sagen sollen, dass du ein neues Eisen im Feuer hast«, erwidert Jannis und gestikuliert drohend mit dem bandagierten Arm in der Luft herum. »Stattdessen erfahre ich das von der Heuser, die überall von deiner Heldentat gestern am Strand schwadroniert. Du bist verheiratet und lässt dich mal wieder nachts von einer anderen nach Hause begleiten? Es reicht!«

»Bitte! Hör auf«, winkt Nick ab. »So ist es nicht.«

Ich bin unfähig, irgendetwas zu tun oder zu sagen. Gerade noch schwebte ich auf Wolke sieben und schwupp bin ich auf den Boden der Tatsachen geknallt. Nick schaut mich nicht an, und »verheiratet« fällt in den kommenden Minuten zu oft, als dass es eine Lüge sein könnte.

Der alte Jannis benetzt sich die Lippen mit der Zunge, als hätte er einen trockenen Mund vom vielen Reden.

»Herrgott. Du sollst nicht ständig diese Schmerzmittel nehmen«, tadelt Nick ihn und befüllt an der Bar ein Bierglas mit Wasser. »Mensch, Opa.« Er stellt das Glas auf dem Tisch neben dem Alten ab, der sich mittlerweile auf den Stuhl gesetzt hat.

»Jannis Bühler ist also dein Großvater? «, frage ich. Der ursprüngliche Besitzer des Ford Mustang und der Mann, dessen Frau in Nicks Armen verstorben ist? Nick antwortet nicht, weicht meinem Blick weiterhin aus. Mir wird schmerzlich bewusst, dass ich mich in den vergangenen Stunden einer Illusion hingegeben habe.

Jannis Bühler wischt mit einem Arm in einer großen Geste über den Tisch und wirft dabei beinahe den Leuchter um. »Unsinn wegen der Schmerzmittel. Es ist nun mal nicht auszuhalten ohne!«

»Du brauchst weder die Tabletten noch die starken Tropfen, erst recht nicht in der Kombination. Leichte Schmerzen sind bei Knochenbrüchen normal. Das dauert bis zu einem Jahr, bis es verheilt ist. Die Schienen werden nächste Woche entfernt und mit Krankengymnastik wird das schnell besser. Es waren glatte Brüche, das ist eine gute Voraussetzung. Du brauchst all die Medikamente nicht, die du schon so scheißlang nimmst. Es ist jetzt drei Jahre her, dass sie von uns gegangen ist. Sie würde das nicht gut finden. Das würde sie absolut nicht.«

»Hören Sie ihn sich an, den Herrn Doktor«, antwortet der alte Jannis an mich gewandt. »Er redet von Knochenbrüchen und ich rede vom Herzen.« Mit der faltigen Hand tippt er sich gegen die Brust. Tränen steigen in seinen Augen auf und ich fühle mich fehl am Platze.

»Entschuldige, Opa. Alles gut. Ich bringe dich nach Hause. Dann legst du dich erst mal hin und ich bleibe bei dir.«

Ich müsste die beiden eigentlich wegen Frau Heusers Konditorei ansprechen, aber gerade ist nicht der richtige Zeitpunkt dafür. Oder wird der nie kommen? »Nick, wir müssen reden.«

»Belle, nein!«, fährt Nick mir über den Mund. »Es gibt nichts zu bereden«, fügt er hinzu, als ginge er davon aus, dass Sex mit einem verheirateten Mann oder überhaupt die ganze vergangene Nacht für mich normal gewesen wäre. »Ich rufe Tine noch an wegen der Klause. Vielleicht kannst du ihr das ausrichten. Danke.« Er zieht ein Ahoi-Shirt unter dem Tresen hervor, streift es sich über und verfrachtet Jannis Bühler dann draußen vor der Tür in den himmelblauen Mustang, um ihn nach Hause zu begleiten.

Kapitel 6

Da sitze ich nun drei Tage später am frühen Morgen in meinem Kanzleizimmer – ich bin inzwischen seit über zwei Wochen in Büdnitz – und durchsuche einen Audio-Streamingdienst nach dem Podcast »Meer für Dich«. Ich kann selbst nicht glauben, dass ich das tue. Flo hat mir wieder einmal dazu geraten, nachdem ich ihm direkt montags von der Nacht mit Nick und der verschwiegenen Ehe erzählt habe. »Dass er ein Gott im Bett ist, kann seine Charakterschwächen auch nicht ausgleichen. Lass dich bloß nicht dazu hinreißen, es noch mal mit ihm zu tun. Nachher wirst du noch süchtig nach dem Kerl, so wie du von dem einen Mal schwärmst. Ist er echt verheiratet?«, hat Flo mich gefragt.

Bis heute habe ich keine Antwort darauf. Nick ist nämlich seit dem Wochenende nicht mehr aufgetaucht. Es scheint ein Fluch zu sein, dass Menschen, für die ich etwas empfinde, aus meinem Leben verschwinden. Dummerweise mache ich mir sogar Sorgen um ihn, obwohl ich allen Grund dazu hätte, wütend zu sein. Er beantwortet meine Anrufe nicht und fragt nicht nach mir. Dabei weiß ich, dass er Tine damit beauftragt hat, die Ahoi-Klause vorübergehend weiterzuführen. Angeblich, weil er sich um den alten Jannis kümmern muss. Sein Handy ist also nicht kaputt. Ich kann nicht mal weinen, weil es sich so mies anfühlt, von ihm ignoriert zu werden. Etwas Derartiges ist mir noch nie passiert, es ist hart. Entweder hat er eine plausible Erklärung für das alles oder es ist ihm scheißegal, wie sehr er mich verletzt. Flo geht von Letzterem aus und ich ehrlich gesagt auch. Ich muss mich von ihm fernhalten.

Flos Rat folgend scrolle ich gedankenverloren durch die Podcastfolgen von »Meer für Dich« – es gibt zu fast jedem Thema eine. McJulius hat unzählige Follower. Ob er etwas zu Betrug zu sagen hat? Hat Nick mich überhaupt betrogen? Wir sind schließlich nicht zusammen. Im Grunde hat er mir bloß nicht alles von sich gebeichtet.

Nichts zu sagen ist dasselbe wie lügen und betrügen, Bellissima, mahnt Flo in meinen Gedanken.

Ich klicke eine Podcastfolge an und höre der butterweichen Stimme des Moderators zu. Zugegeben – die ist sehr angenehm. Ich schätze ihn auf Anfang vierzig. Die Audios sind kurz, dafür kommt er auf den Punkt.

»Wenn es niemanden gibt, der dich im Leben enttäuscht, lernst du nicht, mit Enttäuschungen umzugehen. Ohne Umwege, Schicksal, Rückschläge und jemanden, der dich spiegelt, lernst du überhaupt wenig über dich selbst«, meint McJulius.

Was bedeutet denn *spiegeln*?

»Denk mal darüber nach, welches Verhalten du selbst in eurer Beziehung an den Tag gelegt hast. Hinterfrage dich, hinterfragt euch. Dadurch kannst du definitiv wachsen. Vielleicht wachst ihr sogar gemeinsam weiter«, liefert der Podcastguru mir postwendend die Antwort, als befänden wir uns in einem Zwiegespräch.

Ich habe Nick nicht richtig zugehört, fällt mir als Erstes dazu ein. Ich habe nicht darauf reagiert, als er angedeutet hat, dass er nicht verfügbar ist. Und ich habe Richard früher nie meine Meinung gesagt – zum Beispiel zu dem scheußlichen

Garderobenständer, zu seinem Schnarchen oder seiner übergriffigen Art, für mich Entscheidungen zu treffen. Ich realisiere, dass ich viel weniger Opfer gewesen wäre und sein würde, wenn ich mich aktiv an meinen Beziehungen zu anderen Menschen beteiligen würde. Es ist ein gutes Gefühl, das zu wissen.

»Du bist ein aktiver Teil deines Lebens«, wiederholt McJulius, was ich just selbst reflektiert habe.

Danke schön, McJ. Ich schalte den Podcast aus, fahre den PC hoch und versuche, mich auf meine Fälle zu konzentrieren. Mit Frau Heuser habe ich eben schon gesprochen. Wir werden ihrem Wunsch gemäß die Klage vor Gericht durchziehen.

Schnell tippe ich eine Nachricht an Flo ins Handy, bevor ich mich voll und ganz in meine Akten vergrabe.

Hi, Flo. McJ hat was, aber an seinem Pseudonym könnte man arbeiten. Bussi, sende ich mit einem Smiley.

Sag ich doch, Bellissima. Hat sich dein verdammt sexy Surfer-Idiot mittlerweile gemeldet? Kuss, schreibt Flo zurück.

Ich hatte ihm irgendwann mal einen Screenshot von Nicks Profilbild geschickt, auf dem er auf dem Brett in den Wellen zu sehen ist. Seit mein bester Freund zudem weiß, wie Nick Mia aus dem Wasser gerettet hat, bezeichnet er ihn als verdammt sexy – nur eben mit dem Zusatz »Idiot«.

Er ist vor allem verdammt verheiratet, Flo!, schicke ich zurück und will das Mobiltelefon zur Seite legen.

Doch Flo antwortet in Sekundenschnelle.

Stimmt, da war ja was. Deshalb solltest du nach Hause kommen, Bellissima. Sag den Leuten Adieu und fahr in fünf Monaten noch mal kurz hin, um nachzusehen, ob Hein dann da ist. Konnte ja keiner ahnen, dass dein Onkel abhaut.

Ich stöhne und spiele mit dem Tischkalender, der auf dem Mahagonischreibtisch liegt. Ich habe mit einem verheirateten Mann geschlafen, stecke in einem schlecht bezahlten Job und von meinem einzigen Familienmitglied fehlt jede Spur, so, als hätte man Onkel Hein gekidnappt. In der Tat würde ich gern abreisen.

Prompt wird die Tür des Nachbarbüros zugeschlagen, was bedeutet, dass der Tyrann, mit dem ich zusammenarbeite, auch seinen Morgen gestartet hat. Ich nehme mir fest vor, Sanddorn senior später ganz konkret nach Hein zu fragen. Das hätte ich schon längst getan, wenn ich nicht so sehr auf Nick fokussiert gewesen wäre.

Danach kann ich immer noch entscheiden, ob ich abreise.

Das Telefon im Vorraum klingelt und ich höre Merles Absatzschuhe auf den Fliesen klackern, gleich darauf ihre helle Engelsstimme. Sie ist ebenfalls eingetrudelt – ein Segen! Schnell öffne ich meine Bürotür, weil ich mich so freue, sie wiederzusehen. Merle konnte wegen des Blumenladens und der Hochzeitsvorbereitungen in den letzten Tagen nicht mehr aushelfen.

Flugs beendet sie das Gespräch, indem sie unserem Mandanten einen neuen Termin vergibt.

»Frühstücks-Vanilla-Latte, bevor wir uns in die Arbeit stürzen?«, überfalle ich sie, als sie aufgelegt hat.

Sie schenkt mir einen erleichterten Blick. »Ich hab gehofft, dass du das sagst, Belle, obwohl hier so viel los ist. Ich brenne darauf, endlich zu erfahren, wie es nach dem Strandfest mit Nick und dir weiterging. Und ich werde das Gefühl nicht los, dass er dich mag.« Augenzwinkernd hängt sie sich die Tasche, die sie eben erst auf dem Schreibtisch abgelegt hat, wieder über die Schulter und hakt sich bei mir unter.

Ich merke, wie ich erröte, weil sie den Abend des Strandfests sofort erwähnt hat. Kann ich ihr vertrauen und ihr offenbaren, was Nick und ich getan haben? Sie wird seine Frau sicher persönlich kennen. »Dann lass uns schnell Koffein tanken, damit wir danach arbeitstechnisch Gas geben können«, weiche ich erst mal aus.

»Ich habe den ganzen Tag nichts anderes vor, als in der Kanzlei mitzuhelfen und für dich da zu sein. Wir schaffen das! Wir sind doch Freundinnen«, beruhigt sie mich. »Und wir hätten längst unsere Handynummern austauschen sollen.«

Habe ich bereits erwähnt, wie glücklich ich bin, dass es sie gibt?

Wenige Minuten später tippe ich ihre Nummer in mein Handy und lerne einen neuen Weg an einen anderen Strandabschnitt von Büdnitz kennen. Wir spazieren nicht wie gewöhnlich an der Straße entlang, sondern biegen in einen schattigen Waldweg ein, der einen Schlenker in die Dünen bietet. Der erdige Pfad geht in Sand über und ist rechts und links von hohem Seegras eingerahmt.

»Tobias hat es mächtig imponiert, wie du dich nach dem Unfall um Nick gekümmert hast.« Merle schenkt mir einen kessen Seitenblick. »Er ist von deiner steilen Jura-Karriere sowieso total beeindruckt und redet pausenlos davon, dass er selbst auch gern sein Studium beenden möchte. Er will sich mit dir dazu noch austauschen. Aber du musst das natürlich nicht tun. Mach dir da keinen Stress.«

»Ach was, klar. Ich kann ihn beraten, wenn er mag«, biete ich an und schaue zurück. Wenn man sich in dieser Gegend nicht auskennt, kann man sich leicht verlaufen. Elkes Kaffeebude würde man ohne entsprechende Ortskenntnisse gar nicht finden. Aber wenn man erst mal da ist, ist sie nicht zu übersehen.

Entgegen meiner Erwartung handelt es sich nicht um ein kleines Strandhäuschen, sondern um einen Foodtruck. Er ist direkt neben einer Düne in sicherer Entfernung zum Meerwasser platziert, die Räder des Wagens sind tief in den Sand eingegraben.

Eine Möwe wartet auf dem Dach des Trucks darauf, dass ein Bröckchen Waffel oder Kuchen für sie abfällt. Die Inhaberin Elke steht in einem Blumenkleid mit vielen Stoffarmbändern am Handgelenk in ihrem Foodtruck. Sie mag an die sechzig sein, und ich wette, wenn keine Gäste da sind, hüpft sie in ihrem Wallekleid barfuß über den Sand ans Meer.

Merle und ich stellen uns an das ausgeklappte Tischchen des Wagens.

»Hast du Nick nach der Rettung denn noch großartig verarztet?«, will sie wissen, während wir bestellen. Ich höre am Klang ihrer Stimme, dass sie ultraneugierig ist.

»Im Grunde hat er selbst an sich herumgedoktert. Ich habe nur geschaut, dass es ihm gut geht.«

»Hm«, macht sie. »Er ist eigen, was Krankenhäuser betrifft. Er wäre fast Arzt geworden, wenn er nicht alles hingeschmissen hätte.«

»Verrückt.« Ich brösele den Cupcake auseinander, den Elke mir hingestellt hat. Zucker hilft immer. Ein Stückchen fällt in den Sand, sehr zur Freude der zahmen Möwe. »Das mit der Arztsache wusste ich vorher nicht. Und ich hätte auch nicht gedacht, dass er mit Tobias' Schwester verheiratet ist. Das hat mich … ziemlich überrascht.« Überrascht ist das beste Wort, das mir einfällt, um nicht zu viel über unsere gemeinsame Nacht zu verraten. »Ich habe nie eine Frau bei ihm gesehen.«

Merle blickt betreten aufs Meer, als wäre Nicks Ehe ein gut gehütetes Familiengeheimnis, über das man nicht spricht. »Wenn es nach Saskia ginge, wären sie längst geschieden.«

Oh! Aber es relativiert das, was wir getan haben, zumindest ein wenig.

»Sie lebt seit über einem Jahr nicht mehr hier, kommt nur selten nach Hause.« Merle trinkt von dem Vanilla Latte mit Sahnehaube, den Elke ihr in einer Büdnitz-Tasse kredenzt hat.

»Dann ist das Trennungsjahr doch vorüber, und sie haben keine Kinder. Was hält sie auf, sich scheiden zu lassen?« Das mag indiskret sein, aber es ist mir egal. Ich möchte es gern wissen.

»Nick will nicht. Frag mich nicht, warum.«

O Mann! Nick Bühler ist so was von verheiratet – und will daran anscheinend nichts ändern. Nicht, dass ich ihn selbst heiraten wollte. Aber was ist mit seiner Moral? Ich puste über meinen heißen Latte und eine kleine Milchschaumwolke hüpft über den Tassenrand.

Merle betrachtet mich nachdenklich. »Eine Sekunde.« Daraufhin nimmt sie ihre Geldbörse aus der Handtasche. Das Teil ist fast so wuchtig wie eine Aktentasche. »Ich bin ein Messie, was mein Portemonnaie betrifft«, entschuldigt sie sich. »Ich bewahre alles ewig darin auf und schleppe es mit mir herum. Tobi zieht mich regelmäßig damit auf. Aber ich finde, es kann einem manchmal nützlich sein. Zum Beispiel jetzt.« Sie schiebt ihren Kaffeebecher auf der Foodtruck-Ablage zur Seite und forstet sich durch ihren ledernen Begleiter. »Ach, schau mal, hier habe ich eine Münze, auf die meine Mutter das Symbol eines Schutzengels geprägt hat. Cool, oder?« Sie deutet auf die eingravierten Initialen. »HM, Helene Martens. Meine Mama markiert alle Schmuckstücke, ist so ein Tick von ihr.«

Mir kommt das Zeichen bekannt vor, aber mich interessiert mehr, was Merle mir in Wahrheit zeigen will. Sie fischt ein Bündel zerknitterter Zettel aus einer Innentasche. »Die letzte Friseurrechnung. Alles ist teurer geworden: das Porto, Essen gehen in der Pizzeria … Aha, da hab ich was.« Triumphierend hält sie eine geknickte Karte hoch und reicht sie mir. »Du bist herzlich zur Hochzeit eingeladen, und ich fände es schön, wenn du eine meiner Brautjungfern wirst. Die Details zum Kleid gebe ich dir noch durch. Wir feiern auf dem ehemaligen Dorfplatz neben dem Rathaus. Ich hoffe, das Wetter bleibt so schön.«

141

»Wow, danke!« Ich hatte zwar mit etwas anderem, etwas Aufschlussreicherem gerechnet, freue mich aber darüber, dass sie an mich denkt und mir auch noch so eine wichtige Rolle an ihrem großen Tag zuschreibt. Als ich das Datum checke, bin ich überrascht. »Du hast gar nicht erwähnt, dass eure Hochzeit schon in zwei Wochen stattfindet.«

»Ja. Warum, denkst du, bin ich dauernd so gestresst? Tobi wollte vor seinem Fünfunddreißigsten unter der Haube sein und Kinder haben, das wird knapp.« Sie lacht und kramt weiter in ihrer Tasche. Dabei flucht sie über ihr eigenes Chaos, aber nur sehr leise, Merle-like halt. »Ich bin mir sicher, ich habe es noch irgendwo.«

»Wonach suchst du?« Ich beiße in meinen Cupcake und lecke mir die Lippen. Der Zucker tut immer noch wahnsinnig gut. Büdnitz ist nicht nur landschaftlich, sondern vor allem auch kulinarisch ein Geheimtipp.

»Ha! Voilà!« Elke und ich erschrecken gleichzeitig bei Merles glockenhellem Ausruf. Gut, dass außer uns niemand da ist. »Saskia und Nick. Das sind sie.« Jetzt hält sie eine etwas mitgenommene Danksagungskarte mit Bild hoch. Tobias' Schwester trägt darauf ein seidiges Kleid, ein Blumenkranz ziert ihre feine, blonde Hochsteckfrisur. Nick sieht umwerfend aus in seinem klassischen Anzug. Aber ich bin mir sicher, dass ihn jemand dazu gezwungen hat, das Ding zu tragen. So etwas würde er normalerweise niemals freiwillig anziehen. Wenn wir in Amerika wären, könnte das ihr gemeinsames Highschool-Abschlussfoto sein – das umjubelte Prinzenpaar. Nick schaut aus wie der moderne Prinz eines kleinen Königreichs und Saskia ist seine Prinzessin. Ich schlage die Hand vor den Mund. Erstens: O Gott, ich bin ernsthaft eine Ehebrecherin. Und zweitens: O nein, schon wieder ein Prinz.

»Das Foto wurde vor fünf Jahren aufgenommen, Belle. Und seit ungefähr drei Jahren ist es gefühlt vorbei bei den beiden.«

»Was ist passiert?«

»Ich glaube, sie haben sowieso nur geheiratet, weil Alfred das von ihnen erwartet hat. Nick hat damals Medizin studiert, die Firma seines Opas Jannis war der leuchtende Stern am Ostseehimmel, international erfolgreich. Alles auf Kurs. Das hat Alfred beeindruckt. Er wollte sein Sanddorn-Töchterchen in guter Gesellschaft wissen, wenn du verstehst, was ich meine.«

Es klingt nicht so, als ob Merle ihre Schwägerin in spe besonders schätzt. Sie trinkt einen großen Schluck von ihrem Vanilla Latte, weil wir eigentlich keine Zeit mehr haben, sie uns aber trotzdem gönnen. Wir werden sowieso wieder bis in die Nacht arbeiten.

»Dann kam der Unfall. In gewisser Weise kann man es auch als Absturz bezeichnen«, redet sie weiter. »Nicks Opa, Jannis Bühler, hat am Steuer des Wagens gesessen. Seine Frau ist gestorben, du kennst die Geschichte vielleicht.«

»War er schuld?«

»Nein. Ihnen ist jemand ins Auto gefahren. Jeder hier versteht, dass er danach durchgedreht und tablettensüchtig geworden ist.«

»Und Nick?«

»Er war mit im Krankenwagen, weil er Schicht hatte. Er war die ganze Nacht dabei, auch im OP. Seine Oma war wie eine Mutter für ihn. Aber er konnte nichts mehr für sie tun.«

»Das ist schrecklich.« Ich schiebe mit dem Fuß den Sand von links nach rechts. »Und traumatisierend.«

»War es, und Saskia war ihm damals keine große Hilfe.«

»Warum nicht?« Zugegebenermaßen ist es mir mit Richard ähnlich ergangen. Vielleicht kann der Partner oder die Partnerin die Trauer nicht nachvollziehen, aber ein Mindestmaß an Unterstützung und Anteilnahme sollte wenigstens vorhanden sein.

»Sie ist eine verwöhnte Luxusdiva, wenn du mich fragst. Alfred hat immer versucht, seinen Kindern alles zu bieten. Er arbeitet zwar viel, aber Geld war bei den Sanddorns sowieso noch nie ein Problem.« Merle stellt sich auf die Zehenspitzen, obwohl sie groß genug ist, um die Auslage zu inspizieren. »Und Nick ist ein Vollzeit-Hippie ohne Kohle. Das passt halt nicht zusammen. Saskia kommt übrigens zu unserer Hochzeit, sie ist ja Tobis Schwester. Dann lernst du sie kennen.«

Lieber nicht. »Wenn die beiden so unterschiedlich sind, erklärt das noch weniger, warum sie nicht geschieden sind.«

»Es war ja nicht immer so. Und wenn Nick die Scheidungspapiere unterschreiben würde, könnte endlich Ruhe bei den Sanddorns einkehren und es wäre offiziell vorbei. Aber er wehrt sich. Vor ein paar Monaten war Saskia noch mal hier und wollte es endgültig klären. Dazu hat sie als Gast bei ihm gewohnt – nicht klug. Danach hat er das Trennungsjahr infrage gestellt. Ihm fällt ständig etwas Neues ein. Deshalb hat er auch dauernd Stress mit Tobi. Nicht nur deshalb …« Sie schürzt die Lippen. »Nick kommt bei Frauen nun mal gut an, er hat ab und zu ein Techtelmechtel. Ist halt so, er ist Single. Saskia lebt woanders, sie sind nicht mehr zusammen. Aber Tobi will seine kleine Schwester beschützen. Ist vermutlich normal. Es gab deswegen einige heftige Auseinandersetzungen zwischen Nick und Tobi. Nur, warum soll Nick nicht tun, was er will? Außerdem weiß jeder, dass er sich nicht gern etwas vorschreiben lässt.«

Verlegen nippe ich an meinem Kaffee. Es trifft mich, dass er auch mit anderen Frauen zusammen war – so wie mit mir. Natürlich ist das dumm von mir, denn er ist kein Mönch und es war bloß Sex zwischen uns. Keine große Sache. Glaube ich. Obwohl die Schmetterlinge in meinem Bauch in der Nacht keine Flugpause eingelegt haben. Aber alles, was ich in Büdnitz wollte, war, meinen Onkel kennenzulernen. Ich wollte mich nie wieder auf jemanden einlassen, der mir das Herz bricht. Ich wollte herausfinden, wer ich bin.

»Liebt er Saskia noch?«, hake ich trotzdem nach und kann nicht verhindern, dass meine Stimme flattert.

»Denke nicht. Aber ich halte mich sowieso aus allem raus.« Merle zuckt mit den Schultern. »Es sei denn, ihr beide habt was miteinander, dann natürlich nicht. Kann ich bitte eine Waffel mit Puderzucker kriegen, Elke?«, fragt sie.

Mein Handy vibriert und ich nehme es aus der Handtasche. Während Elke und Merle plaudern, schaue ich mir an, was Nick und Leni in dieser Foto-App hochgeladen haben. Leni verfolgt laut ihrem aktuellen Status eine Gerichtssendung auf Prime – sie hat heute schulfrei – und Nick hat ein Bild von einem verfallenen Haus irgendwo im Wald in der Nähe des Meeres gepostet.

Beiläufig späht Merle über meine Schulter aufs Display. »Was macht Nick denn bei Saskias Ruine?«

»Du meinst diese Hütte hier?« Ich tippe mit dem Zeigefinger auf das Bild und erinnere mich, wie Nick mich mal ermahnt hat, nie den Wert eines Hexenhäuschens zu unterschätzen.

»Ja, die gehört ihr. Sie hat sie von ihrer Tante geerbt. Ist nichts wert, der alte Kasten. Komisch, dass er sich ausgerechnet dort aufhält. Das Teil steht leer. Es befindet sich außerdem weit außerhalb, in einem Bereich, der niemals Baugebiet werden wird.«

Mein Anwaltsgehirn arbeitet automatisch auf Hochtouren. Normalerweise sind Erbschaften der einzelnen Eheleute vom Zugewinn ausgeschlossen. Das bedeutet, dass Ererbtes beim Ehe-Aus nicht geteilt wird. Es sei denn, Saskia würde den Schuppen mit Gewinn veräußern, was sie wegen des Zustands des Objekts sicher nicht kann. Folglich wird das nicht der Grund sein, weshalb Nick gegen eine Scheidung ist. Er muss sie noch lieben. Ich dagegen war für ihn ein Ausrutscher: die Touristin, die sich kurzfristig in der Romantik von Strand und Meer verirrt hat.

Merle kaut an ihrer Waffel und winkt jemandem. Es ist Tine, wie stets mit rotem Haarband in den Locken. Ich wundere mich, was sie um diese Zeit hier unten treibt, und nehme an, der Koch hält in der Klause die Stellung. In den letzten beiden Tagen hat sie fast durchgehend in der Kneipe rotiert, weil Nick ja – wie wir inzwischen wissen – unter anderem auf seltsamer Häuserexpedition im Wald unterwegs ist.

Merle steckt schnell die Geldbörse weg, vielleicht möchte sie diese chaotische Seite lieber vor anderen geheim halten. »Hi. Ich hab dich bisher noch nie hier draußen gesehen«, grüßt sie zurück.

Tine stützt sich seufzend auf die Klappe des Trucks. »Ernährungsumstellung. Einen entkoffeinierten Soja Latte, bitte.« Sie verdreht die Augen. »Leni hat mir ein Buch zur gesunden Lebensführung geschenkt. Von diesem Podcastmacher, McJulius. Ja, ich hab auch gelacht. Mc wie McDonald's. Was ist das denn für einer?«

Ausnahmsweise halte ich mich mit einem Kommentar zurück, weil ich ihn schließlich selbst höre. Ich habe sogar darüber nachgedacht, mir heute Abend vor dem Schlafengehen noch mal eine Folge zu gönnen.

»Mein Kaffee und mein Gebäck sind sehr gesund. Passt in McJulius' Plan«, erwidert Elke belustigt.

»Genau deshalb komme ich ab jetzt hierher«, erklärt Tine. »Wenn ich den Drang nach einer Zigarette verspüre, trinke ich einfach einen Kaffee bei dir und schnappe frische Luft. Leni hat mir vorgeworfen, dass ich zu wenig über sie weiß. Dass ich immer müde bin, arbeite oder rauche. Arbeiten und müde sein kann ich nicht ändern. Rauchen schon. Ich hab's ihr versprochen.«

»Das unterstütze ich und freue mich, dich in Zukunft häufiger hier zu haben.« Elke klatscht in die Hände. »Aber mal unter uns: Dieser MfD-Podcast soll angeblich hier in Büdnitz aufgezeichnet werden, habe ich im Internet gelesen. Irgendein windiger Reporter will das herausgefunden haben.« Sie rutscht näher an die Verkaufsklappe. »Und wenn das stimmt: Wer, glaubt ihr, ist der Moderator?«

»Verrückt«, antworten wir beinahe im Chor. Das ist es wirklich!

»Die Stimme kennt man nicht. Kann so was bearbeitet sein?«

»Möglich. Also, Alfred ist es rein vom Typ her schon mal nicht«, sagt Merle und erntet herzliche Lacher. »Jannis Bühler hätte ich es früher zugetraut. Er ist ein aufgeweckter alter Mann, aber mittlerweile zu sehr in seiner eigenen Welt gefangen. Ich hoffe, er kommt langsam wieder zu sich.«

»Vielleicht ist es Nick?«, werfe ich ein und beobachte dabei insbesondere Tine, die ihren Chef besser kennt als wir alle zusammen.

»Nein, er meidet Mikrofone doch wie die Motten das Licht«, winkt Merle ab und Tine nickt.

»Warum eigentlich?«

»Auch wegen seiner Oma«, schaltet Elke sich wieder ein. »Hier am Strand erzählt man sich, er hätte ihr im Krankenhaus etwas vorgesungen, als es zu Ende ging. Ein Arzt und eine Krankenschwester waren anwesend. Seitdem tritt er nicht mehr auf. Für niemanden.«

Ich bin sprachlos und es rührt mich. Wahrscheinlich ist der Tod für ihn in gewisser Weise mit seinem Gesang verknüpft, insbesondere wenn jemand dabei ist.

»Sonst fällt mir keiner ein, der einen Podcast einsprechen könnte«, findet Merle zurück zum Thema. »Und bei der Stimme klingelt bei mir wirklich gar nichts.«

»Leni meinte, dass man jede Stimme digital komplett verändern kann, wie man will. Heutzutage ist alles möglich. Das hat also nichts zu bedeuten. Sie hat auch mitgerätselt, wer es sein könnte, und tippt auf unseren Koch.«

Abwegig, aber warum nicht. »Es ist bewundernswert, was sie alles weiß und kann in ihrem Alter«, sage ich.

»Sie hat viele Interessen. Deshalb wollte sie dich heute fragen, ob sie das Schulpraktikum bei euch in der Kanzlei machen kann, Belle. Ich weiß, das ist extrem kurzfristig, weil es nächste Woche schon losgehen soll. Aber es interessiert sie, und sie kann nirgendwo anders hin, weil sie sich so lange nicht entscheiden konnte. Einen Modedesigner gibt es hier außerdem nicht.«

Ich spähe auf die Uhr und leere meinen Kaffee in einem Zug, weil wir jetzt wirklich zurückgehen müssen, sonst flippt der alte Sanddorn aus. »Ihr habt über ihre Mode geredet?«

»Ja, wir fahren heute Nachmittag zum Stoffmarkt nach Schöndorf. Niemand hat gesagt, dass man nicht beides machen kann: Mode und Jura. Ich muss mich mehr um meine Tochter bemühen, Belle. Ich muss einfach. Sie wird so schnell groß und ich habe schon viel versäumt. Meinst du, das mit dem Praktikum klappt?«

»Wahrscheinlich darf ich so was nicht allein entscheiden, aber wir sind in der Kanzlei auf jede Hilfe angewiesen. Sie kann gern zu uns kommen. Sanddorn senior hat für heute Nachmittag ein erstes Meeting angesetzt, dann informiere ich ihn.«

»Danke«, freut sich Tine, und dieses Danke von ihr ist eines der wertvollsten, das ich je erhalten habe – weil es hörbar von Herzen kommt.

»Das ist eine tolle Chance für Leni, von Belle etwas zu lernen«, lobt Merle, was ich für einen Augenblick befremdlich finde. »Wir brauchen mehr Frauenpower auf diesem Planeten«, meint sie und reckt supermanartig die Faust in die Luft, was so witzig bei ihr aussieht, dass wir allesamt lachen müssen. Recht hat sie.

»Wenn ihr wüsstet, was ich jeden Tag für eine Stammtischkultur von manchen Männern hier geboten kriege«, wirft Elke ein. »Da denkt man, man wäre in der Emanzipation weitergekommen, aber bei genauem Hinsehen hat sich nicht viel geändert.«

Wir reden noch kurz über dies und das, dann nehmen Merle und ich einen anderen Rückweg, am alten Rathaus entlang. Ich vermute, es ist Absicht und gehört sich so, wenn man seinen Herzensmenschen gefunden hat. Verträumt mustert sie das hohe Gebäude mit dem spitzen Dach, bleibt stehen und schickt Tobias eine Nachricht – mit tausend Küsschen. Ich gratuliere ihr innerlich zu ihrem Glück, obwohl mir der Satz nicht aus dem Kopf geht, den Tobias ihr beim Strandfest entgegengepfeffert hat: *Tu nicht immer so lieb, Merle.* Das war echt schräg, besonders in der Situation.

Er antwortet nicht auf ihre Nachricht. Genauso wenig wie Nick auf meine.

∗∗∗

Um fünfzehn Uhr und sechs Minuten betrete ich Sanddorns Büro, welches das Gegenteil von Heins Büro ist. Im Gegensatz zum antiken Mobiliar meines Onkels hat Alfred sich im Bauernhausstil eingerichtet. Will heißen: jede Menge Eichenholz mit Schnörkeleien in Form von Szenen eines Waldes. Der Raum wirkt durch das dunkle Holz und die Vorhänge irgendwie traurig. Selbst die helle Sitzgruppe, die mit Sicherheit einladend gemeint war, rettet den Gesamteindruck nicht. Mir kommt ein Geistesblitz: Leni könnte im Rahmen ihres Praktikums nicht nur die Akten, sondern eventuell auch Alfreds verstaubtes Mobiliar auf Vordermann bringen, wenn er es zulässt. Diese kreative Aufgabe würde ihr sicher viel Freude bereiten. Mal sehen.

»Da sind Sie ja endlich. An Ihrer Pünktlichkeit müssen wir aber noch arbeiten.« Mein Chef, der mich seit meinem Start sabotiert hat, hebt ein silbernes Tablett in die Luft und bietet mir ein Stück Kuchen an. Ich habe heute Morgen nicht schlecht gestaunt, als seine Einladungsmail zu einem ersten Meeting in meinem Postfach gelandet ist (er hätte natürlich auch einfach rüberkommen können), aber dass er mich mit einem Kuchentablett empfängt, fühlt sich richtig unwirklich an. Es gibt zwei Sorten – Kirschstreusel und Erdbeerkuchen – und ich tippe darauf, dass er ihn bei Heusers besorgt hat.

»Danke, gern Streusel. Tut mir leid, dass ich zu spät bin. Ich hatte noch ein längeres Telefonat mit …«

»Ja, schon gut«, fällt er mir in gewohnter Manier ins Wort. Er hebt die Brauen und lädt mir ein Stück Kirschstreusel auf einen mit einem Reh bemalten Teller. »Was gibt es Neues bei Ihnen, Frau Herzog?«

Nicht, dass er sich bisher jemals dafür interessiert hätte, aber ich nehme seine heutige Herzlichkeit trotzdem gern an. »Ich habe am Strand eine Mitarbeiterin für uns aufgetan. Leni Müller, die Tochter von …«

»Tine aus der Ahoi-Klause«, schließt er.

»Genau.« Ich nehme den Kuchenteller entgegen und setze mich in die Sitzgruppe. »Sie möchte ab Montag ein Schulpraktikum bei uns absolvieren.«

Neben mir an der Wand prangt in einem weißen Rahmen die Vereinbarung zur Eröffnung dieser Kanzlei, unterzeichnet von Sanddorn und meinem Onkel. Die beiden könnten unterschiedlicher nicht sein. Heins Handschrift, die ich in den letzten Tagen in so vielen Akten gesehen habe, ist die feine, klare Schrift eines Mannes, von dem man annehmen könnte, er wäre mit der Welt im Reinen. Alfred dagegen hat seine Buchstaben dicker und deutlicher ins Papier gedrückt.

»Leni kann kommen, das klingt nach einem guten Plan«, ist sein übersichtlicher Kommentar zu unserer neuen Praktikantin. Mehr möchte er wohl nicht dazu besprechen. Er nimmt sich keinen Kuchen, stattdessen zückt er Block und Stift. »So, woran arbeiten Sie zurzeit?«

»Da wäre die Sache Heuser gegen Bühler«, beginne ich.

»Ach herrje. Wann haben wir mal keinen Bühler-Fall auf dem Tisch?«, bemerkt er finster, notiert es dennoch auf der ersten Seite seines Blocks direkt unter der Überschrift »Meeting« und dem Datum. »Jannis muss endlich in eine Entzugsklinik, er stellt zu viel Blödsinn an, wenn er zugedröhnt ist.«

»Nachdem ich den Zustand von Herrn Bühler selbst erleben durfte, haben Frau Heuser und ich entschieden, dass wir wohl oder übel Klage einreichen müssen, um an Schadensersatz zu kommen.«

»Mein Kollege, der gute Hein, dessen Stelle Sie besetzen, ist ein Verfechter von Mediationen. Überhaupt hat er immer versucht, alles mit Wohlwollen zu regeln. Er war stets der Ansicht, dass man sich gegenseitig Verständnis und Akzeptanz entgegenbringen sollte. Im Grunde sehe ich das genauso. Man muss es ja nicht direkt übertreiben und alle rechtlichen Schritte gegen andere ausreizen, Frau Herzog.«

Ich bin überrascht, dass er meine Entscheidung, vor Gericht zu gehen, nicht gutheißt. Noch mehr verblüfft mich, dass er eine wohlwollende, durchaus gütige Seite durchblicken lässt.

»Jannis Bühler und die Heusers haben sich früher jahrelang gegenseitig in ihrem Unternehmertum unterstützt«, berichtet er. »Was nun der Auslöser für diese Fensteraktion war – keine Ahnung. Ich vermute kein großartiges Motiv. Jannis war nicht bei sich, wie so oft.«

»Er versucht, es zu ändern«, sage ich, weiß jedoch, dass diese Tatsache Frau Heuser weder den Schaden noch den Verdienstausfall ersetzen kann. Aber vielleicht finden wir eine bessere Lösung. »Was hat er denn mit der Veräußerung seines Unternehmens erzielt?«

»Wir haben keinen Einblick in Bankkonten, Frau Herzog, das wissen Sie doch. Diese Fakten werden Sie wohl in Ihrem kleinen Prozess klären müssen. Sie wissen ja, wie so was abläuft«, entgegnet er nicht ohne einen Hauch Ironie.

Fabelhaft! Vor nicht allzu langer Zeit hat er mir kein Gerichtsverfahren zugetraut, jetzt vermittelt er mir das Gefühl, ich würde für einen Sieg vor Gericht über Leichen gehen.

»Die Frage ist, ehrlich gesagt«, fährt er fort, »ob der alte Jannis zum Zeitpunkt des Unternehmensverkaufs schon so neben sich stand, dass er es zum Spottpreis verscherbelt hat, oder ob er klaren Verstandes war? Ich persönlich denke, er ist bankrott. Sonst würde er seinem Enkel Nick finanziell aushelfen und der Junge müsste nicht meine Tochter ausbeuten.«

»Ich kann mir nicht vorstellen, dass Nick so was tut.« Dass ich ihn verteidige, erscheint mir zwar falsch, aber ich möchte mir nicht schweigend Sanddorns Behauptungen anhören.

»Nick Bühler zögert die Scheidung von meiner Tochter hinaus, weil er sich mehr Geld erhofft, je länger sie zusammen sind. Dabei ist das kompletter Schwachsinn! Saskia verdient schließlich keine Millionen.«

»Ich verstehe ihn auch nicht.« Habe ich das eben laut gesagt oder nur gedacht?

»Aber Sie und der junge Bühler sind doch seit Neuestem so dicke, habe ich gehört. Klären Sie ihn doch mal rechtlich auf. Immerhin haben Sie ihn nach Mias Rettung nett verarztet. War klar, dass er sich wieder in die Fluten gestürzt hat, der Übermütige. Ohne Rücksicht auf Verluste. Er würde selbst bei einem Hurrikan noch aufs Meer rausgehen. Ich bin froh, dass meine Tochter keine Kinder mit ihm hat. Der Mann ist lebensmüde.«

»Er hat Mia und das Baby gerettet.« Diese winzige Kleinigkeit scheint Sanddorn außer Acht zu lassen. Natürlich war es riskant und er hat sich verletzt. »Außerdem sind wir nicht dicke. Nick Bühler und ich haben gar keine Beziehung zueinander.« Es schmerzt unnatürlich in meiner Brust.

Seltsamerweise war das nicht die Antwort, die Sanddorn hören wollte. Seine Mundwinkel verziehen sich nach unten. Er greift nach einem Waldmotiv-Teller und nimmt sich ein Stück Erdbeerkuchen. Ich habe meinen Kuchen bisher nicht angerührt. »Da geht ehrlich nichts zwischen Ihnen beiden?«

»Ich wohne bei ihm zur Miete in der Ahoi-Klause, das ist alles.« Ich komme mir vor wie in einem Kreuzverhör.

»Nur keine falsche Bescheidenheit, Frau Herzog. Wenn es passt, passt es«, möchte er mich offenbar immer noch ermutigen, mit seinem eigenen Schwiegersohn anzubändeln.

»Es passt aber nicht, Herr Sanddorn!«

Er atmet schwer aus. »Sie wissen nicht, wie es ist, eine Tochter zu haben. Wenn das Einzige, was man möchte, ist, dass es dem eigenen Kind gut geht. Dafür würde ich alles tun. Alles.« Meine ich das nur oder sind seine Augen tatsächlich feucht geworden? Seine Stimme zittert und er knetet die Hände. »Meine Frau ist schon lange nicht mehr da. Krebs ist ein Arschloch, wissen Sie das?«

O ja, das weiß ich.

»Das ist auch das Leben, Frau Herzog.« Er schnieft kurz. »Niemand redet darüber, wie hart es ist. Trauer wird in unserer Gesellschaft ausgeschlossen. Man soll ständig happy sein, positive Vibes. Überall nur strahlende Gesichter. Aber ist das die Realität? Ich bin immer für zwei Kinder verantwortlich gewesen und bin es noch. Verantwortung verschwindet nicht, und ich möchte meine Tochter Saskia glücklich sehen. Ich war ehrlich dankbar, als sie endlich beschlossen hat, woanders ein neues Leben anzufangen. Nick hat niemanden an sich herangelassen, nachdem Jannis' Unfall passiert ist. Er war tagelang auf dem Meer.« Er räuspert sich. Saskia scheint also nicht nur die kaltherzige Luxusdiva zu sein, die Merle beschrieben hat. Sanddorn liebt sie, Nick hat sie auf seine Art geliebt und vielleicht tut er das noch. »Warum steht dieser Bühler ihr im Weg?« Der alte Anwalt schüttelt den Kopf. »Wissen Sie, ich wollte nicht, dass Sie mich unterstützen, Belle.« Verwundert registriere ich, dass er mich beim Vornamen nennt. »Aber es könnte sein, dass wir Sie hier alle dringend brauchen.«

Ich presse die Lippen aufeinander und gieße Filterkaffee aus der Isolierkanne in die beiden bereitstehenden Tassen, eine reine Übersprunghandlung. »Ich gebe mein Bestes«, verspreche ich. Wir wollen Menschen in Notlagen helfen, und so sollten wir uns auch verhalten. »Was ist der kniffligste Fall momentan bei Ihnen, Alfred?« Ich habe es getan, ich habe ihn mit seinem Vornamen angesprochen.

Er erzählt mir von einem Rechtsstreit, bei dem der Arbeitsvertrag eines Mannes, den alle im Ort nur Kalle nennen und der bei einer Papierfabrik in Schöndorf beschäftigt war, rechtswidrig beendet wurde. Kalles Vertrag wurde über viele Jahre immer wieder erneut befristet, weshalb eine weitere Fristsetzung rechtlich nicht tragbar gewesen wäre. Entsprechend wurde ihm schriftlich eine feste Stelle zugesichert. Allerdings hat die Fabrik sich nicht daran gehalten und den Kontrakt einfach gemäß der letzten Befristung auslaufen lassen. Kalle steht nun arbeitslos auf der Straße.

»Ich vermute, dass es nicht beim hiesigen Arbeitsgericht bleiben wird, sondern eine Stufe höher wandert. Der Fall ist größer. Ich meine, das ist doch reine Willkür vom Management gewesen«, endet er.

»Absolut!« Ich kann kaum glauben, dass wir so einträchtig an einem Strang ziehen. Gemeinsam führen wir uns die Gegebenheiten des Teilzeit- und Befristungsgesetzes zu Gemüte. Alfred bittet mich sogar mehrfach um meine Einschätzung bezüglich der weiteren Vorgehensweise. Ich glaube, sein vorhergehender Gefühlsausbruch, auch wenn er nicht beabsichtigt war, hat uns zueinander geführt.

»Bin gleich wieder da«, entschuldigt er sich, um Merle ein Schreiben im Vorraum zu diktieren, damit wir es noch heute an die Papierfabrik versenden können.

Ich stehe derweil auf und schaue mich in dem Büro um, während ich die beiden draußen höre. Wir sitzen seit zwei Stunden am selben Platz, da muss ich mir mal die Beine vertreten. Sanddorns Schreibtisch ist nur halb so ordentlich, wie ich Heins vorgefunden habe. Stifte, Post-its und Papier liegen durcheinander auf der Oberfläche. So könnte ich nicht arbeiten. Ich schmunzele. Neben dem Telefon entdecke ich einen dieser quadratischen Zettel von einem Notizblock, auf dem eine Nummer mit drei Ausrufezeichen vermerkt ist. Könnte das Heins Handynummer sein? Hat er mittlerweile Kontakt zur Kanzlei aufgenommen? Braucht er Alfred unter Umständen als Freund? Und wenn dem so ist, weiß er, dass ich hier bin? Schnell mache ich mit dem Handy ein Foto von der Nummer und komme mir dabei ein bisschen kriminell vor. Aber wenn ich Sanddorn jetzt nach meinem Onkel frage und preisgebe, wer ich bin, zerstöre ich vielleicht das zarte Pflänzchen Vertrauen, das sich gerade zwischen uns entwickelt. Ganz zu schweigen von Tobias und Merle. Ich möchte sie nicht verlieren, nur weil es am Anfang unserer Begegnung das Missverständnis wegen meiner angeblichen Bewerbung gab. Ich mache meinen Job hier echt gern. Wir betreuen unsere Mandanten viel näher als in München, weil wir die meisten persönlich kennen.

Die Smartwatch an meinem Handgelenk, die ich mir online bestellt und zur Ahoi-Klause habe schicken lassen (weil meine andere in München liegt), vibriert, als ich mich eine halbe Stunde später wieder allein in Onkel Heins Büro in den

Schreibtischstuhl sinken lasse. Wie bei einer Yogastunde versuche ich, die neuen Eindrücke in Ruhe zu verarbeiten und per Atemtechnik herunterzufahren. Es war ein bisschen viel eben, besonders als Sanddorn versucht hat, mich mit seinem Schwiegersohn zu verkuppeln. Ich schaue auf die Uhr. Eine Nachricht von Tobias.

> Hallo, Belle, hast du Zeit, dich mit mir bezüglich des Jurastudiums auszutauschen? Ich habe ein paar Fragen dazu. Am Freitag gibt es einen britischen Cocktailkurs bei den Fischerhäusern. Da habe ich an dich gedacht, wegen Oxford und so. Hast du Lust?

Wenn er mich nicht zur Rechtswissenschaft interviewen wollte und nicht der Verlobte meiner Freundin wäre, käme mir das wie eine Einladung zu einem romantischen Abend vor. Aber so ist es harmlos und ich sage zu. Zum einen mag ich Cocktails ganz gern, britische besonders, zum anderen kann ich ein wenig Aufheiterung gut gebrauchen.

> Ja, gern. Ich bringe dir ein paar Unterlagen mit. LG Belle

Seine Antwort kommt postwendend.

> Top! Dann hole ich dich Freitag um 19.30 Uhr in der Ahoi-Klause ab.

> Wird ein legerer Abend. LG

Ich wundere mich, dass er dabei das Risiko eingeht, Nick zu begegnen, was er kürzlich beim Strandfest tunlichst vermeiden wollte.

In der Klause? Bist du sicher? Wir können uns auch woanders treffen, frage ich deshalb noch einmal nach. Einer handfesten Auseinandersetzung der beiden würde ich ungern beiwohnen.

Ja, ich wage es. :-) Vielleicht zeigst du Wege auf, die man vorher nicht beachtet hat, Belle. Ich finde das gut, antwortet er, und eine Erinnerung an den Moment vor dem Rathaus schießt mir durch den Kopf. Wie seine Augen in der Sonne geleuchtet haben und wie überrascht ich war, als ich hörte, dass dieser Mann fest vergeben ist. Weiß er eigentlich, dass ich eine Brautjungfer seiner Frau sein werde? Bestimmt. Ich freue mich auf den Abend, es ist eine Abwechslung und ich rede gern über meine Arbeit.

Die restlichen Stunden verlaufen dementsprechend arbeitsam, und als ich mit Merle zusammen den Feierabend einläute, ist Sanddorn schon längst gegangen.

Circa dreißig Minuten später packe ich die leeren Flaschen aus meinem Zimmer, die Nick noch nicht entsorgen konnte, in eine große Plastiktüte. Ich werde sie am Freitag zum Altglascontainer am Strand mitnehmen, wenn Tobias mich wegen des Cocktailkurses abholt.

Mit einem kräftigen Stoß befördere ich einen der Kartons zur Seite und greife nach der leeren Rotweinflasche, die sicher schon seit Monaten dahinter herumgammelt. Die alten Kisten sollten auch dringend weg, sie lassen den Raum winzig erscheinen. Außerdem wirkt es wie auf einer Baustelle. Was ist da überhaupt drin? Vorsichtig öffne ich den Pappkarton. Er beinhaltet Klassiker wie Harry Potter, Fitnessratgeber, Bildbände übers Surfen, einen Reiseführer über Andalusien und diverse Lebenshilfe-Bücher. Je weiter ich darin herumwühle, umso mehr Kuriositäten finde ich, unter anderem einen Schnellhefter mit der Aufschrift »MfD«. Nicht zu verwechseln mit MfG wie »Mit freundlichen Grüßen«. Das ist doch … Als ich den Hefter aufschlage, fallen mir ein paar Blätter in den Schoß, die nicht ordentlich gelocht und abgeheftet wurden. Am liebsten würde ich das sofort nachholen. »Meer für Dich«, »Strandgeflüster, der Talk mit Herz« und viele andere Titel stehen auf einem der Zettel. »Meer für Dich« ist mit Rotstift dick eingekringelt. Ich werde verrückt! Hastig blättere ich weiter. Das ist ein Konzept für einen Podcast. Auf den nachfolgenden Seiten ist beschrieben, wie der Macher sich das Format vorstellt. Leider kann ich nicht erkennen, wer der Urheber dieses Werkes ist. Es sind überwiegend Computerausdrucke und es gibt keinen Namen in dem Hefter.

Vielleicht frage ich Nick einfach, er ist schließlich wieder da. Auch wenn es für jede Art von Thema der falsche Zeitpunkt zwischen uns ist. Aber ich habe ihn eben gesehen, als ich durch die Klause nach oben gelaufen bin, und er hatte mir tatsächlich kurz vorher eine Nachricht geschickt.

Bin wieder zurück. Jannis ist seit Montag in einer Reha-Einrichtung. Brauchte Zeit für mich. Tut mir leid, dass ich nicht rangegangen bin, als du angerufen hast. Es ging nicht. Nick

Das ist zwar dürftig, aber ein Anfang. Man kann alles regeln, und das sollten wir tun.

Auf den Treppenstufen nach unten weiß ich noch nicht, wie ich mich Nick gegenüber verhalten soll, nachdem wir tagelang keinen Kontakt hatten. Dass ich in seinen Kisten gestöbert habe, erwähne ich lieber erst mal nicht, das wird ihn nicht erfreuen. Gedanklich suche ich nach einem anderen Vorwand, um auf ihn zuzugehen. Ich finde es ganz passend, dass ich für Tobias und unsere Verabredung sowieso ein paar Studienunterlagen ausdrucken wollte. Der Drucker befindet sich im Büro, welches ich ohne Nick natürlich nicht nutzen würde.

Wie immer finde ich ihn in einem schwarzen Ahoi-Klause-Shirt hinter der Bar. Ich hasse es, dass er so gut aussieht und sich die Schmetterlinge in meinem Bauch sofort verselbstständigen. Ich sollte wütend auf ihn sein und ihn anschreien. Würde ich auch gern, doch in einer vollen Kneipe ist das schwierig. Nick hätte außerdem zu mir kommen sollen, nicht umgekehrt. Stattdessen zapft er seelenruhig das Bier für die Skatrunde der alten Herren, die mindestens einmal die Woche am runden Tisch neben dem Spielautomaten sitzen. Dabei beachtet er mich nicht.

Wie hat McJulius gesagt? Ich bin ein aktiver Teil meines Lebens. Wenn Nick zu feige ist, sich mir zu stellen, ist das sein Problem. Ich habe keine Angst vor einem Konflikt, irgendwann müssen wir darüber reden. Demonstrativ erklimme ich den Barhocker direkt gegenüber von ihm. So kann er mich nicht meiden.

Mit einem kurzen Blick über den Rand der Biergläser hinweg registriert er mich. »Ich dachte, du wärst abgereist, nach dem, was zwischen uns war«, sagt er mit rauer Stimme.

»Willst du mich dazu bringen, dich zu hassen?« Ich schlucke meine Gefühle hinunter und verbiete den Schmetterlingen, sich zu mucksen. Sie sind gerade so überflüssig wie ein Kropf. »Klar, wenn ich weg wäre, könntest du das Zimmer natürlich anderweitig vermieten. Jetzt, da du es mir umsonst angeboten hattest.«

»Als ginge es mir um meinen Umsatz.« Er weicht meinem Blick aus, weshalb ich seine Mimik nicht deuten kann.

Tine hastet mit schmutzigem Geschirr an uns vorbei in die Küche und streichelt mir kurz über den Rücken, als hätte sie uns beobachtet.

»Was willst du denn von mir, Belle? Hast du noch nicht verstanden, wie kompliziert ich bin? Wie kompliziert das alles hier ist? Du kommst nach Büdnitz und knallst einfach so in mein Leben.« Seine Lippen verziehen sich zu einem schmalen Strich.

»Wir haben in gegenseitigem Einverständnis gehandelt. Ich wollte diese Nacht genauso sehr wie du. Und ich habe durchaus kapiert, dass das mit uns ein Fehler war.«

»Ach ja?« Er hat damit aufgehört, Getränke auszuschenken. Unsere Blicke treffen sich. »Ein Fehler also«, wiederholt er langsam und nickt, als wollte er es sich selbst bestätigen.

»Ich habe dir zumindest nichts vorgemacht«, sage ich trotzig. »Oder dich belogen.«

»Ich mache auch keinem etwas vor.«

»Wie würdest du das denn bezeichnen? Ich dachte nämlich in der Nacht, du hättest echte Gefühle für mich. Für mich war das alles real, Nick!«

»Für mich genauso! Aber ich habe dir auch gesagt, dass ich dir nicht geben kann, was du brauchst.«

Ich atme zweimal tief durch. »Gut, aktuell brauche ich nur einen Drucker, wenn das für dich in Ordnung geht«, entgegne ich nüchtern. Ich möchte nicht noch mehr mit ihm streiten. Es tut auch so weh genug. Die Konversation wegen des Schnellhefters zum anonymen Podcast streiche ich gedanklich. Auf so was würde er sich in diesem Moment nicht einlassen.

»Wenn ein Drucker alles ist, was du brauchst, schick die Unterlagen hin, ich geh dir die Ausdrucke gleich holen.«

Unser momentaner Umgang miteinander ist kein Vergleich zu dem, was wir hatten, oder dem, was ich geglaubt hatte zu haben. Ich drehe die kleine Muschel an meiner Kette zwischen den Fingern. Er wendet sich zum Gehen, doch ich will noch nicht aufgeben. »Warum bist du so, Nick?! Warum reden wir nicht wie zwei Erwachsene darüber?«

»Weil alles gesagt ist, Belle. Vertrau mir, es ist besser so.« Er legt eine Hand auf meinen Unterarm. »Ich würde es sowieso nur wieder versauen, und ich will, dass du glücklich wirst. Du bist Anwältin, hast in einer angesagten Kanzlei gearbeitet. Ich hab's gegoogelt. Es macht dir nichts aus, dir eine Smartwatch, teure Turnschuhe, Kleider oder Pflanzen zu kaufen, wenn du sie haben möchtest. Das ist deine Zukunft und das soll so bleiben. Ich drehe jeden einzelnen Cent um und müsste dringend die Kneipe renovieren. Und darüber hinaus bin ich verdammt noch mal verheiratet!«

Seine letzten Worte treffen mich derart hart, dass ich unfähig bin, etwas zu erwidern. Ich kaue auf meiner Unterlippe.

Fahrig fährt er sich mit den Fingern durch die langen Ponysträhnen, die ihm in die Augen gerutscht sind, um sie wieder an ihren Platz zu befördern. »Ganz ehrlich: Ich kann das hier nicht! Und du solltest es auch nicht können müssen, Belle.« Nach dieser Ansage trägt er die Biergläser an den Henkeln gepackt in Richtung Spielautomat.

Wie in Trance schicke ich die Informationen, die ich für Tobias rausgesucht habe, per WLAN an den Drucker, während Tine etwas verlegen die Post durchforstet und auf der Bar ablegt. Sie hat uns gehört. Hoffentlich niemand sonst. Sie bleibt neben mir stehen. »Lass dich nicht von ihm abschrecken, Belle«, murmelt sie. »Du musst ihn ziemlich tief ins Herz getroffen haben, sonst würde er nicht derart ausflippen. Er bekommt schnell Panik, wenn ihm jemand etwas bedeutet. Das war schon immer so. Deshalb glaube ich, dass er Saskia nie wirklich geliebt hat. Er dachte wohl, er wäre verpflichtet, sie zu heiraten.« Sie wird zum nächsten Tisch gerufen. Leider.

»Ich hole dir die Unterlagen aus dem Drucker«, sagt Nick im Vorbeigehen und ist fünf Minuten später mit einem Packen Papier zurück. »Uni Hamburg. Hast du vor, noch mal zu studieren, oder warum ist das so viel?«

»Das ist für Tobias. Er möchte eventuell sein Studium beenden, und wir treffen uns am Freitag, damit ich ihm helfen kann«, erläutere ich so professionell, als stünde ich im Gerichtssaal. Gefühle verbergen habe ich gelernt, das kann ich. Ich möchte mir nicht die Blöße geben und ihm zeigen, wie sehr mich das mit ihm anfasst.

»Klar. Ja. Tobias.« Er zieht scharf die Luft ein. Besonders begeistert kommt er mir nicht vor, obwohl es ihm egal sein könnte, was ich mache. »Trefft ihr euch hier in der Klause? Er betritt sie doch normalerweise nicht mehr.«

»Ja, nein. Wir gehen zu einem britischen Cocktailkurs bei den Fischerhäusern.« Als ich es ausspreche, finde ich selbst, dass es merkwürdig klingt. »Aber er holt mich hier ab.«

»Okay.« Nick putzt sich die Hände an einem Küchenhandtuch ab und fängt wieder an, Bier zu zapfen, als wäre ich nicht da.

»Das war's? Du tust so, als wäre nichts passiert?«

»Ich …« Er fixiert mich mit seinen türkisblauen Augen und mein Herz klopft wie verrückt. »Belle …«, stammelt er und fährt sich über die Stirn. Zum ersten Mal weiß er nicht, was er antworten soll.

Ich breche den durchdringenden Augenkontakt zu ihm ab und schaue zu Boden. »Okay«, sage ich, so wie er es eben getan hat.

»Sechs Shots für die Skatfreunde«, gibt Tine eine neue Bestellung an Nick weiter. »Sorry, Leute, wenn ich störe, aber bevor ich es vergesse: Der alte Jannis hat dir geschrieben, Nick. Da ist eine Postkarte im Stapel.« Sie deutet auf die andere Seite der Bar, wo sie die Briefe, Zeitungen und Karten vorhin abgelegt hatte.

Nick stellt die sechs Shots auf ihr Tablett und bewegt sich dann langsam auf die Post zu. Er zieht etwas aus dem Papierkram heraus. Ich sehe, dass auf der Vorderseite eine

Reha-Einrichtung irgendwo im Schwarzwald abgebildet ist. Mit gerunzelter Stirn überfliegt er die Rückseite, legt sie wieder ab und stürmt in die Küche. Ohne sich noch einmal umzudrehen.

Augenblicklich haben Tine und ich offensichtlich den gleichen Gedanken, Briefgeheimnis hin oder her. Vielleicht ist etwas mit Jannis Bühler, bei dem wir helfen können. Wir schlendern ebenfalls zum anderen Ende der Bar und spähen auf den Text.

Montag, 1. Tag in der Reha

Lieber Nick,
danke, dass du mich heute hierhergebracht hast und ich dich in letzter Zeit sogar morgens um fünf Uhr anrufen konnte.
Ich bin ein grauenhafter Opa.
Bitte verzeih mir, dass ich nicht die Unterstützung bin, die du verdient hast.
Ich schwöre dir, ich bekomme den Scheiß mit den Medikamenten in den Griff.
Ich mache alles wieder gut.
Ich bin stolz auf dich, mein Junge.
Dein Opa

»Nick wollte hundertprozentig nicht, dass wir ihn weinen sehen«, meint Tine, »deshalb ist er gegangen. Ich kenne ihn, er hängt trotz allem an seinem Großvater. Obwohl der alte Jannis in den vergangenen Jahren alle Grenzen überschritten hat, die es gibt. Er hat seinen eigenen Enkel vor den Gästen hier in der Klause geohrfeigt, und das nicht nur einmal. Nick hat sich nie gewehrt. Er ist kein Typ, der zurückschlägt. Es sei denn, er hat keine andere Wahl.«

»O Mann.« Ich versteife mich und kann mich nicht entscheiden, wie ich mich fühlen soll. So sehr ich Nick für das, was er mir angetan hat, hassen möchte, fällt es mir gerade doch schwer, noch irgendeine Art von Groll gegen ihn zu hegen.

Kapitel 7

Es heißt, dass man sich nicht mehr so gut an seine Kindheit erinnern kann, wenn es schwerwiegende Probleme in der Familie gab. Meine eigene Erinnerung startet ungefähr im Alter von zehn oder elf Jahren. Alles davor ist eine verschwommene Masse aus Umzügen, Geldsorgen, Zweifeln und der Frage, warum ich als einziges Mädchen in meiner Schulklasse keinen Papa habe. Ich bin erst seit Kurzem in Büdnitz, und doch fühle ich mich hier mehr zu Hause als in München.

Für den heutigen Donnerstag nehme ich mir vor, Nicks Vergangenheit gedanklich zur Seite zu schieben und mich voll auf die Arbeit zu konzentrieren. Das gelingt mir jedoch nur teilweise, denn gerade eben hat er mir zwei warme Croissants vor die Tür gestellt. Vielleicht war das ein Bühler'sches Friedensangebot. Aber dass er sich nach allem, was er gesagt hat, um mich bemüht, verwirrt mich. Immerhin hat er mir das Gefühl gegeben, dass es ihm am liebsten wäre, wenn ich für immer verschwände, und nun bringt er mich mit einer kleinen Geste dazu, mich ihm wieder so nah zu fühlen wie nach der Strandparty. Verrückt.

Ich setze mich aufs Bett und beiße in ein Croissant. Das weite Businesskleid, das ich in Schöndorf gekauft habe, ist dermaßen gemütlich, dass ich mich am liebsten wieder zurück in die Federn kuscheln würde, statt mich all den Herausforderungen zu stellen. Aber ich habe einen Job, Menschen verlassen sich auf mich und ich werde nicht aufgeben, meinen Onkel zu finden.

Ich beiße wieder in das Croissant und nehme mein Handy in die Hand, um mir noch einmal die Nummer anzusehen, die ich gestern in Sanddorns Büro abfotografiert habe. Es ist eine gewöhnliche Handynummer. Ich kontrolliere die Uhrzeit. Acht Uhr und vierundzwanzig Minuten. Ich könnte versuchen, die Nummer anzurufen.

Sicherheitshalber schalte ich die Anruferkennung aus, damit man den Anruf nicht zu mir zurückverfolgen kann, komme mir total mafiamäßig vor und gebe aufmerksam die Zahlen ins Display ein. Aufgeregt drücke ich die grüne Taste. Automatisch halte ich die Luft an, als es tutet. Erst als jemand abhebt, erlaube ich mir wieder, zu atmen.

»Guten Morgen und herzlich willkommen bei der Invest Immobilien AG. Anke Tulip mein Name, wie kann ich Ihnen helfen?«

Ich habe mit allem gerechnet, aber nicht mit einer Immobilienfirma.

Das wird mir nichts bringen. Soll ich lieber auflegen, bevor ich unnötiges Chaos stifte? Nein, Auflegen wäre albern. Jetzt ziehe ich den Anruf durch.

»Guten Morgen, Sie haben gestern versucht, bei mir in der Kanzlei anzurufen. Kanzlei Wesseling und Sanddorn in Büdnitz.«

»Kann sein, dass das mein Kollege war. Moment. Er hat vorhin das Telefon auf mich umgestellt, weil er in einem Kundengespräch ist.« Offenbar deckt Frau Tulip das Mikrofon mit einer Hand ab, denn ich kann nur dumpf verstehen, dass sie mit jemandem spricht.

Nervös wippe ich mit dem Fuß auf und ab, was ich normalerweise nie tue – vermutlich, weil ich gerade gelogen habe.

Etwa zwei Minuten später klackt es in der Leitung. »Hallo? Hören Sie? Das war anscheinend mein Kollege, wie ich mir gedacht habe. Es ging um die Info zum Haus mit Grundstück von Saskia Bühler, geborene Sanddorn. Er sagt, er meldet sich nachher noch mal privat bei Herrn Sanddorn. Er hat gerade leider keine Zeit.«

Die Info hat zwar nichts mit meinem Onkel zu tun, doch mein Magen signalisiert mir, dass hier irgendetwas nicht mit rechten Dingen zugeht. »Gern und vielen Dank, Frau Tulip. Herr Sanddorn ist allerdings heute nicht erreichbar.« Ich weiß nicht, warum ich das hinzufüge. Vielleicht, um Zeit zu schinden, weil ich aus irgendeinem Grund der inneren Überzeugung bin, dass diese Immo Invest AG Einfluss auf Nicks Scheidung haben könnte. Bisher ist mir allerdings nicht klar, in welcher Hinsicht.

Ich habe noch etwas gegoogelt und das Telefonat hat mich länger beschäftigt als angenommen, weshalb ich jetzt in Zeitdruck bin. Alfred wird sich sicher wieder künstlich aufregen, weil ich zu spät komme. Als ich durch die Klause nach draußen eilen will, werde ich vor der Fliegengittertür beinahe überrannt. Allerdings nicht wie üblich von Tine, sondern von einer unübersichtlichen Menge älterer Menschen. Vor dem Gebäude parken zwei Reisebusse. Im ersten Moment erschrecke ich, weil das Bild, das sich mir bietet, so ungewöhnlich ist. Doch dann realisiere ich, was da gerade passiert.

Es funktioniert. Es funktioniert wirklich!

»Wie kann ich Ihnen helfen?«, fragt eine verdutzte Tine den kleineren der beiden Busfahrer.

»Spontaner Zwischenstopp. Wir haben online von der Ahoi-Klause gelesen und wollen mit der ganzen Mannschaft hier frühstücken. Am liebsten diese Seemannsbretter. Wir sind mit zwei Bussen unterwegs. Circa fünfzig Personen.«

»Gelesen?« Tine bekommt den Mund nicht mehr zu und sieht sich hilfesuchend nach Nick um, der von der Bar aus professionell lässig zu ihr rüberschlendert. Ich weiß, dass er hinter seiner Fassade nicht so locker ist. »Sehr schön und erst einmal herzlich willkommen bei uns«, grüßt er, und selbst mir leuchtet ein, dass so viele unerwartete Gäste auf einmal ein Problem sein könnten. Doch Nick bleibt cool. »Auf die Schnelle können wir so viele Seemannsbretter leider nicht zaubern, aber wir tun unser Bestes. Beim nächsten Mal bitte voranmelden und reservieren.«

»Verständlich, verständlich. Das ist uns durchgegangen. Na, nimmt sicher nicht jeder so ein Brett und sowieso erst mal 'n Kaffee. Das ist 'ne echt urige Kajüte für unsere Besatzung. Wenn die Qualität stimmt, nimmt man sich ja gern die Zeit. Kein Stress.« Der größere Busfahrer klopft sich auf sein Bäuchlein. »StarTravel hat in seinen Bewertungen selten unrecht.«

»Na, dann: Hereinspaziert!«, sagt Tine und wirft Nick einen Blick zu, der so viel bedeutet wie: *StarTravel*? Aber keine Panik – kriegen wir hin! Besorg nur gleich schnell alles, was uns fehlt, während ich den Kaffee austeile!

Mich haben die beiden in dem Trubel völlig vergessen, was ich als positiv werte und mich daraufhin auf den Weg zur Kanzlei mache. Sobald ich dort bin, muss ich Flo unbedingt mitteilen, dass unsere Idee ein voller Erfolg war, hoffe ich zumindest. Wenn jeden Tag so viele Gäste kommen und Nick die Preise entsprechend nach oben anpasst, kann er deutlich mehr Umsatz generieren. Die Ahoi-Klause bleibt bestehen und Tine behält ihren Job, was auch gut für Leni ist.

Der Artikel bei StarTravel sollte absichtlich nicht darauf abzielen, Touristen längerfristig in Büdnitz zu halten, sondern sie lediglich für ein gediegenes Frühstück oder ein nettes Mittagessen gewinnen. Das scheint uns gelungen zu sein.

Natürlich ist für eine ordentliche Renovierung der Kneipe ein zusätzlicher Batzen Geld erforderlich, aber die Existenz der Ahoi-Klause würde zumindest nicht mehr auf der Kippe stehen, wenn es langfristig so weiterliefe.

Dem weiteren Tagesverlauf begegne ich mit einem guten Gefühl, nicht zuletzt, weil Alfred und ich trotz aller Gegensätze endlich Hand in Hand arbeiten. Wir kommen voran und erzielen erste kleine Erfolge.

***

Nachdem ich Nick abends nicht mehr getroffen habe, stehen am nächsten Morgen wieder zwei warme Croissants auf einem Teller vor meiner Tür. Dieses Mal hat er einen selbst kreierten Vanilla Latte dazugepackt, der himmlisch schmeckt. Der Mann treibt mich in den Wahnsinn.

Der Tag in der Kanzlei verläuft komplikationslos, vielleicht weil Merle wieder am Start ist und uns unterstützt. Natürlich weiß sie von meiner Verabredung mit Tobias und hat mir mitgeteilt, dass sie am Abend statt britischer Cocktails im Beisein ihrer Mutter ihr Brautkleid anprobiert.

Der Abend kommt dann auch flotter, als mir lieb ist. Ich hätte locker noch zwei Stunden arbeiten können, so viele Mandanten haben wir. Leider bin ich ziemlich müde und irgendwie gar nicht in Stimmung, zu einem Event zu gehen. Aber das sind ja bekanntermaßen die besten Verabredungen. Warten wir es ab.

Ich bin dankbar, dass ich mich für den Cocktailkurs am Strand nicht großartig zurechtmachen muss, wie Tobias gesagt hat. Deshalb tausche ich nur schnell das Sommerkleid vom Tag gegen eine ausgehtaugliche Leinenhose und ein schwarzes Top für den Abend und trage Wimperntusche auf, die ich tagsüber im Büro kaum nutze. Anschließend fahre ich mir mit der Bürste durch die Haare und binde sie zu einem hohen Zopf zusammen, schnappe mir die Unterlagen für Tobias sowie das Altglas und gehe nach unten.

Ich bin viel zu früh, weshalb ich durch die Klause auf die Veranda weiterlaufe, um mich in den Strandkorb zu setzen und die Abendsonne zu genießen. Von Weitem sehe ich, wie Nick die letzten Holzpaneele an die Außenseite der Sauna hämmert. Es ist ein lauer Sommerabend mit orangerotem Himmel. Ein Traum.

»Belle, kannst du mir einen Gefallen tun und Leni rausschicken? Wir müssen los.« Tine schneidet mit einer Gartenschere die vertrockneten Blüten der Hortensien im Eingangsbereich ab. Das macht sie häufiger vor dem Nachhausegehen. Sie findet, dass der Aufgang zur Veranda nicht einladend ist, wenn tote Pflanzenteile, wie sie es nennt, herabhängen.

»Klar.« Ich drehe mich um und öffne die Fliegengittertür. Im Innenraum legt Leni gerade den Telefonhörer der Ahoi-Klause zur Seite und notiert etwas ins Auftragsbuch.

»Am Montag reist gegen zehn Uhr eine Gruppe von vierzig Leuten an. Ich hab den Anruf entgegengenommen. Ihr seid ja alle draußen und der Koch ist beschäftigt«, erklärt sie, als ich mich zu ihr hinter die Bar stelle. Bisher kenne ich den alten Holztresen nur von vorn.

»Ich sehe schon, wir bekommen eine erstklassige Unterstützung in der Kanzlei. Du bist auf Zack!«, lobe ich sie lächelnd, und Leni wächst mental um ein paar Zentimeter in die Höhe. »Deine Mutter hat nach dir gefragt, ich glaube, sie will losfahren. Geh nur, ich übernehme, bis jemand anders kann«, schicke ich Leni nach Hause. Ich habe noch nie in einer Bar ausgeholfen, aber ich kriege das hin. »Wir sehen uns am Wochenende.«

Leni strahlt über das ganze Gesicht, dann läuft sie beschwingt durch die Kneipe nach draußen. Merles Vater, unser Landarzt, sitzt wie angewurzelt auf seinem Stammplatz am Zweiertisch und bestellt prompt ein stilles Wasser bei mir – ungeachtet dessen, dass ich kein Ahoi-Klause-Shirt trage und er die Konversation eben gehört hat. Okay. Ich suche im Kühlschrank unter dem Tresen, vermerke das Getränk auf seinem Bierdeckel und stelle es ihm hin. Das war leicht. Danach checke ich das Auftragsbuch, um zu prüfen, ob Leni die Gruppe für Montag richtig eingebucht hat. Dabei fällt mir ein Post-it ins Auge, das auf der Übersichtsseite für die kommende Woche klebt. Es ist grün und trägt in dicken Druckbuchstaben die Aufschrift »Immo Invest klären!«. Es muss eine persönliche Notiz von Nick sein, denn es ist seine Handschrift. Wieder diese Immobilienfirma – was für ein merkwürdiger Zufall. Ich nehme mir die Zeit, das Unternehmen dieses Mal in Ruhe im Internet zu recherchieren. Es handelt sich um eine große und seriöse Gesellschaft in Hamburg, die den An- und Verkauf von Immobilien abwickelt, wie ich per Googlesuche herausfinde. Ich sehe mir Bilder dazu an.

»Hey, danke, dass du übernommen hast«, ertönt plötzlich Nicks Stimme, und er legt mir eine Hand auf die Schulter. Ich habe ihn nicht kommen hören. »Die Sauna ist gerade fertig geworden, Belle. Und ich wollte dir noch sagen, dass es mir leidtut wegen vorgestern. Ich habe einfach … irgendwie …« Er beginnt wieder zu stottern, weil es ihm anscheinend schwerfällt, sich zu erklären, und bemerkt dabei mein nachdenkliches Gesicht. »Ist alles gut?« Stirnrunzeln.

»Logo.« Damit ich nicht zu ertappt rüberkomme, klappe ich das Auftragsbuch gemächlich zu. »Ich habe nur geprüft, ob Leni die Gruppe für Montag korrekt eingetragen hat.« Ich muss den Zusammenhang zwischen Nicks Post-it und der Telefonnummer, die ich bei Alfred Sanddorn gefunden habe, erst einmal rekonstruieren.

»Wieder eine Reisegruppe am Montag. Hammer! Wo kommen die nur alle her?« Er wischt mit einem Küchenhandtuch unter der Zapfanlage lang.

»Magst du es nicht?«, forsche ich vorsichtig.

»Doch. Es hat mich bloß eiskalt erwischt. Ich war nicht darauf vorbereitet, dass so viele Gäste auf einmal auftauchen und wir das jetzt häufiger haben werden. Du weißt nicht zufällig wieso, oder?« Er grinst schief, als würde er vermuten, dass ich dahinterstecke, es aber lieber von mir selbst hören möchte. »Belle, wenn du einen Moment für mich hast, bevor Tobias aufkreuzt, wär das schön.«

Es ist wenig los in der Kneipe, weshalb wir uns ans untere Ende der Bar verziehen, direkt neben den Spielautomaten. Der Koch, ein Allroundtalent, hält derweil die restliche Kundschaft bei Laune. Vielleicht gibt es heute Abend noch mal einen Ansturm, vielleicht auch nicht. Nick lässt sich von ihm ein alkoholfreies Radler einschenken, ich bestelle eins mit. Ich habe noch mindestens dreißig Minuten Zeit, bevor Tobias mich abholt.

»Also?«, fragt Nick mit einer leicht hochgezogenen Braue. »Was hast du gemacht?«

»Ich oder besser Flo hat jemanden bei StarTravel kontaktiert. Sie haben in ihrem Onlinemagazin einen Bericht über die Klause geschrieben, und bei ihrer immensen Reichweite und deinem gesunden Angebot, was genau den Nerv der Zeit trifft, war es ein Selbstläufer. Dazu die Handyfotos, die ich von dem Seemannsbrett aufgenommen habe. Da bekommt man direkt Hunger.« Ich zwinkere ihm zu. »Ich wollte etwas für die Klause tun.«

»Danke, das hilft mir total.« Er umarmt mich ehrlich und im Überschwang der Gefühle hebt er mich sogar hoch und lässt mich erst auf dem Bartresen wieder runter, weshalb ich nun auf dem Holz sitzend einen halben Kopf größer bin als er. Nick steht zwischen meinen Beinen direkt vor mir und ich müsste mich nur ein wenig vorbeugen, um ihn zu küssen.

»Ich habe auch eine Nachricht, die dich freuen wird«, kündigt er an, bevor die Fantasie mit mir durchgehen kann.

»Lass hören.« Es wäre sowieso falsch gewesen, ihn zu küssen. Nicht nur falsch, sondern keine Option.

»Nachdem ich die Postkarte von meinem Opa erhalten habe, habe ich ihn angerufen. Es geht ihm den Umständen entsprechend okay.« Nick schürzt die Lippen. Schwer zu sagen, ob er möchte, dass sein Großvater so schnell wie möglich aus der Entzugsklinik zurückkommt, oder ob er sich wünscht, der alte Jannis müsste für immer dortbleiben. »Er hat mir versprochen, die Sache mit Heusers und dem Konditoreifenster zu bereinigen. Ich habe gehört, dass es dein Fall ist. In Büdnitz gibt es wenig Geheimnisse.« Er lächelt schwach.

»Und wenn, dann werden sie richtig gut gehütet«, ergänze ich im Hinblick auf diesen geheimen Podcast und greife nach dem bereitgestellten Radler.

»Er hat wohl inzwischen überwiesen. Damit wäre der Bühler-Fall abgeschlossen, Frau Anwältin.«

»Ernsthaft?« Mir rutscht vor Erleichterung fast das Bierglas aus der Hand, doch dann bremse ich mich. »Aber wie ist das möglich? Es ging in Summe aller Schäden um fünfzehntausend Euro cash. Hatte er die?«

Nick zuckt mit den Schultern. »Am besten ist, du prüfst mit Frau Heuser nach dem Wochenende, ob das Geld eingegangen ist. Vorstellen kann ich es mir eigentlich nicht. Aber vielleicht hat er es hinbekommen. Er versucht es, Belle.«

Ich mag mir nicht ausmalen, was der Zustand seines Großvaters all die Jahre für Nick bedeutet hat. Das Gerede im Ort, die Scham und die körperliche Gewalt. Wie kann er noch so bedingungslos zu ihm halten? »Ich hoffe, er hatte das Geld. Frau Heuser wird ansonsten vor Gericht ziehen.«

»Ich weiß.« Nick senkt den Blick und kaut auf seiner Unterlippe. »Du hättest jedes Recht, mich fallen zu lassen, Belle.« Resigniert setzt er beide Fäuste auf meinen Oberschenkeln ab. »Es tut mir so unendlich leid, und ich habe keinen Schimmer, wie ich dir das mit Saskia erklären soll, damit du mir wieder vertraust.«

So selbstverständlich, wie er den Namen seiner Frau ausspricht, versetzt es mir einen Stich ins Herz. Ich wollte mich von ihm fernhalten, nicht mehr zulassen, dass er mir so nahe kommt. Stattdessen schiebe ich das Glas zur Seite und lasse es weiterhin zu, dass er mich berührt, wenn auch nur leicht. Innerlich bete ich, dass das, was er mir zu sagen hat, mich nicht zerstören wird.

Sein Blick irrt durch den Gastraum zum Koch hinter der Bar, bis er es nicht mehr schafft, mir auszuweichen. »Die Ahoi-Klause ist alles, was ich habe, Belle. Ich kann das nicht auch noch verlieren.«

Was meint er? »So, wie du Saskia verloren hast?«

»Nein.« Er schüttelt den Kopf. »Du wirst mir sowieso nicht glauben.« Er sieht sich um, als hätte er Angst, jemand könnte uns belauschen. Dann fährt er sich durch die hellen Ponysträhnen, und in dem Moment kommt es mir vor, als wäre eine lang verschüttete Erinnerung in mir erwacht:

Fang mich, lahme Schnecke!

Ne, du bist doof!

Wo kommt dieser Dialog in meinem Kopf plötzlich her? Er erscheint mir so echt. Ich blinzle ihn weg.

»Ich vereine sämtliche Eigenschaften eines Arschlochs in mir, nicht wahr?«, redet Nick weiter, als ärgere er sich über sich selbst. »Ich bin der Typ, der bei erstbester Gelegenheit mit dir schläft, obwohl er mit einer anderen verheiratet ist. Aber ehrlich, Belle – da gibt es etwas zwischen dir und mir, das ich nicht erklären kann. Ich weiß nicht, ob du es auch fühlst. Und gleichzeitig kann ich dir gar nichts bieten, ich habe kein Geld, dafür einen suchtkranken Großvater und eine Frau ... Was solltest du jemandem wie mir noch glauben?«

»Sag mir doch einfach die Wahrheit, Nick.« Ich bin dermaßen angespannt, dass ich die Fingernägel in seinen Arm bohre. »Ich entscheide sowieso selbst, was ich glaube und was nicht.«

»Okay. Ich brauche von Saskia das Geld aus dem ehelichen Zugewinn. Für die Renovierung der Klause«, stößt Nick hervor. »So sieht es aus.«

Mir entschlüpft ein Lacher, der nicht beabsichtigt war. »Wovon redest du genau?«

»Saskia besitzt eine alte Hütte, die sie verkaufen will.« Er schiebt eine Erdnussschale, die vom letzten Peanuts-Abend auf dem Boden liegen geblieben ist, zur Seite. »Hatte ich letztens ein Foto von in dieser App.«

»Ja, ich weiß. Aber das Ding ist doch nichts wert. Und du würdest nur dann die Hälfte bekommen, wenn sie den Schuppen mit Gewinn veräußern würde.«

»Siehst du, ich habe ja gesagt, du wirst mir nicht glauben.« Er kaut auf seinem Daumennagel herum und will nicht recht mit der Sprache herausrücken. »Es ist dumm, dir das alles jetzt zu erzählen, wo Tobi gleich kommt. Er würde ausflippen, wenn er mich hören könnte.«

»Egal. Du schuldest mir eine Erklärung.« Dieses Mal werde ich nicht lockerlassen. »Rede weiter«, fordere ich deshalb.

Er nimmt die Hände von meinen Oberschenkeln. »Gut. Saskia will die Immobilie an einen Investor verkaufen, der einen Mega-Hotelkomplex dort plant. Ja, richtig – der Schuppen ist nichts wert, aber das Grundstück schon. Das Gelände liegt in einem künftigen Baugebiet, das wissen die wenigsten. Der Verkauf würde über einen früheren Freund von ihr abgewickelt werden, der bei der Immo Invest arbeitet. Er würde es unter der Hand zeitlich entsprechend regeln, wenn sie ihn darum bittet.«

175

»Das ist nicht legal.«

»Pffft. Wenn der sogenannte Investor umsetzt, was er geplant hat, dann wird Büdnitz zu einem Touristenmagneten an der Ostsee. Er hat Saskia – halt dich fest – sechshunderttausend Euro angeboten, Belle. Aber sie will es ihm erst verkaufen, wenn die Scheidung durch ist, damit sie den Gewinn nicht mehr mit mir teilen muss.«

»Und deshalb versuchst du, das hinauszuzögern?«

»Es ist nicht meine Art, aber der Zugewinn wäre meine Rettung.«

»Woher weißt du das alles?«

»Ein Surferkollege von mir arbeitet bei Immo Invest.«

Das rückt auch mein Telefonat mit Frau Tulip von dieser Immobilienfirma in ein neues Licht. »Ich verstehe. Aber dann müssen wir unbedingt diesen Hoteltypen ausfindig machen, der das Grundstück kaufen will. Es gibt sicher Mails oder Anrufe, die als Beweismittel dienen können.«

»Du glaubst mir?« Hoffnungsvoll atmet er aus und legt seine Hände wieder auf meinen Oberschenkeln ab.

»Schon. Aber selbst wenn alles so ist, wie du sagst, bleibt die Frage: Was für ein Mensch möchtest du sein?« Ich wüsste gern, ob mein Onkel genauso reagiert hätte wie ich. Anwalt Sanddorns Ansicht in dem Fall ist mir bekannt: Immerhin hatte er die Nummer der Immobilienfirma neben seinem Telefon liegen. Es geht um seine Tochter, er ist befangen. »Willst du die Zukunft der Ahoi-Klause wirklich von Saskias Gunst abhängig machen? Oder willst du lieber frei sein?«

»Das ist nicht so leicht, Belle.« Er weicht einen Schritt zurück und bringt Abstand zwischen uns. »Komm, ich helfe dir von der Theke runter. Tobi kommt gleich.« Ohne meine Antwort abzuwarten, umfasst er meine Hüfte und hebt mich hoch.

Hitze schießt durch jede Faser meines Körpers.

Als er mich absetzt, streicht er mir behutsam eine Strähne hinters Ohr, die sich aus dem Zopf gelöst hat. »Ich wünsche dir und Tobi viel Spaß heute Abend.«

»Danke.«

»Immer«, meint er schmunzelnd und entfernt sich ein Stück von mir, als er Tobias hereinkommen sieht. »Ich hätte dich eben so verflucht gern geküsst«, raunt er mir noch zu, bevor er hinter dem Tresen verschwindet.

»Hallo, Belle.« Tobias umarmt mich und stellt sich kerzengerade neben mich.

»Sieh an. Eine seltene Ehre.« Nick stützt sich mit beiden Händen auf dem Tresen ab.

»Gibt leider nicht so viele Kneipen in Büdnitz, in denen gute Anwältinnen wohnen, Nick.«

»Du bist noch nicht verheiratet und brauchst schon eine?«, kontert Nick amüsiert. Ich weiß nicht, was auf einmal mit ihm los ist.

»Spar dir den Sarkasmus, Bühler. Abgesehen davon, dass ich Belle abhole, bin ich hier, weil ich mich bedanken wollte wegen Mia«, antwortet Tobias, und ich bekomme eine Gänsehaut, wenn ich an die Aktion und Nicks Gesundheit denke.

»Wird das etwa so eine Art Ehrenmedaillen-Verleihung der Stadt? Ich verzichte, danke.«

»Kannst du nicht einmal etwas ernst nehmen, Nick? Das war scheißgefährlich, was du gemacht hast. Ich hoffe, du hast wirklich keine Verletzungen davongetragen.« Die beiden stehen sich gegenüber wie bei einem Duell. »Du hast dich noch nicht einmal richtig untersuchen lassen.«

Nick schweigt.

Tobias' Faust knallt auf den Tresen und ich zucke zusammen. »Hör endlich auf, so verantwortungslos mit dir selbst umzugehen, Nick – sonst endest du noch wie dein Opa«, mahnt er, und eine unangenehme Stille breitet sich aus. Nicks

Muskulatur ist angespannt und ich merke ihm an, dass er sich zusammenreißen muss, um Tobias für diese Aussage nicht zu verprügeln. »Ihr hättet beide ertrinken können! Scheiße, Nick.« Tobias' Wortwahl ist bei Weitem nicht mehr so gediegen, wie ich es von ihm kenne. Er scheint sich ernsthaft Sorgen um die beiden gemacht zu haben. »Sorry, Belle. Mia und ich sind zusammen zur Schule gegangen«, erklärt er. »Nick, du bist übermütig. Scheißübermütig bist du.«

»Weißt du was, Tobi? Ich will einfach nur endlich meinen besten Freund zurück«, antwortet Nick leise. Es ist kein Satz, den ich nach Tobias' aggressivem Gefühlsausbruch von ihm erwartet hätte.

Tobias presst die Lippen zusammen und nickt. Er hält ihm die Hand hin und Nick ist so überrumpelt von dieser Geste der Versöhnung, dass er kurz zögert, bevor er sie ergreift. Die Stimmung ist aufgeladen, erwartungsvoll. Aber die beiden suchen kein weiteres Gespräch, obwohl man ihnen anmerkt, wie gern sie das würden.

Nick reicht mir den Packen Papier vom unteren Ende der Bar und verabschiedet uns quasi aus der Kneipe. »Denk bitte an die Tüte mit dem Altglas, die du auf der Veranda stehen gelassen hast, Belle. Sieht nicht so schick aus.« Er scheint keinen Wert darauf zu legen, Tobias und mich vor seinen Augen trinken, reden und lachen zu sehen. »Pass auf sie auf, Tobi.«

Die sechs Fischerhäuser liegen in einer kleinen Bucht und stehen wie Perlen an einer Kette aufgereiht nebeneinander. Jedes Haus ziert eine individuelle Farbe und ein braunes Reetdach. Neben den Häuschen führt ein Steg vom dazugehörigen Bootshaus ins Wasser. Davor liegt ein Paddelboot auf dem Sand, fast wie auf der Postkarte, die Onkel Hein mir geschickt hatte. Der Strand ist vom Fußweg aus frei zugänglich und nicht so versteckt wie an anderen Stellen von Büdnitz.

In der Mitte des Sandes wurde ein weißer Pavillon aufgebaut. Eine Kreidetafel mit der Aufschrift »Cocktailkurs« lotst uns vom Weg über einen roten Teppich direkt zum Pavillon – ziemlich edel. So viel dazu, dass es ein legerer Abend wird. Nicks Surferlook wäre hier wahrscheinlich fehl am Platze, obwohl es am Strand stattfindet. Ich zupfe an meinem Oberteil herum.

»Hier sind wir richtig«, freut sich Tobias. Da wir nicht länger in der Klause geblieben sind, sind wir zu früh dran, weshalb wir uns zunächst an einem Stehtisch vor dem Zelt platzieren.

Ich betrachte die Fischerhäuser von Weitem. »Weißt du zufällig, in welchem Haus Hein Wesseling wohnt?«

»In dem orangefarbenen.« Er deutet auf das kleinste am Strand.

Als Alleinlebender braucht Hein nicht viel Platz, das leuchtet ein. Daneben befindet sich ein blaues, ungefähr in der gleichen Größe – da muss Tine wohnen. Sie hat mir mal erzählt, dass es diese Farbe hat. Ich finde es faszinierend zu sehen, wo sie lebt. »Wäre es für dich okay, wenn wir uns die Häuser näher ansehen?«

Tobias ist zwar gerade auf halbem Weg ins Zelt hinein, macht aber sofort kehrt. »Der Mann, dessen Job du übernommen hast, muss dich ja mächtig interessieren, wenn du deswegen einen Extra-Spaziergang einlegen willst.« Er zwinkert mir zu.

Genau in diesem Moment entscheide ich mich bewusst dafür, ihm die Wahrheit zu erzählen. Irgendwann kommt es sowieso raus und ich möchte, dass er es von mir erfährt. Nebenbei bemerkt, rechne ich es Nick hoch an, dass er es bis jetzt für sich behalten hat. »Hein Wesseling ist mein Onkel. Und ich muss herausfinden, warum er verschwunden ist.«

Wie angewurzelt bleibt Tobias stehen und verschränkt die Arme vor der Brust. Es dauert mehrere Sekunden, vielleicht sogar eine ganze Minute, bis sich die Mosaikteilchen in seinem

Kopf langsam zusammensetzen. »Das ist heftig, Belle. Ist das der Grund, warum du in Büdnitz bist? Du wolltest dich gar nicht auf die Stelle bei uns bewerben?« Etwas enttäuscht schiebt er die Hände in die Taschen seiner Anzughose und kickt ein Steinchen vom Gehweg ins seitliche Seegras, bevor er sich wieder in Bewegung setzt.

»Wenn du dich an den Tag in der Kanzlei zurückerinnerst, habe ich ein- oder zweimal den Versuch unternommen, euch mitzuteilen, wer ich bin, aber es hat mir niemand zugehört. Du warst so versessen darauf, jemanden zu finden, der Alfred aushilft – was ich total nachvollziehen kann. Ich hatte sogar die Postkarte dabei, die mein Onkel mir zugeschickt hat, als er mich nach Büdnitz eingeladen hat. Aber dein Vater wollte sie sich nicht ansehen. Du weißt, wie stur er sein kann. Ohne vernünftige Brille konnte er den Text sowieso nicht lesen. Und irgendwann war es zu spät, die Wahrheit zu sagen. Ich hoffe, du kannst mir das verzeihen.«

Tobias kratzt sich am Hinterkopf. »Du hast uns benutzt, um an Informationen über Hein zu gelangen. Ich weiß nicht, was ich denken soll, Belle.«

»Nein, so war das nicht. Es war ein unglückliches Missverständnis.«

Er schweigt eine ganze Weile, während wir weiterspazieren. Nachdenklich blickt er mich dann von der Seite an. »Du müsstest mittlerweile gemerkt haben, dass niemand Infos über Hein hat.« Er zieht einen Schmollmund. »Er ist ein Einsiedler, der hilfsbereit war und immer gemocht wurde – bis er sich abgesetzt hat.«

»Rede nicht so, als ob er nicht mehr zurückkommt.«

»Ich war dankbar, einen professionellen Ersatz für die Kanzlei meines Vaters gefunden zu haben – dich, Heins Nichte!«

»Tobias, es gab ehrlich keine Gelegenheit, die Wahrheit ein-zustreuen.« Wir stehen vor dem orange gestrichenen Haus, und Tobias öffnet energisch das kleine Gartentor, das den Weg in den überwiegend aus blühenden Rosen bestehenden Vorgarten frei-gibt. Dazwischen verläuft ein gepflasterter Weg bis zur Haustür. »Vielleicht muss man manche Sachen erst mal für sich selbst klären, bevor man darüber reden kann«, fahre ich fort und betrachte das Rosenmeer. »Ich wollte nicht unsere Freundschaft aufs Spiel setzen. Kannst du das verstehen?«

Ich wünschte, er würde mir antworten oder mich mei-netwegen anschreien. Stattdessen setzt er sich auf den Stapel Brennholz, der neben dem Haus aufgetürmt ist, und braucht einen Moment, um sich einzukriegen. »Du kannst dir den Garten und den Geräteschuppen ansehen. Viel mehr werden wir nicht erkunden können«, meint er ausdruckslos.

»Das heißt, du hilfst mir?«

»Du hast dich mir anvertraut. Spät, aber immerhin.« Er nickt und steht auf, die Hände in die Hosentaschen vergraben.

Wir schlendern schweigend ein Stück weiter und blei-ben schließlich unter einem breiten Kirschbaum stehen, der zartrote Früchte trägt. »Und außerdem« – er pflückt eine reife Kirsche – »mein Vater und ich sollten andere häufiger ausspre-chen lassen.« Seine bis eben verhärtete Mimik verändert sich zu einem unsicheren Lächeln.

»Danke, Tobias.«

»Gib mir ein bisschen Zeit.« Er mustert mich. »Alles ist für etwas gut, Belle.«

»Vielleicht.« Ich würde auch gern an so was wie Schicksal glauben. Aber welchen tieferen Sinn sollte es haben, dass mein Onkel plötzlich verschwunden ist? Oder dass ich mit Richard zusammen war? Ich sehe keinen.

»Da Hein sowieso nicht da ist, könnten wir an seiner Stelle ein paar Kirschen ernten«, schlägt Tobias vor und zieht seinen schwarzen Strickpullover aus, um ihn zu einer Art Tragetasche zusammenzuknoten, in die wir das Obst hineinlegen können. »Das wird unsere Cocktail-Deko.« Er beginnt zu pflücken.

Ich nehme mir eine und stecke sie in den Mund. »Mmh.« Die Kirsche schmeckt süß nach Sommer und Kindheit. Verträumt schließe ich die Augen und nehme die Seeluft tief in meine Lungen auf. Ich liebe es hier.

Tobias lacht sich schlapp, als mir eine Kirsche direkt aufs Auge fällt, weil er zu fest an einem Ast gerüttelt hat. »Entschuldige. Aber nun sind wir quitt – du hast mir was verschwiegen und zur Strafe hat dich eine Kirsche getroffen.« Er hält mir seine Hand zum Abklatschen hin und ich muss ebenfalls lachen. Dann steckt er mir eine Kirsche in den Mund und ich ihm genauso, als wären wir Kinder.

Es ist so leicht, mit ihm klarzukommen. Natürlich leidet er für seine Schwester mit und vieles könnte besser laufen, aber er zieht keinen Karren mental fordernder und extrem belastender Probleme hinter sich her wie Nick. Und er hat in Merle eine Partnerin, die ihn in allem unterstützt.

Wir hören auf, uns gegenseitig Kirschen in den Mund zu schieben, und Tobias hilft mir, die langen Äste vom Zwetschgenbaum zur Seite zu halten, damit ich durch das große Fenster in Heins Wohnzimmer spähen kann.

»Danke, Doktor Watson«, sage ich und knickse.

»Jederzeit zu Diensten, Holmes«, erwidert er lachend und deutet einen Diener an.

In seinem Haus ist Hein modern eingerichtet – weißes Mobiliar, bunte Modern-Art-Kunstwerke an den Wänden, eine graue Sofalandschaft und unglaublich viel Technik. »Was ist das für Zeug?« Ich kann es nicht zuordnen.

Auch Tobias hat kein Fachwissen, wir können lediglich diverse Standmikros, Kopfhörer und Laptops ausmachen, ähnlich der Ausstattung, die Nick besitzt. »Er soll gern

Computerspiele spielen, habe ich gehört, was ungewöhnlich ist für sein Alter.«

Ich werde immer neugieriger auf meinen Onkel. Türen und Fenster sind leider fest verschlossen. Nicht, dass ich vorhätte, bei ihm einzubrechen, aber wenn wir eine legale Möglichkeit finden würden, ins Haus zu gelangen, würde ich nicht Nein sagen.

Es ist kurz vor acht und der britische Cocktailkurs beginnt jede Sekunde. Mit einem Mal schließen sich zeitgleich alle innen angebrachten Alu-Jalousien vor den Fenstern, was uns weitere Einblicke erschwert. Für ein altes Fischerhaus ist das echt abgefahren.

»Die Show ist vorbei.« Tobias steckt sich eine Kirsche in den Mund und spuckt den Kern in den Garten wie ein Cowboy. »Würde mich nicht wundern, wenn Hein hier überall versteckte Kameras installiert hätte.« Wir sehen uns kurz an und verspüren beide gleichzeitig einen Impuls: weglaufen!

»Mist!«, rufen wir, als wäre die Polizei hinter uns her, und Tobias greift nach meiner Hand. Wie zwei Teenager, die eine Dummheit begangen haben, rennen wir gemeinsam über den gepflasterten Weg durch das Törchen zurück zum Strand. Ein paar Kirschen purzeln aus Tobias' Strickpullover-Beutel.

»Ich wünschte, Hein wäre da und ich könnte ihn alles fragen«, stoße ich atemlos hervor, als wir wieder Sand unter den Füßen haben. Wir lehnen uns gegen das Fischerboot und ringen nach Luft. Mein Herz rast vor Aufregung. Ich greife nach dem Muschelanhänger an meiner Halskette. Warum hat meine Mutter mir Büdnitz vorenthalten? Das, was ich bisher über Hein gehört habe, deutet nicht darauf hin, dass er ein schlechter Mensch ist. Lediglich ihre Angst, dass er mich enttäuschen könnte, so wie mein Vater sie enttäuscht hat, ist nachvollziehbar, das hat er bereits getan, als er verschwunden ist. Ich kenne allerdings seine Beweggründe nicht, und ohne dieses Wissen möchte ich ihn nicht verurteilen.

»Hein war seltsam, bevor er abgereist ist.« Tobias denkt angestrengt nach. »Er hatte ständig irgendwelche Termine, musste Mandanten verschieben und war nicht mehr so präsent in der Kanzlei.«

»Welche Termine?« Ich greife in die Höhle seines Pullovers und ziehe eine Kirsche hervor, um sie mir in den Mund zu schieben.

Lächelnd reicht Tobias mir eine weitere. »Ich fürchte, ich kann dir nicht helfen, so gern ich würde.« Er deutet mit dem Kopf in Richtung Pavillon. »Wir sollten reingehen, sonst verpassen wir alles.«

Es sind nicht viele Leute im Kurs angemeldet. Aber Finn, so heißt der Barkeeper, ist engagiert und bringt uns in relativ kurzer Zeit die wichtigsten britischen Cocktails bei. Der Eintrittskarte, die Tobias besorgt hatte, entnehme ich, dass der Preis für drei exklusive Cocktailstunden pro Person bei zweihundertdreißig Euro liegt, was mir echt unangenehm ist. Mein Angebot, es ihm zurückzuzahlen, schlägt er aus.

»Ist quasi die Gegenleistung für die Hilfe wegen des Studiums«, sagt er.

Dabei habe ich bisher noch gar nichts gemacht. Die Ausdrucke der Uni hat er im Auto liegen gelassen, weshalb wir sie nicht gemeinsam durchgehen können. Immerhin versuche ich in der ersten halben Stunde, ihm nebenbei so viele Informationen wie möglich zu geben. Wir tuscheln und flüstern, und Tobias fragt immer wieder nach, was Finn dazu veranlasst, uns mehrfach – wie in der Schule – streng zu ermahnen.

Wir lernen, dass die meisten Cocktails in Großbritannien auf Gin basieren, den Tobias und ich normalerweise nicht trinken.

Dennoch suchen wir uns letztlich eine alkoholfreie Variante des Gin Tonic mit 0,0 % Gordon Gin aus, die uns beiden schmeckt und die wir »Sommerflirt« taufen. Anschließend entscheiden wir uns für die Zubereitung eines Espresso Martini, das aktuelle In-Getränk, wie Finn verkündet. Wir hören von ihm, dass der Drink seinerzeit in London erfunden wurde. Ein Supermodel soll bei einem Barkeeper einen Cocktail bestellt haben, der sie wach machen und so was von umhauen sollte. Dabei kam der Espresso Martini heraus, dessen Geschmack sehr stark sowohl vom verwendeten Kaffee als auch von der jeweiligen Kaffeelikör- beziehungsweise Wodkamarke abhängt. Nicht fehlen darf vor allem die charakteristische Schaumkrone, die so dicht sein muss, dass sie zwei Kaffeebohnen trägt – das Merkmal des Drinks. Tobias und ich müssen also hart dafür arbeiten, dass es hinterher nicht nur gut schmeckt, sondern auch genauso gut aussieht, angerichtet in einem Martini-Glas, obwohl das Getränk vorwiegend auf Wodka basiert. Als Tobias den Shaker schüttelt, starre ich auf seine definierten Unterarme. Er trägt ein Shirt, auf dem »MeeresCrew« steht und auf dessen Rücken ein Schwertfisch abgebildet ist. Ich hatte ihn bisher nicht als Sportler wahrgenommen. »Surfst du?«

»Nein, ich stehe nicht so drauf, von einer Welle erschlagen zu werden. Ich bin Schwimmer – meistens findest du mich im Hallenbad, selten im Meer. Höchstens zum Paddeln. Aber vor drei Meter hohen Wellen habe ich Respekt. Das Meer ist und bleibt eine Naturgewalt.« Er lässt die Flüssigkeit in das dafür vorgesehene Glas laufen und anschließend die Kaffeebohnen auf der Schaumkrone schwimmen.

Die anderen applaudieren uns zum gelungenen Getränk und wir tun das Gleiche für sie. Jedes Paar hat nun einen fertigen Cocktail vor sich stehen.

»Belle und Tobias, der Espresso Martini knallt ganz schön im Kopf, wenn man zu viel davon trinkt«, warnt Finn uns vor.

»Ach was«, erwidert Tobias, »da ist doch nur Wodka drin, und den schmeckt man kaum.«

Alle lachen, die Stimmung wird immer ausgelassener und die Getränke sind so lecker, dass wir uns direkt einen zweiten, dritten und vierten Cocktail mixen. Danach fällt mir kurz ein, dass ich heute Abend noch nichts gegessen habe, doch in Anbetracht der Alkoholkalorien erscheint es mir dennoch ausgewogen.

Tobias schießt ein Foto von unserem Getränk mit seinem Handy und schickt es an Merle, die mit einem Herzchen reagiert. »Ich will sie nicht verärgern, weil ich mich nicht gemeldet habe«, erklärt er. »Sie ist ziemlich schnell eifersüchtig. War sie schon immer.«

»Dabei hat Merle gar keinen Grund dazu«, erwidere ich. Wir testen einen pinkfarbenen Cocktail auf Energydrink-Basis, den Finn als absoluten Burner anpreist, und ich muss lachen. So high wie jetzt habe ich mich noch nie gefühlt.

»Merle findet immer einen Grund für irgendetwas.« Tobias grinst alkoholschwanger.

Ich höre gar nicht richtig hin, denn meine Foto-App meldet sich genau in diesem Moment, weshalb ich ihn überschwänglich umarme und uns mit dem fertigen Cocktail knipse, um das Werk für Leni online zu stellen. Es ist ein Weltklassebild und Leni gibt uns sofort einen Daumen nach oben. Wir sehen aus wie ein frisch verliebtes Paar, zwischen uns das pinkfarbene Getränk, daneben die selbst gepflückten Kirschen. Zu spät realisiere ich, dass nicht nur Leni, sondern auch Nick das Bild sehen kann. Er reagiert nicht, was er sonst meist innerhalb von Sekunden tut.

»Leitest du es mir weiter?«, bittet mich Tobias. »Zur Erinnerung an unseren britischen Sherlock-Holmes-Abend.«

Ich kichere, sende es ihm und er speichert es direkt in seinem Album.

»Meinst du, Hein nimmt heimlich einen Podcast auf? Diesen ›Meer für Dich‹-Podcast? Tine, Elke, Merle und ich haben gerätselt, wer dahinterstecken könnte.«

Tobias packt sein Handy weg und bekommt einen Lachanfall. »Und da fällt dir niemand Besseres ein als ein fast siebzigjähriger Mann?«

»Der Moderator soll aus Büdnitz kommen. Und soll ich dir ein Geheimnis verraten?« Ich kichere. »Ich habe in meinem Zimmer in der Klause Unterlagen dazu gefunden.«

»Sag nicht, es ist Nick mit verstellter Stimme«, stößt Tobias gelangweilt hervor.

»Er hat zumindest das Equipment, das dafür notwendig wäre, genau wie Hein.«

»Nick hat in einer Band gesungen und Hein spielt Computerspiele. Du siehst Gespenster, Belle.« Er reicht mir eine Kirsche. »Was, wenn es eine Frau ist?«

Die Möglichkeit hatte ich noch nicht in Erwägung gezogen.

Finn dudelt eine Playlist, die zu irgendeiner Serie gehört, und wir kreieren weitere Cocktails, während Tobias mir erzählt, warum er das Jurastudium nicht durchgezogen hat. »Mein Vater hat mir damals zu viel Druck gemacht. Aber sag's ihm nicht, sonst ist er wieder beleidigt.« Er nippt an einem Mai Tai, der nichts mehr mit Großbritannien zu tun hat.

»Geht klar.« Ich halte die Finger zum Schwören in die Luft. »Ich lege mich doch nicht freiwillig mit einem Dinosaurier an.« Wir kichern. Ich hab mich lange nicht mehr so befreit gefühlt.

Als wir den Weg nach Hause antreten, bin ich mehr als beschwipst. Alles dreht sich lustig, doch es ist mir egal. Wir springen und hüpfen auf der Straße herum, tanzen miteinander und lachen. Tobias erzählt mir von den Abenteuern, die er als Jugendlicher am Büdnitzer Strand erlebt und angeblich noch nie jemandem erzählt hat. Ich genieße seine Berichte, hake nach und steuere meinen Senf dazu bei. Wir klingeln an der ein oder anderen Haustür und laufen dann albern weg, auch wenn uns das eigentlich gar nicht ähnlichsieht. Die wenigen Passanten, die uns sehen, grüßt Tobias mit einem tiefen Diener. »Der Bürgermeister wünscht Ihnen eine gute Nacht. Und bleiben Sie gesund!« Die meisten lachen über den Spaß. Er kommt mir ganz verändert vor.

Vor der Ahoi-Klause angekommen, umarmt Tobias mich so vorsichtig, als wäre ich zerbrechlich. Nick hat bereits das Licht in der Kneipe gelöscht, es ist still um uns herum. »Es war schön mit dir, Belle. Hier.« Tobias reicht mir seinen zusammengeknoteten Pullover, der die restlichen Kirschen beinhaltet. »Die sind für dich. Du kannst mir den Pulli irgendwann zurückgeben.«

Er beugt sich vor und gibt mir ein Küsschen links und rechts neben den Mund. »Bis bald.« Dann macht er sich auf den Heimweg.

Als ich das Zopfband rausziehe und mich bekleidet aufs Bett fallen lassen will, wird mir augenblicklich übel. Ich laufe ins Bad, um mich dort postwendend zu übergeben. Was haben wir nur alles getrunken? Wie alt sind wir eigentlich? Ich muss mich auf die Fliesen vor die Toilettenschüssel knien, weil mir so schwindelig wird.

Mittlerweile zeigt mein Handy halb zwei an. Ich verfluche den letzten Energy-Cocktail und bete, dass ich nicht in Ohnmacht falle.

Bitte nicht Tür an Tür mit Nick.

Das Nächste, was ich spüre, ist, wie mir jemand über den Rücken streicht, sanft nach meinen langen Haaren greift und sie zur Seite weghält, während ich noch einmal die Toilette umarme.

»Deshalb trinke ich keinen Alkohol«, sagt Nick trocken.

Ich lasse mich mit dem Rücken gegen seine Beine sinken. »Tut mir leid.«

»Braucht es nicht.« Er gibt mir ein Glas Cola, das er wohl in weiser Voraussicht aus der Klause geholt hat. »Alles gut, Belle. Ich habe dir ein Badehandtuch rausgelegt, falls du duschen möchtest. Wenn dir wieder schlecht wird, kannst du mich rufen, okay?«

»Danke.« Mehr bekomme ich nicht heraus. Ich trinke die Cola in kleinen Schlucken und fühle mich minimal besser.

Er geht, lässt jedoch die Tür offen stehen. Ich registriere dumpf, wie selbstverständlich er mit meinem Zustand umgeht. Er ist es gewohnt, jemandem, der nicht bei Sinnen ist, zu helfen. Ich schäme mich und wünschte, er hätte mich nicht so gesehen. Alternativ würde ich gern im Erdboden versinken. Notgedrungen hangele ich mich an den Fliesen entlang zur Dusche, lasse kurz eiskaltes Wasser laufen und rede mir ein, diese Schmach verdient zu haben. Ich hätte nicht mit Tobias zu diesem Kurs gehen sollen, das war dumm. Aber allein hätte ich mich niemals getraut, Heins Haus auszukundschaften. Vernebelt im Kopf schäume ich meine Haare auf und lehne meine Stirn zwischendurch immer wieder an die kühlen Fliesen, weil es guttut.

Nachdem ich geduscht und mir die Zähne geputzt habe, fühle ich mich wieder wie ein Mensch, wenn auch nur ein halber. Die Übelkeit ist geblieben, aber wenigstens muss ich mich nicht mehr übergeben.

Nick hat mir einen Teller mit einem Käsebrot, ein weiteres Glas Cola und eine Schale mit Salzstangen auf den Nachtisch gestellt. Saskia muss diese aufopfernde Facette von ihm kennen. Sie muss davon ausgegangen sein, dass Nick sich – selbst wenn er ihre eventuellen Absichten herausfindet – niemals dagegen wehren würde, benachteiligt zu werden. Letztendlich tut er das auch nicht, sondern zögert lediglich die Scheidung hinaus, ohne ein schlechtes Wort über sie zu verlieren. Es ist nur ein Bauchgefühl, aber ich glaube, Nick geht es in erster Linie gar nicht um das Geld aus dem Zugewinn. Es geht ihm darum, von seiner Frau nicht hintergangen zu werden.

Ein kurzes Klopfen und das Öffnen meiner Tür reißen mich aus meinen Gedanken. »Alles okay? Ich wollte nicht schlafen gehen, ohne noch mal nach dir zu sehen.«

Ich ziehe die Bettdecke bis zur Nasenspitze hoch. Zum einen, damit Nick mein Nachtshirt nicht sieht, auf dem Snoopy mit einer Kaffeetasse schlafwandelt, und zum anderen, weil mir kalt ist. »Es ist frisch hier.«

»Dein Kreislauf macht schlapp, das ist normal. Aber das wird wieder«, diagnostiziert er. »Kann ich irgendetwas tun, damit es dir besser geht?«

Keine gute Frage. Ich widerstehe dem Drang, mir über die Augen zu reiben, und lege wie immer meine unsichtbare Rüstung an. Mit fester Stimme sage ich das, was ich schon einmal zu ihm gesagt habe. »Danke, ich komme klar.«

Er hält den Augenkontakt mit mir aufrecht und ich wünsche mir nichts sehnlicher, als jemanden zu haben, der mich festhält. Ich wünsche es mir so sehr, dass es wehtut.

»Ich bin da, wenn du mich brauchst«, sagt er. »Oder wenn du dir den Supermond anschauen möchtest.«

»Den Supermond?« Hat Nick den erfunden oder gibt es ihn wirklich? Die nassen Haarsträhnen kitzeln an meinen Wangen und ich kratze mir reflexartig die Nase.

Er lehnt sich gegen den Türrahmen. »Ein bis zwei Mal im Jahr ist der Vollmond der Erde so nah, dass er größer und heller wirkt als sonst. Es wundert mich, dass du ihn auf dem Heimweg nicht gesehen hast. Wir haben heute eine sternklare Nacht.«

Mich wundert es nicht. Tobias und ich waren sturzbetrunken, haben uns Geschichten erzählt, uns in den Armen gelegen, gegrölt und auf der Straße getanzt.

Nick beobachtet mich, als könnte er jeden einzelnen meiner Gedanken lesen. »Ich bin wieder drüben.« Er klopft zum Abschied gegen den Türrahmen.

Bitte geh nicht, denke ich.

Doch meine Zimmertür fällt bereits hinter ihm ins Schloss. Nachdenklich erhebe ich mich aus dem Bett und trete ans Fenster, um die Vorhänge zurückzuziehen. Draußen ist es strahlend hell. Der Mond beleuchtet die Erde dermaßen intensiv, dass selbst Straßenlaternen heute Nacht überflüssig sind. Warum weiß Nick so was?

Ich drehe mich um und bemerke, dass er den von mir geöffneten Karton mit den Büchern und dem Schnellhefter in eine Ecke des Raumes geschoben hat, wahrscheinlich, damit ich nicht drüberfalle. Ich halte es keine fünf Minuten mehr ohne ihn in diesem kühlen Zimmer aus. Ich brauche ihn.

In meinem Schlafshirt tapse ich mit der Taschenlampe des Handys über den Flur. Langsam öffne ich seine Tür und lehne mich gegen den Türrahmen, so wie er es eben getan hat. »Der Supermond also.«

»Genau«, erwidert er und sieht mich so sehnsuchtsvoll an wie noch nie. Ich glaube, er braucht mich genauso wie ich ihn. »Komm zu mir«, fordert er und hält die Bettdecke hoch.

Ich werde schwach und schlüpfe zu ihm unter die Decke, als würden wir nie etwas anderes tun. Wie selbstverständlich legt er den Arm um mich. Eine wohlige Wärme macht sich in mir breit.

Ich fühle seine Lippen dicht neben meiner Schläfe, spüre, wie sich sein Brustkorb sachte hebt und wieder senkt. Er kommentiert meinen Zustand von vorhin mit keiner Silbe. Stattdessen hält er behutsam meine Hand, und weil es in seinem Zimmer keine Vorhänge gibt, haben wir freien Blick auf den Mond, der direkt vor dem Fenster am Himmel steht. Still liegen wir da und betrachten ihn.

Es dauert nicht lange und ich bin in Nicks Armen eingeschlafen.

Kapitel 8

Am nächsten Morgen wache ich schweißgebadet auf, was ich immer noch den starken Cocktails des Vorabends zuschreibe. Oder dem Traum, der mich nachhaltig verwirrt. Ich habe seltsamerweise mit Tobias statt mit Nick auf einem Handtuch am Strand gelegen. Vielleicht, weil wir uns gestern übers Schwimmen unterhalten haben. Jedenfalls lag ich auf dem Strandtuch, die Augen geschlossen, und habe Tobias' Lippen auf meiner Stirn gespürt. Liebevoll hat er mir zugeflüstert, dass alles gut wird. Ich weiß nicht, warum ich ausgerechnet von ihm geträumt habe, aber unglücklicherweise fühlte es sich ziemlich lebendig an. Vielleicht hat Nick mir heute Morgen im Schlaf diesen Kuss gegeben, bevor er runter in die Kneipe zum Arbeiten gegangen ist, und ich vermische Traum und Wirklichkeit.

Guten Morgen, na, wach? Wie war dein Cocktail-Date, Bellissima?, fragt Flo mich prompt per Textnachricht und ich muss schmunzeln, weil er – obwohl er nicht hier ist – immer noch weiß, wann ich aufwache. Das war schon früher so. Wir scherzen seit jeher über unsere telepathischen Fähigkeiten.

Das war kein Date. Tobias ist der Verlobte meiner Freundin. Aber es war cool. Was genau passiert ist, muss ich dir am Telefon erzählen. Wie war's bei dir?, schreibe ich zurück und merke, wie ich rot anlaufe, weil ich ihm meinen Abend und vor allem den seltsamen Traum am liebsten unterschlagen würde. Deshalb freue ich mich umso mehr, dass er mir bereitwillig berichtet, wie es bei ihm und seinem Anwalt, den er vor einigen Tagen auf der Dating-Plattform lovejoy.de kennengelernt hat, gelaufen ist.

> Bei mir war es aufregend, sexy und sehr lecker in jeder Hinsicht. Der Mann hat ein Händchen für Mode und seine Schuhe haben astrein zum Anzug gepasst. Du weißt, was das bedeutet.

Allerdings. In Flos Welt heißt das, dass der Typ sein Seelenverwandter sein könnte, die große Liebe. Hoffentlich hält es dieses Mal länger.

Wir schreiben noch ein bisschen hin und her und er lässt mich ausnahmsweise mit dem Prinz-Thema in Ruhe. Folglich scheint Dr. Prinz sich meine Absage zu Herzen genommen zu haben und keine weiteren Versuche unternehmen zu wollen, mich zurückzugewinnen. Ich weiß nicht, ob ich erschüttert oder froh darüber sein soll, dass dieser Abschnitt meines Lebens vorbei ist.

Gedankenverloren bringe ich Nicks Bett in Ordnung. Als ich durch den Flur zurück in mein Zimmer gehe, höre ich die ersten Gäste unten am Frühstücksbuffet fröhlich schwatzen, singen und lachen.

Es ist Wochenende. Ich habe zwar den Kater des Todes, aber wenigstens zwei freie Tage vor mir. Wobei, das stimmt nicht so ganz. Heute bin ich mit Merle wegen des Brautjungfernkleids verabredet. Eine ihrer Freundinnen hat kurzfristig abgesagt und das Kleid ist quasi frei geworden. Merle ist der Meinung, es wird mir wie angegossen passen.

»Du wirst ganz fabelhaft darin aussehen, Belle«, frohlockt sie am späten Nachmittag und klatscht dabei freudig in die Hände.

Wir stehen im Hinterzimmer des *Blumen und Meer*, wo sie seit Wochen alle ihre Hochzeitssachen aufbewahrt, damit Tobias sie nicht vor dem großen Tag sieht, was ich süß finde. Mir geht es zum Glück den Umständen entsprechend gut, sodass ich bereit bin, mich mit ihr in die Hochzeitsvorbereitungen zu stürzen. Nicks deftiges Frühstück bewirkt wahre Wunder – er sollte es sich als Katerfrühstück patentieren lassen.

»Ich kann nicht glauben, dass es nächstes Wochenende schon so weit ist.« Merle tritt von einem Fuß auf den anderen, wie ein kleines Mädchen an Weihnachten. Ihre Augen leuchten hell. »Wen bringst du eigentlich als deinen Begleiter mit?«

»Am liebsten Nick, aber ich glaube, Tobias möchte ihn nicht dabeihaben, obwohl sie sich gestern fast versöhnt hätten.«

»Das hat er erzählt. Übrigens, Tobi und du habt ja ziemlich Gas gegeben bei dem Cocktailkurs. Er war total hinüber, als er nach Hause kam. Fast so wie bei seinem Junggesellenabschied vor zwei Monaten.« Sie grinst.

»Frag mich mal. Ich bin so was gar nicht gewohnt und Nick musste mir nachts helfen.«

»Ach ja?« Sie wackelt vielsagend mit den Augenbrauen. Ich kenne wenige Menschen, die das können. Merle beherrscht die Geste in Perfektion. »Tobi wird nichts dagegen haben, wenn du Nick mitbringst. Es ist schließlich auch meine Hochzeit und Saskia hat sowieso abgesagt. Ihr neuer ›Bekannter‹« – sie malt Gänsefüßchen in die Luft – »beeinflusst sie wohl negativ, meint Tobi. Er war stinksauer und will noch mal mit ihr reden.«

Nach diesen Worten verschwindet sie hinter dem Paravent und kehrt mit einem schulterfreien Cocktailkleid zurück. »Wie findest du das? Mega, oder?«

Mir bleibt die Spucke weg. Das Kleid sieht aus wie aus einem Hollywoodfilm. »Mega!«, wiederhole ich den Ausdruck, den sonst nur Merle benutzt, nehme es entgegen und ziehe mich hinter der Stellwand um.

»Belle, ich bin verliebt in dich«, quietscht sie und befühlt den pastellgelben seidigen Stoff, als ich hervorkomme. »Wenn Nick dich so sieht, haut es ihn aus den Socken.« Sie lacht vergnügt und hält mir die Haare hoch. »Jetzt noch der Blumenkranz.« Mit einer Hand greift sie nach dem Kranz, der am Paravent hängt, und setzt ihn mir auf. »Du siehst so schön aus«, schwärmt sie fasziniert.

Die Hinterzimmertür öffnet sich und ihre Mutter, heute in einem grünen Overall, kommt mit ausgebreiteten Armen auf uns zu. Natürlich habe ich sie schon einmal gesehen, bisher jedoch keine Gelegenheit gehabt, länger mit ihr zu sprechen. »Ich bin Helene Martens. Merle hat so viel von Ihnen erzählt, dass ich das Gefühl habe, ich kenne Sie in- und auswendig.« Sie umarmt mich herzlich. Sanft schiebt sie mich an den Oberarmen ein Stückchen von sich weg, um mich zu betrachten. »Die Blumenkränze für die Brautjungfern waren mein Vorschlag. Hinreißend zu Ihren dunklen Haaren. Und sogar die Kette passt dazu. Sehr filigran«, bemerkt sie. Sie zieht die Lesebrille auf, die bis eben wie eine Dekoration in ihrer grauen Duttfrisur gesessen hat. »Ist das Weißgold? Darf ich?«

Ehe ich michs versehe, beugt sie sich vor und greift vorsichtig nach dem Muschelanhänger. »Meine Mutter hat mir die Halskette vererbt, bevor sie ... gestorben ist.« Ich habe es ausgesprochen.

Helene Martens legt betroffen eine Hand auf ihr Herz, während Merle sich abwesend mit dem Zeigefinger an die Lippen tippt. »Ich muss noch mal mit Frau Heuser sprechen, Schoko-Buttercreme geht gar nicht als Tortenfüllung, wenn wir obenauf Erdbeeren haben«, murmelt sie, und ich bin ihr beinahe dankbar für ihre Unaufmerksamkeit.

Ihre Mutter ignoriert die Aussage geflissentlich. »Es ist ein wahres Geschenk, eine bleibende Erinnerung an einen geliebten Menschen zu haben. Das ist der wahre Sinn von Schmuck. So kann Ihre Mama für immer bei Ihnen sein.« Helene Martens legt beseelt die Hände ineinander. »Ich möchte nicht seltsam erscheinen, aber würden Sie die Kette bitte einmal abnehmen, Herzchen?«

»Natürlich.« Vorsichtig öffne ich den Clip, lasse sie von meinem Hals rutschen und reiche sie Merles Mutter, die mit den Fingerspitzen das Muster der Welle nachfährt. Dann wendet sie den Anhänger und rückt die Lesebrille zurecht. »Fünffünfundachtziger Gold. Ich erinnere mich.« Ich schaue ihr dabei zu, wie sie die Zahl betastet und mit sich selbst fachsimpelt. Sogar Merle hat aufgehört, ihre Hochzeit weiter zu organisieren, und neben ihrer Mutter eine erwartungsvolle Haltung eingenommen.

»Hier.« Frau Martens holt eine große Lupe aus der Schublade unter dem Tisch hervor, auf dem sonst Blumensträuße gebunden werden, und gleitet damit über meinen Anhänger. »Das sind meine Initialen. Sehr klein. Die Person, für die ich den Schmuck angefertigt habe, wollte bestimmt nicht, dass ich mein Emblem einpräge. Ist manchmal so. Aber ich mache das nun mal immer.«

»Wir kommen aus München. Und ich war noch nie an der See.« Ich versuche, mich in dem engen Seidenkleid neben Merle vorzubeugen und ebenfalls durch die Lupe zu spähen. Die Buchstaben HM sind dermaßen klein, dass sie mit bloßem Auge kaum erkennbar sind – aber sie sind da. Tatsache.

»Vielleicht ist die Kette weitergereicht worden?«, rätselt Helene Martens.

»Ja, meine Mutter muss sie auf irgendeinem Flohmarkt erstanden haben.« Wozu sie ehrlicherweise nicht der Typ war. »Oder sie hat sie von einer Freundin bekommen«, rate ich laut.

Sie hatte keine Freundinnen, die teuren Schmuck verschenkt hätten. Aber mehr Erklärungen finde ich so spontan nicht dafür.

»Vielleicht war Ihre Mutter zufällig mal in Büdnitz und hat es nicht erzählt. Was berichtet man den Kindern schon aus der eigenen wilden Jugend? Nicht viel.« Die Goldschmiedin zwinkert mir zu.

»Mama, du bringst Belle total in Verlegenheit. Sie hat sich auf eine Anprobe vorbereitet und du analysierst ihr Leben.«

»Das stimmt. Entschuldigt, Kinder.« Merles Mutter packt die Lupe zurück in die Schublade und reicht mir die Kette, die ich mit einem neuen Gefühl annehme. »Ich komme bestimmt noch darauf, für wen ich sie angefertigt habe«, sagt sie mehr zu sich selbst.

Und ich hoffe es.

Obwohl ich nicht weiß, ob mir die Antwort gefallen wird.

***

Die Zeit verfliegt nur so, wenn man sie mit Menschen verbringt, die man mag.

Am Sonntag messen wir auf dem Thermometer im Garten der Ahoi-Klause bereits um zehn Uhr fünfundzwanzig Grad, weshalb Tine, die heute frei hat, Leni und ich beschließen, einen Strandtag einzulegen. Nick redet sich damit heraus, dass er in der Kneipe zu tun hat, aber wie ich ihn kenne, möchte er bestimmt nur ungestört unter der Dusche singen, sein Surfboard bearbeiten oder die Sauna testen, was heute kein Geheimtipp ist. Es ist heiß genug. Wir beide sind jetzt wohl so was wie Freunde, die nebeneinander einschlafen können, ohne dass etwas zwischen uns passiert oder besser passieren darf. Zu den Podcastunterlagen habe ich ihn trotzdem nicht befragt. Ich möchte nicht, dass er denkt, ich durchleuchte seine Sachen. Auch wenn es nur Sperrmüll ist.

Auf dem Weg zum Strand hören Leni und ich dann die neueste MfD-Folge und Tine schüttelt den Kopf, weil wir mittlerweile so ziemlich jeden verdächtigen, hinter dem Podcast zu stecken. Leni meint, es sei ihr Geschichtslehrer. Ich tippe weiterhin auf Nick, wobei ein Beziehungspodcast ungefähr so gut zu ihm passt wie ein Eisberg in die Wüste.

Bei Elkes Kaffeebude treffen wir auf Tobias, der ein Paddleboard in den Sand wirft und sein Handtuch direkt neben unserer Picknickdecke ausbreitet. Ich habe ihn seit vorgestern nicht mehr gesehen.

»Merle sucht mit Helene den Brautstrauß aus. Geheimprojekt«, erklärt er uns. »Da nutze ich die knappe Zeit vor der Hochzeit noch mal zum Entspannen. Hattest du gestern auch so einen harten Tag wie ich, Belle?« Er schenkt mir einen kessen Augenaufschlag, während er sich das Shirt auszieht.

»Das kann man wohl sagen. Aber es war ein toller Abend«, antworte ich wahrheitsgemäß.

»Und eine absolute Ausnahme. Als Bürgermeister kann ich mir eigentlich nicht erlauben, angeschickert herumzulaufen.« Amüsiert lässt er sich auf dem Handtuch nieder, um sich zu sonnen. »Aber es hat gut getan, mal ein bisschen auszuflippen.«

Es klickt. Leni hat ein Bild für diese Foto-App geschossen. Toll. Darauf bin ich jetzt im türkisen Schlangenmuster-Bikini, den Merle mir geliehen hat (ich steh nicht so auf Schlange), mit Tobias in Shorts zu sehen. Ihn stört es nicht, stattdessen genießt er weiter die Sonnenstrahlen und hält die Augen geschlossen, während Tine und ich unsere mitgebrachten belegten Brote verspeisen. Tine trinkt dazu eine Dose Limonade – Zucker als Nikotinersatz –, weil sie es weiterhin durchzieht, nicht zu rauchen. Sie isst jetzt etwas mehr, was ihr unwahrscheinlich gut steht. Genauso wie das eigens von Leni kreierte Häkeloberteil, das Tine zu einem Rockabilly-Beachgirl macht. Es hat dasselbe Punktmuster wie ihre Haarbänder und Petticoats.

Ich beiße ins Käsebrot und sehe mich um. Jeder scheint heute den Weg ans Meer zu finden, sogar Frau Heuser und Rolf fixieren gerade einen tomatenroten Sonnenschirm uns gegenüber im Sand.

»Ich bin richtig erlöst, dat dat Geld von dem alten Jannis eingegangen is, Frau Herzog«, berichtet Resi Heuser mir, und auch bei mir löst sich augenblicklich der Knoten, den ich in der Magengegend verspürt habe, seit ich den Fall übernommen habe.

»Ist die Summe vollständig?«

»Volle Zahlung. Wir können dat abschließen«, bestätigt sie, und wir atmen zeitgleich tief durch. Eine Last weniger. Nun hoffe ich nur, dass Jannis Bühler es schafft, von den Schmerzmitteln loszukommen, damit er und Nick eine faire Chance bekommen, ihre Beziehung aufzuarbeiten – wenn das überhaupt möglich ist.

Ich beobachte, wie Tobias mit Leni am Meer herumalbert, und ziehe meinen Sonnenhut tiefer in die Augen. Er wirkt immer so unbelastet, wie er zum Beispiel eben mit Leni lachend in den Sand fällt, und es hat solchen Spaß mit ihm gemacht am Freitagabend. Ich habe mich gefühlt wie ein Teenager. Wir hätten nur etwas weniger trinken sollen.

»Hey, Belle, träumst du?«, ruft er und winkt mich zu sich. Oberkörperfrei steht er am Meer und deutet auf sein Paddleboard. »Lust, es auszuprobieren?«

Ich würde mich gern zieren, aber ich möchte vor Leni nicht wie ein Angsthase dastehen. Das wäre ein schlechtes Vorbild. Also gebe ich mir einen Ruck und schlendere zu ihm. Das Brett ist größer, als ich erwartet hatte, und wirkt unhandlich. Außerdem liegt es zwischen uns wie eine Mauer.

»Zuerst kniest du dich drauf, dann stellst du die Füße nebeneinander, um dich aufzurichten«, erklärt Tobias, als er meinen zweifelnden Blick auffängt. Er drückt mir das Paddel in die Hand. »Du solltest es etwa eine Armlänge über dir festhalten. Das verleiht dir Hebelkraft, um dich vorwärtszubewegen.« Er zeigt mir, wie ich das Brett im Wasser drehen kann, und auf dem Trockenen erscheint mir alles logisch. Nur seine ungewohnte Nähe im Einklang mit dem Rauschen des Meeres machen mich zunehmend nervös.

»Ich bin in den letzten Jahren zu einer richtigen Landratte mutiert, die sich am liebsten gar nicht mehr bewegt, und wenn, dann nicht im Wasser. Ich weiß, das ist nicht gut, aber ich habe selten Sand zwischen den Zehen oder Meeresluft in den Haaren«, sage ich und entschuldige mich damit für mein Zögern. Ich habe mächtig Respekt vor der Paddelaktion, doch es gefällt mir auch, etwas Neues auszuprobieren.

Wir schieben das Brett ins klare Nass.

»Du solltest vorher einmal tief untertauchen, um dich an die Temperatur zu gewöhnen.« Tobias verschwindet kurz unter der Wasseroberfläche und taucht wieder auf. Tropfen perlen von seinem Körper. »Herrlich!«

Ich bezweifle, dass sich mein eigener Geist genauso überlisten lässt, wenn ich ihn dazu zwinge.

Tobias reckt beide Daumen nach oben, als ich kurz darauf ebenfalls wieder prustend auftauche und meine nassen Haare wie ein Pudel schüttele. Es hat sich überraschenderweise gelohnt, ich bin wacher und aufnahmefähiger. Aus dem Wasser aufs Brett zu steigen ist dagegen weniger lustig. Ich rutsche ständig ab, schürfe mir das Schienbein leicht auf und habe offenbar Pudding in den Armen.

Tobias hilft mir und sein geübter Griff fühlt sich sicher an. »Stell dich am Paddel auf, beug die Knie und bring Gewicht aufs vordere Drittel des Bretts«, weist er mich an.

Ich befolge seinen Rat und spüre, wie das wackelnde Board sich auf der Wasseroberfläche beruhigt. Es ist ein erhabenes Gefühl. Ich habe es geschafft und stehe.

Tobias löst seine Hände vom Brett und gibt ihm einen sanften Schubs. »Versuch, dich vorwärtszubewegen«, ermutigt er mich.

Ich tauche das Paddel in die Ostsee und ziehe es nach hinten, wie er es mir gezeigt hat. Die Kraft des Wasserwiderstands drückt mich nach vorn. Das Board bewegt sich. »Ich hab den Dreh raus!«, rufe ich aufgeregt. Tobias schwimmt neben mir her und mit jedem Meter werde ich sicherer. Das Wasser spritzt beim Eintauchen des Paddels um mich herum und meine Muskeln arbeiten auf Hochtouren. Ich bin eins mit dem Meer – bis Tobias sich aufstützt und wir zur Seite kippen. Ich falle, habe keinen Boden mehr unter den Füßen und er lacht, ist jedoch sofort bei mir, um mich wieder hochzuziehen.

»Da muss jeder einmal durch, der am Meer zu Hause ist, Belle.«

»Du Schuft!« Ich lache jetzt auch und gebe ihm als Revanche einen sanften Stoß in die Seite.

»Das prallt an mir ab, purer Stahl«, flachst er, obwohl er nicht ganz die Statur eines Bodybuilders hat. Mit einer fließenden Bewegung setzt er sich auf den hinteren Teil des Bretts und bedeutet mir, in der Mitte aufzusteigen.

Als ich es geschafft habe, bin ich so stolz, als wäre ich bei *Prinzen und Partner* zur Partnerin gekürt worden.

»Du hast es geschafft, Belle! Das sind die wahren Erfolge.« Ich kann Tobias' Gesicht nicht sehen, weil er hinter mir sitzt, aber ich weiß, dass er lächelt.

Zurück an unserem Strandplatz lasse ich mich auf die Picknickdecke fallen, nicht ohne Tine, die in der Sonne eingeschlafen ist, mit meinen Haaren ordentlich nass zu spritzen. Sie schreit erschrocken auf und wirft eine kleine Sonnencremetube nach mir.

Tobias' Handy, das er auf dem Handtuch hat liegen lassen, klingelt und er hebt hilfesuchend die Hände. Da er das Brett zurück zu unserem Platz getragen hat, sind seine Finger voll Sand. Er linst auf das Display. »Kannst du kurz rangehen, Belle? Das ist ein alter Schulfreund von meiner Schwester und mir. Schalte einfach den Lautsprecher ein.« Er wedelt mit den Händen und sucht in seiner Tasche nach einem zweiten Handtuch.

Ich drücke auf die grüne Taste und aktiviere den Lautsprecher.

»Hey, Tobi, ich bin's«, schallt es aus dem Hörer.

»Hey«, antwortet Tobias und fummelt weiter in seiner Strandtasche.

»Nur kurz: Ich bin am Flughafen und erreiche Saskia nicht. Sie wollte unbedingt Bescheid wissen, bevor ich in den Urlaub fliege. Kannst du ihr ausrichten, dass der Käufer zugestimmt hat? Wir machen alles so wie besprochen.«

Ich traue meinen Ohren nicht.

»Worum geht es denn genau?«, fragt Tobias abwesend nach. »Saskia verkauft gar nichts.«

»Doch, doch. Die Ruine, du weißt schon. Hammerpreis!«

»Nein, ich weiß von gar nichts«, antwortet Tobias. Er hat endlich ein Handtuch gefunden und schnappt sich das Telefon. Zügig deaktiviert er den Lautsprecher und geht mit dem Handy in Richtung Meer. Ich sehe ihn wild gestikulieren und diskutieren.

Schließlich legt er auf und kommt zurück. Froh sieht er nicht aus.

Nick scheint recht gehabt zu haben, was Saskia betrifft. Er hat mir die Wahrheit gesagt. »Was ist los?«

»Meine Schwester ist los«, erwidert er grimmig und setzt sich wieder neben mich auf das Handtuch. »Sie spinnt.« Die Stimmung ist im Eimer. Entschlossen steckt er das Handy weg. Es beruhigt mich, dass er scheinbar nichts von dem geplanten Verkauf des Häuschens samt Grundstück gewusst hat. Er ist Jurist genug, um beurteilen zu können, dass es so nicht rechtens ist. Grübelnd beißt Tobias sich auf die Unterlippe und die Zornesfalte auf seiner Stirn tritt deutlich hervor. Ich möchte jetzt nicht in Saskias Haut stecken.

Leider bekomme ich an diesem Tag keine Gelegenheit mehr, ihn noch einmal darauf anzusprechen.

***

»O mein Gott, o mein Gott, es ist so cool hier!« Leni trommelt mit den Fingern auf der Tischplatte des Sekretariatsschreibtischs herum. »Zu Hause haben wir kein iPad, nur ein geliehenes von der Schule, aber das darf ich nicht für alles benutzen. Mama hat Angst, dass es kaputtgehen könnte und wir es ersetzen müssen. Ein AirBook hab ich sowieso nicht. Das Gerät ist so leicht. Ich bleibe für immer hier«, beschließt sie und rutscht etwas gemütlicher in den Schreibtischstuhl.

Ich freue mich darüber, dass sie sich so freut. Außerdem liegt frisch gebrühter Kaffeeduft in der Luft, was neu ist. »Ich vermute, Hein hat die ganze Technik angeschafft. Mit der Ausstattung kann man echt was anfangen. Seit wann bist du schon hier?«

»Seit ungefähr sieben Uhr, ich war so aufgeregt und hab kaum geschlafen. Alfred hat mich reingelassen. Er ist voll witzig.« Das wiederum klingt nicht nach dem alten Anwalt, den ich kenne. Schwer vorstellbar, dass er ein Händchen für Kinder hat. »Ich dachte immer, Juristen wären langweilig. Aber was Alfred alles im Job erlebt hat, ist Wahnsinn. Er hat sogar schon mal einen Mandanten im Knast besucht, hat er erzählt. Irre. Endlich mal was anderes als das lahme Gymnasium. Am liebsten würde ich da nie mehr hingehen. Was wir in der Schule lernen, braucht kein Mensch. Der Blödsinn hat nichts mit dem wahren Leben zu tun.«

Ich kann ihr nicht widersprechen, meiner Meinung nach müsste das Schulsystem dringend reformiert werden. »Hat Alfred dir schon eine Aufgabe gegeben?«

Sie deutet auf die Thermoskanne. »Da steht der Filterkaffee und die heutigen Akten habe ich gemäß Kalender sortiert und in euren Büros auf den Schreibtisch gelegt. Jetzt kümmere ich mich um das Restpapier aus Alfreds und Heins Büro.« Leni zeigt auf einen überquellenden Umzugskarton. »Ist das okay für dich?«

»Restpapier?« Ich arbeite mittlerweile ein paar Tage hier, aber den Begriff habe ich noch nie gehört. »Was soll das sein?«, frage ich und nehme mir eine der neben der Thermoskanne aufgereihten sauberen Tassen. Normalerweise kochen Alfred und ich uns keinen Kaffee, weshalb es eine kleine Premiere ist, dass der Tag einen so angenehmen Anfang findet.

»Aus irgendeinem Grund haben die beiden das Material in der Kiste ausgelagert. Es handelt sich um Fälle, die nicht vorangingen, Notizen, Papiermüll, all so was.«

»Aha.« Bei *Prinzen und Partner* existierte kein Restpapier. Entweder war eine Unterlage wichtig oder Müll.

»Leider weiß ich nicht, welche Papiere wir behalten müssen und welche nicht.« Sie schiebt die Kiste mit dem Fuß in Richtung Gang.

»Ich nehme sie gern mit in mein Büro und schaue sie durch«, biete ich lächelnd an. »Du könntest mir als Gegenleistung dafür bei einer speziellen Recherche helfen. Der neue Fall liegt auf dem Desktop in einem Ordner, den Merle angelegt hat, und trägt die Bezeichnung Wiedemuth.«

»Läuft.« Leni scrollt umgehend durch die Wiedemuth-Dateien und beginnt ratzfatz mit der Recherchearbeit, was ihr offensichtlich mehr liegt als Sortierarbeiten. Wie wild tippt sie auf der Tastatur herum und nimmt mich kaum mehr wahr. Ich gieße mir Filterkaffee ein, nippe an dem duftenden Getränk und bin jetzt schon dankbar, dass sie da ist.

Ich arbeite nahezu den ganzen Tag in meinem Büro still vor mich hin, unter anderem, um Alfred bezüglich des Papierfabrik-Falls zu unterstützen und ihm zuzuarbeiten. Die chaotische Restekiste gerät dabei immer wieder in mein Blickfeld, weshalb ich irgendwann entscheide, sie zügig durchzugehen und den Inhalt auf Nimmerwiedersehen im Keller zu verstauen. Ich erledige noch einen Anruf beim Amtsgericht, weil die Kollegen ab siebzehn Uhr im Feierabend sind. Danach stelle ich den Karton auf meinen Schreibtisch und öffne ihn. Blind ziehe ich mit einer Hand eine Pappakte heraus. Es fühlt sich an, als hätte ich ein Los aus einer Lostrommel gezogen. Sie ist leer und trägt die Aufschrift Heuser. Eine Niete. Nach zwei weiteren inhaltslosen, aber beschrifteten Umschlägen finde ich eine prall gefüllte Bühler-Akte. Wie hatte Sanddorn gesagt: *Wann haben wir mal keinen Bühler-Fall auf dem Tisch?* Der Fall ist ein Jahr alt, mein Onkel hat ihn betreut und der alte Jannis hat wohl seinerzeit ebenfalls im Rausch ein Auto demoliert. Auch damals hat er die Kosten bar beglichen, nachdem Hein ein klärendes Gespräch zwischen den beiden Parteien erwirkt hatte. Die geplante Anzeige wurde fallen gelassen. Interessant.

Es dauert mindestens eine Stunde, bis ich am Boden des Kartons angelangt bin, auf dem ein roter Briefumschlag klebt. Wahrscheinlich hat sich ein Klecks Alleskleber verselbstständigt, als die Kiste angelegt wurde. Der Umschlag fühlt sich schwer an und dient als Aufbewahrungsort für alte Fotos. Neugierig nehme ich die altertümlichen Polaroids in die Hand und entdecke darauf sowohl Hein als auch Jannis Bühler, der eine Frau umarmt, schätzungsweise seine. Ein kleiner Junge, ungefähr zwei Jahre alt, hält sich an ihrem Rockzipfel fest. Ich erkenne ihn sofort am verschmitzten Gesichtsausdruck und den türkisblauen Augen. Es ist Nick. Hat das etwas zu bedeuten? Ich starre das Foto an, erst dann gehe ich die anderen durch. Sie sind alle ähnlich, keins liefert mir neue Hinweise, zum Beispiel auf den etwaigen Aufenthaltsort meines Onkels.

Als Leni die Tür öffnet, verstaue ich den Umschlag eilig in der Schreibtischschublade. »Magst du mit Mama und mir zurück zur Klause spazieren? Sie wartet draußen.«

Ich sammele mich kurz, bevor ich antworte. »Nein, danke. Ich muss noch etwas erledigen, aber wir sehen uns auf jeden Fall morgen. Habt einen schönen Abend.«

»Du auch.«

Nachdenklich trage ich die Kiste in den Keller. Mich beschleicht das ungute Gefühl, dass ich noch lange nicht nach Hause gehen werde.

Ich muss zuerst woanders hin.

Und so spaziere ich allein durch den Abend.

Eine Rasselbande Kinder spielt auf der Pflasterstraße des verkehrsberuhigten Wohngebiets Fangen und ich sehe mich selbst als Vierjährige zwischen den Häuserfronten herumlaufen. Meine Erinnerung scheint mit den Impressionen aus der Restpapierkiste zu verschwimmen. War ich vielleicht doch schon einmal hier?

Wie in Trance biege ich in den Waldweg ein. Mittlerweile weiß ich, welcher der drei Pfade an der Gabelung mich ans Ziel führt. Einer bringt mich zur Buchhandlung, der andere zum Strand, der dritte zu den Fischerhäusern, wo ich mit Tobias am Freitagabend war. Obwohl ich es sein lassen sollte, zieht es mich wieder dorthin. Vielleicht, weil ich meinen Onkel verstehen und nichts übersehen haben möchte. Eine derart überstürzte lange Urlaubsreise ist doch total absurd. Außerdem wünsche ich mir nichts sehnlicher, als den wahren Grund für Heins Verschwinden herauszufinden. Ich ertrage es einfach nicht, noch einen Menschen gehen lassen zu müssen, nachdem Mama schon von mir gegangen ist, ohne dass ich es hätte ändern können.

Vor einem roten Fischerhaus bringt ein Mann seiner Tochter Fahrradfahren bei. Das Mädchen tritt quietschend in die Pedale, während der Vater sie am Sattel festhält, damit sie nicht stürzt. Ich nehme mir einen Moment, um zuzuschauen, wie er sie immer wieder davor bewahrt zu fallen. Genau diese Fürsorge, das Beschütztwerden, hat mir früher gefehlt. Was wird aus Menschen, in deren Kindheit wesentliche Bedürfnisse nicht erfüllt wurden? Können sie sich trotzdem so entwickeln wie andere oder haben letztlich alle denselben Mangel, weil es in keiner Familie perfekt war?

Ich schlendere weiter. Heins orangefarbenes Haus liegt am anderen Ende der Fischerhauskette. Von der Wegseite aus kann man den Eingang nicht direkt einsehen. Ich muss erst genau davorstehen, um das weit geöffnete Gartentor zu bemerken. Hatte Tobias es nicht richtig hinter sich zugezogen? Noch einmal trete ich durch das Törchen ein und gehe vorbei an den wilden Rosen in Richtung Hauseingang. Auf halbem Weg fällt mir auf, dass die Haustür sperrangelweit offen steht.

Er muss wieder da sein! Himmel! Hein ist zurück!

Meine Schritte beschleunigen sich und mein Herz fährt Achterbahn. Ohne nachzudenken, eile ich ins Haus, stoße die Tür weiter auf und stehe im Flur, rufe seinen Namen. Mein Zuhause war meine Mutter, aber sie ist nicht mehr da. Vielleicht habe ich hier die Chance auf einen Neuanfang. Ich trete in den Wohnbereich, den ich bereits durch das Fenster betrachtet habe, versuche, mich in das Haus hineinzufühlen. Doch als ich näher komme, erschrecke ich mich zu Tode. Die Schubladen der großen Kommode sind alle aufgerissen und durchwühlt worden.

Ebenso wie die Schranktüren. Nur der überdimensionale Monitor hängt unbeschadet an der Wand und auch das AirBook liegt ordentlich auf dem Couchtisch. Daneben befinden sich die aktuell angesagten Noise-cancelling-Kopfhörer, die für sich genommen schon einen Warenwert von über fünfhundert Euro haben. Entweder wusste der Einbrecher nicht, wie man stiehlt, oder es war kein richtiger Dieb. Ich halte mich zurück und fasse nichts mehr an. Vielleicht hatte Hein irgendwo einen Tresor, der leer geräumt wurde. Hilfe, was tue ich bloß?

Ich drehe mich um meine eigene Achse. An den Wänden gibt es keine gerahmten Familienfotos, lediglich teuer wirkende Kunstwerke. Fotoalben kann ich auch nirgendwo entdecken. Soll ich die Polizei anrufen? Oder lieber jemanden, der mir hilft, nicht vorschnell zu agieren, bevor ich mir jede Möglichkeit versperre, mich in Heins Haus umzusehen?

Mit zittrigen Fingern nehme ich das Handy aus der Tasche und scrolle durch meine letzten Nachrichten. Flo – nein, der ist zu weit weg. Nick. Ich wähle und er geht sofort ran.

»Belle, wo bist du? Leni sagte, du wolltest kurz nach ihnen los und das ist zwei Stunden her.«

Als ich seine besorgte Stimme höre, steigen Tränen in meinen Augen auf. »Ich bin im Haus meines Onkels. Es ist eingebrochen worden. Die Tür war offen und hier ist alles verwüstet. Ich weiß nicht, was ich tun soll, Nick.« Ich nehme ein Standmikro vom Couchtisch, stelle es aber direkt wieder zurück. »Ich darf keine Fingerabdrücke hinterlassen, oder? Hier liegt überall so viel Technik herum – Kopfhörer, Mikrofone.«

»Ich komme sofort«, sagt er.

Geplättet sinke ich in die Couchlandschaft, die erstaunlich bequem ist. »Vielleicht ist Hein dieser McJulius«, lasse ich meiner Fantasie freien Lauf. Irgendeinen Grund für den Einbruch muss es ja geben.

»Der Typ von dem Podcast? Belle, bitte. Das ist Unsinn.« Ich höre, wie Nick durch die Kneipe läuft und die Fliegengittertür zuschlägt. »In zehn Minuten bin ich da, Belle.«

Keine Viertelstunde später betritt Nick das Haus meines Onkels. »Was zur Hölle …« Angesichts des Desasters beendet er den Satz nicht. Stattdessen lässt er seinen Blick langsam durch den Raum schweifen, um das ganze Ausmaß der Verwüstung zu erfassen. »Was hast du gemacht, Belle?«

»Gar nichts!« Dass er überhaupt annimmt, ich könnte etwas damit zu tun haben! Ich springe von der Couch und gehe auf ihn zu.

»So meine ich das nicht. Hast du noch jemanden außer mir informiert?« Er inspiziert die aufgerissenen Schubladen der Fernsehkommode. »Sieh dir das an, Hein besitzt die neueste PlayStation.«

»Er ist ein Technikfreak, meinte Tobias am Freitag.«

»Tobias …« Nick fummelt genervt an der Spielekonsole herum und zieht die Nase hoch. »Er und du, ihr scheint euch ziemlich nahezustehen.«

»Nick!«

»Schon gut, schon gut. Es geht mich nichts an.« Er schiebt die Schublade mit dem Fuß zu. »Der meiste Kram, der hier rumsteht, ist übrigens von mir.« Er deutet auf ein Mikrofon. »Ist noch alles intakt.«

»Von dir?!«

»Ja, es ist Band-Equipment – wir treten nicht mehr auf. Hein hat es sich für seine Spiele vor dem Computer geliehen. Ich glaube, er spielt online mit anderen, so hab ich ihn verstanden.«

Ich runzele die Stirn und nehme fragend die neuesten Kopfhörer in die Hand.

»Die nicht. Die gehören ihm«, erwidert Nick, als ich sie wortlos an meinem Finger baumeln lasse.

Ich lege sie wieder zurück. »Warum leihst du ihm überhaupt was? Und warum hast du mir das nicht erzählt?« Gerade er sollte doch mittlerweile wissen, wie wichtig mir jeder kleinste Hinweis zu meiner Familie ist.

»Büdnitz ist wie ein Dorf, Belle. Jeder kennt jeden. Mein Opa ist mit Hein befreundet. Da borgt man sich gegenseitig halt mal was. Ist außerdem schon länger her und ich brauche den Kram nicht.«

Okay. Das erklärt zumindest die einträchtigen Fotos von Jannis Bühler und meinem Onkel in der Restekiste. »Es ist ungesund, wenn man Dinge nicht mehr tut, weil man einen Schicksalsschlag erlitten hat. Du solltest wieder singen und deine Ausstattung selbst nutzen. Du bist gut«, sage ich. In Wirklichkeit verhalte ich mich ganz genauso wie er. Ich bin schließlich in Büdnitz, weil ich nicht mehr daran erinnert werden wollte, dass meine Mutter von uns gegangen ist und sich das, was ich als mein Zuhause kannte, für immer ins Nirwana verzogen hat.

»Es ist keine Lösung, vor einem schlechten Gefühl wegzulaufen. Das weiß ich selbst, Belle. Aber wenn es das Einzige ist, was hilft, ist es okay. Zeitweise. Finde ich.« Er schiebt die Hände tief in die Taschen seiner Jeans.

»Du klingst wie McJulius.«

Ich werde meinen Verdacht nicht los, als er peinlich berührt wegsieht. »Nick, ich habe einen Hefter mit konkretem Material für den ›Meer für Dich‹-Podcast im Zimmer in der Klause gefunden. Wem gehört der?« Ich trete neben ihn und breite die Arme aus. »Hängt das hier alles irgendwie miteinander zusammen? Und hast du etwas damit zu tun?«

»Nein.« Verwundert schaut er mir in die Augen und schüttelt den Kopf. »Wenn ich dir helfen könnte, hätte ich das doch

211

schon längst getan. Diesen Schnellhefter musst du mir mal zeigen.«

Ich glaube ihm. »Was soll ich denn nun machen, Nick?«

Er kreuzt die Arme vor der Brust und denkt nach. »Erst mal wegen des Hefters: Das Abstellzimmer habe ich ewig nicht vermietet, bevor du kamst. Zuletzt hat mein Opa sich darin ausgenüchtert. Er ist länger geblieben, aber er ist gar nicht in der Verfassung, sich irgendein Konzept auszudenken – geschweige denn einen Podcast aufzunehmen. Und Hein?« Er nimmt das Mikro in die Hand. »Ich weiß nicht. Ich trau es ihm nicht zu.«

»Aber die Einbrecher hatten kein Interesse an Heins Wertsachen. Was wollten sie dann von ihm? Vielleicht nimmt er doch diesen Podcast auf und jemand ist ihm deswegen auf den Fersen. Hat das Format nicht kürzlich wieder einen wichtigen Publikumspreis gewonnen?«

»Das interessiert doch keinen.«

»Dich vielleicht nicht.« Ich schmunzele. »Wir sollten besser die Polizei einschalten. Allein, damit der Einbruch registriert ist, wegen der Versicherung.«

»Vielleicht.« Nick fotografiert die offenen Schubladen, die zerstörte Vase und die umgestoßenen Tischleuchten. »Aber ich kenne unsere kleinstädtische Polizeistation. Die werden nichts unternehmen, Belle. In Büdnitz passiert nicht viel. Am liebsten essen unsere zwei Cops Donuts an Elkes Kaffeebude.«

Ich müsste lügen, wenn ich sagen würde, dass ich mir das nicht bildlich vorstellen kann. »Wir versuchen also selbst, den Täter zu finden?«

»Ist effektiver, ja. Und wenn du dich in diesem Haus umgucken willst, ist jetzt der richtige Zeitpunkt dafür.« Er sieht sich die Haustür an, das Schloss ist defekt. »Ich repariere das nachher.«

»Du hast recht«, hauche ich. Melden können wir den Einbruch immer noch. Ich eile los, um im Wohnzimmer aufzuräumen und dabei alles zu inspizieren. Vor dem großen Fenster mache ich halt. Der Ausblick auf den Kirschbaum und ein winziges Stück Meer ist bezaubernd. Wiederholt fällt mir auf, dass Hein keine persönlichen Bilder, Alben oder Dekorationsartikel besitzt, die auf unsere Familie hindeuten könnten. Noch nicht einmal in seinem Schlafzimmer. Im Bad sind die Hygieneartikel ordentlich nebeneinander aufgereiht, er benutzt dieselbe blaue Zahnpasta wie Nick. Hätte er die nicht mitnehmen sollen oder kauft er so was vor Ort neu? Wo ist er bloß hingefahren? Ich gehe in die Küche. Hier gibt es keine frischen Lebensmittel, Hein hat alles entsorgt, bevor er weg ist. Er hat seine Reise bis ins kleinste Detail geplant. Insgesamt sind die Räumlichkeiten modern ausgestattet und erinnern an ein Ferienhaus, welches alle zwei Wochen den Besitzer wechselt.

Nick schießt immer noch Fotos und fährt sich durch die Haare, um die helle Strähne zu bändigen, die ihm bei jeder Bewegung in die Stirn rutscht. Ich sehe ihm gern dabei zu. »Bist du fertig?«, fragt er, als er mich bemerkt.

»Ja, ich habe nichts gefunden. Lass uns gehen. Die Polizei informiere ich irgendwann, ich bin gerade echt durcheinander.«

Wir ziehen die Haustür hinter uns bei, da sie nicht im Schloss hält, und wandern schweigend nebeneinanderher zum Strand, bis ich endlich das frage, was ich schon seit Samstag mit mir herumtrage. Obwohl es nirgendwo eine Sitzgelegenheit oder eine Anlehnmöglichkeit gibt, die ich dringend nötig hätte, bleibe ich stehen. »Gehst du mit mir zur Hochzeit von Merle und Tobias?«

Nick seufzt und macht keine Anstalten anzuhalten. »Belle, ich kann nicht. Das weißt du. Aber es ist schön, dass du mich gefragt hast.«

Ich setze mich wieder in Bewegung, um ihn einzuholen. »Du meinst, du kannst zeitlich nicht? Denn Saskia ist nicht da

213

und außerdem hab ich gehört, dass sie wirklich vorhat, die Ruine zu verkaufen. Das wollte ich dir schon dauernd sagen.«

Jetzt bleibt er doch stehen und ist ganz Ohr. Sanfte Seeluft weht mir um die Nase und es ist mittlerweile dermaßen dunkel, dass nur die Straßenlaternen uns den Weg leuchten. »Sag das noch mal.« Er hebt die Hände hoch, als würde ich ihn mit einer Waffe bedrohen.

»Ich habe zufällig ein Telefonat zwischen Tobias und einem Schulfreund mitbekommen. Leider habe ich nicht alles gehört, aber was ich verstanden habe, hat gereicht.«

»War klar, dass Tobi involviert ist.«

»Nein, er wusste von nichts und er war nicht begeistert. Das konnte man ihm ansehen. Er ist Jurist und er wird nicht zulassen, dass Saskia illegale Weichen stellt und dich außen vor lässt. Davon bin ich überzeugt.«

»Er ist ihr Bruder.«

»Und war dein bester Freund und Schwager. Deshalb wäre es schade, wenn du nicht auf seiner Hochzeit erscheinst. Und ich fände es auch schade, wenn du mich allein hingehen lässt.«

Überrumpelt stößt er Luft aus, es kostet ihn sichtlich Überwindung, noch einmal darüber nachzudenken und seine Entscheidung zu revidieren. »Okay. Meinetwegen«, gibt er sich geschlagen.

Ich falle ihm um den Hals, erstens, weil er über seinen eigenen Schatten gesprungen ist, und zweitens, weil ich ungern auf Rolf Heuser oder unseren Koch als Begleitperson zurückgegriffen hätte. Viel mehr Männer kenne ich in Büdnitz leider nicht und allein macht ein Fest doch nur halb so viel Spaß.

»Hey, das Umarmen kannst du ruhig öfter machen.« Im Überschwang der Gefühle hat Nick mich hochgehoben. Behutsam setzt er mich wieder auf dem sandigen Gehweg ab.

»Ich bin für dich da, wenn du mich brauchst, Großstadtmädchen. Ganz besonders, wenn du dich so darüber freust. Immer. Ich verspreche es dir.«

Ich schlucke. Irgendwie tut es weh zu wissen, dass er genau das einer anderen schon vor langer Zeit versprochen hat.

Kapitel 9

Bergfest. Obwohl wir den ersten Teil der Kanzleiwoche mit Lenis Unterstützung überragend gut geschafft haben und bald die Hochzeit seines Sohnes ansteht, ist Sanddorn senior an diesem Mittwochmorgen gereizt. Dabei hätte ich wesentlich mehr Grund dazu als er. Immerhin ist vorgestern bei meinem Onkel eingebrochen worden und wir haben nichts diesbezüglich herausfinden können. Außerdem habe ich Nick gestern den mysteriösen MfD-Schnellhefter gezeigt, aber wegen der Computerausdrucke ist es uns beiden unmöglich, irgendwie nachzuvollziehen, woher beziehungsweise von wem der Text stammt. Unterm Strich verlaufen unsere Ermittlungen ziemlich erfolglos.

Klirrend schnappt Sanddorn sich eine Kaffeetasse, gießt Filterkaffee ein und wirft mir einen finsteren Blick zu. Mein »Guten Morgen, Chef« ignoriert er geflissentlich. Fabelhaft. Er knallt die Tür hinter sich zu, was Leni dazu veranlasst, fragend über den Bildschirmrand zu spähen. »Alles gut bei euch beiden?«

»Ich wüsste nicht, was falsch sein sollte«, antworte ich ehrlich und nehme mir ebenfalls eine Kaffeetasse. Eigentlich hatte ich mich gefreut, dass Alfred das Kriegsbeil endlich begraben hatte und zu verstehen schien, dass ich ihm in der Kanzlei nichts wegnehmen möchte. Ernüchtert, dass die angenommene Harmonie doch nur ein Wunschgedanke war, starte ich in meinem Büro mit der Arbeit, die mich schnell vereinnahmt. Deshalb finde ich auch im weiteren Verlauf des Vormittags nicht heraus, welche Laus ihm über die Leber gelaufen ist. Wenn, dann schweifen meine Gedanken höchstens mal zu Nick, dem Podcast oder dem Fischerhauseinbruch ab, womit ich mich aber erst heute Abend wieder beschäftigen kann.

Leni und ich wollen gerade in die wohlverdiente Mittagspause aufbrechen, als Alfred in den Vorraum platzt. Unkoordiniert wedelt er mit dem Telefonhörer herum. »Das ist jetzt schon der dritte Anruf heute. Gestern Abend ging es los, nur Beschwerden. Sie sind so unprofessionell, Frau Herzog!« Er schnappt nach Luft. Reflexartig öffnet Leni daraufhin das Fenster hinter ihrem Schreibtisch. Eine Brise Sauerstoff tut allen gut. Draußen scheint die Sonne, während hier drinnen ein Orkan tobt.

»Ich verstehe nicht«, versuche ich, mich zu erklären, wie immer, ohne meine Worte in Anwesenheit meines Chefs beenden zu dürfen.

»Papperlapapp, von wegen Sie verstehen nicht. Wie kommen Sie dazu, vertrauliche Informationen unserer Mandanten in Ihrer kleinen Ahoi-Klausen-Kneipe auszuplaudern? Ich dachte, Sie wären eine erfahrene Anwältin. Haben Sie noch nie etwas von Schweigepflicht gehört?«

Beunruhigt legt Leni die Stirn in Falten. Schweigepflicht ist selbst ihr ein Begriff, denn wir haben das Thema besprochen, als sie hier angefangen hat. Natürlich hat sie ohnehin nicht immer die aktuellsten Fallinformationen, aber sie muss allgemein alles, was sie im Rahmen ihres Praktikums bei uns erfährt, für sich behalten. Nicht einmal ihrer Mutter Tine darf sie davon erzählen. Sonst drohen der Kanzlei schwerwiegende Konsequenzen. Das weiß sie – und ich natürlich auch.

Sanddorn hält mir das Telefon neben das Ohr und spielt eine Anrufbeantworternachricht ab. Unser Mandant Kalle, der die Papierfabrik verklagt hat, beschwert sich darüber, dass jeder im Ort plötzlich von dem laufenden Rechtsstreit weiß. Zudem würden einzelne Aspekte des Arbeitsvertrags, unter anderem sein Gehalt, in Büdnitz die Runde machen. Dabei habe er stets auf Vertraulichkeit Wert gelegt. Noch nicht einmal seine Frau habe er in die Details des Prozesses eingeweiht, weil er sie nicht belasten wollte.

Die Nachricht ist zu Ende und Sanddorn sieht mich herausfordernd an.

Ich gebe zu, das ist eine Katastrophe. Mit der ich allerdings nichts zu tun habe. »Das ist gar nicht mein Fall«, werfe ich ein. Doch das lässt Alfred nicht gelten.

»Papperlapapp, Fall. Das ist egal. Es geht um die Kanzlei. Und da ich es nicht war, kommen nur Sie infrage.« Er tippt mit dem Hörer gegen meinen Oberarm.

»Lassen Sie uns das bitte in Ruhe besprechen, ohne falsche Anschuldigungen. Es gibt sicher für alles eine plausible Erklärung.« Ich merke, wie sich meine Nackenmuskulatur verspannt, und vernehme ein leichtes Klingeln in meinen Ohren. Der Stress-Tinnitus meldet sich zurück.

Leni schließt das Fenster und lässt sich auf ihren Schreibtischstuhl fallen. »Das ist echt heftig. Wie ist das möglich?«, fragt sie das, was ich mich auch frage.

Ich schließe von vornherein aus, dass jemand, der so zuverlässig ist wie Leni, versehentlich diese Interna weitergegeben hat. Genauso wenig wie Merle, die kurz vor ihrer Hochzeit zudem kein Interesse daran hätte, ein unnötiges Drama heraufzubeschwören. Und mehr Mitarbeiter haben wir nicht.

»Vielleicht waren Sie ja wieder so betrunken wie am Wochenende mit meinem Sohn«, schimpft Sanddorn. »Denken Sie ja nicht, ich wüsste nichts davon! Der ganze Ort redet darüber. Sie veranstalten hier nur Chaos.« Er stürmt in sein Büro und knallt die Tür hinter sich zu. Leni und ich bleiben wie versteinert zurück. Doch er hat noch längst nicht alles gesagt, denn zwei Sekunden später reißt er die Bürotür erneut auf. »Ich wäre froh, Sie würden endlich abreisen. Sie bekommen hier sowieso keinen Fuß mehr auf den Boden«, bellt er. »Wissen Sie was?! Ich kündige Ihnen, Frau Herzog. Fristlos!«

Im ersten Moment denke ich, ich habe mich verhört. Doch Leni ist leichenblass und auch mir wird flau im Magen. Ein ICE rast durch meine Ohren, mein Atem beschleunigt sich unnatürlich. Ich brauche mehrere Sekunden, um mich unter Kontrolle zu bringen, doch Sanddorn ist bereits verschwunden.

»Ich nehme an, wir machen keine Mittagspause?«, erkundigt sich Leni dünn, und ich schaffe es lediglich, mit zusammengepressten Lippen den Kopf zu schütteln und mich zurück in Heins Büro zu bewegen.

Von meinem Schreibtischstuhl aus starre ich bestimmt eine Stunde lang in den Innenhof und warte darauf, dass die kleine Katze erscheint und mir ein Zeichen gibt, was ich tun soll. Das ist natürlich absolut unrealistisch, besonders Letzteres. Aber es wäre ein Hoffnungsschimmer. Hat Alfred mir eben tatsächlich gekündigt? Es fühlt sich demütigend an, dass ich von jetzt auf gleich meine Sachen zusammenpacken und meinen Arbeitsplatz räumen soll.

Dabei war der ausgelassene Sonntag am Strand mit Tobias, Tine und Leni für mich wie ein stilles Versprechen, dass ich mich in Büdnitz angekommen fühlen und erst einmal bleiben darf. Doch Sanddorn hat alles zerstört. Ich möchte nicht mehr hier sein und nichts mehr herausfinden. Es ist sinnlos.

Du hattest recht, Flo. Ich möchte nach Hause. Hat Mister Chang noch das Chicken Deluxe auf der Karte?, sende ich einen verzweifelten Hilferuf per Textnachricht an meinen besten Freund.

Als hätte er nur darauf gewartet, schreibt er mir keine fünf Minuten später zurück.

Bin im Gerichtssaal, haben eine kleine Pause. Hab dir online ein Ticket gebucht. Dr. Prinz nimmt dich sofort zurück, ich regel das. Komm nach Hause, Bellissima. Wir essen so viel Chicken Deluxe, wie du brauchst. Hab dich lieb.

Auf Florians Professionalität ist immer Verlass. Im Anhang befindet sich eine PDF-Datei mit einem Zugticket von Büdnitz nach München – morgen früh, 11.14 Uhr. Echte Freunde sind eben die Menschen, die nicht nur lesen, was du ihnen schreibst, sondern es auch verstehen und dir helfen. Einen leichteren Ausweg, diese ungehörigen Anschuldigungen loszuwerden, bekomme ich nicht mehr geboten, so viel steht fest. Ich habe die einmalige Gelegenheit, auf einen Schlag alles hinter mir zu lassen und in mein Münchner Leben zurückzukehren. Als hätte es diese winzige Büdnitz-Verirrung nie gegeben. Zurück zu *Prinzen und Partner*, Champagner-Partys und außergewöhnlichen Gerichtsfällen. Es ist eh unmöglich, Sanddorn von meiner Unschuld zu überzeugen. Ich war ihm von Anfang an ein Dorn im Auge.

In der kleinen Ostseekanzlei gibt es für mich nicht viel einzupacken, weshalb ich kurze Zeit später mit hängenden Schultern auf der Straße stehe. Den Schlüssel habe ich auf dem Schreibtisch im Vorraum abgelegt. Leni war leider schon weg. Sie hat Sanddorn und mir per Mail mitgeteilt, dass sie früher Schluss machen muss, um eine eigentlich schon längst zu erledigende Mathe-Hausarbeit fertigzustellen, was der Senior direkt genehmigt hat.

Es ist warm an diesem Sommernachmittag, kein einziges Wölkchen steht am Himmel. Als würde die Natur sich über meine Misere lustig machen. *Schau, wie schön es hier ist*, höre ich Mama in Gedanken sagen. Ich vermisse das alles jetzt schon – und damit meine ich nicht nur das Wetter und das Meer.

Als ich am Rathaus vorbeikomme, sind die Vorbereitungen für Merles und Tobias' Festlichkeit in vollem Gange. Rechts und links im Eingangsbereich stehen riesige Blumenkübel mit weißen Hortensien. Im Schaufenster des Blumenladens hat Merle ein Plakat von sich und Tobias aufgehängt. Die beiden umarmen sich darauf innig, über ihren Köpfen steht der Schriftzug »Traumpaar des Jahres«. Überall, wo man hinsieht, scheinen sich die Menschen auf das nahende Ereignis zu freuen. Es gibt Wimpelketten, auf die die Namen »Merle & Tobias« aufgedruckt sind, fast wie bei der britischen Königsfamilie. Tobias habe ich seit Sonntag nicht mehr gesehen und auch Merle macht sich rar, was ich verstehen kann. Es sind nur noch drei Tage bis zur Hochzeit.

Ich spaziere am Strand entlang zur Ahoi-Klause und bilde mir ein, dass jeder, dem ich begegne, mich für eine ausgemachte Verräterin hält. Hie und da ernte ich seltsame Blicke, aber eventuell liegt das daran, dass ich die gelben Margeriten, die ich ursprünglich für Hein gekauft und nun wieder mitgenommen habe, wie einen Rettungsring an mich presse. Die Idee, noch einmal zu Heins Fischerhaus zu spazieren, um mich innerlich zu verabschieden, verwerfe ich sofort. Nicht, dass ich den Entschluss abzureisen noch bereue, wenn ich die einzigartigen Rosen und den Kirschbaum in Heins Garten sehe.

Schon morgen Mittag sitze ich auf Sitzplatz 53, Wagen 8, zurück nach Bayern.

Als ich die knarzenden Stufen zur Veranda hochgehe und die Fliegengittertür öffne, fühle ich mich unwohl. Heute ist kein

Reisebus voller Menschen angekommen, weshalb ich die meisten Stammgäste persönlich kenne. Es sind diejenigen, die normalerweise mit mir klönen oder aus Spaß etwas bei mir bestellen. Diejenigen, die jetzt im Gespräch innehalten und mich beobachten. Selbst die Skatrunde der älteren Herren klammert sich betreten an ihre Spielkarten. Alle haben wohl bereits vernommen, dass man mir nicht trauen kann.

Nick steht wie immer hinter der Bar an der Zapfanlage und ich würde ihm am liebsten in die Arme fallen, heulen und ihm erklären, dass ich alles versucht habe, aber nicht mehr kann. Er hat zwar mitbekommen, dass ich da bin, doch er ist zu beschäftigt damit, Bier und Schnaps für die Skatbrüder vorzubereiten. Ich winke ihm zu, wie ich es immer tue, wenn ich aus der Kanzlei komme. Auf mein Zimmer zu gehen und mich matt aufs Bett fallen zu lassen, ist jedoch heute kein geeignetes Ende für meinen Arbeitstag. Stattdessen sollte ich mich von allen verabschieden. Genau deshalb hat Flo den Rückreisetermin sicher so knapp gewählt: um es kurz und schmerzlos für mich zu machen. Er kennt mich und weiß, wie unentschlossen ich manchmal sein kann. Wird mich in Büdnitz überhaupt jemand vermissen? Ich bin mir nicht mehr sicher.

Tine eilt an mir vorbei. Sie ist im Job-Modus, weshalb sie genau wie Nick keine Zeit hat. Zudem hat sie in ihrem Leben weiß Gott größere Herausforderungen zu meistern als ich mit meinen Wehwehchen. Mein Blick gleitet zu Leni, die mit angewinkelten Beinen in der Sitzgruppe neben der Bar hockt und darauf wartet, dass ihre Mama Feierabend macht. Gelangweilt blättert sie das Mathebuch in ihrem Schoß durch. Mir wird schwer ums Herz, als ich mich zu ihr setze.

»Scheißtag, oder?« Sie klappt das Buch zu. »Nur damit du's weißt, ich glaube gar nichts von dem Gerede. Und Mama auch nicht.« Sie vergewissert sich, dass uns niemand zuhört, und beugt sich dann zu mir. »Hast du mal überlegt, ob dir jemand absichtlich schaden möchte?« Mit spitzen Fingern nestelt sie an ihrem Häkel-Cardigan. »Hast du Feinde? Das fragen sie immer in den Polizeiserien.« Leni ist ein helles Köpfchen.

»Mir fallen keine ein.« Ich denke nach. »Und ich habe mit niemandem über unser derzeitiges Gerichtsverfahren mit der Papierfabrik gesprochen. Ich passe immer auf, was ich sage. Es geht schließlich auch um die Kanzlei meines Onkels«, erwidere ich. Zu spät fällt mir ein, dass ich die winzige Hein-ist-mein-Onkel-Kleinigkeit noch nicht allen gegenüber klargestellt habe.

»Moment! Du bist mit Hein Wesseling verwandt?! Mit Sanddorn ja nicht, wie es scheint.«

Sofort möchte ich mich bei ihr dafür entschuldigen, dass ich nicht ganz aufrichtig war, doch Leni kommt mir zuvor.

Wie ein Verkehrspolizist hält sie ihre Handfläche hoch, um mich in meiner Rede zu stoppen. »Für mich macht eure Verwandtschaft keinen Unterschied. Du wirst deine Gründe haben, es nicht jedem auf die Nase zu binden. Mach dir keinen Kopf, Belle. Mama wird das genauso sehen wie ich.«

»Ach, Leni.« Eine Welle der Dankbarkeit überkommt mich, nicht nur wegen ihrer Reaktion, sondern vor allem, weil ich ein so tolles Mädchen wie sie überhaupt kennenlernen durfte. Ich drücke sie an mich und sie macht sich lachend wieder von mir los. »Bleib bloß so, wie du bist«, flüstere ich.

»Ob mein Vater das so toll findet?«, antwortet sie mit gerümpfter Nase. Bisher hat sie ihn nie erwähnt. Ich frage nicht nach, denn auch sie wird ihre Gründe dafür haben. »Welche Geheimnisse hast du noch auf Lager, Belle?« Ihre Augen leuchten aufgeweckt und sie schiebt das Mathebuch endgültig zur Seite.

»Bei Hein ist eingebrochen worden«, erzähle ich bereitwillig.

Leni starrt mich mit untertellergroßen Augen an. »Hab ich gar nicht mitbekommen.«

»Du musst es auch für dich behalten, weil Nick und ich den Einbruch nicht bei der Polizei gemeldet haben. Wir wollten den Einbrecher auf eigene Faust dingfest machen«, ergänze ich und kratze mich am Kinn, weil wir diese Mission nun nicht mehr erfüllen werden.

Leni zieht die Limonadenflasche, von der sie bisher noch nichts getrunken hat, näher an sich heran und saugt am Strohhalm, während sie im Geiste offenbar die Fakten kombiniert. »Belle, was ist, wenn es jemand auf Hein abgesehen hat? Möglicherweise bist du nur versehentlich in die Schusslinie geraten«, schlägt sie vor. »Die W&S-Kanzleiinterna, Heins Fischerhaus – das gilt vielleicht alles ihm«, zählt sie auf. »Nicht dir.«

»Das könnte auch erklären, warum Hein so plötzlich verschwunden ist«, vollende ich ihre Überlegungen.

»Genau!« Sie haut auf den Tisch, die Limoflasche hüpft leicht in die Höhe. »Er könnte es sich in der Vergangenheit böse mit einem Mandanten verscherzt haben, der sich an ihm rächen will«, mutmaßt sie, und wir klatschen uns ab. Dann werden wir wieder leiser, weil die Skatrunde uns forschende Blicke zuwirft. »Belle, du musst die fristlose Kündigung unbedingt mit Alfred diskutieren. Ich bin mir sicher, dass er sie zurücknimmt, wenn wir ihm erklären, was wir herausgefunden haben. Versprich mir das!« Sie hält mir ihre zierliche Hand hin. Statt einzuschlagen, umarme ich sie erneut innig und bekomme ein schlechtes Gewissen, wenn ich an Flos Zugticket auf meinem Handy denke.

Ich kann ihr in diesem Moment nicht sagen, dass ich abreise. Sie würde es nicht verstehen und ich will sie nicht verletzen. »Falls ich wieder nach München gehe, kommst du mich ganz oft besuchen«, flüstere ich in ihre Haare. Ich werde ihr einen Brief schreiben und ihr meine Beweggründe erklären.

»Ich will aber nicht, dass du gehst.« Sie macht sich los und starrt mich entsetzt an. »Willst du denn gar nicht aufklären, wer deinem Onkel schaden will?«

»Doch, schon.« Meine Stimme bricht und ich zucke mit den Schultern. »Aber ich fürchte, ich schaffe das nicht.«

Zumindest nicht in der kurzen Zeit, die mir bleibt. Wir haben bereits acht Uhr abends und wenn ich morgen Vormittag abreisen möchte, sollte ich mit dem Packen anfangen.

In meinem Zimmer werfe ich unordentlich alles, was mir in die Finger gerät, in meinen Trolley und höre dabei zum wahrscheinlich allerletzten Mal den »Meer für Dich«-Podcast von McJulius. Ich muss die Akte Büdnitz endgültig schließen, so schwer es mir fällt. Heute redet der Moderator über eine Sinnkrise, die ihn heimgesucht hat, und warum er mit dem Podcast in den kommenden Wochen pausieren wird. Ich bin überrascht, dass es ihm ähnlich geht wie mir. Selbst der bekannteste Podcastmacher braucht eine Pause von der Welt.

Ich stelle die Turnschuhe, die ich mir in Schöndorf gekauft habe, für den nächsten Morgen bereit und schalte den Lautsprecher an meinem Handy ein, um McJulius und seinen Weisheiten lauschen zu können.

»Manchmal muss man sich den wesentlichen Dingen im Leben stellen, Prioritäten setzen. Eine Zeit lang wurde mir das verwehrt und ich hielt es irgendwann sogar selbst für besser und einfacher, mich nicht mit meiner schwierigen Vergangenheit aus-einandersetzen zu müssen«, sinniert er. »Aber letztendlich macht es uns krank, wenn wir ständig vor unangenehmen Gefühlen und Erinnerungen davonlaufen, anstatt ihnen auf den Grund zu gehen.«

Ich fühle mich angesprochen und schaue mich in dem Abstellraum um, als würde ich von jemandem beim Packen beobachtet, was natürlich Blödsinn ist. Ich stopfe ein weiteres

Oberteil in meinen Koffer, ungeachtet dessen, dass ich meine Kleidung normalerweise fein säuberlich zusammenfalte.

»Jahrelang habe ich angenommen, meine Chance auf eine Familie verspielt zu haben«, macht McJulius weiter. »Doch dann rief mich dieser junge Mann an. Er hat mir viel Trauriges erzählt, aber auch die Perspektive eröffnet, einen verloren geglaubten Menschen wiederfinden zu können. Nur leider ist es nie zu diesem Wiedersehen gekommen. Es gab keinen einzigen Kontakt. Wochenlang habe ich gehofft und gebetet, konnte mich nicht mehr konzentrieren. Habt ihr schon mal auf einen Anruf oder ein Lebenszeichen von jemandem gewartet? Wenn sich die Minuten wie Stunden anfühlen, die Tage wie Wochen? Das ist ein richtiges Scheißgefühl. Wenn derjenige sich einfach nicht bei dir meldet und offenbar nichts von dir wissen will. Ich habe das nicht ausgehalten, konnte nicht mehr arbeiten und habe mich dann dazu entschieden, eine Auszeit zu nehmen. Zum Glück hatte ich ein paar aufgezeichnete Podcasts, die ich nutzen konnte, weshalb für euch hoffentlich keine Lücke in den Ausstrahlungen von ›Meer für Dich‹ entstanden ist. In Wahrheit aber bin ich seit Wochen auf Mallorca, genauer gesagt in einer gemieteten Finca bei Alcúdia, wo ich die kommenden Monate verbringen wollte. Hier schaue ich seitdem aufs Meer und frage mich, was ich tun soll.«

Mallorca? Ich dachte, der Typ wäre hier bei uns in Büdnitz. Außerdem hat er doch sonst immer auf alles eine Antwort. Da sieht man mal wieder, dass man sogar auf diese Kalenderspruch-Kerle nicht allzu viel geben kann. Damit hat sich dann auch leider die lustige Suche nach dem MfD-Macher erledigt. Wahrscheinlich war dieser Mann – wer immer er ist – nur ein einziges Mal in Büdnitz und hat auf der Durchreise seinen Schnellhefter bei Nick in der Klause liegen gelassen. Das wäre zumindest logisch. Ich lausche weiter.

226

»Unter den gegebenen Umständen ist es mir zurzeit nicht möglich, neue Folgen aufzunehmen. Es tut mir sehr leid, aber ich will ehrlich zu euch sein. Ich muss mich meinen Gefühlen und der Realität stellen, ehe ich wieder arbeiten kann. Deshalb werdet ihr in den nächsten vier Wochen nichts von mir hören. Ihr könnt mich gern unterstützen, falls ihr Ähnliches erlebt habt, indem ihr mir unter dem Podcast in die Kommentare schreibt, wie ihr damit umgegangen seid. Ich verspreche euch, dass ich euch irgendwann auch vom Ausgang meiner Geschichte berichten werde. Passt auf euch auf. Nur Liebe, euer McJulius.«

Stumm sitze ich zwischen meinen Jeans, die ich seit ungefähr fünf Minuten zusammengerollt und eingepackt haben wollte, und starre auf mein Handy. Ich hatte nicht erwartet, dass dieser Moderator mich mit seiner Ansprache derart aus dem Konzept bringen würde. Was, wenn er recht hat und ich im Grunde genauso wie er vor allem weglaufe – zuerst vor den Gegebenheiten und meinen Gefühlen in München, und jetzt wiederholt sich das Ganze an der Ostsee. Möglich. Aber so oder so möchte ich nicht der Sündenbock für den schlechten Ruf der Kanzlei W&S sein. Von daher ist es nahezu ein Muss, jetzt abzureisen.

Es klopft an meiner Tür, dann öffnet sie sich langsam. Es ist Nick.

»Was soll das werden, wenn es fertig ist?«, fragt er erstaunt, als er meinen Klamottenberg sieht. »Ernsthaft? Du haust ab, weil dir jemand unterstellt, du hättest Kanzleiinterna ausgeplaudert?« Er besitzt die größte Kneipe in Büdnitz, selbstverständlich hat er längst von den Anschuldigungen gehört. »So einfach ist das für dich, Belle?«

»Es ist nicht einfach, Nick.« Ich versuche, meiner Stimme einen festen Klang zu verleihen, obwohl ich mich von ihm angegriffen fühle. Es gelingt mir nicht. »Mein bester Freund hat mir ein Ticket für die Rückfahrt nach München geschickt. Mir wächst das hier alles über den Kopf.«

»Nein, Belle, das ist nicht der Grund. Du willst aufgeben, weil du nicht kämpfen willst«, sagt er betroffen. Er schweigt einen Moment und fixiert einen Punkt am Boden. »Aber wenn es dir damit besser geht, ist es sicher richtig so. Ich werde dir nicht im Weg sein.« Unsere Blicke treffen sich. Obwohl er versucht, jegliche Regung in seiner Mimik zu vermeiden, bemerke ich den Schmerz in seinem Gesicht. Es tut mir weh, ihn so zu sehen. »Ich möchte, dass es dir gut geht, Belle.«

In meinem Magen kribbelt es, als hätte jemand eine Wunderkerze angezündet. Dennoch rolle ich, ohne auf seine Worte einzugehen, eine Jeans zusammen und lege sie zu den restlichen Kleidungsstücken. Ich kann einfach nicht anders.

Da ist wieder diese rebellische Strähne, die ihm in die Augen fällt, während er spricht. Ich mag sie, ich mag alles an ihm. »Es tut mir leid, Nick.«

Er reagiert nicht darauf. »Ich bin eigentlich hochgekommen, um dir mitzuteilen, dass du Besuch hast.« Mit dem Fuß schiebt er die Zimmertür weiter auf und bedeutet mir mitzukommen. »Unten wartet jemand, die mit dir reden möchte.«

Die Dame mit der grauen Duttfrisur sitzt mit dem Rücken zu mir an der Bar, doch ich erkenne sie direkt. Es ist Merles Mutter: Helene Martens, die die Ahoi-Klause – im Gegensatz zu ihrem Mann, dem Landarzt – für gewöhnlich nie besucht. Sie studiert die Getränkekarte, während ich mich durch die Kneipenbesucher vorwärts arbeite. Beim Packen habe ich die Zeit vergessen, weshalb ich nicht bemerkt habe, wie rasant die Klause sich gefüllt hat. Heute Abend findet das monatliche Karaokesingen statt und der erste Sänger ist bereits auf der Bühne. Schräge Töne wabern durch das Gebäude. Der Frauenstammtisch, bestehend aus sechs Frauen um die vierzig, hat eine Runde Aperol geordert und tuschelt erhitzt hinter meinem Rücken. Aufmerksam beobachten sie, wie ich mir stolpernd den Weg durch die Leute bahne. Vielleicht reden sie darüber, wie wenig vertrauenswürdig ich bin, oder darüber, dass ich nach dem Cocktailkurs betrunken mit Tobias durch die Straßen gezogen bin. Nichts, was ich ad hoc ungeschehen machen könnte. Ich seufze und nehme auf dem Barhocker neben Helene Martens Platz. Mit der Hand fahre ich über das Thekenholz, als müsste ich Krümel wegwischen, obwohl die Platte sauber ist.

»Sie sehen heute irgendwie verändert aus, Herzchen«, meint Frau Martens statt eines Hallos und schiebt sich die Lesebrille in die Haare. »Verständlich, aber machen Sie sich doch nichts aus dem Dorfgequatsche. Merle hat mir erzählt, dass Tobias und Sie einen tollen Abend mit britischen Getränken hatten, und er möchte dank Ihrer Mithilfe sein Studium wieder aufnehmen.«

»Ich bin mir nicht sicher, ob ich eine besonders große Hilfe war. Haben Sie Hunger, Frau Martens?« Beiläufig schiebe ich ihr die Speisekarte rüber, weil ich nicht weiß, was ich sonst sagen oder tun soll, und weil Essen grundsätzlich ein guter Anfang für jedes Gespräch ist. »Dann empfehle ich Ihnen das Ahoibrett.« Die diversen Frühstücksgerichte gibt es bei Nick den ganzen Tag über, aber das ist für sie sicher keine Neuigkeit.

»Nein, danke.« Sie legt die Speisekarte weg und klappt die Getränkekarte zu. »Wissen Sie, ich komme selten hierher. Ich bin Künstlerin und am liebsten allein in meinem Atelier, wenn ich nicht im Blumenladen meiner Tochter aushelfe. – Einen trockenen Weißwein zum Feierabend, bitte«, bestellt sie bei Nick, der hinter der Bar arbeitet und ihr daraufhin eine Flasche zeigt. »Ja, genau, gern einen von der Mosel.«

»Und was kann ich für Sie tun, Frau Martens?« Obwohl ich weiß, dass wahrscheinlich niemand meinen Rat – vor allem nicht als Anwältin – möchte, stelle ich die gleiche Frage noch einmal. »Womit kann ich Ihnen helfen?«

»Mit gar nichts.« Helene Martens fächert sich mit der Getränkekarte Luft zu, dann zeigt sie mit der Spitze der Pappkarte auf meine Halskette. »Mir ist nur wieder was eingefallen und das wollte ich Ihnen mitteilen. Ist zwar ewig her, aber letztendlich vergisst man so was nicht. Ich habe nicht oft wellenförmige Anhänger auf Anfrage hergestellt.«

In der Kneipe ist es mittlerweile so laut, dass ich mit dem Barhocker näher an sie heranrücken muss, um sie zu verstehen. Der Frauenstammtisch gibt das Lied »Spice Up Your Life« der Spice Girls zum Besten. An der »Lalalala«-Stelle lassen die Ladys jedes Mal ihre Aperolgläser aneinanderklirren.

»Hein Wesseling hat Ihre filigrane Halskette bei mir in Auftrag gegeben. Für seine damalige Freundin, vermute ich.« Merles Mutter richtet sich die Duttfrisur. Offenbar ist ihr nicht bewusst, dass sie soeben meine Welt zum Stillstand gebracht hat. Mit einem Räuspern stellt Nick das Weinglas zwischen uns ab und sie genehmigt sich erst mal einen gehörigen Schluck. »Sehr gut«, urteilt sie fachmännisch.

Hat mein Onkel etwa für meine Mutter diesen Anhänger machen lassen, denke ich. »Warum?«, frage ich.

»Na ja, der Wein von der Mosel soll der beste Weißwein Deutschlands sein«, antwortet sie lachend. »Ich glaube, es liegt an den vielen Steilhängen.«

»Nein, ich meine, warum hat Hein diese Kette anfertigen lassen?«

»Soweit ich mich entsinne – und es ist wie gesagt sehr lange her –, wollte er einer Frau mit dunklen Haaren den Anhänger schenken. Er war selbst erst hergezogen und diese Dame war wohl auf Besuch, schätze ich. Sie hatte ein kleines Mädchen dabei. Büdnitz hatte seinerzeit noch weniger Tourismus als heute. Falls das überhaupt möglich ist.« Sie lacht wieder. »Bei uns fällt es halt auf, wenn jemand fremden Besuch hat.«

Ich überlege fieberhaft, ob ich auf die Schnelle irgendwo ein Foto meiner Mutter finden kann. Nach ihrem Tod hatte ich geplant, Beerdigungskärtchen mit einem Bild aus ihren wilden Zwanzigern drucken zu lassen, damit niemand vergisst, wie Mama als junge Frau aussah. Letztendlich habe ich es zeitlich und emotional nicht geschafft, die Kärtchen zu ordern. Doch wenn mich nicht alles täuscht, habe ich zumindest noch den Entwurf als PDF-Dokument auf meinem Handy. Mit klopfendem Herzen durchforste ich die Dateien auf dem Gerät.

Merles Mutter lässt derweil den Wein im Glas kreisen und hängt ihren eigenen Erinnerungen nach. »Damals hatte ich den Traum, eine weltweit bekannte Schmuckwerkstatt an der Ostsee zu eröffnen. Aber das hat nicht funktioniert. Internationalen Bekanntheitsgrad mit seiner Firma hat nur der alte Jannis erreicht. Und was hat es ihm genutzt?« Sie macht eine Pause. »Diese Frau mit dem Wellenanhänger ist jedenfalls schnell wieder abgereist und einige Zeit später hat Hein dann das Fischerhaus am Strand gekauft und ist hier vollends sesshaft geworden. Er lebt zurückgezogen, liebt das Meer. Ein toller Anwalt, sehr menschlich. Hoffentlich kommt er bald zurück. Er ist ja immerhin nur verreist.« Sie nippt an dem Getränk. »Er kann Ihnen dann sicher mehr zu dem Schmuck erzählen.«

Wild tippe ich auf dem Display meines Smartphones herum, bis ich endlich finde, wonach ich suche. »Ist das vielleicht die Frau, von der Sie reden?«

Die Goldschmiedin schiebt die Lesebrille aus dem Dutt wieder auf die Nase. »Ja, das ist sie. Die Dame sieht Ihnen ähnlich, nicht wahr?« Sie taxiert zuerst das Bild und anschließend mich von Kopf bis Fuß. »Sie sind beide natürlich schön.«

»Danke. Das ist meine Mutter.«

Sie presst die Lippen aufeinander, bevor sie reagiert. »Oh, wow. Dann waren Sie das kleine Mädchen, das damals dabei war?« Auf diese unerwartete Überraschung braucht sie einen großen Schluck Alkohol und ich ebenfalls. Ich habe nur kein Getränk.

»Nick, kannst du mir bitte einen Tequila-Shot geben?«, rufe ich hinter die Bar.

Er hält in seiner Bewegung inne und hebt missbilligend eine Augenbraue, kommentiert meinen Alkoholwunsch jedoch nicht. Ich weiß auch so, dass er es nicht gut findet. Aber es geht nicht anders.

»Hein Wesseling ist mein Onkel, wir sind verwandt«, erkläre ich Merles Mutter, bevor die Situation grotesk werden kann. Ich packe das Handy zurück in die Hosentasche und lege die Hände auf dem Tresen ab. Wortlos platziert Nick den Shot samt Zitronenscheibe und Salzstreuer daneben. Der Frauenstammtisch grölt unterdessen den nächsten Spice-Girls-Klassiker ins Mikro.

»Eventuell hat Ihre Mutter seinerzeit einen runden Geburtstag gefeiert? Ein persönlicher Anhänger ist ein klassisches Geburtstagsgeschenk. Das wäre doch möglich«, überlegt Frau Martens und leert das Weinglas in einem Zug. Ihr scheint es hier zu laut zu werden. »Ich muss mich leider verabschieden und noch mal in den Blumenladen, die Schiefer-Tischkärtchen zu Ende basteln und mit Kreide beschriften. Diese Hochzeitsvorbereitungen machen mich ganz verrückt. Aber es war schön, mit Ihnen zu plaudern – und zu wissen, dass ein altes Schmuckstück, das ich angefertigt habe, noch seinen Zweck erfüllt.« Langsam erhebt sie sich, streicht den langen Rock glatt und tätschelt meine Schulter. »Bis zur Hochzeit, Herzchen.« Sie packt einen Zehneuroschein auf die Theke und verlässt die Kneipe.

Ich schließe die Augen und sehe gedanklich Flos Zugticket vor mir, Abfahrt 11.14 Uhr. Dann erblicke ich ein kleines Mädchen, das mit einem Jungen ähnlichen Alters Verstecken spielt. Er hat blonde Haare, türkisblaue Augen und ein freches Lächeln. Mir wird heiß und kalt. Ich öffne die Lider und mein Blick trifft auf den von Nick, der direkt vor mir steht. Nur der Tresen trennt uns voneinander. In einer Art Übersprunghandlung kippe ich den Tequila-Shot hinunter und beiße in die Zitronenscheibe. Meine Kehle brennt.

»Was ist los?«, brüllt er gegen den Lärm der Ladys am Mikro an und beäugt mich kritisch. Ich möchte ihn nicht von der Arbeit abhalten, und vielleicht ist der Erinnerungsfetzen, der sich so echt anfühlt, nur eine Fantasie. Heute ist einer der einnahmestärksten Abende im Monat für ihn, ich sollte ihn in Ruhe lassen.

»Nichts«, entgegne ich deshalb. »Es ist alles bestens.« Ist es ja auch. Denn warum sollte mein Onkel meiner Mutter keinen Anhänger schenken? Vielleicht hat Helene Martens recht und es war nur ein unbedeutender Geburtstagsbesuch an der Ostsee mit mir im Schlepptau, kurz nachdem oder bevor mein Vater sich aus dem Staub gemacht hat. Im Allgemeinen wäre dagegen nichts einzuwenden, oder?

Mein Handy vibriert in der Hosentasche und als ich es herausnehme, zeigt es eine Nachricht von Tobias an. Ziemlich seltsam um halb zehn abends. Aber was ist am heutigen Tag schon normal?

Ich öffne die Nachricht und hoffe, ich brauche keinen zweiten Tequila. Nick würde ihn mir eh verwehren und ist außerdem gerade hinter der Karaokeleinwand verschwunden, um die Technik zu überprüfen.

Tobias schreibt:

Belle, hast du kurz Zeit? Ich weiß, es ist spät. Aber wenn du noch wach bist, treffen wir uns in fünfzehn Minuten bei Magdas Buchhandlung? Ich muss dir unbedingt etwas zeigen. LG, Tobi

Abgesehen von der kryptischen Mitteilung kürzt er seinen Namen mir gegenüber eigentlich nie ab. Nur Merle und manchmal Nick nennen ihn Tobi. Vielleicht hat er eine Frage zu den Juraunterlagen von der Universität. Das wäre genau die sachliche Konversation, die ich jetzt brauche. Das und die Bewegung an der frischen Luft werden mir helfen, mich innerlich wieder zu sortieren und meine Abreiseentscheidung zu verfestigen. Bin unterwegs, schreibe ich zurück und werde wohl oder übel den Rest in der Nacht packen müssen, damit ich meinen Zug morgen nicht versäume.

»Danke, dass du so schnell gekommen bist.« Tobias umarmt mich vor Magdas Buchhandlung, ähnlich vertraut wie Freitag nach dem Cocktailkurs. Er trägt einen feinen Anzug und riecht nach edlem Parfum. Ich komme mir in meiner Jeans und ohne Make-up plötzlich sehr schlicht vor.

»Ich war eben auf dem Nachhauseweg von einem Shooting. Wir gestalten die Plakate für die Bürgermeisterwahl neu und brauchten aktuelle Fotos von mir«, rechtfertigt er seinen gestylten Auftritt, ohne dass ich mich darüber mokiert hätte. Wie immer sieht er attraktiv aus, er wird die Wähler locker für sich gewinnen. »Dabei ist mir Paul begegnet.«

»Ich kenne keinen Paul«, sage ich und verstehe nicht, warum er mir so dringend von seinem Fototermin berichten wollte.

Er untersucht die Holzbank bei der Buchhandlung auf Splitter und setzt sich dann vorsichtig auf eine Kante. Mit einer Hand klopft er auf die freie Fläche neben sich. »Ich denke, es ist besser, du nimmst Platz, Belle. Glücklicherweise ist hier nicht viel los um diese Uhrzeit«, erläutert er die Wahl seines Treffpunkts, als hätten wir eine leidenschaftliche Affäre, von der niemand wissen darf.

»Stimmt was nicht?«, wispere ich. Es ist mit Sicherheit besser, wenn uns nicht das halbe Dorf zusieht oder über uns spricht wie nach dem Cocktailkurs. Deshalb bleibe ich mit gekreuzten Armen vor ihm stehen, während er in der Innentasche seiner Anzugjacke kramt.

»Hier.« Er reicht mir ein schäbiges Notizbüchlein, das ungefähr so groß ist wie mein Zeigefinger.

»Ist das für eure Hochzeit?« Das ist ja süß, wenn es auch ziemlich retro aussieht. Er möchte Merle überraschen und ich soll ihm dabei helfen. Bestimmt fertigt er in dem Heftchen schon seit Jahren eine Bucketlist mit all ihren gemeinsamen Plänen an. Ich blättere drauflos, doch es befinden sich nur Telefonnummern, Visitenkarten und Zettel aller Art darin. »Was soll ich damit?«

»Paul hat es neben den Mülltonnen im Park gefunden und bei mir abgegeben. In meiner Funktion als Bürgermeister muss ich mich um Fundgut kümmern.«

Ich werde innerlich nervös, weil ich ihm nicht folgen kann und wirklich keine Zeit für Ratespielchen habe. Nicht heute, wo alles aus dem Ruder läuft und ich morgen nicht mehr da sein werde. »Wer ist überhaupt dieser Paul?«

»Hast du mal den Mann gesehen, der ab und zu auf der Straße kampiert? Ich kenne ihn schon lange. Man sieht ihn nicht oft in Büdnitz.«

Der freundliche Bohnensuppenmann. Ich weiß, von wem er spricht, doch ich verstehe die Verbindung zu mir nach wie vor nicht. »Ja, er ist nett. Aber deshalb lässt du mich nicht mitten in der Nacht hier antanzen, oder?«

»Pauls Fundstück aus dem Park gehört deinem Onkel Hein Wesseling, sein Name steht hinten drauf und es ist seine Handschrift. Leider wird es dich nicht freuen, denn es gibt darin eine kleine Notiz, die dir gewidmet ist.«

Was redet er da? Natürlich freue ich mich darüber, das private Notizbuch von Hein in meinen Händen zu halten. Endlich etwas Persönliches. Eilig durchforste ich es und finde neben

235

jeder Menge Notizen und einigen Papieren schnell den Zettel, den er gemeint hat. Er ist größer als die restlichen Seiten, obwohl kaum etwas draufsteht. Zudem muss der Zettel mal nass geworden sein, denn die Schrift ist verschmiert und schwer lesbar. Hein hat einen Füllfederhalter benutzt, was es nicht unbedingt besser macht.

Ich möchte nicht, dass Belle hier auftaucht.

Sogar meine Fingerknöchel werden bleich, als ich den Text laut vorlese. Mir stockt der Atem. Ich setze mich auf die Bank.

Tobias ist viel zu umsichtig, als dass er sich dazu hinreißen ließe, wirre Überlegungen zu äußern, die falsch sein oder mich verletzen könnten. »Ich weiß nicht, was ich sagen soll«, meint er stattdessen mit rauer Stimme. »Ich dachte nur, du solltest das wissen.«

Ich bin zu geschockt, um zu weinen. Der Satz ist heftig und zieht mich unter Wasser wie eine meterhohe Welle. »Ich hab echt keine Kraft mehr, Tobias. Ich will nicht mehr nach meinem Onkel suchen und offenbar möchte er nicht von mir gefunden werden. Ich will mich auch nicht weiter beschuldigen lassen, dass ich irgendeine Schweigepflicht gebrochen habe. Ich will gar nichts von alldem! Ich werde morgen früh definitiv abreisen.« Den ganzen Tag über war ich mir nicht so sicher wie in diesem Augenblick.

Er fasst sich schwer atmend an die Stirn, als hätte ich ihm gerade verkündet, dass ich von einer Brücke springen werde. »Das kannst du nicht machen, Belle!« Seine Stimme wird lauter. »Wegen Merle natürlich. Sie wird dich schrecklich vermissen. Und wegen mir.«

»Ich habe schon ein Zugticket.«

»Aber, Belle«, stammelt er hilflos, »das ist falsch! Das Notizbuch ist doch ein Zeichen, dass du herausfinden musst, was genau mit Hein passiert ist. Niemand hinterlässt nur einen einzigen Satz.«

»Nein, es ist ein Zeichen, dass es reicht, Tobias. Ich weiß gar nicht, was ich noch hier mache.« Ich schluchze und will mir die Hände auf die Augen pressen, doch Tobias umfasst sanft meine Handgelenke. Im nächsten Moment spüre ich seine Lippen auf meinen. Weich und warm. Er schließt seine Arme um mich. Wie eine trostspendende Decke schützt er mich vor den Worten in diesem Buch und gibt mir das Gefühl, dass alles gar nicht so schlimm ist.

Dann zieht er sich von mir zurück. »Entschuldige«, stammelt er verlegen, und ich werde rot. Meine Wangen glühen. Was haben wir getan?

Ich bin so perplex, dass ich ihm zuerst das Buch, das ich sowieso nicht behalten möchte, gegen die Brust presse und dann aufspringe. Irgendwie hatte dieser Kuss etwas, und wenn es nur etwas sehr Verbotenes war.

»Das war dumm von mir. Entschuldige«, wiederholt er und steht ebenfalls auf. »Ich weiß gar nicht, was mit mir los ist. Die Hochzeit, die Bürgermeisterwahl, ich bin überlastet …«

»Hey, du heiratest in drei Tagen«, beruhige ich ihn und mich und knete meine Finger. »Es ist normal, dass du zurzeit nicht du selbst bist.« Ist es das?

»Der Kuss war … total schön, Belle … entschuldige.« Stille. »Aber du hast recht, Frau Heuser hat Probleme mit den Torten und Merles Hochzeitskleid wird nicht rechtzeitig fertig. Es muss umgenäht werden. Mein Anzug ist nach wie vor in der Mache. Dabei ist es am Wochenende schon so weit. Das soll alles keine Rechtfertigung sein.«

Doch, es ist eine, und zum Glück hat uns niemand gesehen. »Es ist nichts passiert, Tobias. Alles gut«, versichere ich ihm noch einmal.

»Danke.« Er atmet tief ein und aus. »Das war verrückt.« Zuerst reibt er sich über die Stirn, anschließend über die Augen.

Als er schließlich den Strandweg entlang davoneilt, schießt mir durch den Kopf, dass ich nach allem, was heute vorgefallen ist, besser früher als später aus Büdnitz verschwinden sollte.

Kapitel 10

Sieben Uhr in der Früh. Heute ist mein letzter Morgen in Büdnitz. Tau liegt auf dem Gras und die Sonne sendet die ersten hellen Strahlen vom wolkenlosen Himmel. Das Summen der Bienen, die zwischen den bunten Blumen hin und her fliegen, begleitet mich auf meinem finalen Spaziergang durch die Beete der Ahoi-Klause. Ich habe gestern noch lange mit Flo telefoniert und ihm alles berichtet, dann habe ich vier Stunden sehr bescheiden geschlafen und nun fühle ich mich grauenvoll. Immerhin bin ich geduscht, trage ein Sommerkleid und bin draußen unterwegs, um noch einmal in der unberührten Natur der See aufzutanken, bevor ich diesen Ort verlassen muss.

Am liebsten würde ich die prächtigen Tomatentriebe, die sich unter der Last der Früchte biegen, und die Vielzahl an Kräutern, die Nick angepflanzt hat, fotografieren, ausdrucken und in einem Album für die Ewigkeit festhalten. Doch ein Bild ist nie so gut wie eine Erinnerung.

Ich blinzle gegen die Sonne an, die sich durch das Blätterdach der Bäume kämpft und meine Haut wärmt. Alles rund um die Klause erinnert mich an Nick. Ich kann nicht umhin, die rustikale Sauna zu bewundern, die er erst kürzlich eigenhändig fertiggestellt hat. Ein weiterer Beweis dafür, wie viel Liebe und Sorgfalt er jeden Tag in diesen Garten steckt.

Im Hochbeet daneben erheben sich die grünen Blätter der von mir gesetzten Radieschen. Bereit zur Ernte. Ich muss lächeln. Es ist ein wahres Paradies, das man nur ungern verlassen möchte. Sanft gleitet meine Hand über die Blütenblätter der Blumen, die seit Jahren hier gedeihen. Für einen Augenblick bin ich ganz bei mir, im Hier und Jetzt. Doch just als ich mich bücke, um Lavendel für die Reise zu pflücken, höre ich Schritte auf dem Kies. Um diese Zeit?

Nick ist mit einer gestreiften Pyjamahose und Flip-Flops bekleidet, die Hände hält er in den Hosentaschen vergraben. Vor dem gegenüberliegenden Erdbeerfeld bleibt er stehen. »Morgen, Großstadtmädchen. Willst du darüber reden, was du vorhast?« Seine Frage ist absichtlich so schwammig ausgedrückt – ich kenne ihn zu gut, als dass ich das nicht merken würde. Trotzdem erfüllt sie ihren Zweck, denn ich verspüre umgehend den Drang, ihm alles, was mich bewegt, mitzuteilen – bis auf die Sache mit Tobias und dem Notizbuch. Oder besser gesagt, Tobias und dem Kuss. Ich schätze, Nick würde das nicht hören wollen.

»Ich habe keine andere Wahl, als abzureisen«, sage ich daher ohne weitere Ausführungen.

»Man hat immer eine Wahl«, entgegnet er und geht in die Hocke, um eine Erdbeere aus dem Grün zu klauben und sie sich in den Mund zu stecken. Verdammt, warum finde ich ihn heiß dabei?

Ein Feldhase hoppelt an uns vorbei und hat sich offenbar verirrt. Ich fühle mich mindestens genauso verloren – und das nicht erst seit heute. Bedächtig knete ich meine Hände, schaue auf den Lavendel zu meinen Füßen … und dann bricht alles aus mir heraus. Ich erzähle Nick, wie ich den Blumenstrauß von meinem Onkel erhalten habe und wie Sanddorn mich gestern wegen der Schweigepflicht zurechtgestutzt hat. Ich erwähne Mister Changs Chicken Deluxe, den Althoff-Fall und die Tatsache, dass mein Vater meine Mama hat sitzen lassen. Ich berichte von ihrem Anhänger und davon, wie Flo mir mit dem Zugticket zu Hilfe kam. Dabei trete ich immer näher an ihn heran, bis ich direkt vor ihm stehe. »Stell dir vor, anscheinend war ich schon einmal hier, meint zumindest Helene Martens. Aber ich erinnere mich nicht daran, vielleicht weil ich zu jung war. Nur manchmal …« Ich breche ab.

»Was ist manchmal?« Er betrachtet mich aufmerksam.

»… kommt mir vieles bekannt vor.« Ich erwähne nicht, dass der Junge mit den türkisblauen Augen das Einzige ist, an das ich mich konkret entsinnen kann. Was, wenn er dieser Junge war? »Das ist natürlich alles Unsinn«, verleugne ich mein Bauchgefühl. »Nur weil ich – vielleicht – ein Mal als kleines Kind hier war, hat das ja nichts zu bedeuten. Kleinkinder merken sich außerdem sowieso nichts.«

»Warum vertraust du dir eigentlich so wenig?« Er fährt sich über den Dreitagebart und deutet mit dem Kopf auf die beiden Liegestühle, die er erst gestern neben der Sauna aufgestellt hat. »Komm, setzen wir uns.«

»Mein Chef in München würde mich wieder einstellen, hat Flo mir geschrieben«, ergänze ich, als wir nebeneinander in den Stühlen liegen. Es klingt, als hätte ich eine Bombe platzen lassen.

Nick beißt sich auf die Unterlippe und wirft mir einen Seitenblick zu. »Redest du etwa von Doktor Prinz, den du als unnahbar und kalt beschrieben hast? Und dem Großraumbüro, in dem es nur graue Wände gibt? Deine Worte.« Sein Tonfall ist harsch.

»Hier bin ich doch genauso fehl am Platze, Nick.« Mir dämmert sofort, dass ich mit dem Wörtchen »genauso« soeben zugegeben habe, dass mir eine Flucht nach München nicht weiterhelfen wird.

Ich lehne mich zurück und starre in den Himmel. Vögel zwitschern von den Ästen der Bäume, aber es ist anders als in der Großstadt, obwohl der Englische Garten auch toll ist und es am Kleinhesseloher See sogar einen Bootsverleih gibt, wenn er noch existiert. Ich schaue auf meine Smartwatch und wundere mich darüber, dass ich hier so ruhig liege, wohl wissend, dass ich in drei Stunden am Bahnhof sein muss. In Nicks Gegenwart verspüre ich meistens diese unbeschreibliche innere Ruhe. Oder es liegt an der Natur?

Nick scheint darauf zu warten, dass ich mehr von mir preisgebe. Weil ich das nicht tue, zieht er scharf die Luft ein und beginnt dann selbst zu reden. »Du kannst nicht immer aufgeben, Belle, nur weil es schwierig wird. Ich bin selbst nicht ständig auf dem richtigen Weg und tue mich schwer. Aber bei dir sehe ich von außen betrachtet viel klarer als bei mir selbst. Ja, es ist scheiße für dich. Vermutlich läuft so ziemlich gar nichts nach deinem Masterplan. Aber so ist das nun mal. Ich habe auch nicht geplant, dass eine Juristin mit kurzem Rock – und ich liebe den Rock – hier auftaucht und mir ungefragt Ratschläge erteilt. Du hast sogar mein Geschäftsmodell auf den Kopf gestellt.« Nick hebt die Arme in die Luft. »Warum lässt du bei dir selbst nicht zu, dass Dinge passieren können? Warum willst du dauernd alles perfekt haben? Glaubst du, in München ist es anders? Besser? Wenn dem so ist, dann musst du gehen.« Er zuckt mit den Schultern und sein Blick verfinstert sich. »Aber vielleicht solltest du doch lieber zu Ende bringen, was du hier angefangen hast.« Er erhebt sich und stemmt die Hände in die Hüften. So aufgewühlt habe ich ihn noch nie gesehen. »Man kann nicht ewig dem hinterhertrauern, was man nie hatte. Ich habe das auch erst lernen müssen. Irgendwann muss man für sich einstehen und für das kämpfen, was man will, Belle.« Er holt Luft und ich merke ihm an, dass er mehr gesagt hat, als er wollte. »Aber hey, es ist dein Leben, und wie auch immer du dich entscheidest – ich bin für dich da, wenn du mich brauchst.« Er beugt sich zu mir vor und gibt mir einen keuschen Kuss auf die Wange, als hätten wir nie mehr getan als das. »Tu mir nur den Gefallen und pass auf dich auf.«

Wir sehen uns kurz in die Augen, dann bricht er den Blickkontakt ab, schüttelt den Kopf und geht. Einfach so.

Mir fehlen die passenden Worte, um ihn aufzuhalten. Kein Laut will über meine Lippen kommen. Doch dann löse ich mich aus der Schockstarre und gehe hinter ihm her. »Nick, warte!«

Erwartungsvoll bleibt er auf der Ecke vor dem Backsteingebäude stehen und dreht sich zu mir um.

»Ich weiß nicht, was ich machen soll«, gestehe ich, »und ich will niemandem zur Last fallen. Du hast schon so viele Baustellen: Saskia, die Kneipe, den alten Jannis.«

Er macht einen Schritt auf mich zu und nimmt mich wortlos in den Arm. Ruhig stehen wir da, mein Kopf an seiner Brust. Ich höre seinen Herzschlag und fühle, wie die Wärme seines Körpers auf mich übergeht. Nick ist zu meinem Ruhepol geworden. »Ich habe nun einmal eine Vergangenheit, Belle. Das kann ich nicht ändern.«

»Du hättest mir sagen müssen, dass du verheiratet bist, bevor wir miteinander geschlafen haben.«

»Dann hättest du nichts mehr mit mir zu tun haben wollen. So hatten wir wenigstens die eine Nacht.«

Ich hasse es, dass er recht hat. Dennoch kann ich es nicht lassen. »In der du einen Ring am Finger hättest tragen sollen.« Es hat mich tief verletzt, dass er seine Ehe vor mir geheim gehalten hat.

»Das olle Silberding trage ich schon lange nicht mehr. Ich habe keine Sekunde an sie gedacht, das schwöre ich dir.«

Ich greife mir an den Hals. »Dass wir uns überhaupt über eine andere Frau unterhalten müssen.«

»Müssen wir nicht. Wenn du irgendwann mehr wissen möchtest, werde ich dir alles erzählen. Im Moment ist das unwichtig.« Er nimmt meine Hand runter und hält sie fest an seine Brust gedrückt. »Belle, gib uns bitte eine Woche. Sag Florian, ich kaufe dir ein neues Ticket, wenn du dann immer noch gehen willst. Wir klären alles auf.«

Ich möchte ihm so unfassbar gern glauben, hier ankommen, glücklich sein, mich zu Hause fühlen.

»Es liegt bei dir«, schiebt er hinterher, »aber wollten wir nicht eigentlich auf der Hochzeit des Jahres zusammen das Tanzbein schwingen?«

Ich muss lachen und lege auch meine andere Hand in seine. In der Hoffnung, dass ich das Richtige tue.

Schnell und wild rauschen meine Gedanken und Gefühle durcheinander, als ich wieder allein in meinem Zimmer bin. Sein Monolog war sehr persönlich und ergreifend. Und wenn ich ehrlich bin, brauche ich nicht lange darüber nachzudenken, wie es wohl wäre, wenn ich für meine Wünsche einstehen und bleiben würde. Mir ist klar geworden, dass mich das mehr erfüllen würde, als zu flüchten – auch wenn eine Flucht oft einfacher ist. Nicht nur aus diesem Grund entscheide ich mich – aller Widrigkeiten zum Trotz – um.

Und als ich später auf Tine und Leni treffe und eine Nachricht von Merle erhalte, die sich entschuldigt, weil sie so wenig Zeit für mich hat, bin ich Nick dankbar. Dankbar dafür, dass wir miteinander geredet haben und ich noch hier bin. Ab jetzt werde ich kämpfen: für mich und meine neuen Freundschaften, für meinen Onkel – ob er will oder nicht –, für meine Mama und für die Familie.

Als ich abends in meinem Bett in der Ahoi-Klause liege und an Merles Hochzeitsfeier denke, die ich gemeinsam mit Nick erleben werde, hüpft mein Herz. Tobias' flüchtigen Kuss stufe ich als Stressreaktion ein, so wie er gesagt hat. In einer Zimmerecke steht mein wieder ausgepackter Trolley. Nick und ich werden uns beide einer echten Herausforderung stellen: Er, weil er einen ganzen Tag und eine Nacht mit einer Menge Menschen feiern wird, und ich, weil ich vor nichts mehr weglaufe.

Erst einmal.

***

Am Freitagnachmittag stehe ich um siebzehn Uhr am Büdnitzer Bahngleis Nummer 1, um meinen besten Freund abzuholen. Ich freue mich riesig auf ihn.

»Bellissima, ich kann deine Entscheidung dortzubleiben ja in Teilen nachvollziehen«, hatte Flo am Telefon behauptet. »Aber eben nur in Teilen. Deshalb komme ich lieber selbst vorbei und rette dich.« Das war mal wieder total übertrieben, er sieht sich jedoch gern in der Rolle des Ritters auf dem weißen Pferd.

Statt dass ich nach München reise, hat Flo daher alles darangesetzt, zu mir zu kommen. Er hat Dr. Prinz versichert, dass er mich für die Kanzlei zurückgewinnen wird, weshalb der Prinz ihm anstandslos Urlaub gewährt hat. Ob ich letztendlich mit ihm zurückfahren werde, steht auf einem anderen Blatt.

»Gehen Sie und holen Sie die Herzog zurück«, imitiert Flo meinen Ex-Chef lautstark, als er aus dem Zug steigt. Er lacht und knöpft sich das schwarze Sakko zu. Im nächsten Augenblick verstummt er und sieht sich erschüttert auf dem Bahnsteig um. Genauso habe ich mich vor ein paar Wochen auch umgeschaut. Nur damals hat mich niemand abgeholt und es war nichts rundherum so aufgehübscht wie heute.

Wimpelketten und üppige Blumenbouquets säumen unseren Weg entlang der Häuserfronten bis zur Ahoi-Klause. »Das ist für das große Fest am Wochenende«, erkläre ich Flo, während wir nebeneinanderher gehen. Sein Koffer klappert über die Pflastersteine und er sieht aus, als wolle er zu einem

Gerichtstermin. Exakt so, wie ich ihn mir hier vorgestellt hatte. Ich bin mir allerdings auch sicher, dass er in seinem Rollkoffer jede Menge bunte Kleidungsalternativen versteckt hält.

»Welches Fest?«

»Du weißt schon: die Hochzeit von Merle und Tobias.«

»Dem Typen, der dich geküsst hat?«

»Pssst«, mache ich und halte den Zeigefinger an die Lippen. Nicht, dass uns jemand zuhört.

»Jaja, schon klar.« Flo reguliert seine Lautstärke dennoch nicht großartig. Genau wie ich ist er viel zu aufgeregt, weil wir uns endlich wiederhaben. »Aber was ist das bitte für eine krasse Story, Bellissima? Er ist der Bürgermeister. Standesbeamter ist er auch noch. Und zukünftiger Ehemann!« Jetzt wispert er doch. »Kaum zu glauben, dass in diesem verschlafenen Nest dermaßen der Teufel los ist.« Er schaut sich wieder um und führt sein Gepäck genauso ungelenk auf dem Pflaster neben sich her wie ich damals. Nur ist seins riesengroß und neongrün. »Wann genau beginnt die Feier eigentlich, Belle?«

»Morgen früh um halb elf.« Erstmalig ist mir mulmig, wenn ich darüber nachdenke, im Brautjungfernkleid neben Merle zu stehen. Ich habe es heute Vormittag im Blumenladen abgeholt und mich bisher nicht getraut, es noch mal anzuprobieren, um nicht versehentlich einen Faden zu ziehen oder irgendetwas in Bezug auf diese Ehe irgendwie kaputt zu machen. Ich weiß auch nicht, warum ich das denke.

»Ist es hier?«, reißt Flo mich aus meinem Gedankenkarussell.

»Ja, wir sind da«, verkünde ich, und er stößt einen Seufzer aus.

»Du hattest mir ja Fotos geschickt, Bellissima, aber …« Er macht eine Pause und betritt die erste Stufe der Veranda, die ihr gewohntes Knarzen von sich gibt. »Dass es so urgemütlich ist, hätte ich nicht gedacht.«

Ich weiß genau, was er damit sagen will. Urgemütlich heißt bei Flo verwohnt und alt.

Dennoch: Wir haben kaum die Fliegengittertür hinter uns gelassen, da hat Florian gleich seinen ersten Gesprächspartner gefunden. Das ist so typisch für ihn. Überall, wo er hinkommt, lernt er sofort Leute kennen. Dieses Mal ist es Rolf Heuser, der Ehemann von Resi Heuser, der von der Toilette in Richtung Bar unterwegs ist.

»So was Verrücktes habe ich ja noch nie gesehen. Abends Frühstück bestellen, ist das normal hier, junger Mann?« Flo richtet sich mit seiner Frage direkt an Rolf, der aufgrund der Ansprache geschmeichelt blinzelt, während Flo die Kreidetafel, die über dem Tresen hängt, inspiziert. »Das Konzept funktioniert?«

»Sie waren wohl noch nie hier.« Herr Heuser nimmt auf einem Barhocker Platz und fährt mit dem Zeigefinger stolz über die Speisekarte auf der Theke. Er tippt auf die Rubrik mit den selbst gemachten Köstlichkeiten. »Dann sollten Sie unbedingt die mediterranen Dips mit frisch gebackenem Schwarzbrot probieren. Das sogenannte Ostseebrett. Ich bin Bäcker, ich weiß, wie gutes Brot schmecken muss. Na, seien wir ehrlich: Nick kauft es bei mir.« Er lacht und klopft Flo vertraulich auf die Schulter.

»Dann sind Sie ja vom Fach«, freut sich mein bester Freund und scheint kurzfristig vergessen zu haben, dass ich existiere. »Das ist genau meins, alles bio und gesund. Ich besuche zurzeit ein Achtsamkeitstraining im Fitnessclub.« Er legt die Hände wie ein Mönch aneinander und verbeugt sich knapp, um sich vorzustellen.

»Ich würde auch gern mehr Sport machen«, seufzt Rolf Heuser und trommelt mit den Fingern auf sein Bäuchlein.

»Es spricht nichts dagegen«, ermutigt Flo ihn wie einen alten Bekannten. Ich weiß nicht, wie er es immer schafft, dass ihn alle sofort ins Herz schließen. »Ich nehme das Ostseebrett und einen Milchkaffee, bitte«, bestellt er bei Tine, die uns zuzwinkert. »Tolles Outfit und ein faszinierendes Lächeln, meine Liebe«, bemerkt er aufmerksam. »Du bist bestimmt Tine, richtig?« Die beiden begrüßen sich, während Rolf Heuser Florian zu seiner Essenswahl beglückwünscht. »Und was möchtest du bestellen, Belle?«, wendet Tine sich an mich.

»Danke, erst mal nichts.« Ich kriege keinen Bissen runter, ich bin viel zu nervös. Erstens, weil mein bester Freund leibhaftig bei mir ist, und zweitens, weil er alle, von denen ich ihm seit Wochen berichte, kennenlernen wird. Außerdem frage ich mich, ob er mit seinem überdimensionalen Koffer in mein Zimmer passt. Die Ahoi-Klause ist nämlich ausgebucht.

»Ahhh! Und du bist sicher Nick!« Flo ist nicht zu bremsen und ich werde rot, als Nick mit einer Kiste Biergläser im Arm aus der Küche kommt. Ich hätte Florian definitiv vorher briefen sollen, damit ihm nicht im Eifer des Gefechts auch noch die ein oder andere peinliche Geschichte über mich herausrutscht. Im Stillen bete ich, dass er unsere Allerbeste-Freunde-Geheimnisse für sich behält.

»Jap, ich bin Nick Bühler.« Amüsiert platziert Nick die Kiste neben dem Zapfhahn und putzt sich die Hände an der Schürze ab. »Ich hoffe, du hast nur Gutes über mich gehört, Florian.« Beschwingter Seitenblick zu mir. »Auf jeden Fall schön, dass du da bist. Anwälte sind uns in der Klause immer willkommen. Warte mal kurz.« Er dreht uns den Rücken zu und blättert in seinem Auftragsbuch.

Mein bester Freund stupst mich so unauffällig wie möglich in die Seite, was so viel bedeuten könnte wie: Der ist ja verdammt heiß und supernett. Aber lass trotzdem besser die Finger von ihm!

Ich ignoriere den Stupser.

»So. Also, ein Gast ist heute abgereist.« Nick streicht etwas in seinem Auftragsbuch durch. »Das heißt, du musst dir das Zimmer nicht wie geplant mit Belle teilen, Florian.«

»Bestens«, frohlockt der, und ich atme ebenfalls erleichtert aus. Wäre sonst ganz schön eng geworden. »Belle mag es eh nicht, wenn ich in aller Herrgottsfrühe joggen gehe. Ich bin so was wie der ultrafrühe Vogel für sie.«

Stimmt, das hatte ich verdrängt. Flo hat die Angewohnheit, mitten in der Nacht seinen Körper in Form zu bringen, weil ihm sonst kaum Zeit dafür bleibt. Dr. Prinz ist ein anspruchsvoller Chef, für Sport und ähnliche Spielereien hat er keinen Sinn. Für Überstunden hingegen schon.

»Sie joggen? Wie interessant«, schaltet sich Rolf Heuser vom Nachbarhocker wieder in unser Gespräch ein. Ich habe ihn noch nie joggen sehen. »Ich wollte schon immer damit anfangen und bisschen was für die Linie tun. Aber die Resi findet, in unserem Alter bringt das nichts mehr.«

»Wie schon gesagt, für Sport ist man nie zu alt. Ich betreue in München hobbymäßig einen kleinen Lauftreff und bin Laufanfänger gewohnt. Wenn Sie Lust haben, kommen Sie doch morgen früh mit und ich erkläre Ihnen die Basics. Slow-Jogging liegt im Trend.«

»Gern, danke.« Herr Heuser ist freudig überrascht und kramt nach seiner Geldbörse, um das Bier zu bezahlen, das er schon ausgetrunken hatte, bevor wir kamen. »Sollen wir uns am Rathaus treffen?« Er legt ein paar Münzen auf den Tresen. »Das finden Sie schnell.«

»Das Gebäude mit dem spitzen Dach?«, erkundigt sich Flo und lächelt wissend. Ich glaube, es gibt nichts, was ich ihm nicht erzählt habe. Ich vertraue ihm nun mal blind. »Acht Uhr. Morgen etwas später als üblich. Bin schließlich im Urlaub.«

Es tut so gut, Flos Lachen wieder live zu hören und Zeit mit ihm verbringen zu dürfen. Wir essen, trinken und erzählen noch eine ganze Weile miteinander, weshalb mir die Gäste, die mich wegen des Kanzleiverrats verurteilend beobachten, nicht mehr so sehr auffallen. Gott sei Dank ist Florian da. Mein Herz wird mit jeder Minute leichter und ich überlege, Merle zu fragen, ob ich ihn ebenfalls zur Hochzeit mitbringen darf. Aus irgendeinem Grund bin ich mir nämlich ziemlich sicher, dass ich ihn dort – zumindest als mentale Stütze – gebrauchen könnte.

»Du weißt schon, dass du dich morgen sehr früh verabredet hast?«, frage ich und nippe an dem trockenen Weißwein von der Mosel, den wir uns zum Abschluss gönnen.

»Und du bist dir immer noch im Klaren darüber, dass dieser Nick« – er deutet mit dem Kopf hinter die Theke, obwohl die verwaist ist – »nicht nur adrett, sondern außerdem verheiratet ist?«

Ich kenne niemanden außer Flo, der Wörter wie adrett benutzt. »Natürlich weiß ich das.« Damit er nicht merkt, wie ich erneut erröte, zeichne ich ihm den Weg von der Klause zum Rathaus auf einer Papierserviette auf. »So musst du morgen früh laufen.«

»Klaro.« Er nimmt die Serviette in die Hand und dreht die aufgemalte Karte um hundertachtzig Grad. »Ich werde mich schnell zurechtfinden. Ist ja nicht groß hier.« Er hatte schon immer den besseren Orientierungssinn. Sein Blick gleitet zu Nick, der am Nachbartisch steht und sich unterhält. »Irgendwann müssen wir aber darüber reden, ob du mit zurück nach München kommst, Bellissima. Ich bleibe bloß bis Sonntag. Mehr Zeit hat der Prinz uns nicht gewährt, denn nur bis Sonntag nimmt er dich wieder in der Prinzen-Kanzlei auf. ›Keinen Tag länger‹, hat er betont. Danach musst du dir auch in München einen neuen Job suchen.«

»Oh.« Ich schlucke angesichts der plötzlichen Deadline. Außerdem war ich nicht allein wegen Flos Koffer davon ausgegangen, dass er länger als zwei Nächte bleiben würde und mehr als einen Tag Urlaub hätte. Ich hatte versäumt, ihn vorab am Telefon zu fragen. »Das ist übel.«

»Ja, Bellissima, verdammt übel.«

Als ich mich an ihn lehnen will, stoße ich versehentlich gegen sein Weinglas. Es kippt zur Seite und der gute Wein tropft in seinen Schoß.

»Mensch, Belle.« Hektisch versucht er, seine Hose mit einer Serviette zu trocknen. »Die ist von Yves Saint Laurent. So was ist dir das letzte Mal passiert, als Richard dir ein Foto von seinem besten Stück geschickt hat, während wir beide im Kino saßen. Weißt du noch?« Florian presst sich eine Hand auf den Mund, um nicht laut loszulachen. »Sorry für die Erinnerung. Sie wiederholt sich nur gerade in Dauerschleife in meinem Kopf.«

Wir prusten beide los und ernten befremdete Blicke aus der unmittelbaren Umgebung. Nichtsdestotrotz bin ich froh, endlich gelöst über die schwierige Beziehung zu meinem Ex sprechen zu können. »Richard war so selbstverliebt.«

»Allerdings.« Flo lacht und hat die zweite Serviette im Einsatz. Das Glas war fast voll.

Nick grinst und wirft ihm von Weitem ein Küchenhandtuch zu. Ob er ihn genauso offen aufnehmen würde, wenn er wüsste, dass Dr. Prinz mir via Florian soeben ein Ultimatum gestellt hat?

Bis Sonntag und keinen Tag länger.

***

»In ein paar Stunden bin ich endlich Frau Sanddorn!«, jubelt Merle entzückt, als ich am nächsten Morgen gegen acht mit dem verpackten Brautjungfernkleid bei ihrem Elternhaus in einem feinen Viertel von Büdnitz eintreffe. Hier stehen nur Stadtvillen und Helene Martens hat im Hinterhof ihrer Villa ein eigenes

Atelier, welches sie extra für uns zur Umkleide umfunktioniert hat. An der Seite der Halle befindet sich eine Werkbank nebst zahlreichen Gerätschaften und Werkzeugen. Es riecht nach Metall. In einer Glasvitrine in der Mitte des Raumes liegen diverse Schmuckstücke auf Samtpolstern – von Ketten über Ringe bis hin zu Anhängern in Gold und Silber.

Es sind nur Merle und ich, die hier für die Hochzeit schick gemacht werden. Seltsam. Aber es war ihr ausdrücklicher Wunsch, mit mir allein Haare und Make-up von einer Stylistin gemacht zu bekommen. Die anderen Brautjungfern werfen sich bei einer Freundin zu Hause in Schale und Merles Eltern bereiten sich nebenan in ihrem Haus auf den großen Tag ihrer Tochter vor.

Irgendwie fühle ich mich angeschlagen und fast wie unter Beobachtung. Keine Ahnung, warum. Nick werde ich leider erst zur Trauung auf dem Dorfplatz treffen, weshalb er mir zurzeit kein Fels in der Brandung sein kann.

Merle sitzt auf einem Drehstuhl ohne Rückenlehne, trägt ein weißes Unterkleid und hat die Beine übereinandergeschlagen. Sie sieht bezaubernd aus. Eine Frau, die ich nicht kenne – wohl besagte Stylistin –, steckt ihr die langen Engelshaare hoch. Einzelne Strähnen umschmeicheln in sanften Wellen Merles zarte Wangen. Sie schaut jetzt schon wie eine richtige Braut aus. »Wie findest du es, Belle?«

»Magisch«, bestärke ich sie und komme mir vor wie eine Lügnerin, obwohl ich es ehrlich meine. Liegt es vielleicht an dem Kuss von Tobias, dass ich mich heute so unecht fühle? Das hat mir doch gar nichts bedeutet. »Du bist eine Elfe, Merle.«

»Du auch gleich«, antwortet sie in ihrer liebevollen Art und deutet auf die Frau hinter sich. »Sie kann's halt. Das Glitzer-Make-up lässt die Haut schimmern. Du wirst mir richtig Konkurrenz machen mit deinen dunklen Haaren zu dem hellen Blumenkranz, wenn du fertig bist, Belle. Du bist eine Naturschönheit und siehst immer klasse aus.«

»Ach was. Du hast mich noch nie morgens nach dem Aufstehen gesehen«, erwidere ich lachend, und sie lächelt fein zurück. Dann verschwinde ich mit dem Kleid hinter einem roten Vorhang, der das Atelier von einer Art Küchenzeile trennt, um mich umzuziehen.

»Wie gefällt es Florian in Büdnitz?«, fragt sie interessiert. Sie hat es sich gemerkt. Ich hingegen bin eine schlechte Freundin. Mir war kurz entfallen, dass ich ihr Flos Anreise gestern selbst per Textnachricht mitgeteilt hatte.

»Er ist mit Rolf Heuser zum Joggen«, erzähle ich und quetsche mich vorsichtig in das Kleid. Ich hätte vielleicht doch besser auf das zweite Glas Wein und die Tüte Chips, die ich mir mit Flo abends noch geteilt habe, verzichten sollen. Das Seidenkleid saß vorher bereits knapp.

»Unser Rolf joggt?«, hakt Merle nach und kichert so kindlich-frei, wie sie es stets tut.

»Ja, die beiden haben sich auf Anhieb verstanden.«

»Mega! Bring Florian doch nachher mit zur Hochzeit. Sag ihm schnell Bescheid, Belle«, drängelt sie von der anderen Seite des Vorhangs, als ich es endlich geschafft habe, einen Teil des Reißverschlusses eigenständig zu schließen. An den Rest komme ich nicht ran und muss gleich Merle um Hilfe bitten oder diese Stylistin.

»Ist gut.« Ich schnappe mir mein Handy und tippe:

Hi Flo. Merle sagt, du kannst kommen. LG

Wir hatten darüber gesprochen, er wird sich freuen.

»Zeig dich mal«, fordert die Braut in spe unterdessen ungeduldig.

Wo bist du?, fragt Florian derweil per Text. Ich verdrehe die Augen. Manchmal ist er wirklich schusselig. Ich hatte ihm doch gesagt, dass ich mich bei Helene Martens im Atelier umziehe. Hastig schicke ich ihm meinen Standort und verstaue das Telefon in der kleinen Tasche, die Merle passend zum Kleid für uns Brautjungfern ausgewählt hat. Langsam schiebe ich den Vorhang zur Seite und trete einen Schritt nach vorn. Die Stylistin ist mit der Brautfrisur fertig und Merle macht den Stuhl für mich frei.

»Wahnsinn, Belle.«

»Ebenso.« Ich nehme Platz.

»Ich ziehe das Brautkleid erst an, wenn du auch fertig bist«, verkündet sie und hüllt sich in einen weißen Bademantel, bevor sie sich auf einem Samtsofa an der Wandseite niederlässt. Gespannt beobachtet sie, wie die Stylistin mich mit geübten Handgriffen schminkt und meine Haare bürstet. Anschließend wird der Blumenkranz festgesteckt.

»Du verkörperst das Motto der Hochzeit – Boho, Siebziger, freie Liebe und so – total.«

Irgendwie klingen Merles Aussagen heute alle merkwürdig, ich schiebe es auf den Hochzeitsstress. Sie zieht den Bademantel enger um ihren Körper und lehnt sich auf dem Sofa zurück, wobei sie aufpasst, dass die Frisur keinen Schaden nimmt.

Mittlerweile bin ich total angespannt und wünschte, ich könnte einfach nur auf meinem Bett in der Klause liegen und mit Flo eine beruhigende »Meer für Dich«-Folge hören, aber McJulius sendet ja nicht mehr. Typisch. Da braucht man ihn ein Mal. Apropos Flo. »Ich muss ihm unbedingt das Motto mitteilen«, murmele ich zusammenhanglos, während eine weitere Haarnadel in meine Frisur gesteckt wird.

»Wem? Nick?«, hakt Merle nach.

»Nein, ich glaube, sie meint mich«, erklingt Florians Stimme hinter mir. Ich fahre erschrocken herum und die Hairstylistin gibt einen missbilligenden Ton von sich.

»Sorry«, entschuldige ich mich sofort und setze mich wieder ordnungsgemäß hin. »Was tust du hier, Flo?«

»Na, du hast mir doch geschrieben, ich kann kommen«, rechtfertigt er sich und stemmt die Hände in die Hüften.

»Zur Hochzeit, ja, aber doch nicht hierher.« Im Spiegel sehe ich, dass er einen hochroten Kopf hat, weil er den Weg bis zum Atelier wohl gesprintet ist. Er trägt eine grasgrüne Radlerhose und ein Muskelshirt in derselben Farbe. Im Schlepptau hat er Herrn Heuser, der mit knallroten Bäckchen noch mehr außer Puste ist und in seinem komplett schwarzen Sportoutfit ausschaut, als ginge er zu einer Beerdigung. Die beiden passen so was von gar nicht ins festlich-weiße Dekor und noch viel weniger zu einer Boho-Hochzeit.

»Oha. Hallo zusammen«, begrüßt Merle sie dennoch überfreundlich.

»Hallo, ich bin Florian und ich muss mich für unseren Auftritt entschuldigen. Es war meine Idee. Wir waren in der Nähe und da wollte ich kurz reinschauen, weil Belle geschrieben hat …«

Ich werfe ihm einen bitterbösen Blick zu, denn er hat meine Nachricht zu seinen Gunsten missinterpretiert.

»Ich liiiebe Hochzeitsvorbereitungen!«, sagt er daraufhin stattdessen. »Danke für die Einladung, Merle – ich bin sehr gern euer Gast. Nach dem Duschen natürlich.« Alle lachen. »Das ist wahnsinnig nett von dir. Und du siehst unglaublich aus. Du auch, Belle.«

Ich muss feststellen, dass aus meinem einstigen Grundschulfreund ein charmanter und erwachsener Mann geworden ist. Nicht zwingend in dieser Laufhose, aber zumindest verbal. Ich schmunzele.

»Gar kein Thema«, winkt Merle ab. »Und wir haben noch genug Zeit bis zur Trauung. Es wäre nur ein Problem, wenn Tobi plötzlich im Atelier auftauchen würde. Er soll mich auf keinen Fall sehen, das bringt Unglück. Ich bin nämlich voll abergläubisch.« Sie kichert.

»Die Resi auch. Und sie ist fleißig am Backen. Ich helfe ihr gleich wieder. Die Hochzeitstorte haben wir schon um drei Uhr heute Nacht fertiggestellt«, steuert Herr Heuser bei und wendet sich dann an mich. »Ich bin übrigens begeistert von Ihrem Kollegen. So fit habe ich mich lang nicht mehr gefühlt. Bin nur hin und wieder gewalkt, wie man so sagt, aber besser als keine Bewegung.«

»Sind wir hier im Fitnessstudio? Was ist denn hier los?«, donnert es. Mir verschlägt es sofort den Atem, als Sanddorn senior im schnieken Frack zusammen mit Helene Martens, die ein lavendelfarbenes Cocktailkleid trägt, zu unserer illustren Runde hinzustößt. Mit zusammengezogenen Brauen mustert Sanddorn Florian und Rolf Heuser von oben bis unten.

»Wir sind sofort weg«, nimmt Flo ihm den Wind aus den Segeln, bevor es zu einer Explosion kommen kann. »Sie sind sicher der geschätzte Herr Sanddorn«, fügt er hinzu und durchforstet offenbar im Geiste sein Repertoire an Personen, die er aus meinen Erzählungen kennt.

Doch der alte Anwalt lässt sich wie üblich nicht davon irritieren und ignoriert die beiden Supersportler. Es ist ohnehin verwunderlich, dass er Florian nicht direkt unterbrochen hat, um seinen eigenen Text loszuwerden. Entschlossen tritt er an das Samtsofa heran und Merle steht auf. »Tobias wird den Mund nicht mehr zubekommen, wenn er dich sieht, liebste Merle. Du wirst heute der strahlende Stern sein«, meint Sanddorn. Im Hinblick auf die baldige Eheschließung erhellt sich seine Miene sichtlich. »Man sagt ja bekanntermaßen, dass für eine Heirat etwas Altes, etwas Neues, etwas Geborgtes und etwas Blaues vonnöten ist. Deine Mutter hat mir verraten, dass dir noch etwas Altes fehlt, deshalb habe ich dir eine Kleinigkeit mitgebracht.« Er zieht ein Schmuckkästchen aus seiner Hosentasche. »Es ist das Hochzeitsarmband meiner Frau. Vielleicht möchtest du es tragen, das wäre mir eine besondere Ehre. Und ihr sicher auch, wenn sie es noch erleben könnte. Gott hab sie selig. Deine Mutter hat es damals extra für uns angefertigt.« Er drückt Merle das Kästchen in die Hand und umarmt sie väterlich. Seine Augen glänzen vor Rührung.

Helene Martens nickt ergriffen und auch ich habe einen dicken Kloß im Hals.

»Wir wissen, wie schwer die letzten Jahre für dich waren, Alfred.« Rolf Heuser findet als Erster die Sprache wieder und klopft beruhigend auf Sanddorns Schulter, was dieser überraschend bereitwillig zulässt. »Deine Frau ist viel zu früh von uns gegangen. Schreckliche Krankheit. Zum Mond fliegen bekommen sie hin, aber ein Mittel gegen Krebs erfinden können sie nicht«, philosophiert Heuser resigniert.

Mit »sie« meint er vermutlich die Wissenschaft, die Gesellschaft oder die Menschheit im Allgemeinen.

»Vielen Dank, lieber Alfred. Das ist eine berührende Geste«, ergreift Helene Martens das Wort und deutet auf das Armband. Sie faltet die Hände. »Es tut mir leid, dass du ausgerechnet zurzeit solchen Ärger wegen dieser Kanzleiinterna hast, die ausgeplaudert wurden«, seufzt sie. »Aber es muss doch einen anderen Grund dafür geben als unsere Belle. Das siehst du sicher genauso.« Sie stellt sich neben mich. Anscheinend kennt sie ihn lange genug, um zu wissen, wie diffamierend er sein kann, und merkt mir den großen Respekt vor ihm an.

Selbst wenn seine häufigen Stimmungsschwankungen, wie ich inzwischen weiß, eine traurige Ursache haben, fühle ich mich nach wie vor ungerecht behandelt. Aber es ist Merles Tag und wir sollten das Thema nicht vertiefen.

Die zukünftige Braut hat sich wieder hingesetzt und ist schweigsam geworden. Es ist so unfair, dass diese blöde Sache Merles Vorbereitungen überschattet. Sie hat sich solche Mühe mit allem gegeben und ich werde den unnützen Disput jetzt beenden. Lautstark räuspere ich mich.

»Ich habe auch von dieser Schweigepflicht-Sache gehört. Ich arbeite für die Kanzlei *Prinzen und Partner* in München, wo Belle vorher tätig war«, nutzt Flo die Gelegenheit, eine Lanze für mich zu brechen, jetzt, da Anwalt Sanddorn persönlich anwesend ist. »Ich kann Ihnen versichern, dass Frau Herzog eine hochprofessionelle Anwältin ist.«

Es ist total lieb, dass er versucht, meinen Ruf zu retten, aber bei dem alten Mann beißt er auf Granit. Wir müssen das Thema um des lieben Friedens willen und für Merle schnellstens beenden.

»Also, der Skatrunde hat das mit Kalles Klage gegen die Papierfabrik ja die Merle in der Ahoi-Klause erzählt. Da war ich dabei«, gibt Herr Heuser zaghaft von sich und wischt sich mit dem Achtzigerjahre-Schweißband, das er ums Handgelenk trägt, über die Stirn, obwohl er gar nicht mehr schwitzt. »Ich glaube, der Frauenstammtisch saß auch daneben. Nick war nicht da. Ich weiß noch, dass ich dachte, die Merle sieht man normalerweise nie in der Kneipe, und dass wir die Höhe von Kalles Gehalt einfach so wissen dürfen, kam mir auch komisch vor.« Rolf Heuser lacht verlegen, so, als hätte er soeben eine Straftat begangen, für die er sich umgehend rechtfertigen muss. Die zukünftige Braut ist derweil ganz blass um die Nase geworden. Erst in dem Moment registriert er, was er eventuell soeben enthüllt hat, und wird mindestens genauso bleich wie sie.

Alle Augenpaare ruhen auf Merle. Ihre Mutter bekommt Schnappatmung, fasst sich ans Herz und lässt sich neben ihre Tochter aufs Sofa sinken. »Kind!«

»Das …«, stammelt Merle. »Das war …«

Eben noch mit stolz geschwellter Brust sackt Sanddorn in sich zusammen. »Was genau hast du erzählt, Merle?«, fragt er. Er sieht sie nicht an, sein Blick ist auf das Schmuckkästchen geheftet.

»Tobi und du habt das von Kalle und seiner Anstellung beim Abendessen diskutiert und ich war dabei, wie immer. Als die Skatrunde dann in der Kneipe von der Papierfirma gesprochen hat, sind mir die Details irgendwie rausgerutscht. Aber ich habe es nur ganz leise quasi zu mir selbst gesagt. Ich wollte doch nicht, dass es so die Runde macht oder es sonst jemand hört«, erklärt sie hastig und viel zu schnell. Sie will die Hände vors Gesicht schlagen, doch als ihr wohl einfällt, dass sie schon geschminkt ist, lässt sie es und reckt stattdessen das Kinn in die Höhe, um die Tränen aufzuhalten. »Das war doch so nicht gewollt, Alfred, ich schwöre es.«

»Warum hast du es nicht umgehend richtiggestellt, als Belle beschuldigt wurde?«, will Flo wissen – und ich auch.

»Es tut mir total leid, ehrlich.« Merle ist derart zerknirscht, dass ich ihr direkt glaube. Sie hat die Hände im Schoß verborgen und zittert richtig. »Es ist total blöd gelaufen. Ich habe in dem Moment in der Kneipe nicht nachgedacht. Und dann habe ich Angst bekommen, weil das Ganze sich zu so einem großen Drama entwickelt hat und doch heute unsere Hochzeit ist.« Sie schluchzt. »Was soll Tobias nur von mir denken, wenn er das erfährt?« Als sie sich mit dem Handrücken über die Augen reibt, verläuft die Wimperntusche. »Belle, kannst du mir bitte verzeihen? Und Alfred? Das war wirklich alles keine Absicht …«

»Um Gottes willen, Merle.« Sanddorn schüttelt den Kopf. Er beugt sich zu ihr hinunter und umarmt sie – seine zukünftige Schwiegertochter. Anscheinend kann er eine Frau nicht weinen sehen. »Das ist eine furchtbare Sache, aber wenn ich gewusst hätte … Wir hätten uns gar nicht beim Essen darüber unterhalten dürfen!«, tadelt er sich selbst. Es geht ihm nahe, dass er eventuell die Hochzeit seines Sohnes gefährdet – obwohl er nicht wirklich daran schuld ist.

Ich kann mich leider nicht von meinem Stuhl wegbewegen, weil die Stylistin immer noch an dem Blumenkranz zupft, aber ich habe solches Mitleid mit Merle, dass ich ihr schon vergeben hatte, bevor sie mich darum gebeten hat.

»Es tut mir so leid«, schluchzt sie wiederholt, und eine lange Strähne löst sich aus ihrer Frisur. Sie ist herzergreifend anzusehen und selbst Flo wirft ihr einen mitfühlenden Blick zu.

Als die letzte Haarnadel sitzt, springe ich sofort auf, obwohl die Beschuldigungen mich viele Nerven gekostet und mir noch mehr Bauchschmerzen verursacht haben. Schwierig zu vergessen, wie Sanddorn mich verachtet hat. Doch in diesem Augenblick stehen wir nebeneinander und trösten Merle, die doch heult und das Schmuckkästchen fest an sich presst. Ich hätte nie gedacht, dass der alte Anwalt und ich so viel gemeinsam haben. In gewisser Weise verstehe ich ihn in seiner Trauer und wie er sich deswegen mir gegenüber verhalten hat. Er igelt sich seit Langem ein, jede Abweichung von seiner Routine und das Anpassen an andere Menschen stressen ihn. Ich kenne das.

»Frau Herzog, ich muss mich bei Ihnen entschuldigen«, wispert er leise. So leise, dass ich ihn kaum höre.

»Mit Verlaub, ist da nicht ein bisschen mehr fällig?«, mischt sich Flo ein, bevor ich antworten kann. »Ich möchte meine Kollegin zwar gern wieder mit nach München nehmen, aber sollten Sie nicht der Form halber die Kündigung zurückziehen?« Da kommt der Anwalt in ihm durch.

»Selbstverständlich. War zwar nur mündlich, aber soll ja alles seine Richtigkeit haben.« Sanddorn nestelt an seinem Frack. »Die fristlose Entlassung ist hiermit aufgehoben.«

»Alfred, ich wollte dich wirklich nicht verärgern. Und Belle …« Merle schluchzt nach wie vor.

»Ach, es gibt Schlimmeres, Kind. Jeden Abend allein einschlafen oder mittagessen zum Beispiel. Ich bin froh, dass Tobias das nicht muss und dich an seiner Seite hat. Krankheit ist was wirklich Schlimmes.« Sanddorn tätschelt Merles Hand. So kenne ich ihn gar nicht. Er atmet tief ein und wieder aus.

»Deshalb lasst uns das Heute genießen«, posaunt Rolf Heuser hölzern dazwischen. »Der ganze Ort freut sich auf die Hochzeit. Die Sonne scheint und es sind fünfundzwanzig Grad vorhergesagt. Das wird ein unvergesslicher Tag. «

Das ist er jetzt schon.

Heuser stupst Florian an, der den Wink mit dem Zaunpfahl aufgreift und prompt von der unerträglichen Hitze in Münchens Innenstadt im Hochsommer berichtet. Das Wetter ist seit jeher ein Garant für einen perfekten Themenwechsel.

Nur ich bleibe gedanklich bei Rolfs Aussage von vorhin hängen: Wir entwickeln Smartphones, können Mund- und Zornesfalten weglasern, aber Krebs heilen funktioniert nicht?

***

Der ehemalige Dorfplatz liegt malerisch eingebettet zwischen alten Fachwerkhäusern und von Bäumen gesäumten Wegen. Warme Sonnenstrahlen tauchen ihn in ein goldenes Licht, das die glanzvolle Stimmung der Hochzeitsfeier unterstreicht. In den letzten Tagen hat sich das Ostsee-Örtchen in ein regelrechtes Meer aus Blumen, Bändern und Dekorationen verwandelt. In der Mitte thront ein weißer Pavillon, der mit wilden Blumenranken geschmückt ist. Die Blüten leuchten in den schönsten Farben und verströmen einen Duft, der sich über den ganzen Platz legt. Die filigranen Schnitzereien des Holzpavillons verleihen ihm einen Hauch von Nostalgie und Eleganz. Von den Dächern der Häuser rundherum hängen bunte Wimpelketten herab, die im Wind flattern und im Sonnenlicht funkeln. Fleißige Hände haben einen Weg aus zarten Blütenblättern gelegt, der das Brautpaar zur Trauung führen wird. Rechts und links davon sind festliche Tische und Stühle aufgestellt, die nur darauf warten, von den Gästen in Beschlag genommen zu werden. Weiße Tischdecken und zarte Blumenarrangements bilden eine harmonische Kulisse für das bevorstehende Hochzeitsbankett, der betörende Geruch von Heusers frisch gebackenem Kuchen liegt in der Luft. Die Hochzeit von Tobias und Merle verspricht in jeglicher Hinsicht, ein einzigartiges Ereignis zu werden.

Gemeinsam mit Nick, der eine dunkle Jeanshose zu einem weißen aufgeknöpften Hemd trägt, stehe ich unter einer großen Linde und betrachte die Menschenmenge, die sich nach und nach einfindet. Unser Landarzt hält sich bereit, seine wunderhübsche Tochter zum Altar zu geleiten, während seine Frau Helene ihm letzte Anweisungen zuflüstert. Auch Flo hat auf der uns gegenüberliegenden Seite einen neuen Gesprächspartner gefunden. Fröhlich winkt er uns zu.

»Tobi sieht glücklich aus«, meint Nick, als Tobias auf uns zuschlendert.

Tobias fährt sich mehrfach mit den Fingern durch die Haare. Das tut er normalerweise nie – sicher die Aufregung. Mein Herzschlag beschleunigt sich, als er uns mit einem warmen Lächeln begrüßt, als hätte es zwischen ihm und Nick niemals eine Meinungsverschiedenheit gegeben. Oder er möchte heute einfach nicht daran erinnert werden. »Hallo, Belle, ich freue mich sehr, dass ihr da seid. Und Merle natürlich auch.«

Die beiden Männer bemühen sich erkennbar darum, ihre einstigen Turbulenzen zu verstecken. Nick hat die Arme vor der Brust gekreuzt und Tobias steckt die Hände tief in die Taschen seiner Anzughose. Für einen kurzen Augenblick wandert sein Blick zu mir, gleitet über mein Outfit und ruht auf meinem Gesicht. Ich frage mich, ob ihm jemand von Merles Fauxpas bezüglich der Kanzleiinterna erzählt hat, und bezweifle es. Wie ich ihn einschätze, würde er sich sonst besorgter äußern oder wäre zumindest davon berührt.

Höflich wendet er sich an Nick. »Du sitzt in der fünften Reihe bei den Begleitern der Brautjungfern, die meisten davon kennst du. Ich wünsche euch viel Spaß.«

»Danke. Wir dir auch.« Nick lächelt zwar, doch ich spüre seine Anspannung. Er nimmt meine Hand in seine und drückt sie sanft.

Tobias registriert die kleine Geste und ein kurzes Zucken erscheint um seine Mundwinkel. Fahrig richtet er die Ansteckblume an seinem Revers. Ein echtes Gespräch will nicht zustande kommen, weshalb mich ein unbehagliches Gefühl beschleicht. Mit den Augen suche ich nach Merle, bis mir einfällt, dass sie sich als Braut vor der Zeremonie im Hintergrund hält, um nicht gesehen zu werden.

»Saskia ist nicht da. Ich habe sie nicht umstimmen können. Sie ist so verdammt stur«, durchbricht Tobias die Stille zwischen uns. Sein Versuch, die Bemerkung bezüglich seiner Schwester nebensächlich klingen zu lassen, scheitert. »Angeblich kann sie jetzt plötzlich wegen der Arbeit nicht weg.«

»Ich will nichts dazu sagen, Tobi. Aber ich habe die Scheidungspapiere unterschrieben und einen Zusatz eingefügt«, kontert Nick in ruhigem Ton. Tobias klappt die Kinnlade herunter, er schließt den Mund aber direkt wieder. Ich bin genauso überrascht. »Ich verzichte auf jegliche Zugewinnanteile, egal, was sie wann und wie verkauft. Es ist mir egal. Ich möchte, dass jeder von uns neu anfangen kann. Die Unterlagen liegen im Briefkasten eures Vaters, ich habe sie heute früh eingeworfen. Ich hatte mich da in was verrannt.« Nick zieht mich näher an sich, was Tobias argwöhnisch verfolgt.

»Warum das auf einmal?«, fährt er Nick so forsch an, als wäre ihm die plötzliche Geschwindigkeit, mit der die Scheidung seiner Schwester voranschreitet, nicht recht. »Es gab in letzter Zeit nichts Wichtigeres für dich als diesen Rosenkrieg. Vielleicht noch das Meer. Aber das war's dann auch.«

»Ich will, dass es ein für alle Mal beendet ist«, betont Nick. »Es kostet uns allesamt zu viel Energie.«

»Du gibst normalerweise nie klein bei, Bühler.«

»Sag niemals nie.« Nick legt besitzergreifend beide Arme um meine Hüften. »Menschen ändern sich.«

»Er hat recht. Außerdem heiratest du gleich, Tobias«, trage ich unpassenderweise zum Gespräch bei. Mehr nicht. Ich sehe ihm in die Augen.

»Das ist richtig.« Er weicht mir aus. »Das Kleid steht dir, Belle«, murmelt er, bevor er nach vorn zum Pavillon schreitet und seinen Platz vor dem Trauredner einnimmt, um auf Merle zu warten.

»Ich denke, du musst da auch hin«, bemerkt Nick, weil die übrigen Brautjungfern ebenfalls in die Richtung strömen. Er küsst mich flüchtig auf die Wange und verschwindet dann selbst in der Stuhlreihe mit den anderen Männern. Ich hebe das Kleid an, um in meinen Heels nicht über den Saum zu stolpern, und stelle mich beim Pavillon neben eine Freundin von Merle, direkt gegenüber von Tobias. Obwohl es keine kirchliche Trauung ist, falte ich die Hände.

Bis eben hat Tobias den Gang beobachtet, um Merle so früh wie möglich zu bemerken. Jetzt, wo ich da bin, betrachtet er mich so eingehend, dass mir ganz warm wird. Niemand sonst nimmt Notiz von unserem intensiven Blickwechsel, weil alle in ihre eigenen Konversationen vertieft sind. Ich schrecke regelrecht zusammen, als die Musik mit einem Mal loslegt, und Tobias' Blick gleitet sofort zurück zum Gang und zu seiner Frau. Merle hat sich für den Einzug einen ganz besonderen Song gewünscht: »Another Love« von Tom Odell erklingt über die Lautsprecher. Sie hat mir mal erzählt, dass sie das Lied wegen des Klavierparts so sehr liebt. Tobias fixiert den Gang, den Merle am Arm ihres Vaters entlangschreitet, während Tom Odell davon singt, dass er sich nicht auf seine Beziehung einlassen kann, weil er seine Liebe einer anderen Frau gewidmet hat. Ich glaube, Merle hat sich über den Text nie Gedanken gemacht. Ich auch nicht – bisher.

Nachdem der offizielle Teil beendet ist, tritt eine Band auf, die Livemusik spielt. Die Gäste tanzen und Kinder tollen mit Zuckerwatte und Eiscreme in den Händen ausgelassen herum. Tobias und Merle haben sich viel für die Party einfallen lassen. Wie bei einem Jahrmarkt sind kleine Buden mit Leckereien und erfrischenden Getränken rund um den Pavillon aufgereiht. Eine Vielfalt traditioneller Gerichte und exquisiter Köstlichkeiten lockt die Gäste von Stand zu Stand. Nick und ich probieren fast alles und wirbeln danach über das Tanzparkett.

Als die Sonne langsam untergeht, verwandelt sich das Fest durch die in die hohen Baumkronen gespannten Lichterketten in ein romantisches Lichtermeer. Es ist perfekt und Nick schlägt sich unter den vielen feiernden Menschen besser als erwartet. Ich freue mich ehrlich für Merle und Tobias, auch wenn da gleichzeitig dieser kleine Stich ist, von dem ich nicht weiß, wo er herrührt. Vielleicht wäre ich auch gern so fest vergeben wie die beiden.

Als würde er meine Unsicherheit fühlen, drückt Nick mich enger an seine Brust. »Bist du glücklich?«, flüstert er, während er mich in seinen Armen wiegt. »Ich finde es richtig stark von dir, dass du dich von dem ganzen Tratsch nicht hast unterkriegen lassen.«

»Danke.« Meine Gedanken beruhigen sich augenblicklich. »Ja, ich bin glücklich. Und es ist ehrlich gesagt unglaublich, dass du auf den Zugewinn aus eurer Ehe verzichten willst, vor allem, da du weißt, dass du recht hattest, was Saskia betrifft.«

»Eine weise Juristin aus der Großstadt hat mal zu mir gesagt, ich solle mir überlegen, welche Art Mensch ich sein möchte.« Er dreht mich elegant einmal um die eigene Achse. »Danke, dass du mich zu diesem Fest überredet hast. Ich liebe jede Sekunde daran mit dir.« Er küsst mich auf die Wange und ich erröte leicht. Aus dem Augenwinkel sehe ich Merle und Tobias tanzen. Merle strahlt schon den ganzen Tag über vor Glück und ist ein bisschen beschwipst. Nur Tobias scheint nüchtern und hin- und hergerissen zwischen Freude und irgendetwas anderem.

»Alles in Ordnung?«, erkundigt sich Nick.

»Mehr als das«, antworte ich und schmiege mich an ihn. Er wagt sich daraufhin vor und küsst mich zart auf den Mund. Ich schließe die Augen und spüre, wie sich seine Mundwinkel während des Kusses zu einem Lächeln hochziehen. Das ist so unbeschreiblich süß.

Just als ich ihm das sagen möchte, fühle ich einen sanften Druck auf meiner linken Schulter. Jemand tippt mich an, und als ich den Kopf drehe, steht Tobias neben uns. Sein Blick ist durchdringend. »Partnerwechsel. Nick, ich möchte Belle gern um einen Tanz bitten, wenn das für dich in Ordnung ist.« Im Gegenzug übergibt er Nick die angeheiterte Merle.

»Klar, du bist der Mann der Stunde«, reagiert Nick gelassen und schleust mich in Tobias' Arme. Natürlich spielt der DJ ausgerechnet jetzt eine langsame Ballade. »Ich habe seit der zehnten Klasse nicht mehr mit Merle getanzt«, scherzt Nick. Er ist supergut gelaunt und die beiden wehen übers Parkett davon.

Tobias führt mich sanft in die Mitte der Tanzfläche, wo wir in der Menge der Gäste untergehen. Mein Kleid bewegt sich im Abendwind und die Lichter glitzern über uns in der Dämmerung. Es ist romantisch, unangemessen romantisch irgendwie. »Seid ihr beide nun fest zusammen, Nick und du?«, will er wissen. Seine Hand liegt auf meiner Hüfte, und unsere

Schritte bewegen sich im Einklang, als gehörte es so. Nick ist ein fabelhafter Tänzer, doch Tobias toppt ihn.

»Nick und ich? Ja, schon.«

»Belle«, beginnt er daraufhin, »ich hab heute geheiratet, aber …«

O nein. Ein Aber auf einer Hochzeitsfeier und das vom Bräutigam ist nicht gut. »Du«, unterbreche ich ihn schnell, »vielleicht sprichst du besser nicht weiter. Ich freue mich sehr, dass du mit Merle die richtige Frau gefunden hast. Das wird so aufregend! Wer weiß, was euch beide alles Tolles erwartet. Das erste Kind … dann das zweite.« Ich kichere nervös, beinahe so, wie sie – Merle – es normalerweise tut. Dabei fühle ich mich verunsichert wegen des Abers, das wie Blei zwischen uns liegt.

»Ja, Kinder sind was Tolles.« Es klingt unerwartet distanziert. »Ich habe übrigens gedacht, ich hätte Hein heute gesehen«, schiebt Tobias nach einer kurzen Pause hinterher, als wollte er bloß kein Schweigen zwischen uns aufkommen lassen.

»Ehrlich? Wo denn?«

»Unten am Strand. Aber nur von Weitem. Es könnte auch jemand anderes gewesen sein. Vergiss es vielleicht besser wieder«, relativiert er seine Aussage, und ich versuche, dem Gesagten nicht allzu viel Bedeutung beizumessen. Vielleicht möchte er der Nähe zwischen uns einfach nur verbal entkommen. Wir tanzen immer enger, weil der Song es so vorgibt, und haben die Hände ineinander verschlungen. Ich fühle, wie das Blut durch seine Adern pocht. Ich fühle es, bis das Lied vorbei ist.

Kapitel 11

Zu viel Wein. Ich hatte definitiv gestern zu viel Wein. Mein Kopf tut weh und ich erinnere mich lediglich bruchstückhaft an die Einzelheiten der Partynacht. Allerdings weiß ich noch sehr gut, dass Nick, Flo und ich im Morgengrauen auf blanken Füßen über die Straße getwistet sind. Kleine Steinchen haben sich in meine Fußsohlen gebohrt und es schmerzt immer noch. Aber wir waren so ausgelassen. Und das, obwohl heute Dr. Prinz' Ultimatum abläuft – von dem Nick gelinde gesagt wenig begeistert war, als wir ihm davon erzählt haben. Um seinen Unmut kundzutun, hat er mich gepackt, in die Luft gehoben und herumgewirbelt. Ich musste lachen, weil er meinte, ich wäre federleicht und dürfte auf keinen Fall aus Büdnitz weggehen, weil dem Ort sonst diese Leichtigkeit fehlen würde.

Als wir danach in seinem Zimmer aufs Bett gefallen sind, hat er mich nach allen Regeln der Kunst verführt – so würde ich es nennen. Er würde behaupten, dass er mich lediglich mit Weintrauben gefüttert hat und ich wohl tierisch auf Trauben stehe. Ich lächle vor Glück. Neben mir hat auch Nick im Schlaf ein Lächeln auf den Lippen.

Gedankenversunken streiche ich über meine Arme und mein Körper reagiert auf die Bilder der vergangenen Stunden, die durch meinen Kopf ziehen – wie Nick sich über mich gebeugt und mich leidenschaftlich geküsst hat, wie wir mehr voneinander wollten als das. Vorsichtig lege ich eine Hand auf seine bloße Brust, einfach um zu fühlen, dass er da ist und wie er atmet. Ich will ihn nicht wecken. Tatsächlich bin ich gerade so glücklich wie nie zuvor.

Gemächlich richte ich mich auf und rutsche aus dem Bett. Die Sonne strahlt verhalten durchs Fenster und ich linse auf mein Handydisplay. Es ist Sonntagmorgen kurz nach sieben und ich habe alles, was ich mir je erträumt habe. Und trotzdem lässt mich ein Satz von Tobias nicht los: »Ich habe gedacht, ich hätte Hein gesehen.« Das hat sich in mein Gedächtnis gebrannt. Tobias würde so etwas nicht erzählen, wenn dem nicht so wäre. Er weiß, wie wichtig mir das ist.

Deswegen streife ich mir die bequeme Jeans über, die ich nachts aus meinem Zimmer geholt habe, und ziehe Nicks Ahoi-Klause-T-Shirt an. Es duftet nach ihm und ich taste mit den Händen am Saum entlang. Der Stoff ist total weich. Schnell schleiche ich leise ins Bad und anschließend die Treppe hinunter ins Freie. Ich muss nachdenken und nüchtern werden.

Während ich in meinen hellen Turnschuhen mit einer Flasche Cola in der Hand die Stufen der Veranda hinuntergehe, frage mich, was wäre, wenn Leni recht hätte. Was, wenn es jemand tatsächlich auf Heins Wohl abgesehen hat? Ich kann nicht länger untätig dabei zusehen. Deshalb werde ich handeln und helfen.

Den Strand zu meiner Linken komme ich an Seegrasbüscheln und bunten Häusern vorbei, atme tief durch und nehme dann entschlossen das Handy aus meiner Hosentasche. Mit feuchten Fingern wähle ich die Nummer der örtlichen Polizeibehörde und warte nervös, bis jemand abhebt. Es war utopisch zu glauben, dass Nick und ich den Einbruch ins Fischerhaus allein klären könnten oder – noch unrealistischer – sich die Sache von selbst in Wohlgefallen auflösen würde.

Der Polizeibeamte notiert alles, was ich ihm berichte, und versichert mir, in circa einer halben Stunde mit einem Kollegen vor Ort zu sein. Ich bin beruhigt, obwohl ich nicht weiß, ob eine Anzeige gegen unbekannt viel bringt. Wir werden sehen.

Die Sorge um den Verbleib meines Onkels und die unerklärliche Straftat beschleunigen meine Schritte und lassen mich den Zettel in Heins Notizbüchlein, auf dem er mich mit wenigen Worten für immer verbannen wollte, verdrängen. Das Koffein und die Seeluft bringen meine vernebelten Sinne zusätzlich auf Vordermann. Ich vernehme Wellenrauschen und Möwengeschrei und spüre ganz deutlich, wie die Wärme der Sonne die Kühle des Morgens vertreibt. Alles wird gut. Bestimmt.

Die Haustür des orangefarbenen Fischerhauses ist nur angelehnt. Entweder konnte Nick sie nach der Reparatur dennoch nicht abschließen oder … es war jemand hier. Meine Handflächen schwitzen, als ich die Tür aufstoße. Ich komme mir vor wie eine Drogenfahnderin bei einer Razzia. Im Flur scheint alles genauso, wie wir es verlassen haben. Doch als ich durch den Rundbogen in den Wohnbereich treten möchte, vernehme ich eine dunkle Männerstimme und zucke zusammen.

»Jaja, hier sieht alles ganz komisch aus. Keine Ahnung. Der Schlüssel passte nicht mehr, aber die Tür war angelehnt. Wie dem auch sei, ich muss nachher mal ins Büro gehen und dort nachsehen.«

Eine feine Gänsehaut kriecht über meinen Körper. Was redet dieser Typ da und wer ist er? Vielleicht ist der Einbrecher zurückgekehrt, weil er etwas vergessen hat? Gott sei Dank habe ich die Polizei gerufen. Die Gestalt, die mir den Rücken zukehrt, schaut aus dem Wohnzimmerfenster auf den großen Kirschbaum. Der Mann trägt eine dunkle Wollmütze. Ich halte die Luft an, damit mir bloß kein Laut entweicht. Wer weiß, was sonst passieren würde. Ich muss mich verteidigen können, falls er handgreiflich wird. Hastig sehe mich um und angele in meiner Not nach dem schwarzen Stockschirm in der Ecke neben mir. Eine Banane würde wenigstens wie eine Waffe aussehen, aber ich hab keine. Mit aller Kraft umklammere ich den Schirmgriff.

»Lass uns das mit den Ausstrahlungen noch mal besprechen. Ich werde mich vermutlich auch in zwei Wochen nicht in der Lage fühlen weiterzumachen. Ich brauche eine Pause von ›Meer für Dich‹.«

Meer für Dich? Ich lockere den Griff kurz. Doch als er sich umdreht, hebe ich den Schirm wie eine Pistole in die Luft und schreie laut: »Hände hoch! Keine Bewegung!«

»Ich glaube, hier sind Einbrecher«, ist das Letzte, was er sagt, bevor er auflegt, das Handy auf die Couch wirft und die Arme hebt.

Er denkt, *ich* wäre eine Einbrecherin? Wir stehen uns Auge in Auge gegenüber. Ich mit erhobenem Regenschirm. Keiner sagt ein Wort.

Dann wird sein Blick weich. »Belle? Bist du das?«

Mein Herz überschlägt sich, als ich ihn erkenne. Es ist der Mann von dem Schreibtischfoto in der Kanzlei W&S. Mein verschollener Onkel Hein.

Unsicher stehe ich da, hin- und hergerissen zwischen Umarmen und Weglaufen. Nick fehlt mir oder Flo – irgendjemand Vertrautes.

Bevor ich eine Entscheidung treffen kann, wie ich mich verhalte, kommt mein Onkel auf mich zu. »Belle, du bist es wirklich.« Sein grau melierter Vollbart kratzt an meiner Stirn, als er mich kurz umarmt. Es ist surreal. »Ich habe mir das so sehr gewünscht. O mein Gott, ich überfalle dich richtig«, redet er weiter, obwohl ich diejenige bin, die unangemeldet in seinem Haus steht. »Geht es dir gut?« Er hält mich ein Stückchen von sich weg. Eine stumme Träne kullert über seine Wange und in dem Moment realisiere ich, dass meine Suche ein Ende gefunden hat.

Meine Beine geben nach und ich muss mich auf die Couch setzen. Er ist mein Onkel Hein Wesseling, das ist mir klar. Aber: Warum war er weg? Warum hat er sich all die Jahre nicht bei mir gemeldet? Und was hat es mit dem Podcast auf sich? So viele Fragen, doch es kommt kein Ton aus meinem Mund.

Schließlich sage ich das, was ich am dringendsten wissen will: »Wer bist du?!« Ich schlucke schwer.

Sachte setzt sich der fast Siebzigjährige neben mich und legt seine Hand auf meine. Seine Augen glänzen feucht und ungläubig, so, als wäre ich für ihn eine Fata Morgana. Er räuspert sich, um gegen die Rührung anzukämpfen, bevor er seine Antwort formuliert. »Ich verstehe deine Bedenken und deine Vorsicht mir gegenüber, Belle. Es ist zu lange her.«

»Ich hab dich gesucht, Onkel Hein.«

»Das weiß ich jetzt. Ich war verreist, weil ich nicht geglaubt habe, dass du zu mir an die Ostsee kommen würdest. Und nun bist du hier.«

»Du hättest dich schon viel früher mal bei mir melden können. Du bist doch mein Onkel!«

»Nein, Belle. Das konnte ich nicht, ich hatte es versprochen.«

»Wem? Und warum hast du eben am Telefon von diesem Podcast geredet?«

»Eins nach dem anderen, bitte, Belle. Ich muss weit ausholen, um dir alles genau zu erklären.« Er hält inne. »Ich betreibe ein Format mit dem Titel ›Meer für Dich‹. Vielleicht kennst du den Podcast.«

»Du bist McJulius?« Die Gefühlsachterbahn, auf der ich mich befinde, schleudert von einer Kurve in die nächste. Ich weiß nicht, ob ich lachen oder weinen soll.

»Das ist richtig.« Er zuckt mit den Schultern. Dann zieht er ein Taschentuch aus seiner Jeanshose, um sich Augen und Nase zu betupfen. Sein Blick fällt auf meine Halskette. Reflexartig lege ich schützend eine Hand darüber. Er schüttelt den Kopf, als führte er einen inneren Dialog mit sich selbst, bei dem er nicht gewinnen kann. »Ich habe diese Kette Jahrzehnte nicht gesehen, und du trägst sie. Du siehst aus wie deine Mama, Belle. Das Pseudonym McJulius ist von dem Namen Giulia, zu Deutsch Julia, abgeleitet. Ich habe den Podcast deiner Mutter gewidmet.«

»Oh.« Von Gefühlen überwältigt schlage ich die Hände vor die Augen. Ich kann mich nicht länger zusammenreißen. »Sie ist nicht mehr da«, stammele ich unter Tränen.

»Ja, und das ist furchtbar, ganz furchtbar.« Er streichelt mir liebevoll über die Schulter. »Geht es? Möchtest du vielleicht ein Wasser?« Langsam erhebt er sich und holt zwei Gläser Mineralwasser aus der Küche, ohne meine Antwort abzuwarten.

Ich nippe dankbar daran. »Die Widmung ist ein schöner Gedanke«, presse ich steif heraus.

»Ich habe mir immer vorgestellt, wie ihr zwei zusammensitzt, dabei ›Meer für Dich‹ hört und ich euch auf diese Art irgendwie erreiche. Dass es Giulia gesundheitlich so schlecht ging, habe ich nicht geahnt.« Er atmet durch. »Der alte Jannis hat mir damals geholfen, das Konzept für den Podcast zu schreiben. Er hat Erfahrung mit Businessplänen und ist der Einzige, der Giulia kannte und eingeweiht war.« Er beäugt mich. Seine Hand, die mit kleinen Altersflecken übersät ist, zittert, als er sein Wasserglas anhebt. Er trinkt einen Schluck und nimmt die Wollmütze ab. Sein Haar ist schwarz-grau und nicht so voll wie auf dem Foto, das ich kenne. Doch der Gesichtsausdruck ist derselbe. »Ich hatte die Hoffnung aufgegeben, dich kennenzulernen, nachdem Florian mir mitgeteilt hatte, dass dich keine zehn Pferde von dem Althoff-Fall abbringen würden, Belle. Du bist genauso leidenschaftlich im Job wie ich.«

»Stopp!«, finde ich meine Worte wieder. »Florian? Mein Florian? Wann hast du mit ihm gesprochen? Und warum?«

»Zuletzt, nachdem ich dir die Blumen geschickt habe. Als ich von ihm hörte, dass du sie erhalten hast, aber nicht zu mir kommen wirst, bin ich kopflos geworden. Ich bin weg, hab das Handy ausgeschaltet. So was hab ich noch nie getan. Ich lasse meine Mandanten und Alfred normalerweise nicht hängen. Ich war am Ende. Verstehst du das?«

Ich reagiere nicht. Ich sitze neben einem Mann, den ich nicht kenne, und mein bester Freund hat mich hintergangen.

»Es gab nie mehr ein Zeichen von dir, dann die kleine Hoffnung, dich wiederzusehen, und kurz darauf die Absage. Es hat mir das Herz gebrochen, beinahe mehr als der Abschied damals. Du wirst dich nicht erinnern, aber es war das letzte Mal, dass ich deine Mutter gesehen habe, hier in Büdnitz. Und du warst dabei. Du warst noch klein.«

»Ich war also schon mal hier?«

Er nickt. Demnach stimmt, was Helene Martens meinte. Alles passt zusammen. Meine Handflächen schwitzen und ich wische sie an meiner Jeans ab. Ich kann nicht mehr klar denken, ich fühle mich, als hätten sich meine Gehirnzellen auf Nimmerwiedersehen verabschiedet.

»Belle, ich habe das Handy gestern erst wieder eingeschaltet und da waren diese vielen Nachrichten von Florian auf meinem Anrufbeantworter: dass alles aus dem Ruder gelaufen sei, dass du in Büdnitz bist und wo ich sei. Es tut mir leid, Belle. Ich habe den schnellsten Flug zurück genommen.«

»Flo. Wie konnte er nur?« Ich bin wütend und traurig – obwohl neben mir mein Onkel sitzt, den ich mir so sehr herbeigesehnt habe.

Warum hat Florian mir verheimlicht, dass er Kontakt zu ihm aufgenommen hatte?

»Er hat sich Sorgen gemacht, als deine Mutter verstorben ist. Nonna wohnt weit weg. Florian wollte, dass jemand für dich da ist und du Familie um dich hast.« Hein hat die Ellenbogen auf die Oberschenkel gestützt und sieht mich von der Seite an. »Ich danke ihm dafür.«

»Woher hatte er deine Adresse?«

»Von Nonna. Sie hat sie in Ehren aufbewahrt, obwohl deine Mutter das nicht wollte. Aber auch Nonna kennt nicht den ganzen Hintergrund, genauso wenig wie Florian.« Er erhebt sich und geht zur Kommode unter dem Fernseher. »Ich schulde dir mehr als lose Worte. Du sollst endlich alles wissen.« Ich beobachte, wie er eine Schublade aufzieht und etwas herausnimmt. Hastig nippe ich an meinem Wasser. »Und ich bin der Einzige, der es noch aufklären kann. Nun, da Giulia …« Er beendet den Satz nicht, holt tief Luft, dann reicht er mir einen Umschlag. »Ich weiß nicht, ob du uns das jemals verzeihen kannst. Ich vergebe mir vermutlich nie, dass ich so wenig um dich gekämpft habe.«

Ich ziehe das offizielle Schreiben heraus, auf dem in großen Lettern »Vaterschaftstest« steht. »Das kann nicht sein. So was Wichtiges hätte Mama mir doch gesagt.« Am liebsten würde ich es zerreißen.

»Vielleicht hätte sie das irgendwann. Aber Giulia war mit meinem Bruder verheiratet. Sie hat ihn wahnsinnig geliebt, obwohl er sie ständig betrogen und enttäuscht hat. Ein Hallodri, ein Schönling, wie man so sagt. Wir konnten uns nie leiden. Ich war in seinen Augen nur der langweilige Anwalt.« Er schließt die Lider. »Er hatte sie damals mal wieder hintergangen. Giulia kam zu mir, um sich auszuweinen. Ich weiß nicht, ob es Rache ihrerseits war, aber wir hatten diese eine Nacht miteinander. Sie wurde direkt schwanger – mit dir. Es war grotesk. Für mich war es ein Zeichen des Himmels, dass wir zusammengehören. Ich wollte für immer mit ihr zusammen sein, mit ihr alt werden. Giulia war intelligent und wunderschön, doch sie wollte ihre Ehe nicht aufs Spiel setzen. Sie hat ihn schlichtweg geliebt. Also hat sie entschieden, dass wir uns nicht mehr sehen können und es keinem sagen dürfen. Es war, als würde mir jemand das Herz herausreißen.«

»Aber ihre Ehe hat nicht gehalten«, ergänze ich.

»Ja. Wie konnte mein Bruder nur? Er ist so dumm. Weiß der Kuckuck, wo er heute steckt.« Hein boxt in eins der Couchkissen und zerknüllt es in seinem Schoß. »Ich hasse ihn dafür«, flüstert er.

Ich zwinge mich trotz aller Emotionen dazu, tiefer zu graben. »Dein Notizbuch.« Meine Stimme ist schrill. Ich knicke das schriftliche Laborergebnis, das Heins Vaterschaft zu 99,9 % bestätigt, in meinen Händen. »Du hast ›Ich möchte nicht, dass Belle hier auftaucht‹ reingeschrieben.«

»Was?«

»Das Buch wurde im Park gefunden, und du hattest auf einem Zettel notiert, dass ...«

»Du brauchst den Satz nicht zu wiederholen, Belle.« Er hält ergeben beide Hände hoch. »So was Schwachsinniges würde ich nicht einmal denken, geschweige denn aufschreiben. Das war ich nicht. Warum überhaupt im Park?«

Ich kenne ihn kaum, doch ich glaube ihm verrückterweise. Einen Beweis habe ich natürlich nicht. »Es gab einen Einbruch in dein Haus.«

»Deshalb ist hier alles so anders.« Er runzelt die Stirn und keiner von uns sagt etwas. »Und das mit der Tür ...«

»Wir haben versucht, ein bisschen aufzuräumen, und es scheint nichts Kostbares entwendet worden zu sein, zumindest nicht auf den ersten Blick. Du musst noch mal genau nachsehen.«

»Könnten die Einbrecher mein Notizbuch geklaut haben? Aber das ergibt keinen Sinn. Das Notizbuch ist belanglos«, rätselt er weiter. Sein umherirrender Blick findet Ruhe auf meinem Anhänger. »Die Kette habe ich Giulia zum Abschied geschenkt. Es freut mich, dass du sie trägst.«

Ich habe lange niemanden mehr so häufig den Namen meiner Mama sagen hören. »Sie hat sie jeden Tag getragen.« Meine Finger gleiten an der Muschelform entlang.

»Das ist schön.« Hein kaut auf dem Daumennagel. »Ich habe oft überlegt, was ich sage, wenn du mir wider Erwarten irgendwann gegenüberstehst. Jetzt ist der Tag gekommen und ich finde nicht die richtigen Worte.« Er lacht verlegen. »Meine Tochter ist hier in meinem Haus. Wahnsinn! Ich würde es am liebsten laut in die Welt schreien.«

Obwohl ich das maschinell erstellte Schreiben des Labors seit Minuten anstarre, überkommt mich die Erkenntnis seines Inhalts erst in diesem Augenblick mit der Wucht eines Tsunamis. Mein Körper bebt. »Du bist mein Vater!«

Tränenflüssigkeit steht in seinen Augen, als er stumm bejaht. Dann sammelt er sich. »Gott, es ist nicht leicht, Belle. Das ist verdammt noch mal nicht leicht.« Ein Schluchzen dringt aus seiner Kehle, wohl weil er das Weinen unterdrückt, um weitersprechen zu können.

»Ich bin ohne einen richtigen Vater aufgewachsen. Weißt du eigentlich, wie scheiße das für mich war?«, rutscht es mir heraus. »Und du hast die ganze Zeit hier in Büdnitz gelebt und dich nicht bei mir gemeldet!«

»Ich wollte immer bei dir sein, aber es ging nicht. Giulia wollte es so. Ich war offiziell nur dein Onkel.«

»Schieb es nicht meiner Mutter in die Schuhe. Wenn du mich hättest sehen wollen, hättest du das getan.«

Hein senkt den Blick. »Es war kompliziert. Wir waren dumm, ich war dumm. Und was hätte ich gegen den Willen deiner Mama sagen oder tun sollen? Eure Familie in Schutt und Asche legen? Das ist nicht meine Art. Außerdem dachten wir, wir hätten den richtigen Weg gewählt.«

Mir wird anders, wenn ich mir vorstelle, wie meine Mutter mit all dem umgegangen sein muss. Schwanger vom eigenen Schwager. Die Leere und der Schmerz an der Seite eines gefühlskalten Ehemannes, der sie schließlich verlassen hat.

»Man muss für seine Träume kämpfen. Das habe ich jetzt schmerzlich gelernt, und es ist hoffentlich nicht zu spät.« Zaghaft nimmt Hein mir den mittlerweile zerknitterten Vaterschaftstest aus der Hand und legt ihn auf dem Tisch ab.

Innerlich ringe ich mit mir. Ich habe so viel Wut im Bauch auf ihn und sogar auf meine Mutter. Und doch merke ich, wie ein Teil von mir sich nach beiden sehnt. »Andere Kinder hatten immer ihre Väter dabei: auf Schulveranstaltungen, im Urlaub, am Geburtstag und beim Drachensteigenlassen«, sage ich mit brüchiger Stimme.

»Jetzt bin ich da, wenn du magst. Jederzeit«, betont er. »Ich werde mein Bestes geben. Das schwöre ich dir.«

In mir tobt ein Sturm: Ich möchte ihn in mein Leben lassen, aber es gab in meiner Welt immer nur Mama und mich. Wir konnten uns auf niemanden verlassen, erst recht auf keinen Mann. Es ist schwierig, Mauern, die sich über Jahre hoch aufgebaut und verfestigt haben, langsam abzutragen.

»Ich weiß nicht, was dir helfen würde, aber ich könnte dir Briefe von deiner Mutter zeigen, Belle. Ich habe alles aufbewahrt. Lass uns das gemeinsam schaffen.« Er hält mir seine Hand hin und ich ergreife sie, denn in dem Moment bricht jeglicher Widerstand in mir. Ich weine an seiner Schulter, so lange, bis der Stoff seines Cardigans ganz nass ist. Es ist eine Mischung aus Erleichterung, Trauer und Hoffnung. Und er streichelt mein Haar.

So sitzen wir eine Weile da, meine Hand in seiner – bis die Polizeibeamten im Rundbogen zum Wohnzimmer auftauchen und einer von beiden hüstelt. »Herr Wesseling, wir kommen wegen der Einbruchangelegenheit. Eine Belle Herzog hat uns informiert«, erläutert der Rundere und hält sich an einer Donut-Tüte fest. Nick hat nicht zu viel von der hiesigen Polizei versprochen.

»Okay«, erwidert Hein, und wir lösen uns voneinander. Ich wische meine Nase an meinem Ärmel ab wie ein Schulkind.

»Wir wollen Sie nicht stören, Herr Wesseling, aber so wie die Sache aussieht, kommen Sie am besten mit aufs Revier, um die Anzeige aufzugeben«, schlägt der Donut-Polizist lustlos vor.

»Ich kann Ihnen die Fotos zusenden, die wir direkt nach dem Einbruch gemacht haben«, biete ich an. »Und der Schlüssel passt nicht mehr in die Haustür, weil Nick versucht hat, das Schloss zu reparieren.«

»Nick?«, erkundigt sich Hein und steht auf. »Ihr seid damals zusammen um mein Auto herumgelaufen und habt Fangen gespielt, während deine Mutter und ich uns verabschiedet haben. Ich habe den Wellenanhänger an deiner Kette extra bei Helene Martens für sie anfertigen lassen, weil sie das Meer so sehr liebte. Ich sehe das alles noch so genau vor mir, als wäre es gestern gewesen. Ich habe Giulia immer vermisst.«

»Ich vermisse sie auch«, flüstere ich.

»Hast du Nick Bühler also wiedergetroffen?«

»Das ist eine lange Geschichte«, weiche ich aus und stehe ebenfalls auf. »Die muss ich dir irgendwann mal in Ruhe erzählen.« Ich zögere, ihn »Papa« oder »Vater« zu nennen. »Hein« sage ich auch nicht. Am besten lasse ich die Anrede erst einmal ganz weg.

»Können wir?«, bringt sich der Polizist in Erinnerung.

Auch wenn die Vergangenheit schmerzt, haben wir die Chance, zu etwas Neuem zusammenzuwachsen, wenn wir uns darum bemühen.

Und das wäre mehr, als ich mir je erträumt habe.

***

»Und Hein ist wirklich dieser McJulius? Das ist echt ultrakrass, Belle.« Nick fährt sich mit der Hand ungläubig über die Augen, dabei habe ich noch gar nicht alles erzählt. Ich bin schrecklich hibbelig. Die Kneipe ist wie jeden Sonntagvormittag geschlossen, nur die Übernachtungsgäste können schon frühstücken, wenn sie wollen. Allerdings hat es bisher lediglich Florian in den Gastraum gezogen.

Florian, mit dem ich noch ein Hühnchen zu rupfen habe (und es wird kein Chicken Deluxe sein), sitzt unschuldig vor Nick an der Bar und inhaliert die Speisekarte mit den Augen. Obwohl er so tut, als wäre er total verschlafen von der Hochzeitsfeier und nicht aufnahmefähig, hat er natürlich alles mitangehört und folglich mitbekommen, dass Hein nicht nur zurück ist, sondern auch noch seinen Lieblingspodcast »Meer für Dich« moderiert. So klug ist Florian auf jeden Fall. Dennoch schweigt mein bester Freund beharrlich zu den Ausführungen. Hin und wieder entgleiten ihm die Gesichtszüge. Er hofft wohl, dass ich es nicht bemerke. Na, warte, mein Lieber – ich bin noch lange nicht fertig.

Nick stellt die Sonnenblumen in die Vase, mit denen er mich eben überrascht hat, als ich zurück in die Kneipe gekommen bin. Ich mag ihn so sehr. Ist das schon Liebe? Wenn nicht, dann ist es ziemlich nah dran. »Hein hat das Podcastkonzept zusammmen mit deinem Opa final ausgearbeitet, vermutlich hier bei dir in der Klause. Jannis muss die Unterlagen damals liegen gelassen haben.«

»Okay, das macht Sinn, wird aber auch immer doller. Ich frage ihn, wenn ich ihn nächste Woche in der Reha besuche.«

»Wie geht's ihm?«

»Nach wie vor.« Nick hält den Daumen hoch. »Er macht große Fortschritte. Gott sei Dank haben wir so schnell einen Reha-Platz für ihn bekommen. Der Preis ist heftig, aber Jannis ist ja nicht so geschäftsuntüchtig gewesen, als er sein Unternehmen verkauft hat, wie die meisten denken. Im Gegenteil.« Nick zwinkert mir zu. »Ich liebe übrigens mein Shirt an dir.« Er muss seine Gedanken wie immer direkt loswerden und ich werde rot. Aber ehrlich, was gibt es Schöneres als ein Kompliment?

»Danke.« Ich beuge mich über den Tresen und gebe ihm einen Kuss auf den Mund. Er grinst.

»Du hast noch gar nichts dazu gesagt, Florian.« Nick stellt einen Milchkaffee vor ihm ab.

»Ja. Du hast noch gar nichts gesagt, Flo«, wiederhole ich übertrieben und setze meine Wenn-Blicke-töten-könnten-Miene aus dem Gerichtssaal auf.

Flo deutet es falsch und lacht etwas hysterisch. »Ich freue mich natürlich, dass ihr beide so happy seid, und verstehe unter den Umständen, wenn du nicht mit zurück nach München kommen magst, Belle. Außerdem finde ich es selbst zauberhaft hier. Die kleinen Gassen, die Sandkörner, die sich überall in der Kleidung verteilen, der salzige Geruch in der Luft. Es ist so entspannend.« Er prostet Nick mit der Kaffeetasse zu und nippt daran. Die Tasse wackelt und ein Tropfen Kaffee schwappt über den Rand, um an der Seite des Porzellans hinunterzulaufen. Er ist nervös. »Ich verstehe, was du in München vermisst, Belle.«

»So. Tust du das?«, erwidere ich und kann nicht umhin, meinen Worten einen ironischen Unterton zu verleihen. Er runzelt die Brauen. Immerhin kennt er mich lange genug, um zu merken, dass sich soeben etwas zwischen uns verändert hat.

Nick schiebt die Blumen in der Vase zur Seite. »Ich mach dir auch einen Latte, okay?« Er betätigt den Kaffeeautomaten.

Flo scheint dankbar für den Lärm des Bohnenmahlwerks und tut so, als hätte er dem Auftauchen meines Onkels nichts hinzuzufügen. »Hein ist also wieder da. Wie schön«, sagt er schließlich nur und rührt mit dem Löffel in seinem Kaffee. »Hat er auch erwähnt, warum er so plötzlich verschwunden ist?«

»Anscheinend hat ihm jemand verklickert, dass seine Tochter kein Interesse daran hat, ihn zu besuchen«, antworte ich, knalle den Schrieb des Vaterschaftstests, den ich eingesteckt habe, auf die Theke und beobachte Florians Reaktion.

Mein bester Freund wechselt mehrfach die Gesichtsfarbe: von schneeweiß bis dunkelrot zurück zu leichenblass. »Dein was?«, ruft er und nestelt an dem Blatt, überprüft den Stempel, indem er mit dem Zeigefinger darüberwischt. Ich bin froh, dass der Raum heute Morgen so leer ist und sich die Nachricht nicht wie ein Lauffeuer verbreiten kann. »Hein ist dein Vater?«

Nick lässt augenblicklich die Maschine in Ruhe und eilt um den Tresen herum, um das Schreiben ebenfalls zu begutachten. »Unglaublich! Belle, das ist ja großartig. Ich freue mich für dich. Du hast dir so sehr eine Familie gewünscht. Ihr werdet das alles regeln, da bin ich mir sicher. Hein ist ein toller Mensch, wenn er nicht gerade urplötzlich verreist, was er vorher nie getan hat.« Er gibt mir einen Kuss auf die Wange und greift nach meinen Händen, die kalt sind. »Ist alles in Ordnung mit dir, Süße? Das muss viel für dich gewesen sein heute Morgen. Magst du uns genau erzählen, was noch alles passiert ist?«

Ich nicke, kaue auf meiner Unterlippe und beobachte Florian eingehend, der beide Hände vor den Mund gehalten hat. »Das … das konnte ich nicht wissen.« Zerknirscht fährt er mit dem Fingernagel das Holzmuster auf dem Tresen nach.

»Ich hatte mir euer erstes Aufeinandertreffen doch ganz anders vorgestellt, Bellissima. Ehrlich«, wispert er. »Hein sagte …«

Nick lässt mich los und dreht sich langsam zu Florian. »Willst du damit etwa andeuten, du hast das alles gewusst und eingefädelt?«

»Belle«, wendet sich Flo direkt an mich, »du warst total am Boden zerstört. Ich kannte Hein Wesseling ja nicht. Und ich habe nicht damit gerechnet, dass er abhaut, ohne mir Bescheid zu geben. Dann hätte ich dich doch niemals dieser Enttäuschung ausgesetzt.«

»Warum hast du nicht mit mir geredet, Flo?«

»Du warst so eine Eigenbrötlerin. Du wolltest keine neuen Leute kennenlernen, warst am liebsten zu Hause, und als Richard weg war, hast du dich auch nicht mehr für andere Männer interessiert. Du wolltest ständig allein sein. Gib es zu! Ich wusste nicht mehr, wie ich dich aus dem Loch holen sollte. Nonna hat sich genauso große Sorgen gemacht wie ich und mir Heins Adresse zukommen lassen. Sie ist alt, sie kann dich von Italien aus nicht unterstützen. Ich dachte, die Ostsee und dein Onkel würden dir guttun. Das war, bevor du dich entschieden hast hierherzureisen und bevor ich wusste, dass Büdnitz ein Nest und Hein nicht da ist.« Er greift sich an die Stirn. »Das war anders geplant, als es gekommen ist, Belle. Ganz anders.«

Als ich schweige, baut Nick sich zwischen Flo und mir auf und stemmt die Hände in die Hüften. »Du hattest die ganze Zeit über Kontakt zu Hein?«

»Nein, nein!«, wehrt Flo ab. »Ich wusste nichts von der Vaterschaft oder davon, dass Hein dieser Podcast-Moderator ist. Ehrlich.« Er hält schwörend zwei Finger in die Luft. »So was hätte ich nicht für mich behalten können. Ich habe ihn gar nicht mehr gesprochen.«

Das stimmt. Sein Hemd ist zerknittert und mein Herz auch. Dennoch kommentiere ich seine Aussagen nicht.

»Als Hein verschwunden ist, hat er sein Handy ausgeschaltet. Ich habe dauernd versucht, ihn zu erreichen, um ihm mitzuteilen, dass Belle auf ihn wartet. Keine Chance.« Flo spielt mit dem Löffel neben seiner Tasse. »Deshalb wollte ich, dass du zurück nach München kommst und wir das alles vergessen.«

»Wir haben so viel zusammen durchgestanden, Flo.«

»Gerade deswegen konnte ich nichts sagen. Du hättest mich gehasst. Ich habe mich sogar selbst gehasst, als du so unglücklich warst wegen der Papierfabrik-Verleumdungen. Es hat mich total fertiggemacht, dass ausgerechnet ich diese Büdnitz-Sache angeleiert habe. Ich wollte dich zurück nach München holen, bevor du noch mehr verletzt wirst. Nicht wegen des dummen Angebots von Doktor Prinz, der interessiert mich gar nicht. Ich will, dass es dir gut geht, Bellissima. Nur das.«

»Okay.« Nick tritt zur Seite, um den Weg frei zu machen. Florians Monolog scheint ihn berührt zu haben, denn er geht wieder hinter die Bar, um mir den Kaffee zu holen. Er weiß genau wie ich, dass hier ganz dringend eine Versöhnung vonnöten ist. Flo ist einer der wichtigsten Menschen in meinem Leben, immer gewesen und wird es immer sein. Außerdem entspricht alles, was er über mich gesagt hat, der Wahrheit. Wenn ich daran denke, wie ich an den Wochenenden in meinem Bett gelegen, Schokolade gegessen, seine Anrufe nicht beantwortet und dieselbe Shoppingserie rauf und runter geschaut habe, bekomme ich Angst vor mir selbst. Er muss sich fürchterliche Sorgen um mich gemacht haben. Und Nonna erst.

Ich falle in Florians Arme und drücke ihn fest. Es fühlt sich an, als wäre ich ein anderer Mensch als noch vor wenigen Wochen. Er japst, als ob ihm die Luft wegbliebe, so wie wir oft herumblödeln. Dann schiebt er mich nach hinten und presst die Lippen aufeinander. »Kannst du mir nachsehen, dass ich dich nicht sofort eingeweiht habe? Ich wusste ja auch nicht, ob das alles gut ausgeht.« Er setzt den Hundeblick auf, dem normalerweise niemand widerstehen kann.

»Mann, Flo.« Ich knuffe ihn gegen die Brust. »Ohne dich wäre ich gar nicht hier. Ohne dich hätte ich keinen Vater. Und ohne dich …«

»… hättest du keinen heißen Beschützer-Schrägstrich-Barkeeper-Freund?«, steuert Flo bei und lächelt entschuldigend. Mit dem Kopf deutet er in Richtung Nick, der geschäftig weiterarbeitet.

»Flo!« Ich verdrehe die Augen, muss aber auch lächeln.

»Ich hab dir so was von in den Hintern getreten, Bellissima«, schließt Flo und kreuzt die Arme vor der Brust. Plötzlich ist er stolz auf seine Leistung. Und ich bin stolz auf ihn.

»Manchmal kennt der beste Freund einen eben besser als man sich selbst.«

»Das könnte auch von McJulius sein«, meint Flo lachend. »Oder besser gesagt von deinem Vater. Wann lernen wir Hein denn kennen?« Er setzt sich so hin, als wäre ihm eine tonnenschwere Last von den Schultern genommen worden.

»Wegen des Einbruchs ist er mit den Beamten aufs Revier gefahren. Aber er meldet sich direkt danach, hat er gesagt.«

»Gut.« Flo nickt und nimmt sein Handy aus der Tasche. »Er hätte mich wenigstens mal informieren können, dass er zurückkommt. Damit ich eine Überraschungsparty für dich organisieren kann«, frotzelt er, und ich boxe ihn gegen den Oberarm, weil er diesen unberechenbaren Galgenhumor besitzt.

»Danke, du hast genug organisiert, du Spinner!«

»Ah, verstehe, du meinst das mit dem heißen Freund, richtig? Der noch dazu auf dich aufpasst und den besten Macchiato der Welt macht.« Flo trinkt von seinem Kaffee und hat danach einen Milchbart. Er ist wieder ganz der Alte, aber er hat recht.

Ich gehe hinter die Bar, um Nick zu umarmen. »Danke auch an dich.«

285

»Wofür?«

»Weil du mich so nimmst, wie ich bin.« Ich küsse ihn auf den Mund und er freut sich so sehr darüber, dass er mich hochhebt, damit ich meine Beine um seine Hüfte schlingen kann. Vorsichtig setzt er mich auf der Bar ab.

»Ihr zwei habt gerade den perfekten Filmkuss abgeliefert.« Tine pfeift anerkennend durch die Zähne und wir drehen uns alle zu ihr um. Ihre Schicht beginnt, was bedeutet, dass die Ahoi-Klause öffnet. Wir haben die Zeit aus den Augen verloren. »Ich bereite schon mal das Gemüse für unsere Seemannsbretter vor, okay, Chef?« Sie winkt Nick fröhlich zu und läuft in die Küche weiter.

Zustimmend macht er eine Handbewegung, dann hebt er mich vom Tresen und zieht mich hinter sich her durch die noch leere Kneipe bis zum Spielautomaten. Dort gibt es die gemütliche Eckbank, auf der ich zuletzt mit Leni gesessen habe. Er schiebt die Kissen so zurecht, dass wir bequem Oberschenkel an Oberschenkel nebeneinander Platz finden.

»Belle, wegen der Rückreise nach München und der Sache zwischen dir und mir … Ich kann mir nicht mehr vorstellen, dass du weg bist. Ich würde mich sogar mit ganz wenig zufriedengeben, Hauptsache, du bleibst bei mir. Am liebsten für immer.« Seine Miene ist ungewohnt ernst und mir läuft ein wohliger Schauer über den Rücken. Niemand hat je so mit mir gesprochen.

»Nick, ich …«

»Warte.« Abrupt greift er nach einer weißen Papierserviette auf dem Tisch und reißt sie auseinander. Ich habe keine Ahnung, was er vorhat. Am liebsten würde ich »Küss mich« oder »Halte mich« oder irgendetwas anderes sagen. Doch Nick wirkt derart konzentriert, dass ich ihn nicht unterbrechen will.

In wenigen Sekunden hat er aus dem Serviettenfetzen einen Strang zusammengerollt, den er so verknotet, dass er wie ein Ring aus Papier aussieht.

»Für dich«, sagt er, und wenn ich ihn nicht so gut kennen würde, würde ich meinen, dass er rot wird. Er greift nach meiner Hand und steckt mir den Papierring an den Finger. »Versuchen wir es miteinander? Keine Hochzeit natürlich, da habe ich genug von«, wehrt er ab. »Einfach zusammen sein.«

Noch nie hat jemand so genau gewusst, was ich möchte oder brauche. Ich will kein weißes Brautkleid. Ich möchte exakt das: mit Nick zusammen sein. Es entsteht eine Pause, in der er sich erwartungsvoll auf die Unterlippe beißt, bis ich ihn zu mir ziehe, um seine Lippen auf meinen zu spüren.

»Ich möchte mit dir zusammen sein«, beteuere ich zwischen zwei leidenschaftlichen Küssen.

Flo, Tine und ein paar Gäste, die gerade die Kneipe betreten, grölen vor Begeisterung.

»Und ich bin immer für dich da. Vergiss das nicht, Großstadtmädchen.«

Ich habe alles und bin kein bisschen mehr allein. Ich bin mit Nick zusammen. Ich habe einen Vater. Mein bester Freund ist hier.

Und …

… die Fliegengittertür schlägt auf.

»Leute!«, ruft eine mir nur allzu bekannte Stimme. Sie gehört zu Tobias, und das am Tag nach seiner Hochzeit. Er trägt das Hemd von gestern, nur schräg zugeknöpft, dazu die Anzughose und die feinen Schuhe, als hätte er seither noch keine Sekunde geschlafen. Seine Haare sind zerzaust und unter seinen Augen liegen dunkle Schatten.

»Gott sei Dank seid ihr da!«, piepst jemand anderes. Er ist nicht allein. Doch im Gegensatz zu ihm sieht Leni aus wie immer.

»Was machst du denn hier? Ich dachte, du sitzt an deiner Hausarbeit in Mathe«, tadelt Tine im Vorbeilaufen. Doch sie hat keine Zeit, sich ihrer Tochter länger zu widmen. Das lässt der eintreffende Gästeschwarm nicht zu.

»Leni hat mich gerettet. Es ist so ein Albtraum«, stößt Tobias atemlos hervor und rauft sich die Haare.

»Du meine Güte, Tobi, was ist denn passiert?« Nick ist aufgestanden und schiebt einen Stuhl zu Tobias, der sich sofort darauf plumpsen lässt. Leni platziert sich mit ihrem Handy in der Hand direkt hinter ihn, die Stirn in tiefe Falten gelegt – wie zuletzt beim Drama um die Schweigepflicht. Bitte lass es kein neues unlösbares Problem sein. Eben war alles mal kurz so leicht.

Die Damen vom Frauenstammtisch haben eine Runde Sekt bestellt und drehen sich zu uns um, vermutlich um das vermeintliche Schauspiel nicht zu verpassen.

»Tobias Sanddorn, verdammt! Rede!«, fordert Nick erneut, weil Tobias nach wie vor die Hände in seinen Haaren vergraben hat. Nick packt ihn unsanft bei den Schultern und versucht, ihm in die Augen zu sehen, doch Tobias' Blick gilt vor allem mir. Irritiert betrachtet er den Papierring an meinem Ringfinger, langsam öffnet er den Mund und schließt ihn wortlos wieder. Ich befühle angespannt das Serviettenpapier. Wir hatten vereinbart, den unnützen Kuss, der zwischen uns geschehen ist, nicht zu erwähnen. Bitte, Tobi, mach es nicht kaputt.

»Sie war es.«

»Wer war was?«, fragt Nick ungeduldig, weil er merkt, dass Tine den Ansturm nicht weiter allein bewältigen kann.

Tobias befreit sich energisch aus Nicks Schultergriff und schaut ihm direkt ins Gesicht. Ich halte die Luft an. Was wird das? »Merle! Sie hat das Notizbuch aus Heins Fischerhaus geklaut. Sie ist dort eingebrochen, genauso wie sie die Scheiß-Interna aus der Kanzlei angeblich nur versehentlich verbreitet und zugesehen hat, wie alle Belle beschuldigt haben.«

»Wie bitte?«

»Sie hat alles zugegeben, Mann.« Tobias macht eine Handbewegung in Tines Richtung, die wohl bedeuten soll, dass er starken Alkohol braucht.

»Du bekommst jetzt nichts«, fährt Nick ihn an.

»Sie wollte Belle loswerden, weil sie Angst hatte, dass …« Tobias stockt mitten im Satz und mir wird unwohl.

Niemand äußert etwas.

Nick tritt einen Schritt von ihm zurück und seine Augen sind geweitet, als er mich ansieht. »Sie hatte Angst, dass was? Rede, Tobi!«

»Dass ich mich in Belle verliebt haben könnte.«

Rums! Ich taste nach Mamas Anhänger, um irgendeinen Halt zu finden. Er hat geheiratet, er sollte mit seiner Angetrauten unterwegs auf die Malediven oder Seychellen sein. »Merle ist keine Einbrecherin«, widerspreche ich selbstbewusst und denke an ihre Engelshaare und das makellose Porzellangesicht.

»Du kennst sie nicht«, zischt Tobias so kleinlaut, als würde er sich für diese Aussage am liebsten auf die Zunge beißen. Sein Blick wandert zu Nick. »Du schon.«

»Scheiße. Ich dachte, sie hätte sich nach ihrem letzten unbegründeten Eifersuchtstheater gefangen und so was käme nicht mehr vor. Warum ist sie bei Hein eingebrochen, Tobi? Hatte sie denn einen Grund zur Eifersucht? Sag mir, warum!«

»Sie hat das Foto von Belle und mir, das wir beim Cocktailkurs geschossen haben, auf meinem Handy gefunden.«

»Das hab ich auch gesehen, ja, und? War nichts dabei. Warum durchwühlt sie dein Handy?«

»Du weißt doch, wie sie sich reinsteigern kann.«

»Ja, aber das Foto kann nicht der einzige Auslöser gewesen sein. Was noch?«, bohrt Nick weiter.

»Keine Ahnung«, behauptet Tobias und schaut mir in die Augen. »Sie hatte das Gefühl, da wäre von meiner Seite mehr als nur Freundschaft Belle gegenüber.«

»Stimmt das?!« Nick lässt nicht locker, aber Leni grätscht dazwischen.

»Viel wichtiger ist doch jetzt, dass Merle in Heins Haus eingebrochen ist. Die Polizei ist an dem Fall dran und ich habe leider den Beweis. Ich habe sie gefilmt, wie sie Paul, dem Mann, der häufig im Schlafsack auf den Straßen von Büdnitz kampiert, Geld übergeben hat. Sie hat ihn bestochen, damit er Tobias das Notizbuch aushändigt, das sie aus dem Fischerhaus geklaut hat. Merle hat einen Zettel hinzugefügt, den Hein nie geschrieben hat, und Paul sollte behaupten, er hätte das Buch exakt so im Park gefunden.«

»Woher weißt du das alles, Leni?«

»Paul und ich quatschen öfter, wenn er hier ist. Er hat mal für eine große Modefirma in Hamburg gearbeitet. Das finde ich superinteressant. Er berichtet immer von der Kantine, in der es Bockwurst … egal.« Leni merkt, wie sie abschweift, und ich merke, wie wahr ihre Geschichte ist.

Mir wird schwindelig, mein Kopf dröhnt, meine Ohren sausen. »Aber Merle ist doch meine Freundin.«

Flos Augen haben sich zu Schlitzen verengt. »Das ist eine Straftat, Belle, das wisst ihr hoffentlich alle.«

Nick hebt die Hand, um ihn in seiner juristischen Argumentation zu stoppen. »Das diskutieren wir nicht jetzt. Was weißt du noch von ihm, Leni?«

»Paul hat nicht vergessen, wie großzügig Tobias immer zu ihm ist, und wollte nicht, dass er so eine intrigante Frau wie Merle heiratet. Aber es war unmöglich, die Hochzeit zu verhindern. Weil Merle die Geldübergabe auf drei Uhr in der Hochzeitsnacht verlegt hatte, hatten wir erst viel zu spät den Beweis für ihre Machenschaften. Im Moment der Geldübergabe hat sich Tobias übrigens gerade um die Bezahlung des DJs gekümmert.«

Als er den Zeitpunkt vernimmt, krümmt Tobias sich auf seinem Stuhl wie ein Wurm, als könnte er die Erzählung nicht länger ertragen.

»Wie viel?«, hakt Nick dennoch nach. »Ich will wissen, wie viel es Merle wert war, dass Belle verschwindet.« Seine Stimme ist hart und ich bin mir nicht sicher, was er als Nächstes tun wird. Es macht mir Sorgen.

»Eintausend Euro. Sie hat ihm eintausend Euro gezahlt. Paul und ich haben beschlossen, dass er damit weiterzieht. Es ist ihr Geld und sie soll den Verlust ruhig spüren«, beendet Leni ihren Vortrag wie eine Richterin, bevor sie zum Beweis das besagte Video abspielt, auf dem Merle in einem hellen Trenchcoat mit hochgeklapptem Kragen zu sehen ist, wie sie Paul einen braunen Umschlag in die Hand drückt. Als würde man sie nicht trotzdem an ihrer wunderschönen Hochzeitsfrisur, ihrer schlanken Statur und dem hervorblitzenden Brautkleid erkennen.

Nick haut mit der flachen Hand auf die Theke. »Sie ist deine Frau, Tobi! Regle das gefälligst!« Er sagt es so anklagend, als gäbe es für diese Vermählung kein Zurück. Dabei weiß ich am besten, dass man jede Ehe auflösen, annullieren oder scheiden lassen kann.

»Nein, das ist sie nicht«, stößt Tobias aus. »Das ist nicht die Frau, die mit uns aufgewachsen ist. Und nicht die Frau, die ich heiraten wollte. Sie hat sich in den letzten Jahren immer mehr verändert. Ich kann mit ihrem Charakter nicht mehr umgehen. Ich kann es einfach nicht, Nick. Sie war doch früher nicht so.« So langsam kriege ich Angst, dass er mitten in der Kneipe einen Nervenzusammenbruch erleidet. Nick scheint es genauso zu gehen, denn er hilft seinem Freund aufzustehen und geleitet ihn in die Küche, wo er vor der Neugier der anderen geschützt ist. Wir folgen ihnen.

Keuchend lehnt Tobias sich gegen die Kochzeile. »Ich werde sie anzeigen, wenn sie es nicht selbst tut! Heins Haus und … ihr.«

»Das ist nicht die richtige Reaktion, Mann, und nicht deine Aufgabe. Du bist wütend, Tobi, und ich verstehe das. Aber Hein wird nicht wollen, dass die Schwiegertochter seines Anwaltskollegen in Schwierigkeiten gerät. Ich denke, er wird von einer Anzeige absehen. Es ist sein Haus! Du musst Ruhe bewahren, Kumpel.« Mitfühlend legt Nick ihm wieder eine Hand auf die Schulter.

»Hör auf mit dem Gerede!«, stößt Tobias aus und schüttelt ihn ab. »Hast du es nicht kapiert oder willst du es nicht hören?! Ich habe mich in Belle verliebt! Merle hat recht.«

Mein Herz setzt aus. Plötzlich ist es siedend heiß in der viel zu kleinen Küche. Und so still wie auf einem Friedhof.

»Du hast sie nicht mehr alle!« Nick schlägt mit voller Wucht gegen den Türrahmen, dann verlässt er den Raum. Ohne ein weiteres Wort.

Tobias sieht mir in die Augen, doch ich kann seinem aufrichtigen Blick nicht standhalten. »Sorry, Belle. Ich war ehrlich.«

»Ehrlichkeit hin oder her.« Flo stupst mich an. »Ich glaube, Nick will, dass du eine klare Entscheidung triffst, Bellissima. Jetzt. Dieses Mal gibt es nichts zu überlegen oder abzuwägen. Du solltest dir sicher sein.«

»Ähm … also, wenn ihr die Videoaufnahme noch braucht, ihr habt ja meine Nummer«, verabschiedet sich Leni aus der Misere. »Ich bin hier überflüssig.«

Tobias, Florian und ich bleiben zurück.

Kurz.

»Ich will zu Nick«, sage ich leise, mehr zu mir selbst. »Ich muss zu ihm.«

Dann renne ich los. Ich laufe durch die Kneipe, über die Veranda, suche jeden Winkel ab, bis ich ihn endlich finde. Er

292

ist in seinem friedlichen Garten, als versuchte er, sich davon zu überzeugen, dass soeben kein Wirbelsturm in seinem Leben gewütet hat. Er pflückt Erdbeeren für die Seemannsbretter. Als er mich bemerkt, lässt er die wenigen, die er gepflückt hat, fallen. »Belle? Hey. Du bist da.«

»Ja, und ich bleibe, Nick. Ich trage deinen Ring.« Ich hebe meinen Ringfinger hoch. Ich werde nicht mehr weglaufen. »Und wenn man einen Papierring trägt, bedeutet das doch was, oder nicht?«

»Ja. Das tut es.« In zwei Schritten ist er bei mir und schließt mich in die Arme. »Sogar verdammt viel.« Er küsst mich und ich spüre sein Lächeln an meinen Lippen. »Es ist mehr wert als Silber oder Gold. Ich liebe dich, Belle Herzog.«

Epilog

TOBIAS

SECHS MONATE SPÄTER

Wer hätte gedacht, dass ausgerechnet die Ehe eines Standesbeamten innerhalb von achtundvierzig Stunden zum Scheidungsfall wird? Ich nicht.

Bislang hatte ich mich wenig mit diesem Teil der Rechtswissenschaften auseinandergesetzt. Es lag für mich gar nicht im Bereich des Möglichen, jemals davon betroffen zu sein – geschweige denn, mich jemals von Merle zu trennen oder neu zu verlieben.

Meistens erwischt einen die reine Verliebtheit eiskalt von jetzt auf gleich. Himmelhoch jauchzend. Mittlerweile weiß ich aber, dass Verliebtsein allein nicht reicht. Es braucht mehr als das: Verständnis, Vertrauen, Offenheit, Freundschaft und Toleranz. Und das sind nur einige Punkte, auf die es im Leben ankommt. Völlig unwichtig ist dagegen das, was andere über die Beziehung denken.

Merle und ich waren zum Beispiel seit jeher das Vorzeigepaar der Stadt. Wir waren jung, engagiert und taten das, was alle von uns erwartet hatten. Wir heirateten. Doch als wir kurz aus unseren Rollen gefallen sind, wurden wir zum Gesprächsthema – und das nicht im positiven Sinne. Unterstützung und Verständnis haben wir von den wenigsten erfahren. Merle hatte besonders hart damit zu kämpfen.

Dabei haben wir uns mittlerweile ausgesprochen. Sie hat sogar eine Therapie begonnen wegen ihrer übertriebenen Eifersucht und ihrer Verlustängste. Ich habe verstanden, dass sie immer um die Gunst ihrer Mutter buhlen musste, die oft in ihrer Schmuck-Kunst aufgegangen ist, anstatt sich um Merle zu kümmern. Und um die ihres Vaters, der als Arzt tagtäglich die Menschen einfach überhatte und keine Kapazitäten mehr für die Sorgen seiner Tochter besaß.

Merle hat gespürt, wie sehr ich mich zu Belle hingezogen gefühlt habe, und das muss schwer für sie gewesen sein. Aber ich komme nicht gegen meine Gefühle an.

Wir alle sind mittlerweile Freunde, auch wenn das für viele kaum zu verstehen ist. Und wer weiß, wo unsere Reise hinführen wird? Ich finde das sogar ziemlich spannend. Wir sind nicht das Reihenhaus mit den zwei Kindern, dem Rohkostteller auf dem Tisch, den geregelten Mahlzeiten und dem gepflegten Vorgarten geworden, wie es viele gern gehabt hätten. Wir sind inzwischen so viel mehr, und ich für meinen Teil bin dankbar dafür.

Merle hat sich bei allen Beteiligten entschuldigt. Hein hat sie nicht angezeigt. Alle hatten Verständnis. Wahrscheinlich ist es das, was Gemeinschaft ausmacht.

Belle ist nach wie vor mit Nick liiert und arbeitet weiterhin in der Kanzlei W&S mit Hein und meinem Vater zusammen. Hein produziert außerdem seinen Podcast weiter. Belle und er lernen sich immer besser kennen. Es scheint mir, als hätte Hein sie bereits vor langer Zeit in seinem Testament bezüglich der Kanzlei bedacht. Genaueres wissen wir aber nicht und es geht uns nichts an.

Manchmal glaube ich, dass Belle sich nicht sicher ist, ob Nick so besonders gut zu ihr passt. Eigentlich ist er ein ganz anderer Typ als sie: abenteuerlustig – oder sagen wir besser lebensmüde – und total verrückt. Es hat mich daher nicht gewundert, als er sich in die Wellen gestürzt hat, um Mia zu retten. Die Rettung in allen Ehren, aber es war riskant. Genauso selbstlos hat er Jannis geholfen, den Tablettenentzug in der Klinik durchzuziehen. Jetzt unterstützt er ihn zu Hause, damit sein Opa nicht rückfällig wird. Der alte Jannis hat sich gut erholt, er arbeitet sogar an manchen Tagen in Nicks Kneipe mit. Ich weiß nicht, warum hier oben an der See so viele Menschen mit siebzig Jahren noch arbeiten, aber ich denke, dass ihnen die gewählte Aufgabe Spaß macht.

Nick hat jedenfalls nicht schlecht gestaunt, als Jannis mit einem Mann vom Bau und einem Architekten aufgetaucht ist, um die Kneipe auf Vordermann zu bringen. Sie haben den ganzen Tag gezeichnet und geplant, was genau zu tun ist, welche Materialien gebraucht werden und wie hoch die Kosten sind. Nick hätte sich das niemals leisten können, aber so, wie er seinen Großvater unterstützt hat, unterstützt dieser jetzt ihn. Der Alte hat nämlich mit dem Verkauf seiner Firma einen Riesengewinn gemacht. Niemand hier im Ort hat das geahnt, gelästert wurde hingegen viel. Es wird ja allgemein gern zu schnell geurteilt.

Gestern habe ich Tine an Elkes Kaffeebude am Strand getroffen. Sie hatte wieder eins dieser Häkeloberteile an, die sie für ihre Tochter Leni mittlerweile über einen Onlineshop vertreibt. Sie hat mir erzählt, dass Leni zum Studium nach Hamburg ziehen möchte – natürlich erst, wenn sie alt genug ist. Aus irgendeinem Grund scheint sie sich für Jura und Modedesign zu interessieren. Eine wilde Kombination. Doch Belle ist der Ansicht, dass Leni das hinbekommt.

Die beiden verbringen viel Zeit miteinander und verstehen sich auf einem Level, an das man als Außenstehender nur schwer herankommt. Möglicherweise liegt das an ihren Gemeinsamkeiten: Belle ist auch mit einer alleinerziehenden Mutter aufgewachsen, und das ist nicht so leicht, wie man uns gern glauben machen möchte. Denn von einer tatsächlichen Gleichstellung der Frauen sind wir noch meilenweit entfernt. Und das sage ich als Mann.

Vielleicht hat Belle es deshalb nie bereut, eine so renommierte Anwaltskanzlei wie die Prinzen verlassen zu haben. Denn ganz ehrlich, sie wäre neben Dr. Prinz wahrscheinlich sowieso nie Partnerin in der Kanzlei geworden, egal, wie gut sie ist. Es mag einzelne Unternehmen geben, die sich das Thema Gleichbehandlung auf die Fahne schreiben – *Prinzen und Partner* gehört sicher nicht dazu. Florian hat auch dort gekündigt und mit seinem neuen Anwaltsfreund ein eigenes Büro am Stadtrand von München eröffnet.

Ich bin ebenfalls dabei, mein Leben umzukrempeln. Irgendwie ist es gut, dass alles so gekommen ist. Merle und ich kennen uns ewig und haben uns sicher beide in den vergangenen Jahren verändert. Sie wurde immer eifersüchtiger. Vielleicht war ich der Grund dafür, weil ich unterbewusst schon länger nicht mehr voll hinter dieser Beziehung gestanden habe. Wir haben uns einfach verloren. Möglicherweise sogar, weil wir zu viel Zeit miteinander verbracht haben. Nun geht jeder neue Wege. Merle hilft nicht mehr in der Kanzlei aus, sie konzentriert sich voll und ganz auf den Blumenladen. Immerhin möchte sie langfristig expandieren. Zu den hübschen Sträußen vertreibt sie überwiegend den von ihrer Mutter designten romantischen Schmuck. Sie legt viel Wert darauf, mit ihren Eltern und ihren Freundinnen zusammen zu sein, was ich super finde. Familie und Freundschaften sollte man nie vernachlässigen, egal, was passiert.

Deshalb treffe ich mich regelmäßig mit Nick, ungeachtet unseres relativ gleichen Frauengeschmacks oder der Differenzen, die wir wegen Saskia hatten. Wir nehmen uns dann Zeit für ein Männerwochenende mit Surfen, Schwimmen, Sauna und jeder Menge Sport. Weniger mit Bier – so hypermännlich wollen wir dann doch nicht rüberkommen. Einfach Spaß. Er war und ist mein bester Freund und das ist mir wichtig. Auch zu meiner Schwester habe ich wieder ein besseres Verhältnis, seit die beiden in einem Blitzverfahren geschieden wurden.

Vielleicht werde ich – wenn ich das Zweite Staatsexamen abgelegt habe – in die Kanzlei meines Vaters eintreten. Vielleicht führe ich sie sogar irgendwann – zusammen mit Belle.

Belle ist eine brillante Familienanwältin und Mediatorin, ihr guter Ruf hat sich bis Hamburg herumgesprochen.

Und sie ist natürlich eine faszinierende Frau.

Ich habe immer an die große Liebe geglaubt und das tue ich nach wie vor.

Und an die kleinen Wunder am Wegesrand.

Aber davon ein anderes Mal mehr ...

Merles leichte Flammkuchenecken

2 Varianten

Zutaten:

Backpapier

250 g Mehl
40 g Olivenöl
130 ml Wasser
¼ TL Salz

Belag für die nicht vegetarische Variante:

150 g Zwiebeln, ganz klein gehackt
210 g Crème fraîche
30 ml Sahne
Salz und Pfeffer
100–150 g Schinkennuggets, mager

Belag für die vegetarische Variante:

210 g Crème fraîche
30 ml Sahne
Salz und Pfeffer
100 g Zwiebeln, ganz klein gehackt
Fetakäse, gewürfelt
Cherrytomaten, halbiert oder geviertelt
Blattspinat, frisch (kann auch aus der Gefriertruhe sein)

Einen Teig aus Mehl, Olivenöl, Wasser und Salz herstellen. Diesen in Frischhaltefolie gewickelt eine halbe Stunde in den Kühlschrank legen. Anschließend Zwiebeln ganz klein hacken und in eine Schüssel geben. Crème fraîche, Sahne, Salz, Pfeffer und Schinkennuggets hinzufügen und verrühren.
Backofen auf 250 °C Ober-/Unterhitze vorheizen. Backblech mit Backpapier auslegen.
Teig zu einem Quadrat ausrollen und auf das Backpapier legen. Das Gemisch auf dem Teig verstreichen. Das Ganze ca. 15–20 Minuten im Ofen backen. Danach in kleine Vierecke schneiden und genießen.
Guten Appetit! :-) (Kann auch kalt verzehrt werden.)

Die **vegetarische Variante** funktioniert ebenso, nur auf der Crème fraîche Zwiebeln, Cherrytomaten, Blattspinat und Fetawürfelchen verteilen. Gut würzen und für ca. 20 Minuten ab in den Ofen. Danach in kleine Vierecke schneiden und genießen.
Guten Appetit! :-) (Kann auch kalt verzehrt werden.)

Sommerflirt-Cocktail, alkoholfrei

4 cl Gordon Gin, alkoholfrei 0,0 %
150 ml Schweppes Tonic Water
1 Schuss Sprudelwasser
Zitronenscheiben
1 Zweig Rosmarin
Eiswürfel

Zuerst die Zitrone waschen und in Scheiben schneiden.
Eiswürfel, Gordon Gin 0,0 % und Tonic Water in ein Copa-Glas geben. Nach Geschmack mit Sprudelwasser auffüllen. 1 bis 2 Zitronenscheiben hinzugeben und den Rosmarinzweig obenauf legen.
Sehr erfrischend! Und wenn das Glas eisgekühlt ist, schmeckt es sogar noch besser.

Fun Fact: Tonic Water ist chininhaltig und leuchtet in UV-Licht/ Schwarzlicht.

Tobis britischer Espresso Martini, alkoholhaltig

Eine Tasse Espresso, abkühlen lassen
5 ml weißer Rohrzuckersirup (z. B. von Monin)
25 ml Wodka
15 ml Kaffeelikör (z. B. Kahlúa)
Kaffeebohnen zum Garnieren
Eiswürfel

Eiswürfel in ein Martiniglas geben. Gekühlten Espresso, Rohrzuckersirup, Wodka und Kaffeelikör im Cocktailshaker zusammenmixen und gut schütteln, damit ordentlich Schaum entsteht. Anschließend auf zwei Martinigläser verteilen, den Schaum mit einer Bohne garnieren und sofort eiskalt servieren.

Fun Fact: Im Espresso Martini ist kein Martini! Das Getränk heißt so, weil es in einem Martiniglas serviert wird.

Folge der Autorin auf Amazon

Wenn dir dieses Buch gefallen hat, folge Katie Jay Adams auf Amazon. Dann erhältst du eine Benachrichtigung, wenn die Autorin ihr nächstes Buch veröffentlicht. Um der Autorin zu folgen, gehe bitte folgendermaßen vor:

Desktop:
1) Suche auf Amazon.de oder in der Amazon App nach dem Namen der Autorin.

2) Klicke auf den Namen der Autorin, um auf die Autorenseite zu gelangen.

3) Klicke auf den »Folgen«-Button.

Smartphone und Tablet:
1) Suche auf Amazon.de oder in der Amazon App nach dem Namen der Autorin.

2) Klicke auf einen Titel der Autorin.

3) Klicke auf den Namen der Autorin, um auf die Autorenseite zu gelangen.

4) Klicke auf den »Folgen«-Button.

Kindle eReader und Kindle App:
Wenn du dieses Buch auf einem Kindle eReader oder in der Kindle App liest, wird dir automatisch angeboten, der Autorin zu folgen, nachdem du die letzte Seite des Buches gelesen hast.

Zeitfracht Medien GmbH
Ferdinand-Jühlke-Straße 7
99095 Erfurt, Deutschland
produktsicherheit@kolibri360.de

Druck:
CPI Druckdienstleistungen GmbH
im Auftrag der
Zeitfracht Medien GmbH
Ein Unternehmen der Zeitfracht - Gruppe
Ferdinand-Jühlke-Str. 7
99095 Erfurt